UMA PROPOSTA IRRECUSÁVEL

[illegible] 28/06/11

Jill
Mansell

UMA PROPOSTA IRRECUSÁVEL

Tradução:
Maria da Graça Figueiró da Silva Toledo

Editora
Novo Conceito

Essa é uma obra de ficção. Os nomes, personagens, lugares e acontecimentos descritos são produtos da imaginação do autor. Qualquer semelhança com nomes, datas e acontecimentos reais é mera coincidência.

1ª Impressão - 2011

Produção Editorial:
Equipe Novo Conceito

Tradução: Maria da Graça Figueiró da Silva Toledo
Preparação de Texto: Luciane Helena Gomide
Revisão de Texto: Carla Montagner e Valquíria Della Pozza
Diagramação: Priscila Zenari | Hey bro
Capa: Luciana Mello & Monika Mayer

Este livro segue as regras da Nova Ortografia da Língua Portuguesa

Dados Internacionais de Catalogação na Publicação (CIP)
(Câmara Brasileira do Livro, SP, Brasil)

Mansell, Jill
Uma proposta irrecusável / Jill Mansell ; [traduzido por Maria da Graça Figueiró da Silva Toledo]. -- Ribeirão Preto, SP : Editora Novo Conceito, 2011.

Título original: An offer you can't refuse.
ISBN 978-85-63219-27-5

1. Ficção inglesa I. Título.

11-01881 CDD-823

Índices para catálogo sistemático:
1. Ficção : Literatura inglesa 823

Rua Dr. Hugo Fortes, 1885 – Pq Industrial Lagoinha
14095-260 – Ribeirão Preto – SP
www.editoranovoconceito.com.br

Para minha filha Lydia e todos os seus
amigos e professores da escola, em especial
o Sr. Fielding, orientador de classe,
e a Srta. Wilson, professora de inglês.

E (respirando fundo agora...) Zainab, Mya,
Kat, Louise, Pinki, Lacey, Hannah M.,
Sophia, Ellis, Ellie, Laura, Emily, Tash,
Alice, Millie, Ella, Hannah O., Sophie,
Charli, Anna e Harriet.

Que turma legal vocês são!

Capítulo 1

Dez anos atrás

Existem alguns lugares onde você pode esperar dar de cara com a ultraelegante mãe do seu namorado. Talvez em uma festa nos jardins do Palácio de Buckingham, ou em Glyndebourne, ou encantando-se por alguns Ferrero Rochers em algum coquetel de uma embaixada estrangeira. E existem, então, outros lugares onde você *jamais* esperaria encontrá-la.

Como, por exemplo, o Cod Almighty na parte mais ladina da Tooting High Street.

"Ora essa, é a mãe de Dougie." Instintivamente limpando as mãos em seu avental verde de náilon e controlando a urgência de fazer uma mesura — porque a mãe do Dougie era *muito* elegante —, Lola disse alegremente:

— Olá, Sra. Tennant, como é bom vê-la!

E que coincidência que ela tenha aparecido apenas dois minutos antes de fecharem, quando tudo que tinha sobrado para oferecer a ela era uma salsicha com aspecto cansado e um par de bolinhos de peixe desprezados. Talvez Alf pudesse ser convencido a preparar rapidamente uma porção de hadoques frescos e...

— Olá, Lola. Eu estava imaginando que pudéssemos ter uma conversa. — Mesmo para uma parada em uma loja de peixe frito com fritas, a maquiagem da mãe de Dougie estava imaculada, seu cabelo penteado com um coque do tipo Princesa Michael de Kent.

— Ah, tudo bem. Sem problemas. Eu já estou terminando aqui. — Lola deu uma olhada para Alf, que fez gestos bem-humorados de "vai embora logo". — Nós fechamos às 14h30. A senhora não quer levar nada para a viagem?

Aquilo foi um arrepio? A Sra. Tennant sacudiu a cabeça e disse com uma ponta de satisfação:

— Acho que não, não acha?

Depois de pegar sua bolsa do almoxarifado e tirar seu avental de náilon — uh, *estática* —, Lola se abaixou no balcão e pegou a porção de fritas tamanho família que Alf tinha embrulhado para ela, vendo se tinha sobrado alguma coisa.

— Tchau, Alf. Até amanhã.

— Eu posso deixá-la em casa se você quiser — disse a mãe de Doug. — O carro está ali fora.

Lola sorriu; fritas de graça *e* carona para casa em um Jaguar novinho em folha. Este, definitivamente, era seu dia de sorte.

Lá fora, na calçada, estava sufocantemente quente e úmido. Dentro do Jaguar o ar-condicionado tinha um aroma de couro caro e de Chanel nº 19.

— É um carro maravilhoso — suspirou Lola, acariciando o estofado enquanto a mãe de Dougie dava a partida.

— Obrigada. Eu gosto dele.

— Como pode alguém não gostar? — Lola equilibrava a fumegante porção de fritas em seu colo, cuidando para mantê-la longe de suas pernas nuas. O seu estômago roncava, mas ela resistia heroicamente à tentação de abri-la. — Então por que a senhora queria me ver? Alguma coisa sobre o aniversário do Dougie?

— Não. Na verdade é sobre você e Dougie. Quero que vocês parem de se ver.

Bum. Assim, na cara.

Lola piscou:

— Como é que é?

— Quero que você termine sua relação com meu filho.

Aquilo não podia estar acontecendo. Com os ombros enrijecidos de incredulidade, Lola observava a mãe de Dougie dirigir, calma e despreocupada como se estivessem discutindo nada mais corriqueiro que o clima.

Por quê?

— Ele está com 18 anos.

— Quase 19.

— Ele tem 18 agora — a Sra. Tennant repetiu com veemência —, e a caminho da universidade. Ele *está* indo para a universidade.

— Eu sei. — Disse Lola, aturdida. — Eu não o estou impedindo. Nós vamos nos ver sempre que pudermos, nos revezarmos na viagem. Eu pegarei o trem para Edimburgo em fins de semana alternados e Dougie virá de carro para cá quando for sua vez, então...

— Não, não, não, lamento, mas ele não vai fazer isso. Esse não é o tipo de relacionamento de que Dougie precisa agora. Ele me disse ontem à noite que estava pensando melhor sobre ir para a universidade. Ele quer ficar aqui. E tudo por sua causa, minha garota. Mas eu não vou ficar parada vendo você arruinar a vida dele.

As batatas fritas e quentes queimavam as pernas de Lola naquele momento.

— Honestamente, eu não estou arruinando a vida dele. Eu quero o melhor para ele, assim como a senhora. Nós nos amamos! Eu já disse a ele que se sentirmos muita saudade eu me mudo para Edimburgo e vamos morar juntos!

— Ah, sim, ele disse isso também. E a próxima coisa que sabemos é que você vai se sentir de escanteio porque ele terá todos os seus amigos universitários, enquanto você vai ficar empatada atrás do balcão de alguma lojinha de peixe com fritas de esquina. — O lábio da Sra. Tennant se torceu em desprezo. — Assim, para ter a atenção dele de volta, você acidentalmente vai engravidar. Não, lamento, eu simplesmente não posso deixar que isso aconteça. Será melhor para você acabar tudo agora.

Quem esta mulher pensava que era?

— Mas eu não quero acabar com ele. — A respiração de Lola estava acelerada e superficial. — E a senhora não pode me forçar a fazer isso.

— Não, querida, é claro, eu não posso forçá-la. Mas eu posso fazer o meu melhor para persuadi-la.

— Eu não serei persuadida. Eu amo Dougie. Com todo o meu coração. — Lola falou bruscamente, determinada a fazer a mãe de Dougie entender que não era um namorico adolescente.

— Dez mil libras, é pegar ou largar.

— O *quê?*

— É o que estou oferecendo. Pense bem. Quanto você ganha naquela loja de peixe com fritas? — A mãe de Dougie ergueu uma sobrancelha perfeitamente depilada. — Não mais do que cinco libras a hora, tenho certeza.

Na verdade são quatro libras. Mas ainda era um trabalho leve; trabalhar no Cod Almighty era apenas uma ocupação temporária enquanto ela procurava por empregos nos quais ela poderia aproveitar melhor suas qualificações.

— E, se eu pegar o seu dinheiro, que tipo de pessoa eu iria me tornar?

— Ah, não sei. Do tipo sensível, talvez?

Lola estava tão irritada que mal conseguia falar; suas unhas afundaram no embrulho quente e empapado das batatas fritas, impregnando o ar condicionado do carro com o aroma desagradável, amargo, de vinagre. Algo mais também a incomodava; até hoje, a mãe de Dougie tinha sido sempre perfeitamente encantadora toda vez que se encontravam.

— Eu pensei que a senhora gostasse de mim.

— É claro que você pensou. — A Sra. Tennant parecia entretida. — Esse era o objetivo. Eu sei como são os jovens, sabe. Se um pai diz que não aprova o companheiro de seus filhos, isso apenas os deixa mais determinados a ficarem juntos. Acendendo a chama e tudo o mais. Deus! É bem melhor fingir que tudo está bem, que você acha a escolha ótima e então deixar a relação fracassar por conta própria.

— Mas a nossa não vai fracassar — disse Lola.

— Então você continua insistindo. É por isso que vou dar um empurrãozinho. Deus meu, este trânsito está um pesadelo hoje. Dobro a esquerda no semáforo ou sigo em frente?

— À esquerda. E como Dougie vai se sentir quando souber o que a senhora me disse hoje?

— Bem, imagino que ele vai ficar bem chateado comigo, se você lhe contar. — A Sra. Tennant fez uma pausa para dar um efeito dramático. — Mas faça um favor a si mesma, Lola. Não diga nada ainda. Dê um tempo para pensar bem sobre isso, porque você é inteligente. E dez mil libras é uma boa quantia de dinheiro. Tudo o que você tem a fazer tão logo se decida é me ligar quando você souber que Dougie não está em casa. E eu farei o cheque.

— A senhora pode parar o carro. O resto do caminho eu faço a pé. — Não querendo mais ficar no luxuoso Jaguar da mãe do seu namorado, Lola indicou com o dedo que ela podia parar ali na parada de ônibus à frente.

— Tem certeza? Então está bem.

Lola colocou a mão na maçaneta da porta do passageiro e olhou para a mãe de Dougie em sua blusa de linho branca bem asseada e seu coque real:

— Posso lhe perguntar uma coisa?

— À vontade.

— Por que a senhora não gosta de mim?

A Sra. Tennant não titubeou.

— Você está arriscando o futuro do meu filho.

— Nós nos amamos. Nós podemos ser felizes juntos pelo resto de nossa vida.

— Não, vocês *não podem*, Lola. Você realmente não entende o que eu estou tentando explicar? Você é muito atrevida e barulhenta, você não tem classe, você não é boa o suficiente para Dougie. E — a senhora parou, olhando fixamente por um bom tempo para o top vermelho decotado de Lola e sua minissaia jeans completa com coloração de brilhantina — você se veste como uma prostituta barata.

— Posso lhe perguntar mais uma coisa? — disse Lola. — Como a senhora vai se sentir quando Dougie nunca mais quiser falar com a senhora?

E, resistindo heroicamente à vontade de rasgar o pacote de fritas e jogá-las no rosto da mãe de Dougie, ela saiu do carro.

De volta para casa em Streatham — uma casa bem mais modesta do que a de Dougie, a qual a mãe dele certamente desprezaria —, Lola entrou na pequena sala de estar azul e branca como um animal enjaulado e processou tudo o que havia acontecido. O.K., *agora* o que ela deveria fazer? Dougie no momento estava passando alguns dias em Edimburgo, escolhendo o lugar em que iria viver em outubro e se acostumando com a cidade que seria seu lar pelos próximos três anos. Sem dúvida a Sra. Tennant havia planejado tudo do modo como acontecera de sua maneira meticulosa e com atenção aos mínimos detalhes. A sua própria mãe e padrasto estavam trabalhando. O tique-taque do relógio na cozinha a estava deixando louca. Maldita mulher, maldita — como ela *se atrevia* a fazer isso com ela? Que *bruxa*.

Por volta das 16 h, ela não podia mais aguentar ficar presa. Sem trocar o seu top decotado e sua minissaia bem curta, Lola saiu de casa. O que ela usava era quase um uniforme para adolescentes em um dia quente de verão, pelo amor de Deus — nem um pouco vulgar. E se ela não falasse com alguém sobre tudo isso ela explodiria.

— Dez mil libras — disse Jeannie.

— Sim.

— Quer dizer, dez mil *libras*.

— Então — Lola largou sua Coca-Cola. — Não importa quanto é. Ela não pode sair assim fazendo essas coisas. É doentio.

Elas estavam no McDonald's. Jeannie chupava ruidosamente sua própria Coca-Cola em dois canudinhos.

— Posso falar uma coisa?

— Posso dizer não?

— O.K., você diz que é doentio. E você vai recusar. Mas e se Dougie voltar de Edimburgo na sexta-feira e lhe disser que conheceu outra pessoa? E se ele se sentar e disser, "Olha, desculpa e tudo o mais, mas eu topei com essa garota realmente gostosa em um bar, nós terminamos na cama e ela é incrível?" — Jeannie parou, chupou as últimas gotas de sua Coca-Cola e apontou o canudinho para Lola. — E se ele der o fora em você?

Ah, pelo amor de Deus.

— Dougie não faria isso.

— Ele pode.

— Ele *não faria*.

— Mas ele *pode* — disse Jeannie. — O.K., talvez não nesta semana, ou mesmo neste mês. Mas cedo ou tarde a probabilidade é que vocês se separarão. Você tem 17 anos. Quantas garotas de 17 anos passam o resto da vida com o seu primeiro amor? Vamos encarar os fatos, é por isso que chamam de *primeiro* amor, porque você vai ter uma pilha de outros. Você é muito jovem para ficar com a mesma pessoa, Lola. E Dougie também é. Eu sei que vocês são loucos um pelo outro, mas isso não vai durar. E, se for Dougie que terminar o namoro, você não poderá correr até a mãe dele dizendo que mudou de ideia e perguntar "você tem o dinheiro, por favor"? Seria muito tarde para isso, e você teria perdido um tempo precioso. Pense nisso, você poderá contar apenas consigo. — Zombando tristemente, Jeannie pôs a mão no peito. — Desiludida. Sem Dougie Tennant *e* sem dez mil libras.

Então esse era o conselho de uma suposta amiga. Bem, o que mais ela poderia esperar de alguém como Jeannie, cujos pais tinham travado uma épica batalha de divórcio, deixando-a com uma perspectiva pessimista de relacionamentos? Jeannie agora desprezava o novo marido de sua mãe e estava fugindo dos problemas domésticos indo morar em Majorca. O plano era trabalhar em um bar, dançar na praia e em geral se divertir como nunca. Transar com o maior número possível de caras, mas definitivamente não se envolver emocionalmente com nenhum deles. Qualquer tipo de envolvimento romântico estava *fora de questão*.

A lembrança da mãe de Dougie continuava a assombrar Lola na volta para casa, aquele pálido rosto aristocrático e aquela voz desprezível lhe avisando sem meias palavras que ela não era boa o suficiente para o seu precioso filho.

Lola imaginou o sorriso afetado da velha se a previsão zombeteira de Jeannie se realizasse. Então, novamente, imagine como ela reagiria se Dougie e ela a afrontassem e casassem. Ah, *isso* não seria genial?

A não ser que... a não ser que...

Eu tenho 17 anos, não quero casar agora apenas para afrontar alguém. Eu sou muito *nova*.

Em casa, de novo, Lola foi tomada por uma sufocante urgência de falar com Dougie. Sem planejar nada, tudo de improviso. Quando ela ouvisse a voz dele decidiria o que fazer, dizer ou não a ele que sua mãe era a maior bruxa do mundo. Deus, como ele se sentiria quando descobrisse?

Dougie estava hospedado em uma pousada em Edimburgo. O número estava na agenda próxima ao telefone no estreito corredor. Enquanto discava, Lola olhou o relógio, eram 17 h. Ele deveria estar lá agora, de volta da visita que faria ao campus da universidade...

— Não, querida, eu acho que vocês se desencontraram. — A dona da pousada tinha uma voz dócil, com um sotaque típico de Edimburgo. — Eles voltaram há uma hora, Dougie tomou um banho, trocou de roupa e então saíram. Disseram que iriam aos pubs na Rose Street!

— Ah. — O coração de Lola murchou; ela queria muito ouvir a voz dele. — Com quem ele estava?

— Eu não perguntei seus nomes, querida. Outro garoto e duas garotas... não é ótimo vê-lo fazendo novas amizades tão cedo? O garoto é de Manchester e a loirinha bonitinha é de Abergavenny! Eu devo dizer, eles parecem absolutamente encantadores. Eu aviso a ele que você ligou, pode ser? Embora só Deus saiba a que horas ele voltará...

Lola colocou o fone de volta no gancho e ouviu novamente as palavras de Jeannie. Não que ela estivesse tomada de ciúme por Dougie ter saído com um grupo de novos amigos, dois dos quais, diga-se de passagem, eram mulheres. Era apenas a percepção de que esta era a primeira de centenas de noites em que ela ficaria separada dele e...

Lola se assustou quando uma tábua do assoalho estalou no andar de cima; ela pensou que estivesse sozinha em casa.

Ela gritou:

— Olá?

Sem resposta.

— Mãe? — Lola franziu a testa. — Pai?

Ainda nada. Será que o assoalho rangeu por conta própria ou tinha alguém lá em cima? Mas a casa parecia segura e um ladrão teria que ser muito preciso, entrando pela janela do quarto. Por via das dúvidas, Lola pegou uma sombrinha e subiu as escadas.

O que ela viu quando abriu a porta branca do quarto de seus pais lhe arrepiou desde os cabelos até a medula.

Capítulo 2

— Pai? — O estômago de Lola se encolheu de medo. Algo de muito errado acontecia. O seu padrasto — o único pai que ela conhecera na vida, o homem que ela amava com todo seu coração — estava fazendo as malas, seu rosto, com uma expressão quase irreconhecível.

— Vá para baixo. — Ele virou as costas para ela, mal podendo falar.

Lola tremia.

— Pai, o que é isso?

— Por favor, deixe-me em paz.

— Não. Eu não vou! Diga o que há de errado. — Ela gritou, largando a sombrinha. — Por que o senhor está fazendo as malas? O senhor está doente? Está indo para o hospital? É câncer?

Extremamente triste, ele sacudiu a cabeça.

— Eu não estou doente, não dessa maneira. Lola, não tem nada a ver com você... eu não queria que você me visse desse jeito...

Era uma situação tão bizarra que Lola não sabia o que pensar. Quando ela se aproximou, ele fez uma débil tentativa de afastá-la com um braço.

— Papai, *me diga* — Lola sussurrou em desespero, e lágrimas brotaram de seus olhos.

Cobrindo seu rosto, ele afundou na cama.

— Oh, Lola, desculpe-me.

Ela nunca tinha estado tão assustada em toda sua vida.

— Eu vou ligar para a mamãe.

— Não, você não deve fazer isso.

— O senhor está tendo um caso? É por isso que fez as malas? O senhor não quer mais viver conosco?

Outro aceno com a cabeça.

— Não é nada disso.

— Diga-me o que *é* então. — A voz de Lola hesitou; ambos choravam agora. — O senhor tem que me dizer, porque eu estou com medo.

Vinte minutos mais tarde ela sabia de tudo. Por mais incrível que pudesse parecer, Alex vinha jogando, e elas nunca suspeitaram de nada. Durante suas duas idas semanais ao clube de bilhar ele tinha sido apresentado a uma turma de jogadores de carta e, aos poucos, sem nem sequer perceber, ele se apanhou completamente envolvido naquele ambiente. Eles se encontravam regularmente em uma casa em Bermondsey para jogar pôquer e, no princípio, Alex estava se saindo muito bem. Agora, ele suspeitava de que esse fosse o plano desde o início. A maré então virou, ele começou a perder e a turma simpática fez pouco-caso de sua maré de azar. Quando as perdas chegaram a um grau preocupante, Alex lhes disse que precisaria de tempo para pagar a dívida. Foi nesse momento que a turma simpática deixou de ser amável e começou a ameaçá-lo. Apavorado com essa mudança, percebendo que estava em maus lençóis, Alex fez a única coisa que tinha a seu alcance e concentrou todas suas energias em reaver o dinheiro que havia perdido. Uma vez que o gerente de seu banco não consideraria isso um plano financeiro razoável, ele pegou dinheiro emprestado do amigo que o introduzira na turma do pôquer.

Uma semana depois ele havia perdido tudo.

Pegou emprestada uma quantia emergencial com um agiota e tentou novamente.

Perdeu esse dinheiro também.

Enquanto isso, sua família não sabia de nada. Quando a mãe de Lola lhe perguntou se estava tudo bem, ele lhe explicou que estava apenas cansado, e ela lhe aconselhou que não trabalhasse tanto. Na noite seguinte, ao sair da garagem onde trabalhava como mecânico, foi interpelado por dois caras mal-encarados em uma van que lhe explicaram nos mínimos detalhes o que lhe fariam se não os reembolsasse cada centavo que devia dali a uma semana.

O prazo dado se encerrava amanhã, e tempos desesperadores demandam medidas desesperadoras. Doente de vergonha e temendo por sua vida — os mal-encarados lhe telefonavam regularmente, para lembrá-lo que o prazo estava se esgotando —, Alex decidiu sumir. Era a única saída; ele não poderia admitir para Blythe o que havia feito, o turbilhão em que sua vida havia se transformado. Ela e Lola significavam tudo no mundo para ele, e Alex não podia mais suportar. Se Lola tivesse chegado em casa meia hora mais tarde, ele teria ido embora para sempre.

— Eu gostaria que você tivesse... — disse ele com pesar. — Você nos disse que estava indo fazer compras na Oxford Street nesta manhã. Eu pensei que estaria seguro aqui.

Compras em Oxford Street. Ela esquecera por completo disso após a mãe de Dougie ter largado sua bomba.

Lola, com o rosto molhado de lágrimas, disse:

— Mas eu não fui e agora eu sei.

— Eu ainda tenho que ir embora. Eu não posso olhar para a sua mãe. Estarei melhor morto — disse Alex em desespero. — Mas eu prefiro fazer isso à minha moda a ficar e descobrir o que aqueles bastardos têm guardado para mim... Oh, meu Deus, não acredito que isso esteja acontecendo, como eu pude ser tão *estúpido*...

Lola deu um abraço apertado em Alex, já sabendo que não tinha escolha. O seu pai biológico, um rapaz americano, tinha dado o fora no momento em que soube que Blythe estava grávida. Mas não importava porque dois anos depois Alex entrou na vida de sua mãe. Ele amava Lola como se ela fosse sua própria filha. Ele preparava ovos cozidos com torradas, e a ensinou a andar de bicicleta. Juntos compunham canções bobas e levavam Blythe à loucura, cantando sem parar; ela lhe tinha pedido auxílio quando fora picada por uma vespa, ele a levou até Birmingham para ver uma banda de garotos que tocava no NEC. O seu amor por ela era absolutamente incondicional...

— Eu posso te ajudar — disse Lola. — O senhor não precisa ir embora.

— Acredite, eu tenho que ir.

Sem chorar — isso era muito importante para derramar lágrimas —, ela disse:

— Eu posso conseguir o dinheiro para o senhor.

— Querida, você não pode. São 15 mil libras.

Com um nó no estômago, Lola não se permitiu pensar nas repercussões.

— Eu posso conseguir a maior parte disso.

E, quando Alex balançou a cabeça em descrença, ela lhe disse como.

Quando ela terminou, Alex balançou a cabeça com mais veemência.

— Não, não, eu não posso deixar você fazer isso. De jeito nenhum, *absolutamente não.*

Mas qual era a alternativa? Ele sumir da vida delas? Ela perder o único pai que tinha conhecido? Blythe ver seu mundo desmoronar?

— Preste atenção. — Embora seu próprio coração parecesse se partir em dois, Lola tirou seu ás da manga. — Mamãe nunca saberá disso.

— Lola, como é bom vê-la novamente. — Adele Tennant abriu a porta principal de sua casa e ficou de lado. — Entre.

Lola seguiu Adele pelo hall de teto alto, ressoante, sentindo-se mal e tonta, mas firmemente determinada. Não devo, não devo desmaiar. Ela mal dormira na noite passada, tampouco havia comido algo.

— Estou feliz que você tenha juízo. — Adele sentou-se à escrivaninha em seu escritório e procurou seu talão de cheques. Perto dela, a luz do sol da manhã refletiu no vidro de uma moldura de retrato prateada. Ao mudar de posição para evitar o clarão, Lola viu que era uma fotografia de Adele e seus filhos. Dougie à esquerda e Sally à direita. A foto tinha sido tirada havia alguns anos em férias em algum lugar exótico, com palmeiras e um mar da cor lápis-lazúli, porque Adele Tennant não tirava suas férias em Margate. Dougie, bronzeado e sorridente em uma camiseta branca, parecia despreocupado e irresistivelmente charmoso. Sally, a irmã mais velha que Lola nunca conhecera, estava loira e bonita em um sarongue rosa flamingo. Agora com 26 anos e noiva de um fazendeiro irlandês, ela vivia com ele em

Wicklow Mountains nos arredores de Dublin. Dougie adorava sua irmã, e Lola estava ansiosa para conhecê-la.

Sua garganta apertou. Isso não poderia estar acontecendo agora.

— Você não se arrependerá disso. — Adele destampou incisivamente uma larga caneta-tinteiro preta e pairou a reluzente ponta acima do cheque.

A bruxa velha não podia esperar mais.

— Espere um minuto. — Lola fechou por instantes os olhos, ponderando se poderia fazer isso. Sim, ela podia. — Dez mil não é o suficiente.

— Não entendi.

— Não é o suficiente. — Ela tinha que dizer isso. — Eu preciso de 15 mil. Então eu deixo o Dougie para sempre. Eu nunca mais o verei.

— Que audácia a sua.

A boca de Lola estava seca.

— De outro modo, eu me mudo para Edimburgo.

Adele desferiu um olhar de completa repugnância. Honestamente, Lola não a reprimia nem um pouco.

— Você passou dos limites.

Lola se sentiu pior do que nunca.

— Eu preciso do dinheiro.

— Onze mil. — Adele retaliou. — E é só.

— Catorze — disse Lola. E se ela vomitasse em cima do tapete persa de Adele?

— Doze.

— Treze.

— Doze e meio.

— Feito. — Estava selado, ela tinha pavimentado seu caminho até 12,5 mil libras. Por mais que interessasse à mãe de Dougie, ela era agora oficialmente desprezível além dos limites. Mas era o suficiente para tirar Alex da enrascada; o seu chefe na oficina podia emprestar o resto.

— Eu espero que você esteja orgulhosa de si mesma. — Adele preencheu com desprezo a nova quantia.

Lola poderia facilmente ter se derramado em lágrimas. Ela lutou consigo mesma para manter o controle.

— Eu não estou. Eu só preciso do dinheiro.

— E aleluia por isso. — Adele, para quem 12,5 mil libras não era tanto dinheiro assim, deu seu sorriso, indiferente, desinteressado. — Então, você vai gastar o dinheiro em quê?

Enquanto dizia isso, seu olhar desviou depreciativamente sobre Lola em seu top turquesa, calça jeans e sandálias.

Estava tudo acabado agora. Acabou Dougie. Ela não precisaria mais impressionar a mãe dele.

— Morar no exterior — disse Lola. — Novos biquínis. Implantes de silicone. Não é isso que a senhora espera?

— O dinheiro agora é seu. Eu não me importo com o que você vai fazer dele, contanto que se mantenha afastada da vida do meu filho. — Adele parou um instante. — Você vai contar a ele sobre isso?

— Não. — Lola balançou a cabeça e pegou o cheque com o qual Alex pagaria suas dívidas naquela manhã. Ele tinha feito um saque a descoberto para cobrir os dias no negativo. Em troca ela entregou a Adele a carta que tinha escrito naquela manhã, a pior carta de sua vida. — Eu vou acabar tudo entre nós. Entregue isso a ele na sua volta. A essa altura já estarei fora do país.

— Que bom ouvir isso. Dougie vai esquecê-la bem rápido, mas eu concordo que é melhor manter uma distância entre vocês dois. Bem, eu mostro a saída. — Adele se levantou e acompanhou Lola pela casa. Evidentemente aliviada porque Dougie não saberia de seu papel na trama para se livrar de sua indesejável namorada, ela sorriu novamente na porta principal e disse: — Adeus, Lola. Foi um aprendizado fazer negócios com você.

Foi assim, foi realmente assim. A garganta de Lola inchou e por um instante ela teve vontade de rasgar o cheque em mil pedaços.

Era o que ela queria fazer. Mas, então, o que aconteceria a Alex?

— Eu amo Dougie. — Sua voz tremeu; ela ainda não conseguia imaginar viver sem ele. — Eu realmente o amo.

Ao abrir a porta com um floreio, Adele disse alegremente:

— Mas você ama mais o dinheiro.

Na hora em que chegou em casa três dias depois, Dougie tinha apenas uma coisa na cabeça.

— Oi, mamãe, tudo bem com a senhora? — Ele largou a mochila no hall e beijou Adele no rosto. — Só vou dar um pulo lá na casa da Lola.

Adele abraçou seu inteligente e atraente filho de 18 anos, a luz de sua vida.

— Na verdade, tem uma carta aqui da Lola para você.

Não ter aberto o envelope antes quase a matou.

Agora, enquanto Dougie lia a carta e ela via a cor sumir de seu rosto, Adele entendeu que tinha feito a coisa certa. Ele gostava demais da garota para algo de bom sair de tudo isso; em sua idade era ridículo se deixar envolver tanto com qualquer garota, especialmente uma socialmente inferior como Lola Malone, a malvestida filha de um mecânico.

— O que ela diz?

— Nada. — A dor misturou-se com incredulidade nos olhos castanhos de Dougie enquanto amassava a carta e subia as escadas.

Adele não queria vê-lo sofrer, mas era para o seu próprio bem. Era melhor assim. Ela chegou ao andar de cima depois de Doug e disse:

— Você está com fome, querido? Posso preparar algo se quiser comer.

— Não. — Ele se voltou abruptamente, seu maxilar cerrado.

— Como a senhora sabia que a carta era de Lola?

Adele pensou rápido.

— Eu estava aqui em cima quando ouvi um barulho vindo da caixa do correio. Quando olhei pela janela, ela estava correndo para a calçada. Não quer que eu faça um sanduíche de rosbife bem gostoso?

— Mãe, eu não estou com *fome*.

O coração de Adele se compadeceu do sofrimento de Doug.

— Querido, está tudo bem?

— Ficará. — Resoluto, Dougie assentiu e disse por fim: — Eu vou para o meu quarto e depois vou dar uma saída. E, sim, tudo *ficará* bem.

Mas não estava, graças a Deus. Lola tinha mantido sua palavra na barganha. Quando Dougie saiu de casa, Adele entrou no quarto e encontrou a carta totalmente amassada embaixo da cama.

Querido Dougie

Desculpe-me fazer isto desta maneira, mas é mais fácil do que frente a frente. Acabou, Dougie, eu não quero mais ver você. Nós nos divertimos e eu não me arrependo de nada, mas meus sentimentos por você mudaram recentemente, a mágica desapareceu. Eu não quero me mudar para Edimburgo com você, não é o meu tipo de lugar e a ideia de toda aquela viagem para ver você é demais. Nunca vai dar certo — no fundo, ambos sabemos disso. Então eu decidi sair do país, ir para algum lugar quente e ensolarado. Não tente me achar, porque eu já me decidi. Você vai, com o tempo, encontrar alguém, e eu também.

Tenha uma boa-vida, Dougie. Desculpe por isso, mas você sabe que faz sentido.

Adeus,

Lola

Adele assentiu, amassando a carta e a colocando novamente embaixo da cama.

Boa garota. Ela mesma não poderia ter feito melhor.

Juntos para sempre, juntos para sempre, juntos para sempre. As palavras ressoavam insultuosamente pela cabeça de Doug em compasso com a batida rítmica do metrô nos trilhos. Na semana passada — sete *dias* atrás — ele e Lola tinham feito um piquenique no Parliament Hill. Lola havia deixado escapar um gritinho agudo de uma indignação zombeteira quando ele espetou o último rolinho de salsicha. Ele fugiu com o rolinho, ela o pegou e rolou com ele no chão e, por fim, ele deu o rolinho para ela. Eles o dividiram, rindo e beijando as migalhas dos lábios um do outro. Foi um caloroso dia de sol e novas sardas, pequeninas, tinham se espalhado pelo nariz bronzeado de Lola. Ele a colocou de costas e a provocou, segurando seus braços acima de sua cabeça, de modo que não pudesse mexer os quadris. E então eles pararam de rir e olharam nos olhos um do outro percebendo que viviam um momento perfeito, inesquecível.

— Oh, Dougie, eu te amo. — Lola lhe sussurrou, sua voz embargada de emoção. — Ficaremos juntos para sempre, não é? Prometa que ficaremos juntos para sempre.

E ele prometeu. Mais do que isso, ele estava falando sério. Agora, sentado no vagão olhando para o vazio através da janela enquanto o trem seguia em frente ressoando sua jocosa canção, Doug imaginou o que poderia ter acontecido para dar tudo errado.

— Ela foi embora, querido. Eu sinto muito. Você sabe que Lola é assim, uma vez que decide algo, uhhh, bem assim, sai como um foguete.

Doug não podia acreditar. Lola tinha partido. Isso estava realmente acontecendo. Num minuto tudo estava bem e eles estavam completa, delirantemente felizes, no minuto seguinte ela desaparecera da face da Terra. Não era típico de homem, e não era o tipo de coisa que ele pudesse contar aos amigos em um milhão de anos, mas a dor da perda era tão devastadora que ele sentiu como se seu coração pudesse, de verdade, se partir.

Ao contrário, lutando para manter sua compostura, Doug engoliu a bola de golfe em sua garganta.

— Ela disse o porquê?

— Não realmente. — Blythe encolheu os ombros, impotente, tão desconcertada quanto ele. — Apenas disse que desejava uma mudança de ares. A sua amiga Jeannie estava indo para Majorca, elas se encontraram para bater um papo e no dia seguinte Lola disse que estava indo com ela. Para *viver* lá. Bem, ficamos todos chocados! E eu perguntei se ela tinha pensado bem em tudo, com vocês dois tão próximos um do outro, mas não havia nada que a impedisse. Eu realmente peço desculpa, querido. Ela deveria ter falado pessoalmente com você.

Não ajudou muito o fato de a mãe de Lola olhar para ele como se ele fosse um cachorrinho abandonado em uma caixa de papelão; ela foi simpática, mas não havia nada mais que ela pudesse fazer.

— A senhora tem o telefone dela? Um endereço?

— Desculpe, querido. Eu não posso fazer isso. Ela não quer que você entre em contato. Eu imagino que ela pense que vocês têm a própria vida para tocar. — A mãe de Lola se esforçava para consolá-lo.

Como se alguma coisa o consolasse. Doug revolveu o cabelo com os dedos em desespero.

— Ela conheceu outro?

— Não. — Blythe balançou vigorosamente sua cabeça. — Definitivamente não.

Ele não sabia se isso tornava as coisas melhores ou piores. Ser chutado em favor de outro cara era uma coisa, mas ser chutado em favor de ninguém era um chute mais violento nos dentes. Com dificuldade para controlar a voz, Dougie disse:

— A senhora pode me fazer um favor? Apenas avise a ela que se mudar de ideia sabe onde me achar.

— Eu farei isso, querido. — Por um instante os olhos azuis de Blythe se encheram de lágrimas e pareceu que ela estava prestes a jogar seus braços ao redor dele. Apavorado como estava, ele poderia se desmanchar em lágrimas e arruinar para sempre sua credibilidade. Dougie apressadamente se mandou.

— Obrigado.

Capítulo 3

Sete anos atrás

— Oh Lola, olhe para você. — Abraçando-a com força, Blythe trocou instantaneamente para o modo protetor de mãe. — É fevereiro. Você vai pegar um tremendo resfriado!

— Mamãe, eu já estou com 20 anos, a senhora não pode mais chamar minha atenção. — Mas, secretamente, Lola gostava disso. Ela devolveu o abraço apertado e provocativamente ergueu a ponta do seu top mostrando seu bronzeado marrom caramelo de Majorca.

— Você ficará enregelada quando chegarmos lá fora. — Blythe pegou uma das amassadas malas de Lola e dirigiu-se à saída, desviando-se da multidão que lotava o aeroporto. — Você tem certeza de que não quer pegar um casaco da mala?

— Tenho. De que adianta estar mais bronzeada que todos os outros e se cobrir com um casaco? Ah, mamãe, pare um pouquinho, deixa eu abraçá-la novamente. Eu senti muita saudade.

— Sua malandrinha. Como estão as coisas com Stevie?

— Acabou. Eu não estou mais saindo com ele. Nós nos separamos. — Lola sorriu para mostrar como isso não importava nada. Stevie tinha sido divertido, mas nunca algo sério. Acariciando a barriga, ela disse: — E estou faminta. Vamos direto para casa ou eu me viro com um hambúrguer por aqui mesmo?

— Hoje não é dia de hambúrgueres. Nós não vamos comer em casa. Alex vai nos levar para almoçar, — disse Blythe. — Ele reservou uma mesa no Emerson em Piccadilly.

— Opa, olha lá, almoço no Emerson. Que luxo! — admirou-se Lola. — O que fizemos para merecer isso?

Blythe deu o braço e a apertou.

— Nenhuma razão especial, querida. É apenas maravilhoso tê-la de volta.

Sua mãe estava mentindo. Havia uma razão especial. Alex esperou até que elas escolhessem o prato antes de pedir uma garrafa de champanhe.

— Alex, você enlouqueceu? — E era champanhe mesmo. O que estava acontecendo era um tanto quanto inconsequente; quando Lola era pequena, ela nunca pôde tomar uma Coca-Cola decente em casa, apenas o genérico porque era mais barato.

— Eu saí do meu emprego — disse Alex, quando o garçom trouxe a garrafa à mesa.

— Ah, não. — O coração de Lola afundou; novamente ela sempre soube que era algo arriscado. Após sua partida, três anos atrás, Alex tinha parado de jogar, assim num piscar de olhos. Desde aquela terrível época, quando elas quase o perderam, ele não tinha conseguido nada melhor do que trabalhar com apostas de corridas de cavalos no Grand National. Ele também se afastara do clube de bilhar. Assim, ele ficava em casa todas as noites, interessando-se cada vez mais nas oportunidades de negócio que eram oferecidas pela, então em frequente expansão, internet. Quando ele veio com a semente de uma ideia para um serviço on-line de reservas em hotéis, Lola o ouviu e assentiu polidamente sem realmente entender como isso poderia funcionar. Para ela, Alex estava falando grego. Toda essa história de internet soava muito improvável para ela; ela tinha pouco a ver com tudo isso.

Mas Alex persistiu, montando por fim uma empresa e trabalhando nisso em seu tempo livre. Então, no ano passado, ele largou seu emprego na garagem para dedicar mais tempo a sua firma. Lola estava com a impressão de que as coisas estavam indo muito bem.

Oh, Deus... ela torceu para que ele não tivesse desistido e voltado a jogar.

— Então? — Veio aquela terrível sensação de problemas novamente. — O que deu errado?

Os olhos de Alex franziram, as linhas salientadas pela luz de velas sobre a mesa.

— Nada deu errado. Era muito trabalho para eu cuidar. Eu precisava contratar pessoas, encontrar um escritório apropriado... eu não consegui lidar com tudo por conta própria.

Lola assentiu.

— Mamãe disse que o senhor trabalhava o tempo todo.

— Eu nunca imaginei que pudesse decolar daquele jeito. Era incrível, mas assustador. Então eu recebi uma proposta de outra empresa — explicou Alex. — Eles se ofereceram para comprar o meu negócio.

— Ah, bem, isso deve ter sido um alívio. — Contanto que Alex não estivesse novamente jogando, ela estava feliz.

— É um alívio — Alex assentiu com a cabeça e ergueu as taças. — Então, um brinde a nós.

— A nós — Lola entusiasticamente bateu sua taça na deles e tomou um grande gole do delicioso champanhe gelado.

— A propósito — disse Alex —, eu vendi o negócio por 1,6 milhão de libras.

Felizmente o champanhe já tinha descido pela garganta, de outra forma ela o teria cuspido pela mesa como um regador de jardim.

— O senhor está falando *sério*?

— É verdade! — os olhos de Blythe saltaram. — Você não sabe como foi difícil para eu não contar nada. Eu quase surtei no aeroporto!

— Meu Deus! — suspirou Lola.

— E isso é para você — Alex pegou de seu bolso um cheque dobrado e o passou pela mesa.

— Meu *Deus*. — As mãos de Lola começaram a tremer enquanto contava e recontava os zeros. Por vários segundos ela perdeu a fala. A sua mãe nunca havia descoberto os traumáticos eventos de três anos atrás, o que tornava ainda mais difícil dizer o que ela pretendia dizer. Mas Alex, embora não precisasse, estava ressarcindo-a, com juros, milhares deles. Era tarde demais, mas ele queria desesperadamente se redimir do que ela fora forçada a fazer para salvar sua família.

Por fim, ainda insegura, Lola disse:

— O senhor não precisa fazer isso.

Os olhos deles se encontraram. Ele sorriu:

— Você é minha filha. Por que eu não faria isso?

— Eu disse que era muito — Blythe entrou orgulhosamente na conversa —, mas ele insistiu. Agora, não vá torrar tudo!

— Você pode sair daquele seu pequeno apartamento alugado — disse Alex — e comprar uma casa nas montanhas. Isso não seria torrar o dinheiro.

Incapaz de se conter, Lola saltou da cadeira e o abraçou. Nem pensava numa casa nas montanhas; agora ela podia voltar para Londres e comprar um apartamento para morar.

Porque Majorca podia ser mágica de muitas maneiras, mas não há, na verdade, um lugar como a casa da gente.

— *Lola*. — Horrorizada pela atenção que recebia, Blythe tentava freneticamente abaixar a minissaia de sua filha. — Pelo amor de Deus, endireite-se. Todos estão olhando para sua calcinha!

Havia algo deliciosamente desorientador em emergir de um restaurante escuro, iluminado com velas às 15h30, e descobrir que ainda havia luz do sol lá fora, embora fosse a luz do dia de uma cidade fria e cinzenta.

Mas o cinza do céu não importava, porque ele tornava as lojas vivamente iluminadas ainda mais sedutoras. Como um ímã humano, Lola se apanhou irresistivelmente atraída na direção das maiores, mais reluzentes, lojas.

— Deixamos você aqui. — Sua mãe e Alex não seriam persuadidos a acompanhá-la. — Não gaste muito, hein?

— Mamãe, estive fora de casa quatro meses. Eu tenho que fazer umas comprinhas.

— Quem sabe um bom casaco quente. — Blythe não resistiu à dica.

Quando eles voltaram para o carro, Lola seguiu pelas estreitas ruas de Piccadilly até chegar à Regent Street. Ah, sim, lá estavam elas, as lojas de departamento de que tanto ela sentira falta, com seus salões elegantes e seções de perfumes e escadas rolantes que levavam a outros andares lotados com coisas mais interessantes ainda...

Melhor ainda, aqui estava a Kingsley.

Lola parou na entrada, saboreando o momento. As lojas de departamento eram maravilhosas, mas estavam atrás das livrarias em seu coração. Alcúdia em Majorca tinha bons lugares para ir, mas a triste coleção de velhos e desbotados livros de bolso em inglês nos expositores das lojas de lembranças em frente à praia não era um deles. Ela procurou por uma livraria decente como um viciado procura por uma dose. Não havia nada melhor do que o delicioso aroma de um livro novo, tocar as capas e folhear um livro cujas páginas nunca tinham, possivelmente, sido tocadas antes.

E, se era estranho sentir-se daquela maneira, bem, ela não se importava. Algumas pessoas eram obcecadas por sapatos e os amavam com paixão. Sapatos eram legais, mas você não pode ficar acordado a noite toda lendo um, pode?

Enfim, a calçada estava fria; pelas roupas que usava, se estivesse nua, o efeito seria o mesmo. Com um delicioso arrepio de excitação, Lola entrou no reconfortante calor da Kingsley.

Oh, olhe para eles. Tantos livros, tão pouco tempo. Todas aquelas pilhas e pilhas de deliciosos livros de capa dura com capas lustrosas, implorando para serem comprados e devorados. Lola colocou seus dedos neles, prolongando o momento e não percebendo o sorriso bobo que exibia em seu rosto até que outro cliente percebesse e sorrisse de volta.

— Desculpe. — Várias taças de champanhe no almoço tinham soltado sua língua. — Eu moro em Majorca, então faz um tempo que não vejo tantos livros.

As orelhas do homem prontamente se ruborizaram.

— Sorte sua. Então, hum, onde em Majorca?

— Alcúdia, na parte norte da ilha.

— Eu conheço Alcúdia! — falou sem pensar o homem de meia-idade. — Eu vou lá todos os anos com minha mãe. Nós ficamos em um apartamento da parte velha da cidade. Que coincidência!

Hum, nem *tanto*, visto que um bilhão de pessoas invade Alcúdia a cada ano, mas Lola foi tocada por seu entusiasmo.

— Bem, eu trabalho em um restaurante no porto. Assim, se você gosta de frutos do mar, da próxima vez que for a Alcúdia, dê uma passada lá para comer alguma coisa.

O rosto do homem estava tão vermelho de excitação que ela temeu por sua pressão arterial.

— Parece uma ótima ideia. Minha mãe não é uma grande fã de frutos do mar, mas eu suponho que o *chef* possa preparar uma omelete como um favor especial a você. — Ele hesitou. — São muito caros?

— Não tão caros assim. Na verdade, bem razoáveis. E você pode pedir o que quiser. Somos bem atenciosos — garantiu Lola, com um sorriso. — Você se divertirá bastante, eu prometo.

O homem, que claramente não se divertia muito, disse ansiosamente:

— Qual é o nome do lugar? E exatamente perto de onde fica? É melhor que você me dê orientações.

— Eu posso fazer melhor do que isso. — Lola abriu sua bolsa prateada e pegou um cartão do restaurante e passou-o ao homem.

— Obrigado. — O homem exultou-se. Ele guardou bem o cartão e olhou seu relógio. — É um encontro, então. Ops, já é tão tarde assim? Eu preciso ir a um caixa eletrônico antes de...

— Com licença — disse alguém em voz alta atrás deles —, já *chega*. Eu vou ter que pedir que vocês se retirem.

Estupefata, Lola se virou e viu que estava sendo tratada por uma funcionária gordinha de cabelos grisalhos que possivelmente estava trêmula em desaprovação.

— Desculpe, você está falando comigo?

— Ah, não *me* venha com essa conversa boba. Vamos lá, dê o fora, deixe nossos clientes em paz — a mulher ergueu o braço e apontou para a porta como um guarda de trânsito. — Fora! fora! Não precisamos de pessoas do seu tipo aqui.

— O *quê?* — Lola ficou de boca aberta; a mulher estava completamente maluca? Meio que sorrindo em incredulidade, ela se virou para o homem próximo a ela, mas ele se afastou petrificado.

— Oferecendo-se aqui, incomodando clientes honestos — a mulher se enfureceu —, é nojento e eu não permitirei que isso aconteça aqui.

— Oferecendo-me? — as sobrancelhas de Lola se ergueram. — O que você quer dizer com isso? Eu não sou uma prostituta!

— Não discuta comigo, mocinha. Eu ouvi sua conversa com o cavalheiro. Olhe para si mesma — a mulher apontou um dedo acusatório para a roupa de Lola, um top cavado branco, uma minissaia verde-limão e as longas pernas de fora. — Está perfeitamente claro o que você é! — a mulher se virou para o homem pedindo auxílio. — O que o senhor pensou quando a viu?

— Hum... bem... — Em um agonizante embaraço ele disse: — Eu s-suponho que ela está e-exoticamente vestida.

Oh, pelo amor de Deus.

— Eu moro em Majorca! Cheguei hoje! Eu não sabia que estaria tão frio aqui! Diga a ela sobre o que estávamos conversando — exigiu Lola, mas era tarde demais. Mortificado, o homem se mandou da loja.

— E você caia fora também antes que eu chame a polícia — a mulher olhou em triunfo. — Esta é uma loja respeitável e não precisamos de pessoas como você aqui, fedendo a bebida e aliciando homens inocentes.

Ir embora agora não era uma opção, era simplesmente contra a natureza de Lola. Se alguém dissesse "não toque nisto, está quente", ela teria que tocar para descobrir como realmente estava quente. Se dissessem "não pule do muro, você vai se machucar", ela se sentiria impelida a pular do muro para descobrir quanto seria dolorida a queda.

A mulher, Lola tinha visto seu nome no crachá, era uma assistente de nome Pat.

— Eu vim aqui para comprar livros e irei embora quando comprá-los. — recusando-se a ser intimidada, Lola disse calmamente: — Mas, antes de ir, eu quero ter uma conversinha com seu gerente.

Quinze minutos depois, ela foi até o balcão com uma pilha de livros, ciente de que os comentários de Pat tinham chegado aos ouvidos de todos.

Pat não estava mais à vista. Outros funcionários da loja a observavam a distância. O jovem atendente no balcão pegou as compras de Lola tentando ao máximo não olhar para suas pernas.

— Eu poderia falar com o gerente, por favor? — disse Lola.

Ele assentiu, tirou o fone do gancho e murmurou algumas palavras nele.

Lola esperou.

Por fim uma porta atrás abriu e uma esbelta mulher nos seus 40 anos surgiu.

Parecia como uma cena de *Sem Lei e Sem Alma*.

A mulher abordou Lola e disse:

— Eu sinto muito sobre Pat, ela me disse o que aconteceu e eu gostaria de pedir desculpas em nome da Kingsley. O negócio é o seguinte, Pat vai se aposentar em seis semanas e, se você fizer uma reclamação formal, as coisas não vão ficar bem para ela.

— Eu...

— E eu provavelmente nem deveria estar dizendo isso a você, mas ela tem uma fixação em, digamos, garotas de vida fácil. — Abaixando a voz e sussurrando a mulher falou: — O marido dela, veja só, fugiu com uma e Pat ficou louca, principalmente quando descobriu que ela tinha sido um homem. Quero dizer, a garota. Não Pat. Coitadinha, ficou arrasada. É por isso que ela se exaltou. Eu sinto muito, muito mesmo. Conversei com ela, e ela nunca mais fará isso.

— Bem, que bom — disse Lola. — Fico feliz de ouvir isso.

A gerente olhou com esperança.

— Então está tudo bem? Você não vai fazer uma queixa formal?

— Não, não vou.

— Oh, obrigada! *Muito* obrigada. — Ela pegou a mão de Lola em gratidão. — É muito gentil da sua parte. Pobre Pat, eu sei que ela não deveria ter dito aquelas coisas ultrajantes, mas ela passou por maus bocados, e de alguma maneira eu sei que você vai entender por que ela ficou tão transtornada...

— Eu não sou uma prostituta — disse Lola.

Isso deixou a gerente petrificada.

— Oh! — Disfarçando a surpresa, a mulher apressadamente recuou. — É claro que você não é. Não foi isso que eu quis dizer! Por Deus, *é claro* que eu não pensei isso de você!

Lola deu um largo sorriso porque uma roupa que não mereceria uma segunda olhada em Alcúdia claramente tinha outras conotações em uma livraria de Londres num novembro frio. Talvez tivesse chegado a hora de mudar seu guarda-roupa.

— Eu achei que você tivesse pensado. Não se preocupe. E você não me perguntou ainda por que eu queria falar com você.

A mulher pareceu frustrada.

— Claro, desculpe. Eu estou um pouco confusa. Então o que você queria comigo?

— Isto — Lola apontou para o aviso no balcão, idêntico àquele que tinha visto anteriormente na janela. — Aqui diz que vocês têm uma vaga para assistente de vendas.

— Nós temos. Para substituir Pat quando ela se aposentar.

Cada vez melhor.

— Vocês exigem muitas qualificações para o emprego?

— Você precisa amar livros.

— Eu amo livros — disse Lola.

A gerente pareceu surpresa.

— Você quer dizer que *está* interessada? *Neste* emprego?

Era claramente um pedido incomum.

— Desculpe, eu não teria permissão de trabalhar aqui?

— Não é isso! Eu achei que Pat tinha dito que você mora no exterior.

Lola sorriu para a mulher e disse:

— Acho que está na hora de voltar para casa.

Capítulo 4

Tempo presente

— Você trabalha onde? Em uma loja de livros?

— Em uma livraria. — Mesmo que gritasse as palavras acima do som ensurdecedor, Lola se deu conta do porquê estava incomodada. — Na Kingsley. Eu sou a gerente da filial na Regent Street.

— Deus, melhor você do que eu. Livros são chatos. — O garoto piscou o olho e olhou maliciosamente para Lola da borda do seu copo de cerveja, convencido evidentemente de seu próprio charme irresistível. Ele usava bastante gel no cabelo e um manjado sorriso. Após submeter Lola a uma lenta e apreciativa abordagem, ele disse: — Essa não, você está se divertindo à minha custa. Você não se parece com uma gerente de uma livraria.

O que ela *poderia* ter dito em resposta a isso era: "Bem, você não se parece com um imbecil, mas claramente você é um".

— Bem, eu sou — disse pacientemente Lola —, juro.

— Você deveria estar usando óculos do tipo vovozinha e, igualmente, um velho cardigã empoeirado ou algo do tipo. E sem maquiagem.

Lola sabia o que deveria fazer; ela deveria dar um tapa no rosto do estúpido afetado. Em voz alta disse:

— Eu acho que você não frequenta muitas livrarias.

— Eu? De jeito nenhum. — Orgulhosamente, o garoto falou: — Não suporto ler, perda de tempo. Ei, gostaria de um drinque?

— Não, obrigada. Não suporto beber, perda de tempo.

Ele olhou incrédulo:

— Mesmo?

— Na verdade, não. Mas beber com você seria uma grande perda de tempo. — Lola se desculpou e foi até o bar onde Gabe, que estava dando uma festa de despedida para a qual ela fora convidada, conversava com um grupo de amigos do trabalho.

— Gabe, estou indo para a casa.

Ele se virou horrorizado:

— Nem pensar. São só 9 h da noite.

— Eu sei. É que hoje eu estou a fim de dormir cedo.

— Fazer *o quê* cedo? Espere um pouco, onde está a verdadeira Lola? — Gabe olhou seu rosto de perto. — Diga-me o que você fez com ela.

Lola sorriu, porque nunca estivera tão incrédula; ela absolutamente não era do tipo que dormia cedo. Festas eram normalmente sua diversão favorita.

— Eu sei que parece estranho. Talvez eu esteja gripada ou algo parecido. Enfim, divirta-se bastante. — Lola deu um forte abraço em Gabe e disse: — Eu bato amanhã de manhã na sua porta com chá e analgésico.

Ele pareceu ainda mais alarmado:

— Vá amanhã à noite e talvez eu esteja acordado.

Lola saiu do bar, tremendo assim que sentiu algumas gotas da chuva fria molharem seu rosto. Estava chovendo e a probabilidade de conseguir um táxi era praticamente inexistente, então ela foi em direção ao metrô, puxando mais para si sua jaqueta de veludo tentando se proteger do frio e equilibrando-se pela calçada no salto alto cor-de-rosa.

Não era como se fosse apenas a festa de despedida de Gabe; era uma reunião heterogênea de pessoas dos escritórios onde ele trabalhara como agente imobiliário credenciado. *Tinha* trabalhado, enfim, pelos últimos quatro anos, uma vez que, a partir de hoje, ele estaria desempregado e pronto para a aventura de sua vida na Austrália.

Lola seguiu rua adiante, feliz por Gabe, mas consciente de que sentiria muito a sua falta. Quando voltara a Londres, havia sete anos, com a inesperada pequena fortuna que recebera da venda do negócio de Alex engordando consideravelmente sua conta bancária, Lola se apaixonara pelo terceiro apartamento que visitara.

Ela se sentiu um pouco como a Cachinhos Dourados[1] naquele memorável dia. O primeiro apartamento, em Camden, era muito pequeno. O segundo, em Islington, era maior, mas muito escuro e melancólico e cheirava a cogumelos.

Por sorte, o terceiro tinha sido perfeito. Na verdade, ele excedera os mais selvagens sonhos de Lola. Radley Road era uma agradável rua em Notting Hill, onde as casas eram multicoloridas — como em *Balamory*![2] Sim! — e o número 73 era azul-celeste e branco. No segundo andar ficava o 73B, um espaçoso apartamento de um quarto com uma sala de estar que dava vista para a rua embaixo com uma janela grande o suficiente para permitir que o sol se esparramasse nela. A cozinha e o banheiro eram pequenos, porém limpos. No momento em que Lola pisou no apartamento ela sabia que deveria comprá-lo. Ele chamava seu nome.

Não tendo ninguém para orientá-la sobre como proceder nessa situação, ela teve que pessoalmente persuadir o corretor com lágrimas de alegria nos olhos, levando as mãos ao peito e exclamando:

— É perfeito. Eu quero comprá-lo! Este é O Apartamento!

Enquanto o que ela *deveria* ter dito era "Hum, nada mal, eu creio. Como é a vizinhança?"

Mas ela não fez isso, deixando assim a raposa velha do corretor agradecer em silêncio por existirem compradores impulsivos desesperados em todos os lugares e dizer alegremente:

— É disso que eu gosto, uma garota que sabe o que quer.

E Lola, que agora percebera como fora ingênua, engoliu em seco e recebeu aquilo como um elogio.

Mas vizinhos são um importante fator a ser levado em conta, como ela devidamente descobriu no dia em que se mudou para o apartamento 73B.

---

[1] A Cachinhos Dourados é uma personagem de uma história do folclore europeu, *A Cachinhos Dourados e os Três Ursos*, publicada pela primeira vez em 1837 pelo poeta Robert Southey. (N. da T.)

[2] *Balamory* é uma série de TV criada por Brian Jameson para crianças em idade pré-escolar, produzida pela BBC da Escócia e que foi ao ar entre 2002 e 2005. (N. da T.)

No mesmo segundo andar, diretamente na sua frente, estava o 73C. Lola tocou a campainha naquela tarde em que se mudara para se apresentar cheia de boa vontade e uma feliz antecipação.

O impacto da porta se abrindo e um esquelético senhor na casa dos 80 anos cheio da má vontade e mau humor foi chocante.

— O que você quer? Você me acordou.

Lola exclamou:

— Oh, eu sinto muito. Eu só quero me apresentar. Eu sou Lola Malone, sua nova vizinha!

— E?

— Hum, bem, eu me mudei para o apartamento da frente. Hoje de tarde!

O homem a encarou com um visível desgosto.

— É eu ouvi toda aquela barulheira que você fez subindo com suas coisas.

— Mas...

Tarde demais. Ele já tinha batido a porta na cara de Lola.

Seu nome era Eric, descobrira Lola mais tarde, e ele, que não podia suportar qualquer ruído por parte dela, se sentia confortável em fazer bastante barulho. Ele tocava trompete, muito mal, a qualquer hora do dia e da noite. Gostava da TV ligada no volume máximo, possivelmente assim ele poderia continuar a ouvi-la enquanto tocava. Ele também cozinhava dobradinha três vezes por semana e o aroma entrava no apartamento de Lola como... bem, na verdade, igual ao cheiro do estômago cozido de vaca.

Ah, sim, ela tinha arranjado para si um pesadelo bem vivo de vizinho. Tarde demais, Lola percebera por que o corretor, ao entregar as chaves do apartamento, dera uma piscadela e dissera:

— Boa sorte!

Ter respeito pelos mais velhos é recomendável, mas Eric era um velho arminho, mal-educado e impertinente que fazia de tudo para tornar a vida de Lola um inferno.

Depois de dois anos nessa tortura, Eric morreu e Lola se sentiu aliviada por ter ido ao centro no dia de sua morte. Como seus colegas de trabalho observaram, se ele fosse encontrado morto em seu apartamento, todos suspeitariam que ela tivesse dado cabo do velho.

Mas o reinado de Eric tinha acabado; o apartamento havia sido limpo e posto à venda e Lola cruzou os dedos, esperando melhor sorte desta vez.

E as preces funcionaram. Ela ganhara o belo Gabe — viva! — e num passe de mágica a qualidade de sua vida doméstica melhorou em mil por cento porque Gabe era o melhor vizinho que qualquer garota poderia desejar.

Melhor ainda, ela não se sentiu atraída por ele.

Gabriel Adams, com seu desleixado cabelo loiro e relaxado corpo magro, tinha 29 anos quando se mudara. E desta vez fora *ele* que batera à porta de Lola para convidá-la para um drinque no terraço do seu apartamento.

Isso significava que ela já simpatizava com ele.

— Eu nunca soube que havia um terraço — maravilhou-se Lola com a visão dos fundos da casa; era como se ela estivesse descobrindo uma ilha tropical repleta de dançarinas de hula-hula em seu velho e empoeirado armário de vassouras.

— É um lugar ensolarado — Gabe sorriu para ela. — Eu sinto que vou gostar daqui. Esta camiseta me faz parecer muito gay?

Uma vez que era de um lilás vibrante, visivelmente cara e um tanto quanto justa, Lola disse:

— Bem, um pouquinho.

— Eu sei, é demais. Eu sou muito meticuloso e um grande cozinheiro. Eu não posso usar isto. Tirando a camisa e revelando um torso invejosamente bronzeado, Gabe a estendeu para ela. — Quer para você ou me livro dela?

Ela não era tão cara, descobrira Lola mais tarde. Era Dolce & Gabbana. Gostando cada vez mais do seu novo vizinho, Lola disse:

— Eu fico com ela. Você tem certeza?

— Claro que sim. A cor combina com você. Melhor do que atirá-la no fundo de uma gaveta e nunca mais usá-la.

Uma semana mais tarde, porém, quando Lola estava saindo à noite, deparou com Gabe e sua namorada chegando. A garota, que tinha cintilantes olhos negros e um braço possessivamente enrolado na cintura de Gabe, ficou petrificada e disparou:

— O que você está fazendo usando a camiseta do meu namorado?

— Hum... bem, ele a d-deu para... — Lola olhou para o rosto de Gabe, e emendou rapidamente — ...quero dizer, ele *me emprestou,* porque eu, hum, perguntei se podia pegá-la emprestado.

A namorada a fuzilou com um olhar antes de se virar para Gabe:

— Eu te dei a camisa de aniversário! Não saia por aí emprestando para qualquer garota só porque ela tem o topete suficiente para pedir emprestado.

O que acontecera foi que Gabe não fizera aquilo de propósito. Ele não quis causar incômodos, simplesmente fora descuidado e extremamente generoso e não lhe ocorria que alguém pudesse não gostar do que fazia.

Mas ele acabou a relação com aquela garota logo depois disso, e Lola pôde usar novamente a camiseta. Daquele momento em diante, uma torrente de namoradas vinha e ia, enlevadas pelo fato de Gabe ser um cara atraente, charmoso e avesso a comprometimentos. Cada uma delas por sua vez estava firmemente convencida de que poderia ser aquela que o faria ver o erro que estava cometendo e repentinamente adotar uma vida doméstica e monogâmica.

Cada uma delas, não precisa nem dizer, estava errada.

Ou estivera, até três meses, quando Gabe encontrou uma mochileira australiana de nome Jaydena na última parte de sua viagem ao redor do mundo. Jaydena tinha invertido os papéis; ela dera o fora em Gabe, voltando para Sydney apenas algumas semanas depois de terem se conhecido e ainda estavam completamente apaixonados. De volta à Austrália, ela mandava e-mails diários que eram prontamente respondidos. Em algumas semanas ela o persuadiu a largar seu emprego e ir morar com ela na Austrália.

Lola ficou estupefata quando soube.

— Mas... *por quê?*

— Porque eu nunca estive na Austrália e todos dizem que é um lugar incrível. Se eu não for agora, vou me arrepender para sempre.

— Então talvez eu nunca mais o veja. — Era uma perspectiva assustadora; Gabe era parte de sua vida. E não apenas para os bons momentos. Quando Alex morrera, havia cinco anos, repentina, desesperada e injustamente de ataque cardíaco, Lola ficara devastada, incapaz de acreditar que nunca mais veria seu amado pai. Mas Gabe fora uma rocha, ajudando-a nesse período difícil. Ela sempre seria grata a ele por aquilo.

— Ei, eu não vou vender o apartamento, vou alugá-lo por um ano. Depois disso eu volto.

Lola sabia que sentiria muito sua falta, mas o alarme disparara por outro motivo, bem menos altruísta.

— Onde você vai achar um novo inquilino? Em uma agência imobiliária?

— Ah! — Gabe alegremente lhe acertara nas costelas. — Então é apenas consigo mesma que está preocupada, com medo da ideia de quem poderá ser seu novo vizinho?

— Não. Bem, na verdade é isso também.

— Já arranjei tudo. Marcus do escritório se separou da mulher. Ele vai vir morar aqui.

Ufa. Lola relaxou, porque conhecia Marcus e ele era legal, um pouco chatinho e inclinado a tagarelar sobre motocicletas. O que talvez tivesse algo a ver com o fim do seu casamento.

— Então, sem pânico — disse Gabe. — Está tudo acertado. Vocês dois vão se dar bem.

— O.K. — Já prevendo Marcus em roupas sujas de óleo, baratas, Lola disse: — Mas eu não me vejo pedindo emprestadas as camisetas dele.

Argh, chovia mais forte do que nunca. Desejando estar de salto baixo, Lola corria pela rua com a gola de sua jaqueta erguida, virou à esquerda na esquina e pegou um atalho até o metrô. Ela estremeceu quando seu pé esquerdo pisou em uma poça e...

— *Deixe-me em paz, deixe-me em paz! Nãoooo!*

Capítulo 5

Lola virou a cabeça rapidamente, seu coração batia forte no peito com a visão da violenta cena à sua frente. Os angustiantes gritos da mulher tomavam conta do ar, enquanto ela era arrastada do banco do motorista do carro por dois homens que a jogaram violentamente no chão. Um deles se ajoelhou diante dela, arrancando algo de suas mãos. Quando ela se debateu, ele deu um tapa em seu rosto e gritou:

— Cale a boca!

Mas a mulher novamente gritou e ele a atingiu de novo, dessa vez com mais força, fazendo seu rosto bater no chão:

— Eu disse quieta. Vamos, entregue seus anéis.

— Não! *Ahhh*. — A mulher urrou quando ele torceu seu braço.

— Deixe-a em paz! — gritou Lola, discando 999[3] no celular e arfando. — Polícia, ambulância, Kevely Street. — Tomada por uma fúria efervescente, ela tirou os sapatos e correu em direção ao carro. — Deixe-a em paz!

— É, está bem. — O homem zombou enquanto seu parceiro ligava o motor do carro da mulher.

— Vamos! — gritou o parceiro. — Rápido, rápido.

---

[3] 999 é o número de emergência da polícia no Reino Unido, equivalente ao 190 no Brasil. (N. da T.)

— Parem! — Lola agarrou o cabelo engomado do ladrão e puxou com força a cabeça dele para trás, chocada ao ver na escuridão que o rosto da mulher estava coberto de sangue. — Deixe-a em paz, eu chamei a polícia.

— Largue-me — rosnou o ladrão, lutando para se livrar de Lola.

— Não, eu não vou. — Lola lutava com ele no chão, ela estava sentindo o cheiro de álcool do seu hálito podre e a chuva gelada por entre suas coxas. A mulher estava deitada ao lado, o rosto virado para o outro lado, encolhida e gritando de dor. O homem praguejou novamente e girou como uma enguia tentando se soltar, mas Lola o tinha sob controle e não o deixaria fugir antes de...

BUUUMMM, o ruído e a dor preencheram a cabeça de Lola e ela percebeu que o outro ladrão a havia golpeado pelas costas com algum tipo de arma. Então tudo ficou difuso e escuro, e ela desabou no chão.

De longe, Lola ouviu o cantar dos pneus do carro acelerando em disparada. De perto, a mulher gemia. Sem abrir os olhos, Lola estendeu o braço, pegou o pé da mulher e desajeitadamente o afagou.

— C-Calma, você está bem, aguente firme e a polícia logo estará aqui. — Deus, ela se sentiu muito mal. A dor em sua nuca era intensa. Mas a mulher próxima a ela na rua soluçava histericamente, precisando de apoio e conforto.

— E-Eles me-me enganaram, eu pen... pensei que alguém estivesse machucado... então, quando eu parei o c-c-carro, eles me puxaram para fora...

— Ei, ei, não se preocupe. — Lola acariciou a perna da mulher, a única parte do corpo que ela conseguia alcançar. — Eu estou ouvindo sirenes, alguém está vindo em socorro, você está bem.

— Eu não estou bem, há s-sangue por tudo, ele me deu um soco na cara e q-quebrou meu n-nariz.

— Shhh, não grite. — Lola apertou a panturrilha da mulher e, tremendo de frio, sentiu uma náusea cortante. — Aqui está a ambulância. Eu espero que eles não passem por cima dos meus sapatos...

Os 20 minutos seguintes foram de uma confusão só. Lola estava vagamente consciente dos problemas que tinha em responder às perguntas dos paramédicos e da polícia. Ela esperava que eles não supusessem que estivesse embriagada. Luzes azuis piscantes conferiam à anteriormente escura rua uma aparência de um clube dançante, mas não havia ninguém dançando. Solicitada a manter um braço estendido e tocar o nariz com o dedo indicador, Lola errou e quase furou seu olho. Solicitada a dizer o nome do primeiro-ministro, ela se esforçou para nomear o rosto que lhe vinha à mente. — Espere um pouco, não me diga, eu sei... eu sei... é Peter Stringfellow? [4]

A outra mulher já tinha sido levada para o hospital na primeira ambulância. Quando a segunda chegou à rua estreita, repentinamente lotada, uma maca foi trazida, e Lola acenou protestando.

— Não, não. Eu não posso ir à festa. Eu tenho que trabalhar amanhã.

— Você precisa ser analisada, querida. Você foi golpeada.

— Eu sei, eu sou muito atraente. — Lola sorria para o curiosamente atraente paramédico... Está bem, ele era um cinquentão e se assemelhava a um porco, mas tinha olhos encantadores. — Você vai dançar comigo?

— Claro que sim, querida. Tão logo você esteja melhor. — Ele devolveu o sorriso.

— Você é lindo. — Como, com mil demônios, ela nunca tinha considerado dois grandes queixos e uma proeminente barriga atraentes antes?

— Eu sei, eu sei. Johnny Depp, sou eu.

— Não, você não é, você é bem mais bonito do que ele. — Quando foi cuidadosamente erguida até a maca, Lola olhou adoravelmente para o paramédico e imaginou por que ele gingava para frente e para trás. — Você se parece com Hagrid.[5]

— Mãe, eu estou bem. Eles fizeram um raio x do meu cérebro e me avaliaram toda. Foi só uma batida na cabeça. — Animadamente Lola se inclinou para frente e mostrou a sua mãe o galo do tamanho de um ovo. — Eles vão me dar alta mais tarde. Eu apenas vou passar a noite porque desmaiei por alguns instantes e quando acordei estava um pouco tonta.

---

[4] Peter Stringfellow é o dono de uma rede de clubes de strip dance na Inglaterra. (N. da T.)

[5] Hagrid, personagem da série *Harry Potter*. (N. da T.)

— É, eu ouvi as enfermeiras comentarem — disse Blythe. — Aparentemente você estava hilariante, flertando com um dos coitados dos paramédicos. Eu não acredito que você fez algo tão ridículo.

— Não foi minha culpa! Eu sofri uma concussão!

— Não é a isso que me refiro. Eu estou falando de você se envolver em uma situação perigosa. Você poderia ter morrido.

Isso tinha ocorrido também a Lola; na hora ela agira por impulso, embora, olhando em retrospectiva, tenha sido algo muito arriscado de fazer.

— Mas eu não morri. E estou bem. — A não ser pela forte dor de cabeça. — A senhora pode ligar para o meu serviço e avisar que amanhã estarei de volta?

— Certamente que não. Eu vou informar-lhes que você volta na próxima semana, dependendo de como estiver se sentindo.

— Mãe, como eles *vão* reagir se você disser isso? É dezembro! Todos ficam na correria em dezembro!

— E você foi abatida inconsciente — replicou Blythe. — Qualquer coisa poderia ter acontecido. Meu Deus, pelo menos uma vez na vida você vai me escutar?

Um homem que se dirigia até a ala parou e disse brilhantemente:

— Sempre compensa fazer o que sua mãe lhe aconselha.

Ele tinha sessenta e poucos anos, era bem falante e estava elegantemente vestido com um terno. Seria esse o seu médico? Lola sentou, mais ou menos ereta na cama, e sorriu ansiosamente, pronta para convencê-lo de que já estava bem e queria receber alta e ir para casa. Depois do desastre da noite anterior com o paramédico, seria melhor ela se comportar.

— Senhorita Malone?

— Sou eu — assentiu Lola vivamente. Para provar que seu cérebro já estava em ordem, ele provavelmente faria o tipo de pergunta que os médicos fazem a idosos quando querem descobrir se estão raciocinando. Certo, qual era a capital da Austrália? Quanto era 33 vezes sete? Ei, não deixe que ele pergunte o nome do Chanceler de Exchequer.

— Olá. — Ele foi na direção de Lola sorrindo e estendendo a mão.

— Oi! — Pense rápido, era Melbourne? Victoria? O cérebro de Lola disparou. As pessoas sempre acham que é Sydney, mas ela sabia que não era. Será que ele poderia dar a ela, quem sabe, uma dica?

O homem apertou sua mão calorosamente.

— É muito bom conhecê-la. Meu nome é Philip Nicholson.

E ele ainda exalava um aroma ótimo. Lola o observou se virar e cumprimentar Blythe e respirou fundo sua colônia pós-barba cara. Meu Deus, que comportamento polido, isso era como estar em um hospital particular e ter — *oh, seria Perth?*

— Eu tinha que vir e ver você — prosseguiu ele.

— Bem eu suponho que você não poderia evitar isso. Toda a parte da descrição do trabalho. — Lola sorriu para ele, ciente de que ele estava olhando para sua cabeça. E tocando na área sensível ela disse: — Uma pancadinha, só isso. Eu estou muito bem. Exceto por um aspecto, posso confessar rapidamente que eu não sou muito boa com capitais de países?

Philip Nicholson hesitou e olhou para Blythe, que encolheu os ombros e olhou sem entender nada.

— Só por precaução se o senhor for me perguntar — explicou rapidamente ela. — Quero dizer, algumas são legais, como Paris, Amsterdã e Madri, essas são fáceis e eu *sei* que a capital do Azerbaijão é Baku, mas no geral eu confesso que capitais não são meu ponto forte. — Para completar — acrescentou —, nem política.

Cuidadosamente o Dr. Nicholson disse:

— Isso não é problema. Eu não farei perguntas sobre nada disso.

— Uau, que alívio. — Lola relaxou e se recostou nos travesseiros empilhados atrás dela. — Eu odeio ter que ser mantida aqui só porque não sei o nome do líder dos Democratas Liberais.

O Dr. Nicholson limpou a garganta e disse:

— Tenho certeza de que isso não vai acontecer.

— Bem, ainda bem que não, mas às vezes você *sabe* a resposta e não consegue formulá-la. Alguém lhe pergunta algo, você sabe que é importante responder certo e, — bum! — dá um branco geral na cabeça!

— Claro que acontece — ele assentiu compreensivelmente.

— Do tipo. Vamos tentar com o senhor. — Lola abanou o dedo indicador na direção dele. — Capital da Austrália.

O Dr. Nicholson hesitou. Blythe, que nunca resistia a um quiz, se empolgou e ergueu o braço. Lola girou o dedo e falou de modo Paxmanesque:[6]

— *Sim*, mãe?

— Sydney!

— Não, *não* é. — Lola voltou-se para o Dr. Nicholson. — Sua vez.

Ele parecia um tanto quanto surpreso. Ele abriu a boca para responder e:

— Brisbane!

— Shhh, mamãe. Ainda não é a sua vez.

— Hum. . .

— Melbourne! — gritou Blythe.

— Mamãe, controle-se. É a vez do Dr. Nicholson.

Com isso, seus ombros relaxaram e sua boca se abriu:

— É Camberra. E eu já percebi o que está acontecendo. A propósito, eu não sou o Dr. Nicholson.

Surpresa, Lola exclamou:

— Não?

Ele sorriu:

— A culpa é toda minha. Eu sabia que a polícia tinha dito o meu nome ontem à noite e eu presumi que você lembrasse. Mas você tinha recebido uma pancada. Sinto muito, vamos tentar novamente. Meu nome é Philip Nicholson e estou aqui para agradecer-lhe do fundo do meu coração por ter salvo minha esposa. Você fez algo inacreditavelmente corajoso, e não consigo expressar em palavras como estamos gratos. — A sua voz tremeu de emoção. — Esses bandidos poderiam tê-la matado se você não tivesse ido em seu auxílio.

Lola levou a mão à boca.

— Eu pensei que o senhor fosse meu médico, verificando se eu estava com minhas faculdades mentais intactas.

Philip Nicholson pareceu interessado.

---

[6] Paxman refere-se a Jeremy Dickson Paxman, apresentador do concurso de televisão britânico *University Challenge*, no ar desde 1962. (N. da T.)

— Eu percebi isso agora.

— Puxa vida! Melhor assim, eu pensei que o senhor viria para examinar meu peito. — Deus, imagine só se ela se despisse, o que ele não pensaria disso.

— Exatamente.

— Como está sua esposa hoje? — perguntou Lola.

— Bem, ainda chocada. Maltratada e machucada. Quebrou dois dedos. — Havia uma aspereza em sua voz. — de onde eles tentaram arrancar seus anéis.

— Eles levaram os anéis?

— Não. O que também é graças a você. Ela está bem dolorida e seu rosto está inchado. Mas fisicamente poderia ter sido bem pior. — Philip Nicholson sacudiu a cabeça e exalou lentamente. — Minha esposa e eu temos uma grande dívida com você.

Lola se contorceu embaraçada:

— Qualquer um teria feito o mesmo.

— Não, não teria — replicou Blythe. — A maioria das pessoas não tem mais sentimentos.

O visitante concordou:

— Estou inclinado a concordar. Embora, muito agradecido, é claro, que sua filha não seja uma delas.

— Olá, olá! Já amanheceu. — Um homem baixo usando um jaleco de veludo cotelê castanho por cima de um suéter verde costurado à mão veio na direção deles. Ele pegou a mão de Lola simultaneamente fechando as cortinas ao redor da cama e disse: — Eu sou o Dr. Palmer, o seu médico. Vamos fazer um rápido exame, certo? Se vocês dois puderem nos deixar sozinhos por dez minutos seria maravilhoso. Olha só, é uma bela pancada essa na sua cabeça. Como está se sentindo após sua pequena aventura na noite passada?

— Muito bem. — Lola observou quando ele com incrível velocidade começou a testar seus reflexos, seus olhos, sua coordenação. — O senhor vai me fazer perguntas.

— Certamente.

Ela não pôde deixar de sentir uma ponta de satisfação:

— A capital da Austrália é Camberra.

— Olha só, é mesmo? Sempre pensei que fosse Sydney. Eu nunca fui muito bom com capitais. Quando eu examino meus pacientes, prefiro perguntar sobre a tabuada. Quanto é 27 vezes 63?

— Hum... hum... — Lola começou a entrar em pânico, 3 vezes 7 são 21, sobem 2 e...

— Estou apenas brincando com você. — Os olhos do Dr. Palmer piscaram enquanto ele verificava suas anotações. — Que dia é hoje?

— Quarta-feira, 4 de dezembro. — Legal, esse era o tipo de pergunta que ela poderia responder.

— Parabéns. — Ele escreveu a data em uma página nova e então colocou o/e NAD.

— O que NAD significa? — Lola se assustou. — Por favor não me diga que é Neurótica e Demente.

O médico deu um risinho de satisfação:

— No exame, nenhuma anormalidade detectada.

— Minha mãe talvez não concorde com o senhor nisso. Então isso significa que eu posso ir para casa?

— Eu acho que vamos lhe dar alta.

Exultante, Lola sacudiu os pés:

— Oba!

— Que homem charmoso. — Blythe, evidentemente ainda um pouco encantada com Philip Nicholson, encontrou os sapatos brilhantes de Lola no fundo de sua cômoda. — E tão grato. A sua esposa está na Ala 13, no andar de cima. Pobre mulher, pela sua expressão a coisa é feia. A propósito, eu acho que eles vão te mandar flores. Ele pediu seu endereço.

— Se ele é assim tão agradecido, pode me mandar chocolates também. A senhora ligou para o meu trabalho?

— Sim. Eu disse que você não voltaria antes da próxima semana.

— Com quem a senhora falou? O que disseram?

— Falei com Cheryl. — Blythe alcançou a jaqueta de veludo como se Lola tivesse 6 anos. — E foi muito difícil ouvir o que ela dizia. Todos começaram a gritar bem alto quando ouviram que você ia receber alta, eu mal pude ouvir o que ela dizia.

— Legal. Todos me amam no serviço. Honestamente — disse Lola —, se Philip Nicholson quiser me dar algo realmente útil, uma nova mãe não seria tão mal.

Capítulo 6

— Isso é fantástico. Eu me sinto igual à rainha. — Estar em casa e ter uma algazarra em sua honra era uma grande novidade e Lola aproveitava cada minuto disso tudo. Uma vez que você é oficialmente dispensado do serviço pelo médico, bem, é melhor você relaxar e tirar o máximo proveito de tudo. Amigos ligando, trazendo croissants de chocolate e fofocas do mundo lá fora, um par de policiais tinha passado para informar que os larápios ainda não haviam sido pegos e Blythe tinha vindo no dia anterior, e feito uma faxina de primavera — uma faxina de inverno — no apartamento.

Melhor de tudo, ela tinha Gabe à sua disposição.

— Você é uma fraude. — Ele trouxera a torrada de queijo e cogumelo que preparara. — Você não deve estar na cama.

— Eu sei. — Lola alegremente bateu no seu edredom de pena de ganso ultramacio, todo enrolado à sua volta como uma nuvem e ficou ainda mais confortável. — Mas eu ganho muito mais atenção assim. É como voltar aos tempos da escola e ficar em casa com amigdalite. Toda confortável, vendo a programação matinal da TV, todos sendo extremamente gentis e sabendo que você está perdendo duas aulas de física. Oh! — ela mordeu a torrada e pegou um pedaço do queijo derretido antes que ele grudasse em seu queixo. — *Huummmm*, isto aqui é o paraíso. Oh, Gabe, não vá para a Austrália. Fique aqui e me faça torradas para sempre.

Gabe pegou os dedos do pé dela e os beliscou.

— O seu último escravo morreu de quê?

— De nada. Eu nunca tive um escravo antes, mas agora definitivamente eu quero um. — Naquele momento a campainha tocou. — Para quando a campainha toca — disse Lola. — E você tem que mandar alguém descer e ver quem é.

— Serei eu, então.

— Desculpe. Eu mesmo atenderia se pudesse. — Lola encolheu os ombros pesarosamente. — Mas eu sou uma inválida.

Dentro de alguns minutos ele estava de volta com um grande buquê de rosas brancas presas com uma fita e enroladas em papel-celofane.

— Flores para a dama. De um florista *extremamente* prestigiado. Aqui está o cartão. — Gabe passou a Lola o envelope azul-pavão. — A menos que você queira que eu leia, afinal você está muito doente.

— Eu darei um jeito. — Uma vez que ela não tinha muitos amigos que usassem uma floricultura tão sofisticada, Lola já havia adivinhado quem mandara. E ela estava certa. — Elas são de Philip Nicholson. Ele espera que eu esteja melhor. Sua esposa recebeu alta ontem. — Ela fez uma pausa na leitura. — Ele está me convidando para uma festa em sua casa para que eu possa conhecê-la e eles possam me agradecer de maneira adequada.

— Você não pode ir a uma festa. Você é uma inválida.

— É só na próxima sexta-feira; é daqui a uma semana. Eu já estarei melhor. É muito gentil da parte deles me convidarem. — Lola hesitou fazendo cara de boba. — Mas não seria um pouco embaraçoso?

— Dito pela garota que uma vez colou um dedo em sua testa e teve que esperar seis horas antes que a enfermeira pudesse descolá-lo?

É, aquilo fora mais embaraçoso.

— Eu ainda não estou certa. Eles moram em Barnes. — Lola verificou o endereço. — É muito chique.

— Você vai magoá-los se não aparecer.

Isso era verdade.

— E eles devem querer que eu apareça. — Ela mostrou a Gabe a carta escrita à mão. — Ele reservou um carro para me apanhar aqui. Que loucura, agora eu *realmente* me sinto como se fosse a rainha. — Quando terminou de comer a torrada, Lola ainda estava com fome. — Será que sobrou um pouco daquela cheesecake de damasco?

— Não, você comeu tudo.

— Ah. Bem, será que você poderia me comprar outra?

Gabe virou os olhos.

— Você realmente deveria voltar ao trabalho. Você está se transformando em Maria Antonieta.

Cinco dias depois Lola estava de volta. Ela adorava seu serviço e amava seus clientes — lidar com o público era sua especialidade — mas às vezes eles eram capazes de testar os limites de sua paciência. Especialmente nos dias que antecediam o Natal, quando hordas de pessoas que, em outras épocas do ano, não passavam perto de livrarias adentravam na loja com uma grande Necessidade de Comprar unida a Absolutamente Nenhuma Ideia do Quê.

Era um desafio e tanto. Era também uma estrada para a loucura. Deitar na cama assistindo Fern e Phli[7] e mergulhar marshmallows no chocolate quente parecia um sonho distante.

— Não, não, não é nenhum destes. — A mulher com o chapéu de plástico protetor de chuva — por quê? Não estava chovendo hoje — rejeitou todos os livros que Lola lhe mostrara.

— O.K., bem, isto é tudo que temos na loja sobre insetos. Se a senhora quiser, eu posso verificar no computador e...

— Não é nada parecido com *nenhum* destes — replicou a mulher. — Não há figuras naquele que procuro.

Um livro sobre insetos sem ilustrações de insetos. Bem, provavelmente isso explica por que eles não têm nada em estoque.

— A senhora reconheceria a capa se a visse?

— Não.

Lola tentou pela terceira vez:

---

[7] Refere-se ao programa de televisão matinal britânico *This Morning* apresentado por Fern Britton e Phillip Schofield. (N. da T.)

— E a senhora realmente não lembra do autor?

A mulher a olhou com desagrado.

— Não. Eu pensei que você soubesse disso.

Ela nitidamente estava desapontada, sentindo-se muito mal pela incompetência do pessoal da Kingsley.

— Eu sinto muito — disse Lola. — Não sei mais como fazer para achar este livro. Lamento, mas não vamos poder...

— Oinc, oinc!

OKKK.

— Perdão?

A mulher disse em triunfo:

— Tem um porco na capa!

Um porco. Certo. Um porco em um livro sobre insetos. Zrrrrr, soou o cérebro de Lola, assimilando essa nova e possivelmente decisiva pista. Zrrrr...

— Não seria o *Senhor das moscas*?

— Sim! É este mesmo!

Lola trocou um olhar com um cliente mais velho que folheava um livro sobre andar de caiaque no Rio Nilo. Por um instante ela viu a ponta de uma risada abafada em seus olhos e quase se deixou levar.

Mas não. Ela era uma profissional. Lola disse alegremente para a mulher com chapéu de chuva:

— É um romance de William Golding. Vou lhe mostrar onde ele está — e a conduziu até a seção de ficção.

Quando voltara, o Homem do Caiaque esperava para falar com ela.

— Olá. A propósito, bom trabalho com sua última cliente.

— Tudo em um dia de trabalho. Você quase me fez cair na risada.

— Desculpe. — Ele largou o livro do caiaque. — Enfim, eu espero que você possa me ajudar.

Lola sorriu; ele tinha um rosto magro, inteligente.

— Manda ver. Eu adoro um desafio.

— Jane Austen. Minha esposa leu todos os livros. Eu estava imaginando, ela escreveu algum outro este ano?

Lola esperou seus olhos piscarem. Eles não piscaram. Seu coração parou.

— Eu sinto muito, Jane Austen morreu.

— Mesmo, oh, que coisa, minha esposa *ficará* triste quando souber. Acho que não lemos sobre sua morte no *Telegraph*. Você sabe do que ela morreu?

— Hum... — Do que Jane Austen *morreu*? Lesões múltiplas após um acidente de paraquedas, talvez? Bateu o *jet ski*? Ou que tal...

— Lola, tem alguém que quer falar com você. — Era Cheryl soando arrependida. — Uma equipe de um canal de TV está entrevistando gerentes sobre as compras do Natal e eles gostariam de conversar cinco minutos. Se você estiver muito ocupada, Tim disse que ficaria alegre de dar a entrevista.

— Eu aposto que sim. — Tim ficara embriagado com a ideia de aparecer na televisão; era a razão pela qual ele comparecia a todas as estreias em Leicester Square, porque ele se vestia como uma galinha para uma sessão do *X Factor*[8] (os juízes o aconselharam a tirar a vestimenta) e era o que o impulsionava a ficar de pé enquanto estava na plateia no programa *Trisha*[9] para dizer que quando bebê ele fora abandonado e encontrado em uma caixa de papelão na estação Vitória e estava desesperado para encontrar sua mãe. Sua mãe, que passava uma pilha de camisetas dele enquanto o programa estava no ar, tinha lhe dado um bom puxão de orelhas quando voltara para casa naquela tarde.

— Está tudo bem. Eu mesma dou a entrevista. — Quando você está tendo um dia excepcional, é uma vergonha desperdiçá-lo. — Cheryl, você pode atender este cliente, por favor? Sua esposa lê tudo de Jane Austen, então eu imaginei se ela não gostaria das sequências de outro autor...

Lola se desculpou e foi até o jovem repórter que esperava no balcão com o cinegrafista e sua assistente.

— Olá, eu sou Lola Malone. Onde você gostaria de fazer a entrevista?

O repórter disse:

---

[8] Programa musical de calouros equivalente ao *American Idol*. (N. da T.)

[9] Programa de entrevista britânico. (N. da T.)

— Oh, nós queremos fazer a entrevista com o gerente.

— Eu sou a gerente.

— Deus, você é a gerente mesmo? — O repórter, que se parecia exatamente com um repórter, olhou para as roupas de Lola: top preto liso, saia fúcsia e uma malha preta opaca cobrindo suas longas pernas. — Você não se parece com uma gerente de livraria.

— Eu sinto muito. Vocês esperavam alguém mais convencional?

Ele parecia envergonhado.

— Sim, eu acho que sim.

Esse era um preconceito que deixava Lola louca e a fazia querer arrancar os dentes das pessoas.

— Eu posso sair e colocar um casaco de malha cinza se você preferir.

— Você está brincando, não, por favor, você está *ótima*. — Ele afastou as mãos admirando. — Uau, eu só não imaginei...

— Você deveria sair mais. — Lola piscou, porque isso também era um preconceito que ela gostava de romper. — Tente visitar mais livrarias. Você pode ter uma surpresa — hoje em dia, algumas de nós nem usam mais tweed.

Capítulo 7

A entrevista foi ao ar no jornal da noite dois dias depois. Durou menos de 90 segundos e o repórter tinha feito algumas perguntas bem doidas, mas Lola, vendo a si mesmo na TV, enquanto ajeitava seu cabelo com frisadores, achou que se saiu muito bem. Não era fácil parecer ajuizada e glamourosa enquanto respondia a:

— E aqui estamos, na Kingsley, na Regent Street, a menos de duas semanas do Natal! Então, a loja está muito *movimentada* nestes dias?

O impulso de estender seus braços como um pescador e dizer "*Supermovimentada*" tinha sido controlado.

— Bem? — Ainda manuseando os frisadores, Lola se virou para Gabe ao final da matéria.

— Sim, definitivamente é você.

— E aí, ficou bom?

Gabe estava ocupado abrindo uma barra de Twix.

— Você respondeu às perguntas dele, você não arrotou, nem falou palavrão nem deu um gole em uma garrafa de vodca. São boas notícias.

— Mas a minha *aparência* estava legal?

— Você estava ótima e sabe disso. A que horas o carro chega?

— 19h30. Eu coloco o vestido vermelho ou o azul? — Lola dobrou o corpo, inclinou-se e balançou vigorosamente a cabeça. — Eu me sinto um pouco nervosa. Eu não estou indo para encontrar ninguém lá. E se tudo for realmente embaraçoso e eu quiser dar o fora e não tiver ninguém para me ajudar?

— O.K., você vai chegar lá por volta das 20 h. Deixe o celular ligado e eu te ligo às 21 h — disse Gabe. — Se você estiver desesperada para dar o fora, diga que sou sua melhor amiga e entrei em trabalho de parto.

— Meu herói. As coisas que você faz por mim. Como eu vou me virar sem você por perto? — Novamente na vertical, Lola o abraçou fazendo um movimento para pegar um pedaço do Twix na mão dele. Ela foi rápida, mas não o suficiente.

— Eu tenho certeza de que você vai se virar. — Gabe tirou um pedaço do chocolate e deu a ela. — Logo você vai arranjar outro pobre coitado com alguma barra de Twix para tirar um pedaço.

Às 19h15 estava pronta — Bem, não era legal ser pontual, mas ela simplesmente não podia se aguentar — e olhando pela janela.

— Não seria o máximo se eles mandassem uma limusine?

Gabe olhou apavorado:

— Isso seria *muito* vulgar.

— Por quê? Eu adoro limusines! — O.K., ela estava vulgar *e* fora de moda.

— Não se entusiasme muito. Pelo que ouvi, esse sujeito tem um gosto melhor que o seu. Na verdade — Gabe espiou pela janela ao ouvir um som de motor tomando conta da rua —, acho que sua carona está chegando.

Foi a vez de Lola ficar horrorizada. Ela abriu a janela quando a motocicleta parou lá fora e olhou o condutor tirar o capacete. Certamente não. Se alguém dissesse que mandaria um carro não economizaria na última hora mandando uma motocicleta. Economizaria? Oh, Deus, o seu cabelo ficaria arruinado...

— E aí Lola, tudo bem? — Que alívio, era apenas Marcus.

— Tudo bem, futuro vizinho! Suba — disse Lola — o Gabe está aqui comigo.

Lá em cima na sala de estar de Lola, segurando o capacete e parecendo embaraçado, Marcus disse:

— Tudo bem, parceiro? O negócio é o seguinte, eu tenho boas e más notícias.

— Fale então — demandou Gabe.

— Bem, Carol e eu voltamos, ela está me dando uma última chance. E eu vou aproveitá-la. Virando uma nova página. Legal, não? Essas são as boas notícias. — Um embaraçado sorriso se espalhou pelo rosto reluzente de Marcus. — Mas isso significa que não virei morar aqui, parceiro. Desculpe, hein?

Gabe deu de ombros, tendo já sacado há tempos o que Marcus viera dizer.

— Bem, eu suponho que não possa culpá-lo. Um pouco em cima da hora, já que semana que vem eu me mando para a Austrália.

— Eu sei, desculpe, parceiro.

— Vou ter que pôr o apartamento novamente em uma imobiliária.

— Talvez eu conheça alguém que possa alugá-lo. — Cheio de boa vontade, Marcus disse — Há um sujeito no meu clube de motoqueiros que os pais estão loucos para se livrarem dele. Ele podia se interessar.

Lola imaginou um adolescente espinhento desajeitado convidando centenas dos seus amigos espinhentos desajeitados para festas.

— Quantos anos ele tem?

— Terry? 51, 52 anos. Não olhe assim — Marcus viu que Lola olhava apavorada para Gabe. — Terry é um cara legal. E trabalha em um matadouro — prosseguiu encorajadoramente —, assim você nunca vai ficar sem bistecas de porco.

O carro, uma reluzente Mercedes-Benz preta, chegou pontualmente na hora combinada. Não era uma limusine, mas era sem dúvida o melhor carro que Lola estivera até então, e saber que não precisaria pagar a condução tornou a viagem ainda mais divertida. Ela se sentou no banco de trás quando o carro deu a partida, sentindo-se igual à realeza e tentada a abanar graciosamente para as pobres pessoas que caminhavam nas ruas ao longo do trajeto do outro lado do vidro do carro.

A casa, quando lá chegaram, era uma grande construção vitoriana de dois andares de Barnes, tão impressionante quanto Lola imaginara. Havia vários carros no pátio e discretas luzes natalinas piscantes brancas nas árvores em tubos de pedra quadrados que ladeavam a porta central azul-escura. Lola esperava ser sofisticada o suficiente, um dia, para se confinar em discretas luzes brancas natalinas; no momento, ela era mais do tipo garota espalhafatosa, de qualquer cor que você possa imaginar e acima de tudo o mais humanamente exagerada possível.

Ela tentou dar gorjeta a Ken, o motorista, mas ele não aceitou. O que pareceu mais estranho ainda não ter que pagar a corrida.

Até mesmo a campainha de bronze era chique. Lola colocou bem próximo ao corpo sua bolsa com lantejoulas da Accessorize — como se alguém *ali* fosse roubá-la — e respirou fundo várias vezes. Não era do seu feitio estar nervosa. Por mais bizarro que aquela tentativa de bater em um par de ladrões não tivesse sido angustiante, a situação presente era.

Então a porta se abriu e lá estava o Sr. Nicholson com seu agradável sorriso de boas-vindas e ela relaxou.

— Lola, você veio! Como é maravilhoso vê-la novamente. Eu estou muito feliz que você tenha vindo nesta noite. — Ele a beijou no rosto. — E você está deslumbrante.

Comparado com a última vez que a vira, ela supunha que estava. Não ter o cabelo despenteado, empapado de sangue já era um bônus.

— É muito bom vê-lo novamente, Sr. Nicholson.

— Por favor me chame de Philip. Bem, minha esposa não sabe que a convidei. Você é a nossa convidada de honra surpresa. — Os seus olhos cinzentos brilharam enquanto a conduzia pelo hall repleto de painéis de madeira a uma porta na outra extremidade. — Eu mal posso esperar para ver a reação dela quando souber quem você é.

Philip Nicholson abriu a porta e a introduziu em uma grande sala reluzente repleta de pessoas, todas conversando e elegantemente vestidas. Uma loira com 30 e poucos anos em água-marinha tocou seu braço e ergueu as sobrancelhas inquisitoriamente; quando ele assentiu, ela sorriu para Lola e sussurrou:

— Ooh, eu estou tão entusiasmada, isto será ótimo.

— Minha enteada — murmurou Philip explicando. Assentindo novamente, desta vez na direção da lareira, ele acrescentou: — Aquela ali é a minha esposa, no vestido laranja.

Laranja, coitado. Apenas um homem poderia chamar aquilo de laranja. A mulher, em pé de costas para eles conversando com outro casal, era magra e elegante em um vestido de veludo *devoré* com detectáveis sombras de vermelho, bronze e damasco. O seu cabelo estava arrumado em um coque glamouroso e ela usava um colar de pérolas no pescoço que mesmo a distância pareciam verdadeiras.

Então Philip disse:

— Querida... — e ela girou ficando a sua frente. Em um instante, Lola voltou a ter 17 anos.

O longo olhar de Adele Tennant perturbou Lola e ela puxou a respiração em alto e bom som.

— Meu Deus, o que está acontecendo aqui? — Com a voz carregada de incredulidade, ela se virou para Philip Nicholson. — Ela simplesmente apareceu na porta? Você está louco em tê-la deixado entrar nesta casa?

Pobre Philip, seu espanto era visível. Lola, que estava também bem atordoada, não conseguia decidir de quem tinha mais pena, dele ou de si própria.

— Como você descobriu onde eu moro? — Os olhos de Adele se contraíram em suspeita. — Como você me achou aqui? Meu Deus você tem peito. Esta é uma *festa particular.*

— Adele, pare — por fim interveio Philip, erguendo as mãos em protesto. — Isso deveria ser uma surpresa. Esta é Lola Malone, ela...

— Eu sei que é Lola Malone! Eu não estou senil, Philip! E se ela veio até aqui atrás do meu filho... bem eu posso lhe garantir, ela está armando outra tramoia.

Ah, Dougie. Como se tivesse sido tocado em um fio elétrico, Lola tomou um choque; estaria ele aqui nesta sala? Não, nenhum sinal dele, a não ser que tenha ficado careca ou tenha mudado de sexo.

— Eu sinto muito. — Philip Nicholson balançou a cabeça para Lola, pedindo desculpas. — Isso tudo é muito embaraçoso. Adele, você pode parar de interromper e ouvir? Eu não sei o que aconteceu no passado, mas eu convidei Lola aqui esta noite porque foi ela quem lhe salvou quando foi assaltada. — Com a voz cheia de emoção, ele disse: — Ela salvou a sua *vida*.

E, mais ainda, pensou Lola, ela começou a desejar que não se importasse.

O.K., não deveria ter dito isso. No mínimo a fala de Philip tinha conseguido fazer Adele calar a boca; enquanto seu cérebro estava ocupado processando essa indesejável informação, sua boca tinha se fechado como uma armadilha de gloss bronze.

— Eu imaginei que você gostaria de ter a oportunidade de agradecer-lhe pessoalmente — prosseguiu Philip, e de repente ele parecia como um diretor de escola incomodado pelo inapropriado comportamento de um teimoso adolescente.

As pessoas já estavam começando a reparar. O casal com que Adele conversara observava os acontecimentos com interesse. A loira que era a enteada de Philip — opa, isso significava que ela era a irmã mais velha de Dougie — veio e disse, sem entender nada — Mamãe, está tudo bem?

— Sim. — Recompondo-se, Adele proferiu o mais frio dos sorrisos e olhou diretamente para Lola. — Então foi você. Bom... o que posso dizer. Obrigada.

— De nada. — Aquilo não soara muito bem, mas o que mais ela poderia dizer? O *prazer foi meu*?

— Foi um ato muito corajoso o seu — exclamou a irmã de Dougie. Qual era o seu nome? Sally, isso. — Eu nem me atrevo a pensar o que teria acontecido à mamãe se você não tivesse aparecido naquela noite. Você foi incrível!

Lola sorriu de modo adequadamente modesto, enquanto sua memória estava ocupada com aquela terrível noite dez anos atrás. Ughhh, ela tinha acariciado o tornozelo de Adele, ela tinha *apertado* a coxa de Adele Tennant...

A não ser pelo fato de que ela não era mais Adele Tennant. Ela era Adele Nicholson.

— Então você se casou novamente — disse Lola, querendo perguntar sobre Dougie e sentindo seu estômago dando voltas só de pensar nele.

— Há quatro anos. — Adele estava sendo forçada a ser polida, falando entre os dentes um conversa do tipo “eu realmente gostaria que você não estivesse aqui”.

— Parabéns. — Lola imaginou o que Philip, que era *amável*, tinha feito para merecer Cruella de Vil como esposa. Presumivelmente Adele tinha qualidades que compensavam seus defeitos, Lola apenas não as tinha encontrado ainda.

— Obrigada. Bem, é... muito bom vê-la de novo. Podemos lhe oferecer uma bebida? Ou — Adele disse esperançosamente — você tem outro compromisso?

Outro compromisso parecia algo extremamente útil naquele momento. Excelente ideia. Uma vez que cada minuto ali parecia uma excruciante provação, Lola olhou no relógio e disse: — Na verdade, há outro lugar a que eu preciso...

— Aqui está ele! — exclamou Sally acenando pela sala com o rosto radiante de modo a atrair a atenção de alguém. — Eiiii, estamos aqui! E que horas são estas, afinal? Você está *atrasado*.

Lola não precisou olhar. Ela sabia quem era. Alguma certeza interna lhe disse que Dougie tinha entrado pela porta principal; ela podia sentir sua presença atrás de si. Em um piscar de olhos cada molécula de seu corpo estava em alerta e ela não respirava mais.

Dougie. Doug. Aquele que achara que nunca mais veria.

— Desculpem, eu estava preso em uma reunião. Algumas pessoas têm um emprego decente. Olá para todos, o que está acontecendo? O que eu perdi?

Capítulo 8

O corpo inteiro de Lola zunia; agora ela esquecera por completo *como* respirar. A não ser pelo fato de que seria embaraçoso ela desmaiar na frente de todos; quando uma mulher tinha feito isto na loja no último verão, ela perdera o controle de sua bexiga.

Imagine retomar a consciência, cercada por Dougie e sua família e descobrir que você está deitada em uma poça de urina.

Mas esse era o tipo de situação que requeria tempo de preparo, tempo que ela não tinha e agora ela agia como sempre, sendo inapropriadamente loquaz. Enquanto na verdade ela estava tomada por uma combinação de uma vertiginosa excitação, talvez 20%, e 80% de medo e tremedeira. Tudo o que Dougie sabia é que ela o deixara sem dizer uma palavra, acabara tudo e voara para o exterior sem dar explicação. Será que dez anos era tempo suficiente para ele perdoá-la por tudo isso?

— *Bem.* — Piscando para Lola, Sally falou com satisfação. — Philip trouxe um convidado-surpresa...

Que se tornou uma convidada surpreendida. Lola cravou suas unhas na palma da mão — abrace a dor, abrace a dor e *não* desmaie —, virou o corpo e o encarou.

— Olá, Dougie.

Por um milésimo de segundo seus olhos se fixaram um no outro e foi se como dez anos nunca tivessem passado. Doug parecia o mesmo, porém um pouco mais alto, mais largo, *melhor.* Ele sempre tivera aquele jeito, aquela capacidade de hipnotizar as mulheres, e aqui estava ele, produzindo a mesma sensação, hipnotizando Lola por completo.

É claro que seria melhor se ele estivesse sorrindo, parecendo um pouco menos petrificado do que estava.

O.K., provavelmente não, mas, quem sabe, amável. Mesmo que fosse somente por educação.

— Lola. — Os ombros de Doug se enrijeceram como se ele fosse um fiscal da Receita. Com o cuidado de manter a voz em um tom casual, ele disse: — O que lhe traz aqui?

Oh, Deus, isso era terrível, todos aqueles complicados sentimentos voltavam com força total. Ela nunca esquecera ele; ele tinha sido seu primeiro amor.

Ainda por cima, percebendo que algo do tipo jamais ocorrera novamente, seu Primeiro e Único.

— Fui eu — disse Philip. — Desculpe, espero que não seja incômodo, mas eu não fazia a menor ideia de que vocês dois já se conheciam. Enfim, certamente isso é irrelevante agora. — Ele proferiu um olhar de aviso para Adele com sua boca igual a uma ameixa seca e pousou uma mão confortadora sobre os ombros de Lola. — Nas circunstâncias, eu tenho certeza de que podemos deixar o passado para trás. Doug, esta é a jovem que salvou sua mãe do ataque dos ladrões.

A expressão de Dougie se alterou.

— Deus, mesmo? Foi *você*. Nós não sabíamos. Isso é inacreditável.

— A polícia me disse que seu nome era Lauren qualquer coisa ou outro — disse Adele secamente, com uma pitada de acusação, como se Lola tivesse feito de propósito.

— É Lauren, mas eu sou chamada de Lola desde que era bebê. Foi um apelido que pegou.

— Bem, obrigado por tudo. — Havia um calor nos olhos de Dougie, quebrando a frieza inicial. — Pelo que soube você foi fantástica.

Oh, eu *fui*. Lola sentiu um tremelique por dentro e fez o seu melhor para parecer fantástica, mas ao mesmo tempo incrivelmente modesta. Dougie estava deslumbrante e agora o destino os reunira mais uma vez. O rompimento acontecera havia uma década; eles eram praticamente crianças naquela época. Certamente Doug a perdoaria por tê-lo chutado.

— Bem, quando alguém precisa de ajuda, você estende a mão, você não para e pensa nas consequências...

— Ah, percebi agora! — Sally exprimiu um gritinho de reconhecimento e apontou excitadamente para Lola. — Você foi aquela que eu nunca conheci! Você namorava o meu irmão mais novo quando eu morava em Dublin com Tim, o Estúpido! Então você deu o fora e o deixou a ver navios!

Ah, não diga isso, *por favor*, não diga isso. Eu sinto tanto. Eu não queria fazer aquilo, Lola sentiu vontade de gritar. Eu fiquei devastada também!

Doug disse de modo jocoso:

— Obrigado, Sal!

— Ah, por favor, foi há séculos, ficou tudo no passado. E ela o magoou, sim. — Sally lhe deu um golpe nas costelas, visivelmente demonstrando o seu desconforto. — Você ficou parecendo um zumbi, não lembra? Tudo porque você não conseguia acreditar que sua namorada tinha lhe dado o fora e viajado para o exterior. — Ela cutucou Lola e complementou: — Isso lhe fez muito bem, se você quiser a minha opinião.

— É engraçado — disse Doug —, porque eu não me lembro de ninguém ter pedido a sua opinião.

— Chega. — Adele interveio antes que uma discussão se iniciasse. — Doug, o casal Masterson vai embora cedo, mas eles realmente querem vê-lo antes de partir.

— Eu vou falar com eles agora. Tão logo arranje uma bebida. — Visivelmente aliviado com o fim do embaraço, Doug olhou de lado para Lola e Sally e disse: — Com licença. Vejo vocês mais tarde.

Elas viram Doug cruzar a sala com Adele, enquanto Philip procurava um garçom.

— Ali vai um irmão nervoso — observou Sally jovialmente. — Meu Deus, eu adorei quando aquilo aconteceu!

Culpa e dor tomaram conta de Lola.

— Eu realmente parti o coração dele?

— Certamente que sim! Ele ficou completamente infeliz! Ah, esse toque é do seu?

O celular de Lola tocava dentro da bolsa. Ela viu no visor o nome de Gabe.

— Fique à vontade. — Sally gesticulou para que ela atendesse à chamada.

— Obrigada. Desculpe, eu vou lá fora atender. — Louca para falar com Gabe, Lola se desculpou e escapou da festa. Ela atravessou o salão, saiu discretamente da casa — o seguro morreu de velho — e atendeu a ligação.

— Eu sei, é cedo — disse Gabe. — Mas eu não consegui esperar. Como está indo tudo? Eles já estão te mostrando os diamantes?

Ela fez uma careta no escuro.

— Diamantes, seria ótimo. A coisa está mais para projéteis.

— O quê? Por quê?

— Você não vai acreditar no que está acontecendo aqui. — Lola caminhava pelo pátio para se aquecer, junto a um estreito caminho de pedras embaixo de uma pérgula de madeira entalhada à mão em direção a um jardim de rosas. — A mulher que foi assaltada é simplesmente a mãe de um antigo namorado. E ela me detesta! Se eu soubesse que era ela teria corrido na direção contrária. Você deveria ter visto o rosto dela quando descobriu que fui eu quem saiu em seu socorro!

— Então você está indo embora? Estou sentindo uma contração surgindo?

— Espere um pouco, ainda é cedo para pôr a chaleira na fervura. Eu *estava* de partida — disse Lola. — Por Deus, foi horrível, eu mal podia esperar para dar o fora. Isso sem mencionar que a Bruxa Velha mal podia esperar para se livrar de mim. — Ela fez uma pausa, revivendo o momento em que seu estômago tinha feito um movimento de flutuar e mergulhar igual a um avião. — Mas então aconteceu. *Ele* apareceu. Gabe, eu não consigo dizer como me senti. Eu pensei que nunca mais veria Dougie, mas o vi. E ele está mais atraente do que nunca. É como se fosse um milagre. Eu não acredito que ele está aqui. Eu não vou embora agora, não, mesmo que a odiosa mãe dele queira que eu vá. Eu tenho que falar com ele de maneira adequada, ele chegou há pouco tempo e tudo tem sido muito estranho até então. Estamos chocados. Mas... puxa vida, é maravilhoso vê-lo novamente, eu não me sentia tão excitada desde...

— Ei, ei, calma lá, você não acha que está colocando a carroça na frente dos bois? Se esse cara deu o fora em você antes, o que te faz pensar que ele vai ficar maravilhado em vê-la novamente? — Como um macho heterossexual que tinha dado o fora em centenas de fêmeas chorosas, Gabe disse em tom de aviso — O que garante que ele vai querer *falar* com você?

— Gabe, você não entendeu. Ele não é *um* ex-namorado. Ele é *o* ex-namorado. Ainda mais, ele não me deu o fora. Eu é que o larguei. — Lola engoliu em seco. — De acordo com a irmã dele, eu parti seu coração.

— E então você deu uma olhada nele e decidiu que o quer de volta. Vá por mim — disse Gabe —, esta é a receita para um desastre. Você não pode voltar mais. O que quer que tenha te aborrecido nesse cara antes vai aborrecê-la novamente.

— Pelo amor de Deus, quer parar de me dar sermão? É do meu primeiro amor que estamos falando! Éramos loucos um pelo outro. Dougie ia se matricular na Universidade de Edimburgo — Lola andava para cima e para baixo no caminho de pedras tentando se manter aquecida — e nós planejávamos nos ver todos os fins de semana, mas, se isso não fosse o suficiente, eu me mudaria para lá e moraríamos juntos. Você não faz ideia de como éramos felizes juntos.

Ela ouviu Gabe bufar com menosprezo:

— Que bom que você terminou com ele. Faz muito sentido.

— Mas aí é que está. Eu não *queria* terminar com ele. A sua maldita mãe me forçou a isso! — Lola apertou os olhos enquanto o fatídico encontro com Adele Tennant de anos atrás voltava a sua mente; o aroma do estofado de couro caro a assombrava desde então. — Ela me odiava, pensava que eu era uma má influência para o seu precioso garoto dourado... ela temia que eu o fizesse desistir dos estudos ou, pior ainda, o convencesse a largar a faculdade.

— Então ela pediu para você parar de ver o filho dela. Hum — disse Gabe —, te passou pela cabeça dizer não?

— Ela não me pediu. Ela me fez uma oferta que não pude recusar. — Lola odiava até mesmo pensar sobre aquilo; ela passara anos se esforçando para esquecer tudo.

— Você não pode estar falando sério! — Por fim ela tinha a atenção total de Gabe. — Você quer dizer, como uma ameaça de morte? Ela te ameaçou com um casaco de pedra e uma viagem só de ida para o fundo do Tâmisa?

— Não desse tipo. Ela me ofereceu dinheiro. Eu tinha 17 anos. — Havia um gosto amargo na boca de Lola; não importava a razão, permanecia ainda o inescapável fato de que traíra seu namorado. — E ela me ofereceu dez mil libras para acabar tudo com Dougie.

— Dinheiro que você *aceitou*?

— Aceitei. — O gosto amargo era de culpa; não fora algo do qual pudera se orgulhar, em virtude de que nunca havia mencionado o fato para Gabe antes.

Ele soltou uma risada incrédula:

— Você se vendeu?

Lola tremeu quando uma corrente de ar gelado se embrulhou ao redor do seu estômago.

— Eu não queria aquilo, mas tive que fazer.

— Puxa vida! Dez *mil*. Você gastou a grana em quê?

Lola hesitou, mas não era algo legal, ela não podia contar a ele. Tomada de remorso, Alex lhe implorara para nunca revelar seu segredo para outra pessoa, e foi uma promessa que ela manteve. Alex podia estar morto, mas sua mãe jamais saberia a verdade. O que significava que ela não poderia contar isso a ninguém. Sufocada pelas memórias, ela disse:

— Eu precisava do dinheiro. Você não entende o que uma...

Crack.

Ela congelou com o som de um galho seco estalando com uma pisada atrás dela. Lola girou o corpo com o coração na boca e viu a figura alta visível no escuro na entrada do jardim de rosas.

Não era qualquer antiga figura alta, tampouco. Aquela silhueta foi instantaneamente reconhecível.

— Dez mil libras — disse uma voz calma, ainda que tão incrédula quanto a de Gabe.

Meu Deus.

— Eu não entendo, o quê? — Gabe, que não tinha a paciência entre suas virtudes, prosseguiu. — Não pare! O que é tão difícil entender?

— Eu te ligo mais tarde. — Com a mão tremendo repentinamente não mais pelo frio, Lola encerrou a ligação e jogou o telefone de volta na bolsa.

Capítulo 9

— Dez mil libras — repetiu Dougie, meneando a cabeça.

Lola engoliu em seco:

— A sua mãe estava desesperada para nos separar.

— Eu não acredito que estou ouvindo isso. — Ele foi em sua direção. — Você me escreveu uma carta e deixou o país.

— Porque era isso que ela queria. Você não vê? Toda aquela baboseira que eu escrevi não era verdade! — Lola sabia que tinha que fazê-lo entender. — Eu ainda amava você! Partiu meu coração também. Eu me senti infeliz durante *meses*.

— Oh, não me venha com essa. — Dougie falou com firmeza. — Eu já ouvi algumas mentiras na vida antes, mas...

— Dougie, eu não estou mentindo! E eu sinto muito, *muito* mesmo, em ter te magoado. Mas era a ideia da sua mãe — foi ela quem me ofereceu o dinheiro. Acredite em mim, ela *estava* desesperada — suplicou Lola. — Se eu me recusasse, ela acharia outra maneira de me afastar de você.

— Jesus. Você poderia ter dito isso! Não passou pela sua cabeça me dizer o que estava acontecendo? Você não pensou que poderia ter sido justo me perguntar como *eu* me sentiria sabendo disso tudo?

— Eu ia falar com você. — Os punhos de Lola estavam cerrados de frustração; não ser capaz de lhe dizer a verdade significaria que ele sempre acharia que ela era uma cadela mercenária. Sem muita esperança, ela acrescentou: — Mas você estava de mudança para Edimburgo, você começou a sair com todas aquelas garotas de lá...

— O *quê*?

— Nós éramos muito jovens. Na realidade, quais eram as chances de ficarmos juntos? Eu sabia que te amava — Lola entrou em desespero —, mas e se eu dissesse não ao dinheiro e algumas semanas mais tarde você conhecesse alguém e se apaixonasse? Eu me sentiria muito estúpida se você me mandasse uma carta de despedida, não?

Na escuridão, Doug ergueu suas mãos:

— Está certo. Absolutamente, você tomou a decisão certa. Vamos esquecer tudo isso, está bem?

Será que ele falava sério?

— Vamos. — Lola assentiu avidamente, imaginando se agora seria um bom momento para um beijo de "que bom te ver novamente" — De agora em diante tudo fica para trás, certo? Podemos começar de novo sem ressentimentos.

— Começar de novo? — Havia uma pontinha de sarcasmo em sua voz. — Não precisa ir tão longe, fica tranquila. Você vai embora logo, logo.

— Eu não preciso ir embora. — Dougie se virou abruptamente e foi em direção ao caminho de pedras que levava de volta à casa, tendo Lola correndo em seu encalço e dizendo: — Eu cheguei há pouco! Dougie, é maravilhoso te ver novamente, nós temos muitas coisas para pôr em dia.

— Acredite em mim, não temos.

— Mas eu quero saber como você está passando! — O desespero a tornou inconsequente. — E você veio aqui fora, significa que também quer falar comigo.

Dougie chegou até a porta principal, parou e olhou para ela.

— Eu saí para fumar um cigarro.

— Você agora fuma?

— Não muito.

— Você devia parar — disse Lola.

Um músculo se contraiu em seu maxilar.

— Eu parei. Há seis meses.

Então a sua súbita aparição tinha mexido com ele. Lola cheirou o ar, mas apenas percebeu o aroma de terra fria e loção pós-barba.

— Eu não sinto cheiro de cigarro.

Dougie puxou um cigarro e um isqueiro do bolso de seu casaco.

— Eu ia fumar um quando ouvi você ao telefone.

— Então, em vez de fumar você preferiu ouvir a minha conversa ao telefone. Viu? Pelo menos eu sirvo para alguma coisa. — Lola se esticou e pegou o cigarro da mão dele, partiu ao meio e o jogou por seus ombros em um pé de lavanda.

Dougie deu um suspiro e empurrou a porta principal.

— Se você não estivesse aqui, eu não ficaria tentado a fumar. Se você quer fazer algo realmente útil, vá embora.

— Aí está você. — Adele, com um olhar insensível, estava em pé no salão com Sally ao lado. — Imaginamos o que teria acontecido a você.

— Estávamos colocando a conversa em dia. Eu fiquei sabendo das dez mil libras que a senhora deu a Lola para acabar o namoro.

Adele desferiu um olhar para Lola capaz de murchar uma uva.

— Então ela lhe contou, é? Dez mil libras foi o que ela disse?

O coração de Lola afundou como uma âncora de ferro.

— Como assim? — Dougie indagou.

— Eu ofereci dez mil. Mas não era o suficiente para ela. Ela pediu 15. — Adele deu de ombros elegantemente. — E então, quando recusei, ela começou a barganhar.

Oh, oh.

— Você também — sussurrou Lola.

Doug balançou a cabeça.

— Eu não acredito nisso. Você recebeu quanto afinal?

— Doze mil.

— Doze mil e quinhentas — disse Adele, a odiosa bruxa.

— O.K., mas eu *precisava* do dinheiro...

— Chega. — Dougie ergueu as mãos. — Eu já ouvi o suficiente. Agora, eu realmente preciso de uma bebida. — Ele se virou e voltou para a sala de visitas.

Lola olhou-o sair. Este provavelmente não era o momento de pensar nisso, mas ele ficava ainda mais irresistível quando se irritava.

— Veja só o que você fez — disse Adele. — Por que você não vai embora antes de arruinar a noite toda?

Antes, teria sido uma proposta tentadora, mas não agora que Dougie tinha aparecido. Já que ir embora não era mais uma opção — sim, e se ela nunca mais o visse? —, Lola disse:

— Olha, eu não sou tão podre quanto você está pensando. Eu apenas peguei o dinheiro porque havia uma emergência e eu precisava dele desesperadamente. Eu sou na verdade uma pessoa bem legal. Nós não podemos simplesmente esquecer todo esse infortúnio?

Pelo amor de Deus, eu afaguei a sua coxa.

Adele exalou em voz alta:

— Nenhuma de nós esperava que isso acontecesse hoje. Obviamente eu sou grata pelo que você fez na outra noite, mas eu não posso fingir que estou feliz em vê-la novamente. Oferecer dinheiro era o que eu precisava fazer naquela ocasião, mas eu nunca quis que Doug soubesse de tudo.

— Olha, acredite, nem eu. Ele ouviu minha conversa ao telefone, e eu realmente gostaria que não tivesse ouvido. É por isso que eu preciso falar com ele da maneira certa, explicar tudo. Não se preocupe, eu não vou te atacar pelas costas. — Enquanto falava, Lola observou que Adele recuou com a virada da frase, provando-lhe quanto era vulgar e quanto era extremamente inadequada para alguém tão bem-educado como Dougie.

— Bem, vamos tocar em frente pelo restante da noite sem mais incidentes desagradáveis. — Adele mexeu o seu cabelo imaculadamente penteado como se repudiasse a ideia de sua cabeça. Ela deu um pseudossorriso forçado, e disse: — Vamos agora nos juntar aos outros?

— Eu já vou, quando eu, hum... — Lola apontou para o toalete abaixo da escadaria, pensando na maneira mais polida de dizer, sentindo-se constrangida. — Após eu fazer um rápido xixi.

O banheiro era pequeno, porém elegante, todo em mármore de marfim com iluminação de bom gosto. Um pouco de bom gosto em excesso, para falar a verdade. Lola, pegando sua maquiagem, teve que se inclinar na pia para chegar perto o suficiente do espelho e verificar se não tinha manchas de rímel nas bochechas.

Perdida em pensamentos sobre Doug e como ela poderia reconquistá-lo contra sua vontade, Lola saiu de si quando o celular tocou. Perdendo seu precário equilíbrio e prestes a tombar no espelho, ela colocou uma mão para se apoiar e jogou seu nécessaire para fora da pia.

— Nãoooo! — Lola deu um grunhido de horror quando o nécessaire caiu na água do vaso sanitário. Logo a sua maquiagem... oh... Deus...

Mas já era tarde, tudo que havia dentro já tinha afundado. Todos os seus acessórios favoritos, pó de bronze, delineadores, seus três *melhores* batons submergiam no fundo do vaso. E o maldito telefone ainda tocava.

— Gabe, eu sei que você está tentando ajudar, mas AGORA NÃO! — Desligando novamente o celular, Lola contemplou a cena de devastação e deu um grunhido de desespero. — Ah, *merda*...

Então, ela deu um salto novamente, alguém batia de leve na porta do toalete.

— Olá? Tudo bem aí dentro? — Era uma voz feminina preocupada, possivelmente Sally.

— Está tudo bem. Eu estou bem. — Lola poderia ter caído no choro perante a visão da sua sombra favorita moca ultracintilante da Urban Decay.

— Lola? É você? O que aconteceu?

Lola percebeu que era Sally e destrancou a porta.

Ela não precisou dizer uma palavra.

— Ah, não, pobre *garota*! Uau é por isso que você gritou. Eu tive minha bolsa roubada uma vez. — Sally acariciou o braço de Lola consternada. — Quero dizer, ter que cancelar meus cartões de crédito e de lojas foi de matar. Mas perder minha maquiagem foi traumático. Quando descobri que meu rímel favorito tinha sumido, eu praticamente tive um ataque de nervos bem ali na Harvey Nicks.

Apesar de tudo, Lola sorriu:

— Você está me fazendo sentir bem melhor.

— Oh, desculpe.

— E não podemos deixar tudo isso aqui. — Lola escorou o corpo, inclinou-se e cuidadosamente tirou o nécessaire aberto da água e então jogou-o — splash — na lixeirinha embaixo da pia. — Normal isso ter acontecido antes que eu pudesse passar batom nos lábios.

— Bem eu posso te ajudar com isso. Você quer um batom emprestado? Vamos até lá em cima.

Tudo no quarto de Sally era amarelo e branco e arrumado. Sentada na cama de casal e olhando ao redor, Lola disse:

— É um ótimo quarto.

— Seria melhor ainda se não fosse na casa da minha mãe. — Sally fez uma careta. — Não que eu não a ame, mas não é o ideal, não. Eu tenho 36 anos. Estava morando com meu namorado em Wimbledon até duas semanas atrás, mas acabamos tudo e eu temporariamente estou morando aqui.

— O que aconteceu entre vocês?

— Oh, Deus, um pesadelo. Eu sou um desastre ambulante quando se trata de homens. — Sally balançou a cabeça. — Eu dei a ele de presente de aniversário um branqueamento dentário porque isso era o que ele queria. Logo em seguida, ele me diz que está saindo com a dentista. Assim, num piscar de olhos, eu estou novamente solteira, de volta à casa da minha mãe e desistindo dos homens. Eu vou comprar uma pequena cabana em algum lugar no interior e criar lhamas. Tricotar minhas próprias meias e fazer minha própria geleia. Não seria idílico? — Ela parou, segurando um batom Chanel cor-de-rosa fúcsia e observando a boca de Lola. — Que tipo de cor você prefere?

— Algo mais bronze e menos cor-de-rosa. Se você tiver. Você tricota?

— Na verdade, não, mas eu sempre pago uma senhora que faz isso para mim. Cor de bronze, cor de bronze... — Sally procurava nas caixas de sua cômoda.

— E se você preferir viver em Notting Hill, o meu vizinho vai para a Austrália na semana que vem. Ele vai desocupar seu apartamento por um ano. — Lola não podia se aguentar, era uma tentativa válida, e pelo menos Sally não trabalhava num matadouro.

— Ele vai mesmo? Eu não vou a Notting Hill há anos. Ahhh, eu já sei de qual você precisa... — Sally saiu do quarto, retornando momentos depois com um batom num estojo dourado em forma de projétil. — Aí está, estava na prateleira do banheiro o tempo todo. Este é mais o seu tipo?

Lola pegou o batom com alívio. Versace, não menos que isso, e uma bonita e distinta sombra de um castanho-avermelhado com brilho marrom-dourado.

— Este é exatamente o meu tipo. — Lola olhou cuidadosamente no espelho e aplicou o batom e uniu os lábios estalando como um beijo.

— Perfeito. Agora eu posso encarar o mundo novamente. Dougie tem namorada?

— Olha, eu não tenho certeza. Ele *estava* saindo com alguém fazia tempo, mas eu não sei se ainda estão juntos. Você sabe como são os homens, eles não comentam esse tipo de coisas como nós fazemos. — Sally passou pó no rosto e disse — Por quê? Você ainda gosta dele?

Somente uma irmã mais velha poderia dizer daquela maneira, como se fosse o equivalente a gostar do Corcunda de Notre Dame.

Lola disse com pesar:

— Ele é atraente. Nós éramos muito felizes juntos e eu estraguei tudo. Foi tudo minha culpa. Eu sei disso, eu errei, mas na ocasião eu não tinha... eu simplesmente não podia...

— Ah, por favor. Eu não quis te fazer se sentir pior. Vocês tinham apenas 17 anos — exclamou Sally. — Todos cometemos erros nessa idade. E, O.K., Dougie ficou infeliz, mas ele se recuperou. Não é como se ele fosse entrar para o monastério!

Grata pela compreensão de Sally, Lola deu um sorriso incerto:

— Estou feliz por ele não ter ido. Desculpe, vê-lo novamente nessa situação foi um tanto quanto opressivo. Mas, quem sabe, talvez eu possa persuadi-lo, eu sou irresistível e ele me perdoará...

A porta do quarto, que não tinha sido fechada, se abriu.

— Olha — Doug disse secamente. — Eu realmente não queria ter que continuar ouvindo toda essa baboseira, mas Philip quer fazer um pronunciamento e me pediu para reunir todos.

— O.K., estamos prontas. — Sally ajeitou o cabelo e dirigiu-se à porta.

— E, se me permite — Doug fitou Lola com olhar penetrante de tremer os joelhos enquanto ela passava por ele —, não perca seu tempo com esse papo de ser irresistível, porque eu não estou interessado.

Espere um pouco, quais eram as qualidades que ele admirou nela quando estavam juntos? Seu eterno otimismo e a recusa de aceitar não como resposta?

— Você pode mudar de ideia — disse Lola com coragem. — Eu sou muito amável.

— Não para mim.

— Eu poderia ser. Se você me desse uma chance.

— Lola, não se incomode em tentar. Nada vai acontecer entre nós. Após esta noite nós não nos veremos mais, e por mim está ótimo assim. Vamos lá para baixo, sim, e levar está comédia até o fim. Quanto mais cedo terminar, mais cedo você poderá ir embora.

Estavam todos reunidos na sala de estar para o discurso de Philip. Foi doce, ainda assim difícil de acreditar, ouvir aquele homem gentil falar com tanta comoção sobre a felicidade que Adele trouxera a sua vida. Todos ergueram a taça para Adele, então Philip prosseguiu falando sobre Lola e suas ações na noite do ocorrido. Ele concluiu anunciando que estavam todos em dívida com ela e que daquele momento em diante ela fazia parte da família. Aplausos, brindes e — hilariamente — outro frágil abraço de Adele. Era como ser aceita pela Ryvita.[10]

Então o embaraço acabara e todos voltaram a beber e conversar entre si. Todos, menos Adele, que olhava para a boca de Lola e disse:

— Que extraordinária coincidência, você usar um batom igual ao meu.

Oh, merda, *merda*. E ela *sabia*.

— Desculpe. — Lola não conseguia acreditar como ela não reconhecera antes. — Eu... hum, perdi o meu e Sally me emprestou um, eu não percebi que era o seu.

---

[10] Ryvita é um biscoito salgado. (N. da T.)

— Leve-o com você quando sair. — Adele estremeceu, como se Lola tivesse cuspido nos salgadinhos. — Eu não pretendo usá-lo novamente.

— Está tudo bem? — Doug se juntou a elas.

— Lola usou meu batom. — Com uma incrédula meia risada, Adele disse: — Eu devo estar antiquada. Parece uma atitude inacreditavelmente descarada. É tão... *pessoal*.

Lola abriu a boca para protestar, mas agora Dougie a olhava com igual desprezo, como se ela fosse Maria Tifoide[11] —, andando por aí espalhando seus germes nos batons das outras pessoas. Chega uma hora em que você simplesmente tem que aceitar que reconquistar alguém não é uma opção.

Quando o telefone de Lola tocou pela terceira vez naquela noite, os lábios de Adele se contraíram com uma nova impaciência.

— Você vai parar de me deixar esperando? — Gabe demandou. — Eu tenho coisas melhores para fazer com meu tempo do que tentar falar com você. Não é tão complicado assim — falou. — Eu apenas preciso saber se tudo está bem. Um simples sim ou não iria...

— Sério? As contrações já estão *assim* tão espaçadas? Espere aí e fique calma — disse Lola. — Segure firme e respire fundo. Eu estou a caminho.

[11] Maria Tifoide, ou Mary Mallon (1869–1938), imigrante irlandesa nos Estados Unidos que contaminou dezenas de pessoas com a febre tifoide. (N. da T.)

Capítulo 10

— Eu sonhei com ele a noite passada — disse Lola.

Cheryl estava arrumando as prateleiras dos best-sellers na frente da loja. Ela fez uma pausa e olhou o livro em suas mãos, franziu a testa e disse:

— Sonhou com quem? Harry Potter?

— Bem capaz. Eu estou falando de Dougie, sua tola.

— Oh! Você quer dizer *ainda* falando sobre Dougie. As palavras "sem nenhuma chance" significam alguma coisa para você?

Honestamente, só porque o casamento de Cheryl tinha terminado mal; agora na casa dos 40 e alegremente divorciada, ela desfrutava de uma vida sem homens. Obstinada, Lola completou:

— Falhar não é uma opção.

— Malhando em ferro frio? — Cheryl persistiu. — Perseguindo coisas impossíveis? Esperando um milagre?

— Não seja assim tão pessimista. Eu sonhei que estava remando em um barco descendo a Portobello Road e perdi um dos meus remos, mas repentinamente Dougie nadou em minha direção e pulou no barco.

— E virou o barco?

— E me salvou! Ele me mostrou o botão escondido que ligava o motor. — Lola se sentiu envolvida na lembrança do sonho. — E tudo o que lembro depois é que estávamos em uma perseguição, como em um filme de James Bond, pelas ruas gritando e abrindo caminho, e Dougie estava sentado ao meu lado com a perna encostada na minha...

— Isso vai se tornar um daqueles sonhos obscenos?

— Infelizmente não. Nós não tínhamos tempo. Meu alarme disparou. — Lola passou a Cheryl um punhado de livros de Dan Brown; era segunda-feira à tarde, três dias depois da festa, e Dougie tinha tomado seus pensamentos desde então. Não ia ser fácil fazer alguém amá-lo novamente quando essa pessoa não quer nem ver você, mas ela nunca sentiu isso por mais ninguém; fazê-lo reaparecer em sua vida era tão...

— A propósito, tem alguém te observando — disse Cheryl.

— Tem? Quem? — Não levou muito tempo para montar uma fantasia; em menos de um segundo Lola tinha todo o cenário do filme *A Força do Destino* na cabeça. Quando ela se virou, Dougie estaria a caminho pelo corredor da loja em sua direção igual a Richard Gere. O.K., na verdade ele não estaria vestindo aquele uniforme branco de oficial, mas ele a tomaria em seus braços e a carregaria, enquanto os funcionários da loja e os clientes bateriam palmas e vibrariam, deleitando-se e gritando: — Vai nessa, Lola.

— Aquele lá, perto das autobiografias.

Lola se virou lentamente e outra deliciosa fantasia foi interrompida. Com boa vontade, o homem estava na casa dos 50 anos; porque ela iria querer que ele a carregasse no colo para fora da loja?

— Este não é Doug.

Cheryl virou os olhos:

— Eu não disse que era. Ele está olhando para você, é isso. *Realmente* olhando.

— Provavelmente me viu na televisão na semana passada e agora está tentando reunir coragem de me pedir um autógrafo. — Lola se preparou para sorrir de uma maneira animada, simples e provar que a fama não tinha lhe subido à cabeça — Deus, não seria fantástico se ele realmente perguntasse? — Mas o homem se virou. Oh, bem. Espere aí, a menos que ele fosse um detetive particular contratado por Dougie para descobrir se ela é uma pessoa mais legal agora do que era dez anos atrás... ele tinha feito o seu melhor para tirá-la da cabeça mas não conseguia... talvez ele pudesse, afinal de contas, perdoá-la... — Você está sonhando acordada de novo? Tim está acenando para você — apontou Cheryl. — Eles estão precisando de ajuda no caixa.

Dez minutos mais tarde o fã de Lola dirigiu-se ao balcão. De perto, ele parecia mais jovem do que à primeira vista; provavelmente com 40 e poucos anos. Seus cabelos eram escuros e um pouco mais compridos que o comum e ele vestia uma camisa verde-oliva com listras cor de amora com uma calça preta bem cortada. Um pouco moderno demais para sua idade. Belos olhos cinzentos também.

— Eu nunca li um destes antes. — Ele passou um livro, um suspense de um prolífico autor americano. — Ele é bom?

— Muito bom. Você não vai conseguir parar mesmo que queira. Você prenderá a respiração por horas. — Lola ergue o livro percebendo que ele lia seu nome no crachá.

— Desculpe. — Ele notou que ela percebera. — Belo nome. Diferente.

— Obrigada. — Ela pegou a nota de dez libras e tirou o troco da registradora. Ele era um pouco velho demais para se interessar por ela de alguma forma romântica, mas tinha um sorriso atraente. — Aqui está. Espero que você goste. Não me culpe por ficar acordado a noite toda e se atrasar para o trabalho amanhã.

Ele abriu um sorriso:

— Se eu gostar, voltarei para comprar outro.

Havia algo no jeito com que ele olhava para Lola que a fez imaginar se assim era como os famosos se sentiam. Ela disse jovialmente:

— Você me reconhece?

Ele pareceu surpreso:

— O quê?

— Eu apareci em uma matéria na televisão na noite passada. Eu pensei que talvez você tivesse visto.

A expressão do homem clareou:

— Não. Eu temo que perdi essa. Eu apenas vim para comprar um livro.

Droga, ela não era, afinal de contas, famosa.

— Desculpe.

— Sem problemas. — Ele visivelmente relaxou. — Eu sinto muito ter perdido. Você se saiu bem?

— Eu estive brilhante. — À medida que passava a sacola com o livro a ele um pensamento a invadiu: *Por que* ele agora estava visivelmente relaxado? Inocentemente ela disse: — Alguém, alguma vez, já o reconheceu?

Ah-ah, isso o pegou de surpresa.

— Perdão?

— Eu só imaginei se as pessoas já perceberam quem você é?

Outra pausa.

— Por que elas haveriam de fazer isso?

— Talvez porque elas sejam muito inteligentes e tenham sacado tudo. — Lola proferiu um sorriso aberto.

Ele olhou para ela:

— Sacado o quê?

— Que você é um detetive particular.

— Eu? — Ele apontou para o próprio peito, sacudindo a cabeça em uma divertida incredulidade. — É isso que você está pensando? Eu não sou um detetive particular.

Felizmente não havia ninguém no balcão esperando para ser atendido.

— Ah — disse Lola —, mas você se passaria por um, não?

— Eu acho que sim. Mas eu não sou.

— A não ser pelo fato de que você estivesse cobrindo seus passos, como um bom detetive faz.

Ele inclinou a cabeça para um lado:

— Então, *se* eu fosse, o que eu garanto que não sou, quem eu estaria vigiando?

— Ahh, eu não sei. Qualquer um nesta loja. — Lola mexeu os ombros alegremente. — Quem sabe eu?

— Você. E por que um detetive particular estaria no seu encalço? — Outra breve pausa. — Você está encrencada?

— De jeito nenhum. — Ela disse aquilo no calor do momento. — Quem não arrisca não petisca. — Mas ela agora sabia que aquele homem não era mais do que um charmoso estranho, ainda que um pouco confuso, graças ao seu interrogatório. — Está bem, você não é um detetive particular. Eu acredito em você.

Ele assentiu imóvel:

— Obrigado.

Em instantes uma pequena fila se formou no balcão. Lola disse:

— Boa leitura.

O homem foi embora, segurando sua sacola azul-escura da Kingsley e com aquela expressão no rosto que as pessoas têm quando acham que deram uma nota de dez libras e receberam uma de 20 de troco.

Capítulo 11

Os saquinhos para torradas não são a maior invenção da humanidade *em todos os tempos*?

A torrada saltou e Lola pegou o saquinho, colocando o delicioso sanduíche de tomate e queijo derretido em um prato. Este era possivelmente o seu lanche favorito, e de pensar que na primeira vez que bateu os olhos no produto ela não acreditava que pudesse funcionar, pois como uma embalagem plastificada igual a uma sacolinha ia direto à torradeira sem derreter?

O.K., torrada: confere.

DVD no aparelho de DVD: confere. Ela pegou o último filme de Tom Dutton, um de seus atores favoritos.

Lenços: confere. Quando ela arrastava Gabe para o cinema para verem o filme, ela grasnava como um grande ganso durante as cenas melosas e o deixava embaraçado.

Controle remoto do DVD: confere.

Controle remoto da TV... opa, onde estava? Ah, sob as almofadas do sofá. Confere.

Tudo certo, ela estava pronta para...

A campainha tocou na hora em que se preparava para dar uma boa mordida na torrada. Alguém estava de sacanagem. Lola olhou para seu rosto sem maquiagem no espelho da cozinha, combinando com seu cabelo molhado pingando e roupão verde-limão e realmente desejou que Tom Dutton não tivesse escolhido esta hora para bater a sua porta.

Ela apertou o interfone.

— Sim?

— Lola?

Voz de mulher.

— Quem é?

— Sou eu! Sally Tennant!

Vejam só. *Sally. A irmã de Dougie.* Lola apertou o botão do interfone e seu estômago deu uma leve revirada de excitação.

— Suba.

Sally, envolta em um glamouroso casaco creme e usando botas pretas de salto alto, parecia radiante e elegante. Ela poderia parecer ainda mais elegante se não tivesse um par de chifres plásticos vermelhos faiscantes no topo de sua cabeça.

— Oh, sinto muito. — Ela fez uma cara de boba quando viu o cabelo e o roupão de Lola. — Hora ruim?

— É claro que não. Eu nem acredito que você está aqui. — Lola a levou pela sala de estar, desligando a TV. — Tem algo a ver com Doug?

— Doug. — Sally pareceu distante. — Não. Não tenho visto ele. Por quê, você tem?

— Não. — Lola escondeu sua frustração.

— Eu pedi a Philip o seu endereço. Estou aqui por causa do apartamento que você me falou.

O apartamento. Não tinha passado pela cabeça de Lola que Sally pudesse ter levado a sério a oferta — ela parecia nem estar ouvindo quando Lola falou. E agora ela estava aqui. E na hora certa. Mas, ao mesmo tempo, *que legal.*

— Você está realmente interessada? Isso é ótimo. Gabe vai para a Austrália amanhã... ele está se despedindo dos amigos hoje à noite, só Deus sabe a que horas ele vai chegar. Mas eu tenho uma chave. Eu posso mostrá-lo agora. — Apertando o cinto do roupão, Lola disse: — Você vai adorar, eu garanto!

Gabe? Você pode me ouvir? — No outro lado da linha Lola ouvia gritos ainda mais ruidosos. — Eu achei uma pessoa para alugar o apartamento. Lembra que eu falei sobre Sally, a irmã de Dougie? Bem ela está aqui dando uma olhada e...

— O quê? — Sibilou Sally quando Lola abruptamente parou de falar e ouviu. — Ele não quer que eu me mude? Por quê, o que há de errado comigo? Diga a ele que não achará um inquilino melhor em *nenhum lugar*. Olhe, eu posso fazer o depósito agora, dinheiro não é problema... Lola diga a ele quanto eu quero esse apartamento!

Lola disse lentamente:

— Sim, O.K., certo... não, é claro, eu entendo. — Ela terminou de ouvir Gabe falar e desligou o telefone.

— O que foi? — Gemeu Sally. — Por que eu não posso tê-lo? Eu o quero!

Lola sentiu uma pontada de culpa; fora ela quem implorara a Gabe para não alugar o apartamento para Terry o homem do matadouro.

— Não é você. Gabe pôs o apartamento nesta manhã em uma imobiliária. Ele assinou um contrato com eles e, há algumas horas, recebeu um telefonema avisando que levariam um cliente hoje à noite. Se esse sujeito disser que quer, não há nada que possamos fazer. Ele já recebeu uma negativa — explicou ela —, e está ansioso para achar alguém rápido.

— Oh. — Sally parecia desapontada. — Bem, talvez ele não goste.

— Todos gostam do apartamento de Gabe. Droga. — Lola disse frustradamente. — Eu quero que você seja minha vizinha, eu não quero nenhum *garoto* malcheiroso vindo morar aqui...

— O quê? — Sally a olhou com curiosidade, notando uma pausa na voz de Lola. — O que você está pensando?

— Gabe disse que eles chegarão por volta das 20 h. — Lola olhou seu relógio. — Eu estou pensando que horas a loja da esquina fecha.

Com uma ponta de sorriso Sally disse:

— Alguém já te disse que você é um pouco estranha?

— Com licença. — Lola ergueu as sobrancelhas. — Você é que está com chifres brilhantes na cabeça.

A loja da esquina ainda estava aberta. Se Sanjeev imaginasse por que sua melhor cliente quando se tratava de revistas, chocolates e sorvetes estava, sem mais nem menos, comprando repolhos, ele não perguntaria. Às 19h50 o horrível fedor de repolho cozido impregnava os apartamentos de Gabe e Lola. Quando as panelas de repolho foram tiradas da cozinha de Gabe, Lola encontrou um canal de música na TV em seu próprio apartamento e colocou o volume ao máximo. O som de Eminem explodiu na TV, e Sally tirou os chifres, sacudiu o cabelo e tirou as botas.

Às 20h03 elas ouviram a porta principal se abrindo lá embaixo, então duas pessoas entraram no apartamento de Gabe. Lola esperou alguns segundos e então cruzou a plataforma e bateu à porta.

A porta abriu e um homem de terno surgiu.

— Sim?

— Olá. Ele está aí?

— Perdão?

— O Anjo Gabriel. — Lola ergueu a voz acima do som ensurdecedor da música para que pudesse ser ouvida. — O "Sr. vamos nos queixar de tudo".

O corretor disse secamente.

— Se você estiver se referindo ao sr. Adams, ele não está aqui.

— Não? Melhor notícia que ouvi o dia inteiro. — Sorrindo para o potencial inquilino atrás do corretor — magrela, 30 e poucos anos, de óculos, cara de contador —, Lola disse: — Bem, dá um toque para ele, da Lola e da Sal da porta da frente, de que nós estamos com alguns amigos hoje à noite. Eles vão aparecer depois de saírem do *pub* e gostaríamos que ele não fizesse cara de desgraça, porque desta vez nós estamos avisando antes. — Lola se inclinou para frente de modo conspiratório e acrescentou: — Para ser justa, a polícia está de saco cheio com ele ligando e se queixando de nós. Quer dizer, eu tô falando do *Senhor Sem-Amigos*! Se a gente não puder fazer festa e rir com os amigos, a vida vale pra quê?

— Talvez você pudesse deixar uma carta para o sr. Adams. — O corretor falou bruscamente, louco para fechar a porta em um vizinho com potencial para empatar negócios.

— Espere um pouco. — O tipo desajeitado com cara de contador ergueu a voz acima da batida sincopada do hip-hop que agora fazia o chão vibrar. — Com que frequência vocês dão festas?

— Não muitas vezes. Duas ou três vezes por semana, só isso.

— E esse cheiro — disse o contador. — O que *é* isso?

— Humm? Você sentiu? — Lola deu de ombros. — Não faço nem ideia. Ele vem e vai em ondas — algo a ver com os encanamentos, eu acho. Nos custou uma fortuna ver o que era, mas não adiantou nada. Nós achamos que talvez o *Senhor Sem-Amigos* tenha queimado algo embaixo do assoalho... — Ela fez uma pausa e disse: — Por que você quer saber?

— Este apartamento está registrado em uma imobiliária. — O contador piscou rapidamente. — O proprietário está de mudança para a Austrália.

— Você está brincando. Ei, que beleza! — Lola ouviu passos atrás de si, virou-se e disse a Sally. — Ouviu essa? O *Senhor Sem-Amigos* vai para a Austrália!

— Fugir de nós? — Repentinamente com nove meses de gravidez por baixo do casaco, Sally assentiu com aprovação. — Legal. Isso significa que você vai ser o nosso novo vizinho?

— Eu, hum... — Teria aparecido uma ponta de horror por trás dos óculos de nerd? — Bem, eu não...

— Porque se você algum dia quiser fazer um bico como babá, eu tenho o que você precisa bem aqui! — Sally acariciou sua grande barriga. — Quer dizer, só porque vamos ter um bebê não significa que tenhamos que parar de fazer aquilo que é legal, não é? Whoo-hoo! — Eminem tinha dado lugar a Snoop Dogg. Sally, agarrando sua barriga com uma mão e abanando a outra no ar, deu alguns passos de hip-hop entusiasmados. — Whoo-*hoooo*!

Era um quadro para deixar um homem crescido nervoso. Dois homens crescidos na verdade. O nerd e o corretor moveram-se lenta e nervosamente. Lola, cheia de admiração, rezou para que Sally não se entusiasmasse muito e tentasse sacudir o seu prêmio.

Imagine a cena se o travesseiro caísse.

— Quantas de vocês vivem neste apartamento? — disse o nerd.

— Só eu e Lola e esta pequena criatura, quando vier ao mundo. — Ainda girando energeticamente ao som da música, Sally apontou alegremente para sua barriga.

— Quem precisa de um homem quando se tem a inseminação artificial? — Disse Lola piscando para o corretor. — O nosso rebento terá duas mães que sabem *como* se divertir.

Quando o agente e o nerd deixaram o prédio, Lola abaixou o volume da TV e abriu as janelas dos dois apartamentos para dispersar o cheiro horroroso de repolho cozido.

— Uau, foi divertido. — Sally tirou a almofada de veludo debaixo do casaco e jogou-a no sofá. — Acha que vai funcionar?

— Funcionaria se eu estivesse procurando um apartamento. — Lola pegou uma garrafa de vinho branco do refrigerador e serviu em duas taças.

— Pobre coitado, ele parecia mesmo apavorado. Eu acho que só temos que esperar agora. Será que eu poderia beber na minha condição?

— Você sempre pode tomar água.

— Água? Urghh, uma coisa *insípida*, molhada. Não, obrigada.

Dez minutos mais tarde o telefone de Lola tocou e ela se lançou para atender.

— O que você fez? — Gabe foi direto ao ponto.

Inocentemente Lola disse:

— Não entendi.

— Não, você entendeu sim. Eu recebi agora há pouco uma chamada do corretor — disse Gabe — me dizendo que em vista da situação, eu vou ter que abaixar o preço do aluguel.

— Oh, Gabe, isso é *terrível*.

— Bem terrível, sim.

— Coitadinho.

— Ele também me disse para dar um jeito naquele fedor pútrido do apartamento.

— Oh, querido.

— Então, essa sua amiga, esta irmã do Dougie — disse Gabe. — Eu presumo que ela esteja agora aí com você...

Lola olhou para Sally.

— Pode ser.

— E ela quer alugar o meu apartamento.

— Definitivamente. Mais do qualquer coisa.

— O que causou o cheiro?

— Quatro panelas grandes de repolho cozido.

— Aqui, me dê o telefone. — Sally pegou o telefone e falou: — Gabe? Oi, por favor me deixe ser sua inquilina! Eu sou muito organizada, te garanto. Eu realmente vou cuidar do seu apartamento e sou completamente de confiança. Eu pago o valor total com débito em conta e deixo o depósito com a Lola agora, você não vai se arrepender... o quê? Ah, O.K.

— O que ele disse? — Perguntou Lola quando Sally desligou o telefone.

— Que eu estava lhe dando dor de ouvido.

— E?

— Que se mudar para a Austrália está parecendo a melhor decisão que ele já tomou.

— E?

— Que nós nos merecemos e sente pena do nosso bebê.

Uma vez que Sally estava sentada no sofá com um cotovelo afundado na almofada de veludo abandonada, Lola sentiu também pena do bebê.

— Então isso quer dizer...?

Sally sorriu e bateu sua taça contra a de Lola.

— Quer dizer que eu posso me mudar quando quiser.

Capítulo 12

— Oh, eu vou sentir muito a sua falta. — Lola piscou o olho e soluçou; ela não esperava se sentir tão emotiva, mas na verdade se despedir de Gabe era difícil.

— Calma lá, você está me estrangulando. — Ele fez uma alavanca com o braço para escapar dela. — É como ser abraçado por um coala gigante.

— Isso é para te deixar esperto. Oh, seu malandro, como eu estou?

— Um panda num vestido cor-de-rosa. — Gabe a viu manchar a maquiagem. — Eu não posso acreditar que você está chorando. Eu vou ficar ausente apenas um ano.

— Eu sei, eu sei, estou sendo estúpida. — Lola assoou o nariz como um elefante. — Mas e se você mudar de ideia? Você pode querer ficar lá para sempre e eu nunca mais te verei. Você é o meu melhor amigo no mundo e está prestes a voar para o outro lado do planeta. E se você e Jaydena se casarem, comprarem uma casa e tiverem um monte de bebês australianos?

Ela esperava que Gabe caísse na gargalhada de tão ridícula a ideia, mas ele não riu.

— Se isso acontecer, você sempre será bem-vinda para nos visitar.

Oh, Deus, ele realmente estava falando sério! Ele estava enfeitiçado por Jaydena. Será que ele nunca assistira a *Kath & Kim*?[12]

À parte de qualquer outra coisa, Lola sabia que na Austrália existiam aranhas particularmente venenosas, do tipo que se esconde embaixo dos assentos do toalete e morde o seu traseiro. Ela, definitivamente, não iria.

— Você pode voltar e me visitar — propôs ela.

— O que, com todas essas crianças? — Gabe sorriu. — Você está louca? É muito caro.

Ele estava apaixonado. Lola fizera seu melhor para se sentir feliz por ele. Ela olhou para o relógio:

— Eu vou chegar atrasada ao trabalho.

— E o meu táxi chega em dez minutos. — Gabe lhe deu um beijo na bochecha e a empurrou em direção à porta. — Vai, dá o fora daqui. A sua nova amiga Sally vai se mudar hoje à noite, você nem vai notar que eu fui.

— Você estava certa — disse o homem que não era detetive particular.

— Oh, olá. — Reconhecendo-o, Lola largou a pilha de livros de capa dura que trouxera do depósito e falou alegremente: — Certa sobre o quê?

— Ontem à noite. Eu não consegui largar o livro. Fiquei acordado até as 4 h da manhã para terminar de ler. — Ele balançou a cabeça em descrença. — Eu não sabia que ler poderia ser tão bom, eu não fazia ideia. Eu nunca fui um leitor ávido. Perdi muito tempo todos estes anos.

— Ah, mas agora você viu a luz. — Lola adorava quando isso acontecia; testemunhar uma conversão sempre a deixava excitada. — Você se tornou um de nós. Bem-vindo ao nosso mundo; você vai amar tudo aqui.

— Eu preciso de outro suspense e não sei por onde começar. — O homem vestia hoje um terno do tipo marinheiro com uma camisa laranja escura e uma gravata de seda turquesa. — Existem muitos a escolher. Você pode recomendar um autor?

Ela poderia recomendar um autor? Isso era a parte favorita do seu trabalho!

---

[12] Versão norte-americana do seriado australiano mais popular de todos os tempos sobre a relação disfuncional de uma mãe com sua filha. (N. da T.)

— Você vai gostar deste. — Lola pegou um livro com uma capa cinza e bronze canhão. — Ou este. — Avidamente ela se estendeu sobre a mesa e pegou outro. — Agora sim, este é um autor *interessante*.

O homem olhou mais de perto para Lola:

— Você está bem?

Maldição, ela tinha refeito a maquiagem no metrô a caminho do trabalho. Claramente não de maneira satisfatória.

— Eu estou bem, é só... nada. — Lola se recompôs; ele era um completo estranho. — Olha, veja como você vai se sair com este. Quando você ler autores diferentes, nós podemos vir com alguns outros que você possa gostar, então...

— Beano!

— Perdão? — Ela virou o rosto para a mulher de feições acentuadas que tinha acabado de latir em seu ouvido.

— Eu preciso da edição da *Beano Annual*[13] para o meu neto!

— Perdão — o homem de terno balançou a cabeça em tom de desculpa e tomou de suas mãos o livro de capa cinza e bronze canhão. — Você está ocupada. Obrigado. Eu te aviso como me saí com este.

— Vamos, vamos — demandou a mulher, babando saliva. — Eu não tenho o dia todo.

Quando Lola voltou com o exemplar da *Beano Annual*, o homem de terno já havia ido embora. A mulher de feições acentuadas nem sequer agradecera. Mas pessoas como ela jamais agradeciam.

Vinte minutos mais tarde, Lola sentiu um dedo indicador batendo irritantemente em seu ombro:

— Com licença, com licença — proferiu uma irritada voz feminina. — Eu quero o último livro do Dan Black.

Lola virou o corpo:

— Você quer dizer Dan Brown?

— Não me diga o que eu quero dizer, mocinha. Não me interessa o nome do homem, apenas me dê o livro.

[13] Livro britânico de histórias em quadrinhos. (N. da T.)

— Vou lhe dizer o seguinte — disse Lola —, por que você não para de esperar que eu dê tudo de mão beijada e procura por contra própria?

Ultrajada, a mulher prendeu a respiração:

— Sua criatura impertinente! Como se atreve? Eu vou fazer uma queixa com seu gerente e você receberá uma advertência!

— E eu vou fazer com que lhe prendam por crime contra a combinação de cores. Porque cor-de-rosa — Lola fez uma careta perante a echarpe macia e a jaqueta acolchoada da mulher — *não* combina com laranja.

Elas então perceberam que eram observadas por um embasbacado senhor de idade que olhava uma biografia de Winston Churchill.

— Está tudo bem — Lola piscou para ele. — Ela é minha mãe.

— Olá, querida. Blythe lhe deu um rápido abraço e um beijo e arrumou o cabelo atrás da orelha de Lola. — Não posso parar, estou correndo para terminar todas as minhas compras de Natal e marquei hora no cabeleireiro hoje à tarde. Só dei uma passada para te mostrar o que comprei para hoje à noite. Diga-me qual roupa devo usar, e eu devolvo a outra.

Lola não aumentou muito suas expectativas; poder escolher qual roupa era a tentativa de Blythe de conciliação. Infelizmente era como ter que informar a alguém que está prestes a ser jogado em águas profundas que ele precisa escolher entre uma camisa de força de concreto e botas de mergulho de chumbo. Blythe tinha tanto conhecimento de moda quanto uma galinha, juntamente de uma infeliz predileção por misturar e combinar coisas que Definitivamente Não Funcionam juntas. Antes da morte de Alex, isso de algum modo não parecia importar muito — entre eles, a maneira de Blythe se vestir era não mais do que uma amável idiossincrasia. Mas já se passaram cinco anos desde que Alex falecera e durante os últimos 18 meses Blythe começara timidamente a sair de novo. Num piscar de olhos roupas se tornaram o assunto do dia. Ávida por sua mãe deixar uma boa impressão no mundo exterior, Lola tinha começado a fazê-la navegar por águas mais modernas.

Mas deveria ser dito, a bem da verdade, que isso era a mesma coisa que tentar tricotar penas. Lola preparou-se para o pior enquanto sua mãe vasculhava uma pequena bolsa cor-de-rosa e tirava um top de seda bege.

Com borboletas de cetim azul-púrpura adornando as alças.

E babados azul púrpura ao redor de cada cava da manga.

E lantejoulas de várias cores espalhadas pela área do decote.

Lola mordeu o lábio. Se fosse *apenas* um top bege de seda, seria perfeito.

— O.K. Agora o outro.

— Ta-daa! — Blythe colocou o top bege na bolsa e de lá tirou o outro e colocou contra o corpo com um floreio, indicando que este, *este*, era o seu favorito.

Como se Lola não pudesse ter adivinhado. O segundo *top* era ainda mais brilhante — vermelho gerânio de queimar as retinas — e tinha muito mais babados e mangas vistosas, botões prateados brilhantes em cada lado e uma grande flor vermelha e branca — maior do que a roseta de Crufts[14] — na base da gola V.

— Humm — disse Lola. — Isso é para quando você fugir e se juntar ao circo?

— Não seja tão cruel! É lindo.

— Certo, com o que você vai usar?

Sua mãe pareceu esperançosa, como uma criança de 5 anos tentando dizer o nome. — Minha saia azul de lã?

— Não.

— Calças com listas verdes?

— Não.

— Ah. Bem que tal a cor-de-rosa e dourada...

— *Nãooo*!

Blythe deu de ombros:

— Você é tão exigente.

— Não sou, eu só não quero que as pessoas apontem e digam "Lá vai Coco, a Palhaça". Mamãe, se a senhora quer realmente ficar com o top vermelho, use-o com a sua saia branca.

— Só que eu não posso; ela tá com uma grande mancha de curry na frente. Ohh — exclamou Blythe, seus olhos brilhando em um momento

---

[14] Campeonato internacional de exposição de cães realizado na Inglaterra. (N. da T.)

de inspiração —, mas eu posso tirar a flor vermelha do top e colá-la na saia para tapar a mancha! É isso aí, problema resolvido!

As pessoas iriam apontar e rir. Lola abriu a boca para protestar, mas sua mãe estava ocupada colocando os tops de volta na bolsa, olhando o relógio e dizendo:

— Deus, já é assim tão tarde? Eu tenho que voar!

— Aonde a senhora vai hoje à noite?

— Oh, é só uma reunião natalina da nossa turma do *quiz*, alguns petiscos, depois um pouquinho de jazz. Malcolm vai dirigir, então eu posso beber um pouco.

Não é como se fosse a festa do Oscar. Lola deixou por isso mesmo. Trinny e Susannah deveriam passar um dia de loucuras com Malcolm, que era barbudo e parecia um urso, com uma inclinação para calças de veludo cotelê e suéteres com padrões em zigue-zague. Visto que Malcolm estava para a elegância como John Prescott estava para a patinação no gelo, ele seria incapaz de se opor a uma flor colada na parte da frente de uma saia. Se você lhe dissesse que isso era a última moda de Karl Lagerfeld, ele acreditaria sem pestanejar.

Mas Malcolm não era o que Lola tinha em mente para sua mãe. Por mais gentil que ele fosse em seu estilo ursinho de pelúcia desajeitado, ela pensou em alguém num patamar bem mais alto. Blythe merecia o melhor.

Capítulo 13

O cheiro horroroso, de dar nó na garganta e lágrima nos olhos, do repolho cozido tinha ido embora, graças a Deus. Carregada como uma mula, Sally entrou na sala de estar e então largou seus pertences no chão.

Uma excitação revirou seu estômago. Lá estava ela, em sua nova casa, no mínimo pelos próximos 12 meses. Novo apartamento, novas resoluções, vida toda nova.

A principal resolução era: não se magoar mais por namorados que não passavam de *cães* podres e sarnentos.

E que lugar melhor para começar do que ali? Sally olhou ao redor, observou as paredes cor de creme, os pequenos tapetes da cor marfim e uma mobília ultramoderna minimalista. Não havia como negar, o apartamento parecia uma casa de exposição. Até mesmo os interruptores de luz eram minimalistas. Tudo muito bem-arrumado, ele exalava também um aroma de solteiro na cidade.

Oh, bem, algo do tipo.

— Aqui, querida? — Bufando e arfando um pouco, o taxista apareceu na porta de entrada com várias outras malas.

— Pode deixá-las aí no chão. Obrigada. — Ele tinha 50 e poucos anos, cabelos brancos e bochechas rosadas e usava uma aliança. Seria ele um homem atencioso, completamente devotado a sua esposa, o tipo de marido que arruma as prateleiras e a mobília sem ter que ser forçado a fazê-lo? Ou era uma fraude conivente que prometia fazer essas coisas e se mandava para o pub, voltando horas mais tarde com cheiro de perfume de outra mulher?

Na verdade, provavelmente ele não era. Sally comoveu-se e deu a ele o benefício da dúvida. E ela nunca saberia, porque você não pode simplesmente fazer uma pergunta dessa a completos estranhos. O que era, para ela, um grande desperdício. Por que não poderia haver uma lei que tornasse essa atitude compulsória? Imagine encontrar um homem pela primeira vez, achá-lo atraente e poder injetar-lhe a droga da verdade:

— Você parece muito charmoso, Sr. Fulano, mas, se formos ficar mais íntimos, quanto tempo passaria até que você começasse a me tratar como merda presa no sapato?

— Bem, geralmente cerca de um mês.

— Obrigada. O próximo.

O taxista lançou um olhar estranho para Sally:

— Você está bem, querida?

— Eu? Ah, sim claro. — Sally apressadamente se recompôs... ohh, e se você pudesse amarrá-los em uma máquina capaz de dar choques elétricos dependendo da resposta? — Desculpe, viajei. Quanto lhe devo?

Quando ele foi embora, Sally tirou o casaco, arregaçou as mangas e começou a abrir o primeiro par de malas. Ela seria feliz em Radley Road. Mais feliz ainda tão logo arrumasse o apartamento do seu jeito.

Ser deixado sozinho no altar era algo horrível. Algo parecido como a letra de uma música sertaneja. Pior ainda, quando isso realmente ocorre, é como estar preso em uma música sertaneja. Algumas memórias desaparecem, mas uma humilhação nessa escala dura para sempre.

E assim tinha sido com Barry, o Bastardo. Houvera centenas de outros com o passar dos anos, mais do que qualquer garota poderia suportar, indo de Tim, o Estúpido, com quem vivera na Irlanda durante um ano, a Peter, o Bêbado, há sete natais. E o ápice havia sido, obviamente, a sua última calamitosa escolha, William, o Preguiçoso. E, para falar a verdade ele não foi uma grande perda; a dentista com quem fugira o merecia. Seus dentes brilhantes, brancos demais, ficaram esquisitos, iguais aos de um personagem da Disney.

— Oláááá?

Sally estava dispondo luzes multicoloridas ao redor da lareira quando a campainha tocou e ela ouviu a voz de Lola. Avidamente ela correu para abrir a porta.

— Uau — disse Lola, olhando a sala de estar. Uau era pouco. — Isto está... diferente.

— Está mesmo, não? — Sally ficou orgulhosa. — Eu não acredito que fiz tudo isto em três horas! Nada como um pouco de cor para alegrar o ambiente! Você sabe, eu acho que tenho uma queda por decoração de interiores — eu deveria fazer isso para ganhar dinheiro. O mundo seria um lugar mais feliz se todos fizéssemos nossa casa como esta.

O mundo ficaria, definitivamente, lotado de pessoas usando óculos de sol. O chão estava repleto de caixas e malas vazias, para não mencionar vários pacotes de biscoitos. Havia pinturas vivas decorando as paredes creme de Gabe, com cinco... não, seis... não, *sete* séries de delicadas luzes dispostas ao redor das molduras. O abajur de aço escovado da Loja Conran tinha sido retirado. Em seu lugar estava um lustre cor-de-rosa forte. As almofadas de cor de marfim no sofá receberam novas capas de cor laranja. Uma colcha coberta de lantejoulas laranja e rosa cobria a cadeira embaixo da janela. E uma fonte de flores artificiais jorrava de um vaso prateado em cima da televisão.

— Que bom para você — disse Lola. — Se Gabe pudesse ver isto, ele teria um troço.

— Que bom que ele foi para a Austrália. — Imperturbável, pegou em uma das malas uma faixa de penas de pavão na superfície com brilho azul e verde iridescente. — Me alcance aquele vaso dourado ali, por favor? No fim de semana eu vou pintar o quarto para combinar com estes!

— Pintar o quarto? — Lola sentiu que devia isso a Gabe; ele tinha gasto uma fortuna reformando o apartamento havia três meses.

— Está muito simples desse jeito! Parece uma prisão! Eu vou ficar aqui durante um ano inteiro — disse Sally. — Enfim, são apenas algumas latas de tinta — se o seu amigo realmente não gostar, eu jogo uma tinta creme nas paredes antes que ele chegue.

— Desculpe, Gabe é um pouco meticuloso, só isso. Ele mandou fazer a cor especialmente para o apartamento.

As sobrancelhas de Sally se ergueram:

— *Esta* cor? Você está falando sério? Qual é a dificuldade de ir até a B&Q e comprar uma lata de tinta?

— Eu sei, eu sei. — Lola ergueu as mãos, renunciando à responsabilidade. — Ele é só... detalhista.

— Ele é gay?

— Acredite em mim, o Gabe é o oposto de gay.

— E ele está também a 50 bilhões de quilômetros de distância. Então o que eu acho é que nem eu nem você falamos nada sobre repintar o apartamento.

— O.K. — Mais tranquila, Lola abriu sua bolsa. — Eu bebo a isto.

— Oh, meu Deus, champanhe!

— Não é bem champanhe. Não é nem uma garrafa de champanhe mesmo nem duas de genérico. — Lola segurou uma garrafa em cada mão.

— E não vamos desperdiçá-las. — Sally pegou as garrafas e disse jovialmente — Vamos lá, vamos abrir estas rolhas. — Oopa, não pisa nos Garibaldis!

— ...quero dizer, eu tenho 36 anos e esta é a primeira vez que posso arrumar um quarto do jeito que eu quero. Que loucura, não?

Por volta das 10 h a primeira garrafa tinha sido posta na latinha de lixo (cor-de-rosa papagaio, enfeitada com marabu) e na segunda restava menos da metade. Sally estava com as pernas cruzadas sobre o pequeno tapete (púrpura, cheio de migalhas de biscoito), balançando seu copo dramaticamente, enquanto contava a história de sua vida. Com o lustre desligado, os vários feixes de luz conferiam à sala um aspecto de brilho multicolorido festivo que deixara Lola meio à espera de receber um presente. Ela achou estranho, ficou intrigada pela afirmação de Sally.

— O que você nunca pôde fazer antes? Quando você era adolescente?

— Deus, em especial na adolescência! Minha mãe mandava a faxineira ao meu quarto todas as manhãs para botar tudo em ordem e arrumar minha cama. Eu podia ter três pôsteres na parede. — Sally parou para pegar outro biscoito do pacote no chão próximo a ela. — Contanto que fossem pôsteres de cavalos. Eu gostava mais de Duran Duran e Spandau Ballet, mas ela não me deixava pendurar pôsteres deles. Criaturas horríveis, ela chamava o Duran Duran. E o Spandau Ballet eram desordeiros. Eu acho que ela ficava apavorada com a ideia de que eu encontrasse um namorado com calça amarrotada e maquiagem.

Lola imaginou o horror de Adele com o quadro.

— Então, o que aconteceu depois?

— Boa pergunta. Eu achei um namorado que usava calça amarrotada e maquiagem.

— E quantos anos você tinha quando saiu de casa?

— Dezoito anos. Mas nunca morei sozinha, eu sempre dividia um apartamento ou morava com um namorado. O que significa que sempre havia alguém por perto para implicar com meus planos de decoração. Eu passei os últimos 18 anos tendo que aceitar a opinião dos outros. Bem, agora não mais. — O alegre gestual de Sally tomou conta do ambiente e derrubou champanhe no arco sobre o tapete. — De agora em diante, eu vou fazer o que quiser, e ninguém vai me impedir. Nunca mais Tim, o Estúpido, nunca mais Pete, o Bêbado, nunca mais homens chatos vão me dizer que não posso ter um papel de parede de leopardo em minha cozinha. Bum, minha taça está vazia.

— É porque você a virou de cabeça para baixo.

— É? Bum, agora *está* vazia. — Levemente embriagada, Sally balançou a segunda garrafa. — O.K., sem razão para pânico, eu tenho uma garrafa de Burgundy branco no refrigerador. Opa, meu pé tá formigando, eu odeio quando isso acontece.

— Quer que eu pegue? — Lola se ergueu, porque as tentativas de se erguer de Sally pareciam iguais às do Bambi no gelo.

— Excelente plano. Mas você terá que catar um saca-rolha.

Na cozinha, Lola pegou o Burgundy gelado e procurou nas gavetas o saca-rolha de Gabe. Certamente ele não o tinha levado junto.

A campainha tocou e ela ouviu Sally dizer perplexa:

— Quem pode ser? — Contudo, ela deve ter ido mancando até o interfone porque 20 segundos depois a porta do apartamento se abria e Sally exclamava: — Eu não esperava você aqui hoje à noite!

Amigo?

Mãe? *Tomara que não.*

Antigo namorado?

As mãos de Lola congelaram na procura pelo saca-rolha quando ouviu o visitante dizer:

— Eu sei, mas eu tenho que encontrar um cliente em Oxford amanhã pela manhã, esta é a única hora que eu poderia trazer as suas coisas. Eu tentei ligar, mas o telefone está desligado.

Oh, aquela voz, era como espalhar mel quente por suas veias. Não era um dos antigos namorados de Sally, pensou Lola. Era um dos dela!

— Isso explica por que George Clooney não ligou. Obrigada, pode colocar as caixas no chão contra a parede.

Toda orgulhosa Sally disse:

— O que você achou do meu novo apartamento?

Lola ouvia, prendendo a respiração.

— Caramba. Parece um cruzamento entre a casa do Papai Noel e um mercado marroquino.

— Eu sei, não é fantástico? — Sally bateu as mãos. — Eu nem acredito que ele parece tão maravilhoso!

Doug disse friamente:

— Eu não acredito que você é minha irmã. — Ele deu uma olhada para as taças de vinho vazias sobre a mesa e acrescentou. — Bebendo por dois agora? Ou tinha mais alguém aqui?

Sally deu uma risadinha:

— Tem mais alguém aqui.

O.k., chega de se esconder na cozinha. Lola vai até a sala de estar.

— Na verdade eu não sou só alguém, sou mais para curvilínea.

Capítulo 14

— Oh, pelo amor de Deus. — Com os olhos castanhos semicerrados, Doug disse com impaciência: — Você de novo não!

Doía, mas, por ele, Lola sabia que merecia ouvir aquilo. Assim, como ela era do tipo otimista, talvez ela pudesse reconquistá-lo.

— Dougie, eu já me desculpei.

— Eu sei disso. Mas o que você está fazendo aqui? — perguntou.

— Dougie, não seja tão *rude* — pediu Sally. — Lola é minha *amiga*.

— Eu sou mais do que amiga dela. — Lola lançou um sorriso jovial e viu em uma fração de segundo o pavor em seu rosto... *Jesus, certamente não...* — Eu sou a vizinha de porta dela.

Doug balançou a cabeça em incredulidade; ser vizinha significava não ser tão alarmante quanto uma lésbica predatória, mas era evidentemente algo muito próximo. Ele olhou para sua irmã.

— Você não me falou nada disso.

— É claro que não. Se eu tivesse dito que ia ser vizinha de Lola, você na hora teria feito tudo para que eu desistisse da ideia.

Exasperado, Doug replicou:

— Certamente que sim, e não teria sido o único.

— Bem, sinto muito. Eu não me importo com o que mamãe vai dizer. Não é minha culpa se ela não gosta de Lola. Você e mamãe deveriam deixar tudo isso pra trás, é irrelevante agora. Enfim, este é o meu apartamento e estou feliz aqui.

Tomada de gratidão, Lola teve ímpetos de aplaudir, mas a expressão no maxilar de Doug não era exatamente bondosa. Em vez disso, ela tentou mudar o assunto.

— Hum, hum, eu não consegui achar o saca-rolha.

— O.K., eu acho que tenho um nas caixas que estão no quarto. Vou procurar e já volto.

— Nunca se sabe — Doug disse suavemente quando Sally deixou a sala —, jogue suas cartas direitinho e talvez consiga outra pequena bolada. Minha mãe pode ficar tão ávida em te afastar de Sal que é capaz de te pagar para sumir do mapa.

Doía como uma facada abaixo das costelas. Lola disse:

— Olha, o que você quer que eu faça? Ajoelhe e peça o seu perdão? Eu fiz algo horrível no passado e sinto muito mesmo por ter te magoado, mas naquela hora eu não tinha escolha.

Doug balançou a cabeça.

— Está bem. Enfim, não vamos discutir isso de novo. Eu só vim para deixar o resto das coisas de Sally. Vou pegar o que sobrou no carro.

— Eu te ajudo. — Será que Sally ainda não tinha achado o saca-rolha ou ela estava sendo discreta e deixando os dois sozinhos?

— Não precisa.

— Eu quero. — Lola o seguiu até o corredor.

— Eu posso cuidar de tudo sozinho.

— Mas será mais fácil com duas pessoas. — Ela desceu as escadas atrás dele. — E eu sou forte! Não lembra daquela vez que eu ganhei de você no braço de ferro?

Os ombros de Doug se enrijeceram:

— Não.

— Ah, como não? Na festa de Mandy Green. O irmão dela começou essa competição de braço de ferro no jardim porque ele disse que nenhuma garota poderia ganhar de um garoto. Mas ele estava errado — disse Lola orgulhosamente —, porque eu ganhei. Eu ganhei dele e de *você*...

— Isso porque eu deixei você ganhar — disse Doug secamente.

— O quê? Não deixou não! — Quando ele chegou à porta da frente, Lola cutucou suas costas.

— É claro que eu deixei. — Doug abriu a porta, olhou para ela por cima dos ombros com desprezo. — Você acha mesmo que é mais forte do que eu?

— Mas... mas... — Lola tinha passado a última década — dez *anos* — orgulhando-se daquele feito. E agora Doug lhe tirava todas as ilusões. Isso era como saber, de repente, que o Papai Noel não existia.

Whoooop fez a Mercedes verde-escura do outro lado da rua quando Doug apontou as chaves.

A menos... a menos que estivesse mentindo quando disse que a deixou ganhar.

— Certo, você pode pegar as malas com as roupas. Elas não são tão pesadas. — Ele abriu o porta-malas. — Eu pego as caixas de livros.

Livros. Se havia uma coisa na qual Lola era especialista, carregar pilhas de livros estava entre elas. Quem precisa levantar peso em uma academia quando se trabalha na Kingsley?

Lola passou por Doug, ela fechou o porta-malas .

— Jesus! — Ele tirou sua mão no último instante. — Você quase arrancou meus dedos. O que você acha que está fazendo?

— Eu não acredito que você perdeu de propósito. Isso é uma desculpa esfarrapada. — Lola arregaçou a manga do seu suéter até o cotovelo, firmou posição no porta-malas e mexeu os dedos. — Então, vamos matar essa charada, não? Em suas marcas, preparar, apontar...

— Deixa eu dizer uma coisa — disse Doug —, por que você não leva as coisas da minha irmã para o apartamento?

— Galinha.

— Lola, me deixe abrir o porta-malas.

— Cocoricó.

Ele fez uma expressão de incredulidade.

— O que é isso?

O.K., se ela não estivesse levemente bêbada, não teria feito isso.

— É a minha imitação de galinha.

— Não exatamente como o John Cheese, não?

— Ohh, eu vi uma vez o John Cheese — disse Lola entusiasmada. — Em uma delicatéssen.

— Ele deve ter ficado encantado. Podemos levar as coisas agora?

Ela balançou novamente os dedos:

— Você está com medo que eu ganhe, não está?

— Eu não acredito nisso. — Doug suspirou, arregaçou a manga do seu moletom cinza-claro, tomou posição e agarrou a mão de Lola. O seu coração deu voltas quando os dedos quentes dele tocaram nos seus. Ela sentia a respiração dele em seu rosto, o aroma da loção pós-barba que ele usava, ver o brilho da barba fina escanhoada em seu maxilar, imaginando como sua boca reagiria se ela o beijasse naquela hora. . .

Como uma ejaculação precoce, tudo acabou muito rápido. *Clonck* foi o barulho do antebraço de Lola contra o porta-malas da Mercedes.

— Isso não foi justo — Lola reclamou. — Eu não estava pronta.

— Correção. Você não é forte o suficiente. — Ele parou. — O que você está fazendo?

— Nada. Só olhando para você. — Ela tinha visto muitos olhos em sua vida, mas nenhum mais bonito do que os de Dougie. Ele tinha os cílios mais espessos, escuros, do que qualquer outro homem que ela conhecera.

— Bem, pare. Eu não acredito no que está acontecendo aqui. Repentinamente você convenceu minha irmã a se mudar para um apartamento próximo ao seu e eu quero saber o porquê.

— Eu não a convenci. Foi decisão dela. Mas eu estou contente que Sally tenha escolhido morar aqui — disse Lola. Porque eu gosto dela. Nós nos damos muito bem. E eu prefiro ter ela morando aqui do que um nerd esquisito que teria o sido o meu vizinho se ela não tivesse chegado na última hora.

— Essa é a única razão?

— Claro que sim.

— Por que eu não acredito em você? Ah, claro, óbvio, porque você é uma mercenária mentirosa. Pegue estas. — Abrindo novamente o porta-malas, Doug jogou uma grande mala cor-de-rosa de lona nos braços de Lola.

— Quantas vezes eu vou ter que dizer que sinto muito?

— Esquece isso. Eu não dou a mínima para isso. — O músculo apareceu novamente, contraindo seu maxilar enquanto ele tirava duas caixas de livros. — A não ser que você esteja bolando algum tipo de plano para tentar me fazer mudar de opinião, porque *isso* não vai acontecer.

— Eu sei. Você me já me avisou na semana passada. — Honestamente, o que havia acontecido com perdoar e esquecer?

— ...então nós voltamos para o meu apartamento e rasgamos nossas roupas. Fizemos sexo selvagem a noite toda e foi... ohh, foi fabuloso.

— Boa tentativa, Pinóquio. — Cheryl colocava pilhas de livros sobre uma mesa esperando um autor que viria para uma rodada de autógrafos. — Então, o que aconteceu?

O que realmente aconteceu foi desencorajador. Lola fez uma careta e disse:

— Ele esvaziou o porta-malas, deixou as coisas de Sally e foi embora.

— Oh, querida. Então você não vai levar ele ao Bernini amanhã à noite. Eu queria conhecê-lo.

Na noite seguinte seria a festa de Natal dos funcionários da loja. Este ano por alguma razão alguém tinha sugerido que seria legal uma festa a fantasia e, em um momento de loucura, Lola concordara.

— Eu não ia fazer isso com ele. Eu tenho certeza de que ele não é do tipo de se vestir como um imbecil.

— Além disso — Cheryl apontou —, ele não é exatamente o seu fã número 1 no momento.

— Eu sei, eu sei. — Lola começou a dobrar a primeira orelha dos livros na página do título para tornar os autógrafos mais ágeis. Com muita vergonha de revelar toda a verdade, ela tinha deixado de lado o assunto do dinheiro; pelo que Cheryl sabia, tudo o que acontecera foi que Doug reagira mal ao fato de ter sido chutado.

— Oh, anime-se — disse Cheryl. — Se alguém pode reconquistá-lo, esse alguém é você. Pense um pouco, encontrar o seu primeiro amor é o destino! É romântico! Você errou antes, mas não há razão pela qual você não possa virar o jogo, especialmente se ele é tão fabuloso quanto você diz que é — oh, olá.

Olhando para cima, Lola viu o homem que não era um detetive particular do outro lado do balcão.

— Oi. — Ele cumprimentou as duas com um sorriso amigável.

— Como você se saiu com o...? — Maldição, de todos os livros que recomendara, Lola não conseguia lembrar qual ele comprara.

— Foi ótimo. Eu vou experimentar outro autor que você mencionou. A única coisa é que ele escreveu vários e eu não tenho certeza se devo começar com o primeiro na...

— Lola, tem um bêbado tentando roubar livros. — Tim se apressou, o rosto lívido de indignação. — Ele está na seção de Mistério, tentando colocar um monte de livros da Agatha Christie em sua calça. Rápido!

Uhhh. Lola largou o livro que tinha na mão e correu pela loja no vácuo de Tim, desviando-se de clientes e amaldiçoando ladrões de lojas. Pobre Agatha, que coisa chata de acontecer. Ela definitivamente não merecia isso.

Capítulo 15

— Para onde, parceiro?

— Aeroporto — disse Gabe.

Ele se sentou no banco traseiro do táxi com ar-condicionado e não olhou pelo vidro para o apartamento de Jaydena quando o taxista arrancou do meio-fio.

Fora isso então. Muita coisa para até que a morte os separe. O até que a morte os separe, na verdade, tinha desaparecido no toalete.

Como tinha ele, de todas as pessoas, se enganado tanto?

— Não é sua culpa. — Lágrimas rolaram pelo rosto de Jaydena na noite passada, quando tudo veio à tona. — Você é um cara fantástico, de verdade.

Eu sei, pensou Gabe.

— E eu *sinto muito*, é que nunca me passou pela cabeça que Paul pudesse mudar de ideia e me querer de volta. Mas ele é, por assim dizer, o grande amor da minha vida, aquele que eu nunca esqueci. Oh, Gabe, isso é a melhor coisa que já me aconteceu. Você consegue entender isso? Eu não quero magoar você, mas não há outra maneira de resolver essa situação.

Era quase um alívio, por um lado, entender por que Jaydena vinha se comportando como um gato em teto de zinco quente desde que ele chegara, na noite passada.

Por outro lado, descobrir a verdade dói como uma punhalada nas costas.

— Você dormiu comigo. — Gabe franziu a testa. — Nós transamos. Se você e esse cara voltaram, por que você fez isso?

— Oh, Deus, porque eu me senti muito mal — lamuriou Jaydena. — Você viajou *meio mundo.*

Ele olhou para ela:

— E aquilo foi o meu prêmio de consolação? Agradeço muito.

— Eu já disse que sinto muito!

— O.K. — Gabe deu as costas; a última coisa que faria era implorar. — Eu só estou dizendo que você poderia ter me contado tudo antes que eu deixasse Londres.

— Eu sei, mas eu não pude, eu tive que esperar Paul se decidir, e, quando ele o fez, você já estava no avião.

— Muito gentil da parte dele. — Gabe imaginou levar Paul para um passeio em uma fazenda de crocodilos. De preferência, amarrado e amordaçado.

— Olha, eu sei que não é o ideal — Jaydena alegou —, mas é melhor que nós façamos isso agora do que na semana que vem ou na seguinte.

Ela chorou um pouco mais depois daquilo e se desculpou mais algumas vezes e terminou oferecendo-se para transar com Gabe pela última vez como uma maneira de compensá-lo:

— Para que você possa ter algum tipo de, como direi, encerramento, sabe?

— Não, obrigado. — Ele se admirou da própria idiotice; esta era a garota pela qual ele largara sua casa, seu emprego, sua vida em Londres. E lá estava ela, oferecendo-lhe uma transa por consolo.

— Mesmo? Eu não me importo. Paul também não — disse Jaydena. — Eu já perguntei, e ele disse que tudo bem.

Que herói. Gabe visualizou o jogo *Feeding Frenzy*[15], quando largaria primeiro a cabeça de Paul na piscina dos crocodilos.

— É muito generoso da parte dele, mas não quero. Eu preciso do seu computador, se não for inconveniente, e entrar em contato com a companhia aérea.

— Claro, por favor. — Assentindo vigorosamente, Jaydena disse: — Fique à vontade.

---

[15] Jogo de computador cujo objetivo é alimentar um peixe até que ele cresça e atinja o tamanho máximo. (N. da T.)

Ele tratou de marcar um voo, então verificou seus e-mails. Havia um de Lola dizendo: "Hei, como está indo? Por que ainda não entrou em contato? O.K., eu imagino por quê — muito ocupado fazendo outras coisinhas com Jaydena. Manda uma resposta quando tiver alguns segundos de folga, seu safado. E lembre-se: há outras coisas na vida além do sexo".

Gabe parou. Se ela soubesse.

Não havia por que responder à Lola naquele momento; ele não sabia o que escrever. De qualquer maneira, ela descobriria logo, logo.

Não tinha sido a mais tranquila das noites. Gabe tivera um sono entrecortado no sofá na sala de estar de Jaydena e acordara às 6 h. Seu lado sensível ponderava que, depois de ter viajado toda essa distância, ele deveria ficar na Austrália para, pelo menos, ver como era o estilo de vida e o clima, apreciar a vista e no geral fazer a viagem valer a pena.

Mas seu lado emputecido queria dar o fora daquele maldito lugar, deixar uma grande distância entre ele e Jaydena e voltar para casa.

Enquanto o táxi percorria Sydney em direção ao aeroporto, ele olhava para o mar que brilhava, o céu azul como uma moldura e as loiras escassamente vestidas a caminho da praia. Embora louco para dar o fora dali, ocorreu a Gabe que, quando chegasse a Londres, ele não teria quase nenhuma prova de que estivera naquele lugar. Gabe se inclinou, abriu o zíper da frente de sua mochila, pegou sua câmera digital e começou, da janela, a tirar fotos.

— Bom fim de semana, parceiro?

Não era culpa do taxista que sua vida tinha virado de cabeça para baixo. Gabe tirou uma foto de uma garota em um biquíni cor-de-rosa e framboesa andando de bicicleta com um cachorro na frente e respondeu:

— Muito bom, obrigado.

— Ah, é um lugar muito bonito, parceiro. Não tem nenhum outro como aqui. Está aqui há muito tempo?

— Não muito. Mas você está certo. É um país lindo.

— O melhor. — O taxista assentiu orgulhoso e então apontou para o posto de gasolina à frente. — Tem problema se eu parar ali por alguns minutos, ou você está com pressa de chegar ao aeroporto?

— Sem pressa. — O voo de Gabe só sairia dali a cinco horas; ele só estava louco para dar o fora da casa dela. — Faça o que quiser fazer. — *Todos faziam.*

O homem dirigiu até o posto de gasolina, parou próximo à lavagem de carros e desapareceu dentro da loja de conveniência. Gabe, no banco de trás, checava a meia dúzia de fotos que tirara e deletou aquelas que saíram tremidas quando o táxi passou sobre um lombada. Ele olhou para uma morena magra que saiu de outro carro estacionado e virou na esquina da loja. Por uma fração de segundo Gabe pensou que ela parecia familiar, antes de se dar conta de que estava em Sydney, na Austrália. Não era como topar com alguém que você conhecia no supermercado.

Momentos depois, sua cabeça se ergueu quando outra pessoa, desta vez um homem, saiu de um segundo carro e foi na mesma direção da morena.

Gabe franziu a testa. Aquele não era...? Não. Não poderia ser.

Mas, quando o homem saiu de vista, a curiosidade tomou conta de Gabe. Ele abriu a porta traseira do táxi, saiu e sentiu o calor de 32°C no rosto. Intrigado, Gabe chegou à esquina da loja e viu... surpreso... que não tinha se enganado, afinal de contas. Não é à toa que ele não tenha percebido antes, não é todo dia que você vê dois membros do primeiro time de Hollywood entrando às escondidas num beco estreito atrás de um posto de gasolina para poderem se beijar à vontade.

A menos que isso fosse a cena de um filme e eles recebessem milhões de dólares para isso.

O que certamente não era o caso ali. Desta vez eles faziam de graça.

Clique. Gabe não tinha planejado tirar uma foto deles; entretanto, a câmera em suas mãos estava ligada e eles estavam enquadrados, tão completamente enroscados um no outro que nem o viram ou ouviram o clique das fotos. Gabe tirou outra foto, desta vez conseguiu uma boa tomada do rosto da garota. Então, quando percebeu o que estava fazendo — Deus, o que ele era, algum tipo de bisbilhoteiro? —, correu de volta ao táxi.

— Tudo bem aí? — O taxista saiu da loja com uma garrafa de água gelada e uma sacola de balas.

— Tudo bem.

— O.K., vamos então.

Enquanto esperavam para pegar a avenida principal, a metade masculina do casal saiu do beco. Tom Dutton, vencedor do Oscar, vestia calça desbotada e camiseta vermelha. O seu longo cabelo loiro caía sobre sua testa enquanto ele ia até seu carro. Simplesmente porque isso deixaria Lola louca, uma vez que ela o tinha arrastado ao cinema no último verão e soluçado ruidosamente durante todo o choroso último filme de Tom Dutton. Gabe ergueu sua câmera e tirou uma última foto.

Pessoalmente, ele achara o filme uma porcaria.

Capítulo 16

Lola não era avessa a um pouco de bagunça, mas entrar no apartamento de Gabe era algo surpreendente. A impressão inicial era de caos iminente, o departamento natalino da Selfridges misturado com uma loja de caridade na manhã seguinte a uma festa de arromba.

— Olá, eu estava imaginando se você tem tinta preta para sapato. — Lola quase tinha pisado em uma fatia de pizza de pepperoni em cima das páginas da revista *Heat*.[16] Algo lhe dizia que não teria sorte. A maioria das roupas de Sally parecia estar espalhada pelo chão, junto de um par de toalhas de banho. Ainda bem que Gabe não estava ali para ver tudo isso.

— Eu tenho, eu tenho! — Sally largou sua maçã na anteriormente imaculada mesa de café com tampa de vidro de Gabe e pressionou os dedos, como se fosse uma vidente, sobre as têmporas. — Huumm, tinta para sapato, tinta para sapato. Elas estão aqui em algum lugar... eu me lembro de as ter tirado da mala e colocado... ohh, lembrei! Na janela, na cozinha!

Onde mais? Lola acompanhou Sally até a cozinha e viu um exército de graxa para sapato atirado em um vaso cor-de-rosa e dourado de flores

---

[16] Revista britânica de celebridades, fofocas e moda. (N. da T.)

junto de um fixador de cabelos Nicky Clarke, um despertador zebra, uma caixa de tangerinas e uma corda de pula-pula.

— Ótimo. É só por alguns instantes. — Lola segurou seus sapatos pretos favoritos e borrifou a graxa líquida. Mágica instantânea. As ranhuras desapareceram e Lola tampou o tubo. — Coloco a tinta na pia?

— Não precisa. Eu gosto das coisas onde posso vê-las. — Sally observou Lola em seu vestido de noite e disse: — Balada em algum lugar legal?

— Um bar no Soho. Festa de Natal da loja. — Lola fez uma careta. — Festa a fantasia.

— Ohh, eu adoro festas a fantasia! Você vai vestida de quê?

— Coelhinha da *Playboy*. Não ria — disse Lola. — Todos colocaram uma fantasia em um chapéu e eu peguei o palito menor. O Tim lá da loja foi até o local onde alugam fantasias e pegou alguma coisa. Ele vai estar aqui em um minuto com a fantasia.

— Pelo menos é *sexy*. Eu sempre quis ser uma coelhinha da *Playboy* quando era garota. Mamãe disse que só sobre o seu cadáver. Bem — Sally disse alegremente —, você vai ter que passar aqui e fazer um desfilezinho antes de ir.

— Caramba. — Frente a frente com Tim na soleira da porta, carregando uma enorme mala, Lola disse: — Isso tudo não pode ser para mim.

A sua fantasia era, certamente, curta e apertada. Maiô de banho preto de seda, cauda branca felpuda e um par de orelhas. Quanto espaço aquilo ocuparia?

— É meio que um engano. — Tim pareceu embaraçado.

— Que tipo de engano?

Suas bochechas avermelharam.

— Quando eu pedi uma fantasia de coelhinha eles pensaram que eu queria... bem, uma *coelhinha* mesmo.

— Você quer dizer...? Oh, Deus, deixe-me ver. — Lola abriu a mala e deu de frente com uma fantasia de coelho de corpo inteiro feita de pele de náilon. — Eu vou ter que usar *isto*?

— Desculpe — disse Tim tristemente.

Ela pegou a roupa e tomou um choque. Olhando pelo lado positivo, não precisaria passar a noite toda encolhendo a barriga.

Pelo lado negativo, foi um desperdício polir seus sapatos. Ela estava condenada a passar a noite toda com seus pés presos em patas de coelho brancas gigantes.

— Eu vou fritar dentro disso. — A pele de náilon estalou e deu a Lola outro choque ao apertá-la.

— Você pode trocar de fantasia comigo se quiser — disse Tim. A parte "se você quiser" não lhe deu muitas esperanças. — Por quê, qual é a sua?

— Bem, eu *ia* vestido de gladiador. Igual ao Russell Crowe no filme, sabe? Mas o peitoral rachou e eles não me deixaram levá-lo.

— Então você não é um gladiador. Você é...?

Tim balbuciou:

— Barney, o Dinossauro.

Lola suspirou:

— Obrigada, mas eu fico com o coelho. Roxo nunca foi a minha cor favorita.

— Você está toda de cor-de-rosa! — Cheryl, glamourosa e adequadamente exótica em sua saia de hula-hula, dançou para Lola.

Toda cor-de-rosa. Que estranho.

— Imagine como seria ficar presa dentro desta fantasia de coelho. — Lola se esticou para pegar uma garrafa de água gelada. — Daí, dobre isso. Na verdade — ela parou e tomou vários goles de água —, quadruplique.

O DJ começou a tocar *Last Christmas* do Wham!, causando uma debandada (por quê? *Por quê?*) até a pista de dança.

— Quer dançar? — disse Cheryl, requebrando os quadris.

— Não, nem pensar.

— Será que você não pode tirar essa fantasia agora? — Cheryl inclinou a cabeça, simpaticamente.

— Eu poderia, se tivesse trazido uma muda de roupa comigo. — Lola irritou-se com a franja da fantasia em seus olhos e não pôde acreditar que isso tinha acontecido com ela. Mas, por trás da roupa de náilon, ela estava quase nua, e celebrar no Bernini lotado podia ser divertido, mas ela achou que as pessoas não estavam preparadas para vê-la de calcinha de bolinhas cor-de-rosa e verde e sutiã da mesma cor.

Veja só, era uma experiência salutar vestir-se como um coelho. Até aquele momento, ela não tinha percebido como era bom receber a atenção de membros do sexo oposto. Ser admirada era algo que ela esperava que sempre acontecesse.

— Sabe como é, eu me sinto como se estivesse usando um manto de invisibilidade — disse ela. — Ninguém está olhando para mim.

— Oh, isso não é verdade. — Cheryl tentou ao máximo soar convincente.

— É sim. — Lola podia ver os olhares dos homens passarem por ela à procura por uma garota atraente para darem em cima. Hoje à noite, ela não podia deixar de notar, a garota atraente era Cheryl em sua ondulante saia de hula-hula.

— Olhe. — Ávida por ajudar, Cheryl apontou para a pista de dança. — Aquelas pessoas estão olhando para você.

— Elas estão rindo. É diferente. Elas fingem que tomam uísque e lambem suas patas. — Lola tomou outro gole de água. — Eu não me importo. É isso mesmo. Na verdade, essas celebridades que se queixam e choramingam que são seguidas sempre que saem à rua se sentiriam bem piores se usassem uma fantasia de coelho.

— Ei, pelo menos você não é Barney, o Dinossauro.

Pobre Tim, a sua fantasia era ainda mais quente e mais pesada do que a de Lola. Ela observou a tentativa de Tim de dançar igual a George Michael quando ainda era heterossexual, balançando, enquanto seu rabo de dinossauro girava perigosamente de lado a lado. Helen, vestida como Cleópatra, tentava corajosamente dançar como Batman, isto é Darren, que tinha pernas iguais a vagens. No canto mais distante da pista de dança, um grupo de estudantes de Hogwarts de capa preta de plástico montava em vassouras...

— Eu vejo que tem uma pessoa olhando para você. — Cheryl lhe deu uma leve cutucada...

Lola não aumentou suas expectativas.

— Onde?

— Ali, vem até aqui. — Cheryl apontou com a cabeça para a porta. — Aquele com a camisa azul, viu? Ele não tirou os olhos de você desde que chegou. Na verdade... — Sua voz diminuiu à medida que dava uma boa olhada no sujeito —, ele me parece familiar. Onde é que eu o vi antes? Ooh, ele está vindo até aqui!

Lola o observou, feliz por não ter se animado muito:

— Ele é um dos nossos clientes.

— Deus, você está certa. Nós convidamos os clientes também?

— Não. — Intrigada, Lola observou o homem que não era um detetive particular. Quando ele chegou mais perto, ela observou que o corriqueiro sorriso estava misturado com algo a mais, possivelmente nervosismo.

— Oi. — Quando ela assentiu o reconhecendo, uma das orelhas de coelho caiu sob seu olho, o que não ajudou em nada.

— Olá. Eu não estava certo se era você. — Ele sorriu abertamente. — Bela fantasia.

— Obrigada. — Lola parou enquanto Cheryl saiu e se misturou à multidão. — Então é uma coincidência você aparecer aqui esta noite?

— Não, não é. Quando estive em sua loja ontem, ouvi a sua amiga falando sobre a festa aqui hoje à noite.

Pelo menos ele era honesto.

— Então você é um daqueles que ficam atrás na espreita?

Outra pausa. Por fim ele balançou a cabeça negativamente. — Na verdade, não. Quero dizer, eu acho que sim, um tipo de espreitador. Não de uma maneira sórdida, eu garanto.

Esse era o aspecto, ele não parecia *assustador.*

— Bem, bom — disse Lola, indicando Darren na pista de dança —, porque de outra forma, eu teria que colocar o Batman no seu encalço.

Os cantos dos olhos do homem vincaram com interesse, mas, apesar da aparência, ele ainda estava no comando. — Olhe, há algum lugar em que possamos conversar?

— Sobre o quê?

— Sobre algo importante. Desculpe. Eu sei que este lugar não é o ideal, mas eu não queria fazer isso na livraria. Há uma mesa vazia ali no canto. — Enquanto conduzia gentilmente Lola até a mesa, ele olhou a garrafa de água vazia em suas mãos. — Posso pegar outra bebida para você? Quem sabe um... suco de cenoura?

Lola parou e o fulminou com o olhar.

Ele ergueu as mãos:

— O.K., desculpe. Eu não acredito que disse isso.

— Nem eu. Até agora 11 pessoas me perguntaram se eu queria um suco de cenoura. Oito me perguntaram se eu queria alface. Quatro fizeram piadas hilariantes sobre tirar coelhos da cartola. Honestamente, este lugar é um grande clube de comédia lotado de tipos como Billy Connoly.

— Desculpe. Eu normalmente sou um pouco mais original do que isso. Acalma os nervos.

Eles chegaram à mesa. O homem puxou uma cadeira para Lola se sentar e então sentou-se também.

— Por que você está nervoso? — A sua orelha direita caía novamente sobre seu olho; com impaciência, Lola retirou-a.

— Não quer mesmo algo para beber?

— Eu prefiro saber do que se trata.

Wham! a música terminara e foi substituída por — surpresa, surpresa — Slade, com *Merry Christmas Everybody.* — A voz de ralador de queijo de Noddy Holder vibrava pelas paredes e todos na pista de dança pulavam no mesmo lugar feito loucos e cantando juntos, não *no mesmo* compasso da música. Lola olhou para eles alguns segundos e voltou sua atenção para o homem e disse:

— Ainda esperando.

Na luz fraca no canto do bar sua expressão era indecifrável.

— Vinte de maio?

Alguma coisa se embrulhou no estômago de Lola.

— É o meu aniversário,

Ele se recostou na cadeira, exalou, passou os dedos pelos cabelos escuros e então deu um sorriso entreaberto.

— Nesse caso você é definitivamente minha filha.

A orelha de náilon caiu novamente sobre o rosto de Lola. Pequenas estrelas dançaram em seu campo de visão enquanto ela mexia desajeitadamente o velcro que apertava sua fantasia no pescoço. Mas seus dedos não conseguiam puxar o feixe e o calor alastrava-se impiedosamente pelo seu corpo. Por fim, ela conseguiu dizer:

— Por favor, você pode me ajudar a tirar a cabeça? Eu estou me sentindo um pouco... hum, tonta.

Capítulo 17

Num minuto você está em um bar mais ou menos enturmada com as outras 22 pessoas se divertindo fantasiadas, no minuto seguinte você está sentada em um café 24 horas com uma xícara de chá quente, atraindo todo o tipo de sorrisos maliciosos e olhares zombeteiros de todos no local.

Lola ainda não conseguia assimilar o que acontecera; seu cérebro tinha se recusado a acreditar no que ele lhe contara. Apesar de tudo, esse homem não era nem americano. Ainda assim... por que ele faria isso se não fosse verdade?

— Desculpe — repetiu pela terceira vez o homem sentado à sua frente. — Eu sabia que isso seria chocante, mas não consegui pensar em outro modo de dizer.

— Está tudo bem. — Pelo menos estava mais fresco ali dentro. A sensação de desmaio tinha sumido. Sua cabeça ainda girava, mas pelo choque, não pela síncope. — Você pode imaginar como isso é inesperado.

Ele deu aquele sorriso entreaberto novamente.

— Para mim também.

Lola tomou um gole do chá, queimando a boca, mas apreciando o sabor. — Então, você é o... Steve?

O sorriso entreaberto subitamente desapareceu.

— Não. Esse não sou eu.

Então. Não é americano, o nome não é Steve. Algo está errado. Mas ele parece tão genuíno, tão convincente...

— Qual o seu nome então?

Qual é o seu nome? Que pergunta.

— Nick. Nick James. — Balançando a cabeça ele disse: — Eu não acredito que sua mãe não lhe contou isso.

— Uhh, isso não é nada! Ela me disse que você era de Nova York. — Ela o olhou com suspeita. — Você *é* de Nova York? — Será que ele, talvez, *estivesse fingindo* ser inglês?

Suas sobrancelhas se ergueram:

— O que mais ela disse?

— Oh Deus. — Lola quase deixou cair sua xícara. — As suas sobrancelhas. Ficam iguais as minhas quando estou surpresa... — O chá caiu na mesa enquanto seu tremelique aumentava, porque a similaridade era quase fantástica. — Você tem as minhas sobrancelhas!

— Na verdade, você tem as minhas — apontou Nick James.

— É incrível! E temos cabelo escuro.

— Você tem os olhos e as sardas da sua mãe.

— Mas não o cabelo. Antes de você me ver, você pensou que eu era ruiva?

Ele sacudiu a cabeça:

— Eu sabia que você não era. Eu te visitei uma vez, quando você ainda era um bebê.

Lola se sentiu como se o ar tivesse fugido de seus pulmões.

— Você me visitou?

— Oh, sim, brevemente. — Ele sorriu. — Você era linda. Vê-la pela primeira vez... bem, foi inacreditável.

Os olhos de Lola repentinamente se encheram de água e ela disse:

— E então você se mandou. — As lágrimas a pegaram de surpresa e ela as secou irritadamente; não era como se ela tivesse tido uma vida infeliz sem...

— Não, *não.* Deus, não foi isso o que aconteceu. — Chocado, Nick James disse: — É o que você pensa, que fui eu quem deu o fora? Eu não dei o fora, eu juro. Eu amava a sua mãe e queria, mais do que qualquer coisa, que nós três fôssemos uma família. Foi ela quem não quis.

— Espere aí. — Lola o interrompeu, porque isso era muito surreal; deve ter havido algum tipo de mal-entendido aqui. — É sobre Blythe que estamos falando?

Ela tinha que verificar. Imagine se ele se recostasse na cadeira e dissesse:

— Não, Blythe não. Eu estou falando sobre *Linda*.

E as sobrancelhas teriam sido uma extraordinária coincidência.

Mas ele não disse, ele simplesmente assentiu e completou:

— Blythe Malone, ela mesmo.

— Alguma coisa para comer, querida? — Uma garçonete parou próximo à mesa enxugando o chá que Lola derramara.

— Não, obrigada. — Não havia muito sobre o que ponderar, a não ser que a própria mãe havia mentido para ela.

E uma mentira bem grande.

— Mesmo? Nós temos um delicioso cozido de carneiro. — A garçonete apontou para a foto no cardápio. — Ou almôndegas e fritas, todos gostam de nossas almôndegas.

Normalmente Lola teria pensado em algo engraçado para dizer sobre isso, mas seu cérebro estava a mil. — Não quero nada, eu estou bem.

— Ela preferia um prato de cenouras. — Um dos homens na mesa próxima deu um risinho e cutucou seu amigo, que imitou o Pernalonga.

— Desculpe. — Nick James olhou para Lola. — Eu deveria ter encontrado um lugar melhor do que este.

Ofendida, a garçonete fungou e disse:

— Charmoso, eu garanto.

— Não importa. — Lola balançou a cabeça. — Eu gostaria de não estar usando uma roupa de coelho, mas isso eu não posso mudar. E o chá está ótimo. — Ela sorriu para a garçonete. — Na verdade, eu quero outro.

— Meu apartamento não é muito longe daqui. Nós podemos ir para lá, se você preferir — ofereceu Nick James. — Mas eu acho que pode ser um pouco estranho.

— Um pouco. — Embora grande parte disso se devesse ao fato de que ela desejava estar usando roupas normais. Lola teve a mesma sensação de convidá-lo de volta à Radley Road.

Ele assentiu em concordância:

— Território neutro é melhor. Pelo menos por agora.

Sua voz era gentil, bem articulada sem ser pedante. Ele usava calça azul-marinho bem cortada e uma camiseta listrada azul e amora. O relógio em seu pulso era um Breitling preto e dourado. E — agora ela sabia que era verdade; ela acreditava plenamente nele — ele era o *seu verdadeiro pai biológico.*

— Quando eu era criança, sempre achei que meu pai era uma estrela de cinema — disse Lola —, porque os únicos americanos que conhecia eram os que via na TV.

— E, em vez disso, você conseguiu um executivo de publicidade. Má sorte.

— Está tudo bem. É só estranho, todos estes anos imaginando você como americano, *falando* como um americano, e agora tendo que afastar essa ideia. Eu costumava imaginar se o moreno do seriado *Justiça em Dobro* não era o meu pai.

— Desculpe.

— De qualquer maneira, eu nunca gostei muito dos cardigãs dele. Ou o ator do *Miami Vice* — disse Lola. — Don Johnson.

Nick disse solenemente:

— Eu prometo nunca arregaçar as mangas do meu terno.

— Ou Robert Wagner do *Casal 20*. Ou John Travolta. Até mesmo aquele ator que me escapou o nome agora do filme *Agarra-me Se Puder.*

— Se eu soubesse, teria caprichado no sotaque americano. — Ele encolheu os ombros, com sorriso entreaberto. — Eu não posso imaginar por que Blythe lhe disse essas coisas.

Lola olhou para sua bolsa em uma cadeira próximo a ela com o celular. Não havia nada que a impedisse de ligar para sua mãe naquele momento e pedir explicações. Ou até mesmo usar a câmera no celular e tirar uma foto de Nick James, mandá-la para Blythe com uma mensagem — *Adivinhe quem é?*

Mas ela não podia fazer aquilo.

Ooh, Tom Selleck era outro de sua lista de possíveis pais. Ela evidentemente tinha uma preferência por aqueles com bigode.

Só que Nick James não tinha bigode.

Deus, tudo isso era tão *estranho*.

— Como você me achou?

— A entrevista que você deu para a TV local — admitiu ele. — Quando eu disse que não tinha visto... bem, eu menti. Eu estava zapeando a TV naquela noite e lá estava você, com o seu nome na tela. Lola Malone. Você era Lauren quando nasceu.

— Eu sei — disse Lola.

— Desculpe, quer dizer, eu sabia que você era Lauren. Mas, no dia em que fui até a casa de sua mãe quando você era um bebê, ela te colocou no colo de uma amiga e disse "Você poderia levar Lola até o jardim?".

— A filha do nosso vizinho não conseguia dizer Lauren, então me chamava de Lola. Pegou. Ninguém me chama de Lauren.

Ele assentiu:

— Bem, enfim, eu não sabia ao certo se era você, mas não era um nome corriqueiro, e sua idade e tom da pele combinavam. Assim, eu tive que ir até a loja e vê-la.

Fora por isso que ele puxara assunto com ela.

— Espere aí, quer dizer que você na verdade não gostou daqueles livros que recomendei. — O orgulho de Lola estava ferido. — Você estava só fingindo.

Nick sorriu e balançou a cabeça:

— Eu adorei os livros. Eu os li porque você me recomendou. Não se preocupe, eu estou definitivamente convertido.

Ele estava falando a verdade e aquilo a fez se sentir melhor. Lola tomou mais um gole do chá.

— Eu não consigo acreditar que estou aqui sentada falando com você. Espere até mamãe saber disso.

Um rápido vacilo cruzou o rosto do seu pai — *seu pai!*

— Como está Blythe?

— Ela está bem. Vive em Streatham e se diverte bastante.

— Casada?

— Eu tive um padrasto maravilhoso. Ele morreu há cinco anos.

Nick balançou a cabeça:

— Sinto muito.

— Mas a mamãe está muito bem mesmo. Ela começou a namorar novamente. Eu estou tentando ajudá-la com suas roupas. Ela se vestia de maneira estranha quando vocês se conheceram?

Ele parecia estar se divertindo:

— Sim.

— Pelo menos isso eu não herdei dela. — Lola acariciou sua fantasia de coelho. — Quero dizer, eu prefiro me matar a sair na rua usando algo de que as pessoas possam rir.

Nick assentiu concordando com ela.

— Graças a Deus por isso. Eu sou muito cuidadoso com que uso.

Ele falava sério. Toda vez que o via, ele estava usando roupas caras. Um milhão de perguntas borbulhavam na cabeça de Lola.

— Então, o que aconteceu? — perguntou. — Eu não entendo. Por que você e a minha mãe se separaram?

Ele fez uma pausa:

— O que ela te disse?

— Bem. Uma grande mentira, obviamente. Mas a história é: ela conheceu um americano chamado Steve quando ele trabalhava aqui no verão. Achou-o maravilhoso, ficou completamente apaixonada por ele, descobriu que estava grávida, contou a ele e nunca mais o viu depois disso. Quando ela foi ao pub onde ele trabalhava, disseram que ele tinha ido embora, voltado para a América. Contaram-lhe também que seu nome não era Steve. Mamãe sabia que estava por conta própria. Ela se apaixonara por um bastardo e ele lhe deixara na mão. Ela me disse que nunca se arrependeu, porque eu nascera, mas que tinha aprendido a lição, pelo menos sobre os homens. Então, quando eu tinha 4 anos, ela se casou com Alex Pargeter, que foi o melhor padrasto que qualquer garota poderia pedir.

— Bom. — Nick soou como se realmente fosse verdade. — Eu fico feliz.

— Mas nada disso é verdade, não? — Os dedos de Lola pegaram a caneca vazia à sua frente. — O seu nome nem mesmo é Steve. Vamos lá, agora é sua vez. Eu quero saber o que realmente aconteceu.

— O que realmente aconteceu. — Outra pausa, então Nick expirou e meneou a cabeça. Por fim, lentamente, ele contou: — O que realmente aconteceu é que eu fui preso.

Capítulo 18

— Foi tudo minha culpa. Não posso culpar mais ninguém. Seria tudo diferente se eu não tivesse estragado tudo.

Já fora do café, eles agora caminhavam em direção a Notting Hill. A noite estava gelada e a calçada reluzia sob a iluminação noturna, mas Lola se protegia do frio com sua fantasia de coelho. Ela estava se chateando com um grupo de farristas natalinos que cantavam *Bright Eyes* para ela. Ou gritavam "Corre coelho, corre coelho, corre, corre, corre", enquanto faziam pontaria com uma arma imaginária. Ou jocosamente perguntavam se ela se sentia *desenfreada, com as patas dianteiras erguidas*...

Que era o tipo de pergunta que você poderia fazer quando não está, francamente, com o seu pai.

O seu pai *presidiário*.

Deus, olhe para mim, eu realmente estou caminhando pela Bayswater Road *com o meu pai*.

— Blythe não sabia nada disso — prosseguiu Nick. — Ela estava grávida de quatro meses. Nós estávamos juntos havia quase um ano. Obviamente não planejávamos ter um bebê, mas essas coisas acontecem. Nós começamos a procurar uma casa para comprar para que pudéssemos ficar juntos. Isso foi uma surpresa, posso garantir. Eu tinha apenas 21 anos, não tínhamos muito dinheiro. Eu me senti um fracasso. Se eu ao menos tivesse mais dinheiro. Você está com frio? Eu posso pegar um táxi se quiser.

— Estou bem. — A respiração de Lola soprava gelada à sua frente, mas o resto do seu corpo estava aquecido. — Então o que você fez, roubou um banco?

— Eu me envolvi com um amigo de um amigo que fazia contrabando de cigarros e bebidas. Ele trazia a mercadoria do continente e a vendia, dinheiro fácil. — Secamente, Nick disse: — Até você ser pego. Deixe-me dizer uma coisa, aquele não foi o melhor dia da minha vida.

— Você foi preso. — Lola tentou imaginar ele sendo preso; ela apenas tinha visto essas coisas pela televisão.

Ele assentiu:

— O que eu posso dizer? Eu era jovem e estúpido e entrei em pânico. Blythe ficaria confusa, então eu não disse nada a ela. Tive que esperar quatro meses para o caso ir a julgamento. *Ainda* não havia contado nada a ela. Como eu estava envolvido na operação havia apenas algumas semanas, o meu advogado disse que eu tinha uma chance de não ir para a cadeia. Eu sei, é loucura, mas eu pensei que talvez, talvez, Blythe não precisasse saber de nada. Ela nunca descobriria.

Lola pôde ver a lógica nisso. Ela mesma uma vez não conseguiu entregar um projeto inteiro de geografia e depositou todas as suas esperanças para que a escola pegasse fogo e sua professora não descobrisse nada. Deus, ela *era* filha do seu pai...

Em voz alta disse:

— Bom plano.

— Seria se tivesse funcionado. Mas não funcionou. — Nick encolheu os ombros. — O juiz não estava de bom humor naquele dia, e eu peguei 18 meses de cadeia.

Ambos jogaram e perderam. Exceto que sua punição foi apenas uma passadinha na diretora da escola e três semanas de suspensão.

— Como a mamãe descobriu?

— Meu primo ligou para ela. Você consegue imaginar o que foi isso? Ela veio para me visitar na prisão dez dias depois, disse que estava tudo acabado e que não queria nunca mais me ver. Eu disse que fizera aquilo por ela e pelo bebê, mas ela foi inflexível. Para ela, eu era um criminoso e um mentiroso e não era o tipo de pai que ela queria para seu filho. Foi tudo muito emotivo. Era compreensível que Blythe estivesse muito nervosa. Ambos estávamos. Mas ela estava com nove meses de gestação, assim só o que eu podia fazer era me desculpar e concordar com tudo o que ela dissesse. Aquele foi o segundo pior dia da minha vida. — Ele fez uma pausa. — Você nasceu uma semana depois.

Lola começava a entender por que sua mãe tinha inventado uma história diferente.

— Eu cumpri minha pena, tive bom comportamento e saí da prisão nove meses depois — prosseguiu Nick. — Você e sua mãe eram tudo em que eu pensava e também em fazer Blythe entender como eu sentia muito. Se ela ainda sentisse alguma coisa por mim, eu pensei que pudesse persuadi-la a mudar de opinião, me dar mais uma chance. Então eu apareci na casa dela, e foi quando vi você pela primeira vez. Foi inacreditável. Você era... bem, é algo inesquecível. Você sorriu para mim, com seu cabelo em um pequeno topete enrolado e manchas de Ribena[17] em sua camiseta branca. Mas a sua mãe não queria conversa, ela disse que nunca poderia confiar em mim. Disse também que eu infernizara a vida dela e se tivesse um pingo de decência deixaria vocês duas em paz, porque para você não seria nada bom ter um pai mentiroso, desleal e indigno de confiança como eu. Ela terminou dizendo que, seu eu quisesse mesmo provar como estava arrependido, a melhor coisa a fazer era sumir. E você sabe de uma coisa? — Enquanto esperavam o semáforo abrir, ele olhou Lola de lado. — Ela falava sério.

— Ei, olhem ali é o coelho branco!— gritou alguém de um carro que passava. — Cadê a Alice?

O semáforo abriu para os pedestres. Juntos, eles atravessaram a rua.

— Então foi isso que você fez — disse Lola. A estação do metrô de Notting Hill estava agora a sua frente.

[17] Marca inglesa de bebida à base de suco de groselha. (N. da T.)

— Eu não queria. Mas fui eu quem fez a burrada toda. Eu senti que devia muito a Blythe. Então disse adeus e sumi do mapa. — Ele esperou. — Aquele foi o pior dia da minha vida.

Caramba, tudo isso era pra lá de emotivo.

— Eu continuo me sentindo como se você estivesse falando sobre alguma novela. — Lola meneou a cabeça em descrença. — Então isso me atinge novamente; isso é na verdade sobre *mim*.

— Ei, você na fantasia — gritou um homem passando em uma van. — A fim de uma trepada?

— Meu apartamento é logo ali. Lola ignorou o motorista da van e se virou para a Radley Road. — Eu ainda tenho um monte de perguntas para você.

— Mande ver.

— Você voltou a ter problemas com a lei?

Nick sacudiu a cabeça:

— Não, não. A não ser por três pontos na carteira por excesso de velocidade. Eu aprendi minha lição, Sua Excelência.

— Você é casado?

Outra tremida:

— Não mais. Tive um divórcio amigável há seis anos.

— Filhos?

Ele se abriu em um sorriso:

— Não tenho outros filhos. Só você.

Lola engoliu; Deus, isso estava realmente acontecendo. Espere até a sua mãe saber de tudo hoje à noite.

— Bem, aqui é onde eu moro. — Ela parou na frente do número 73; eles vieram a pé desde o Soho.

— Belo lugar.

— Obrigada. — Os eventos da noite pegaram Lola abruptamente. Em um minuto ela caminhava alegremente, no outro ela estava cansada e tudo o que queria era deitar e dormir por uma semana. Mas este homem — *seu pai* — tinha passado a última hora acompanhando-a até sua casa...

— Certo, então. Vou embora. — Nick James a observou bocejar como um hipopótamo.

— Eu me sinto péssima em não convidá-lo para um café.

— Não, está tudo bem. Eu pego um táxi. — Ele passou os dedos pelo cabelo. — Foi muito por uma noite só.

Lola assentiu; caramba e agora ela não sabia como se despedir. Isso é ainda mais embaraçoso do que o final de um desastroso encontro às cegas. O que ela deveria fazer, abraçá-lo, beijá-lo, um aperto de mãos ou o quê?

Nick James sorriu e disse:

— Estranho, não?

— É, é sim. — Aliviada por ele ter entendido, Lola o viu pegar sua carteira. — Ooh, vou começar a receber mesada?

— Eu estava pensando em um cartão de visitas. — O sorriso se abriu quando ele entregou seu cartão. — Eu não quero pressioná-la, assim, a partir de agora, eu deixo com você um próximo contato. Isso se você quiser falar comigo. — Ele se virou e caminhou de volta à rua.

Lola o observou partir, uma bola começou a se formar em sua garganta. Que noite, que coisa tudo isso acontecendo do nada. Ela dobrou a cabeça da fantasia de coelho sobre o braço e procurou a chave de casa na bolsa.

Nick James estava prestes a dobrar a esquina quando ela limpou a garganta e chamou:

— Psiu... Nick? Eu entrarei em contato.

Ele parou, virou o rosto e ergueu uma mão em agradecimento:

— Eu espero que sim.

Capítulo 19

Às 16 h do dia seguinte o táxi entrou na Radley Road. Gabe disse:

— É o prédio azul e branco mais adiante à esquerda.

O.K., ele estava de volta.

Quando o táxi desapareceu, ele arrastou sua bagagem pelos degraus e chegou à porta principal. Deixou as malas na entrada e subiu as escadas. Então, preparou-se e bateu à porta de Lola.

Muito para se aprontar. Ninguém em casa.

Bem, não era como se ela o estivesse esperando. Pelo que ela sabia, ele ainda estava do outro lado do mundo.

Gabe desceu as escadas e pegou as malas, empilhando-as do lado de fora do apartamento de Lola. Ele então cruzou o corredor e bateu à porta do seu próprio apartamento.

A garota também não estava em casa. Ele bateu novamente, só para ter certeza. Certo, o apartamento era seu e ele tinha o direito de entrar. Mais, ter bebido muita água mais cedo significava que ele precisava ir ao banheiro. Exausto pelo voo e irracionalmente irritado pela falta de boas-vindas, Gabe procurou em seu chaveiro até achar a chave do apartamento.

Ele a colocou na fechadura, girou para a esquerda, empurrou e a porta se abriu.

Jesus Cristo, o lugar havia sido roubado. Gabe deu um passo para trás horrorizado e observou a cena de devastação. Um fato estranho é que, se ladrões estiveram ali, por que não levaram a TV de tela plana? O ou caro gravador de DVD? Ou aquele bolinho de dinheiro no chão próximo ao prato de espaguete à bolonhesa?

Que diabos *era* aquilo? Gabe foi até a sala de estar, abrindo caminho entre roupas jogadas no chão, CDs, revistas, pacotes abertos de biscoitos e xícaras de café pela metade. A garota tinha algum tipo de ex-namorado vigilante que estivera na casa e deixara tudo de pernas para o ar?

Mas ele sabia que essa também não era a resposta. Essa baderna toda não era... vingativa, afinal. Era muito casual para ter sido feita em um acesso de fúria. Esfregando os olhos e abrindo-os novamente, Gabe percebeu com pesar qual tipo de inquilino se mudara para seu apartamento. Ele investigou o resto do apartamento e seus piores temores se confirmaram. A cozinha estava inacreditável. O quarto de dormir, trancado como se estivesse sido saqueado. O banheiro lembrava uma pequena filial da Boots devastada por um furacão. Havia um pacote de salgadinhos de bacon na pia. A banheira estava cheia de água da cor esmeralda e extremamente gelada. Havia no mínimo seis toalhas úmidas no chão.

Ele estivera fora *quatro dias*.

O seu lindo apartamento, seu orgulho e alegria. Os músculos das têmporas de Gabe entraram em espasmos e sua cabeça começou a doer. Como se já não tivesse, por hora, problemas o suficiente.

Bem, quanto mais cedo ele fizesse a garota se mandar, melhor. Talvez tenha sido melhor ele ter voltado.

Foi quando ele ouviu o barulho na porta principal lá embaixo, seguido de passos na escada. Seria Lola ou a nova garota, a Rainha da Bagunça?

Gabe saiu do apartamento, fechou a porta e esperou no corredor para ver qual delas seria...

— Aaaahhhh! — Lola deu um grito de medo e quase tropeçou na escada. Uma mão agarrou o corrimão enquanto a outra cobriu a boca.

— Não, eu não sou um fantasma — disse Gabe. — Sou realmente eu.

Lola levou a mão ao peito. — Mas você... você... o que está acontecendo?

— Não deu certo. — Ele amava Lola demais, mas ainda odiava ter de dizer a ela, admitir que ele falhara.

Ela ficou de boca aberta:

— Você mudou de ideia?

— Não. — Gabe balançou a cabeça. — Ela mudou.

Lola se atirou nele, tirando o ar de seus pulmões. *Uau*, ela estava em seus braços balbuciando:

— Você quer dizer que está de volta? Oh, meu Deus, isso é maravilhoso! A Jaydena é completamente louca? Eu não acredito, eu pensei que estivesse alucinando! Que *mulher estúpida*!

Era por isso que ele amava Lola:

— Eu também acho. Ela voltou para o ex-namorado.

— Oh, bem, azar o dela. — Lola lhe deu outro abraço de urso. — Venha e me conte tudo. Vamos deixar suas coisas aqui? Meu Deus, você atravessou o mundo para nada! Será que você vai conseguir seu emprego de volta? Onde você vai *morar*?

— Do que você está falando? — Após Lola, Gabe disse — Eu estou de volta. Eu vou morar aqui, é claro.

— Você quer dizer no apartamento de Sally?

— Pelo amor de Deus, o apartamento não é dela! É meu! Eu explicarei a ela que preciso dele agora, darci uma semana para ela achar outro. *E* estive lá agora há pouco — disse ele incrédulo. — Você viu o estado do lugar?

— Ela não é exatamente organizada. — Precipitadamente, uma vez que fora ela a responsável pela vinda de Sally, Lola acrescentou: — *Muito simpática*, apesar disso.

— Não exatamente organizada? Isso é como dizer que o casal Beckham não é exatamente próspero. Ela se mudou há quatro dias, imagine como ele ficará depois de quatro meses? Não — Gabe sacudiu a cabeça —, ela tem que ir embora. Quanto ao emprego, eu não tenho ideia. Ainda não pensei sobre isso. A semana passada não correu exatamente como planejado. — Ele pegou a lata de cerveja que ela oferecera e abriu.

— Não me admira que você esteja um pouco chateado — disse Lola simpaticamente.

— Eu não estou *um pouco chateado*. Eu fui para a Austrália. Voltei e não tive tempo de pegar um bronzeado. — Exasperado, Gabe bebeu a cerveja gelada antes de limpar a boca com a parte de trás da mão. — Droga, eu estou *puto da vida*.

— O.K., sua escolha. Agora, você quer continuar falando sobre a Austrália ou mudamos de assunto?

Ele observou Lola, que estava evidentemente louca para soltar algumas fofocas. Ele assentiu compreendendo:

— Certo, tudo bem, você viu esse cara de novo. Doug, é isso? Ele já te perdoou?

O rosto de Lola mudou com a menção do seu primeiro amor.

— Nem um pouquinho. — Então ela se animou. — Mas aconteceu outra coisa. Eu conheci outro homem.

— E pensar que te chamam de volúvel. — Gabe brincou afetuosamente com ela, porque não era culpa dela que a sua própria vida estava uma porcaria. — Segue em frente. Quem é ele?

— Na verdade — Lola sorriu —, esta é a parte estranha. Ele é meu pai.

Às 19 h eles ouviram a porta da frente abrir e fechar, e então o som de alguém subindo as escadas.

— É a Sally. — Lola ficou sentada. Claramente ela não queria ver o que aconteceria depois.

— Certo, eu vou falar com ela. Quanto mais cedo isso for resolvido, melhor. — Gabe se levantou, pronto para a batalha com a sem-teto que tinha arruinado seu apartamento.

— O que acontece é o seguinte, ela...

— Não se preocupe, eu sei que ela é a irmã demente de Doug, eu não vou gritar com ela — Ah, *muito*.

— Mas...

— Eu vou ser o charme em pessoa — disse Gabe, abrindo a porta.

A não ser pelo fato de que a garota que ficou frente a frente com ele no corredor não era uma sem-teto. Essa garota era alta e curvilínea em um vestido envelope vermelho e um elegante casaco cor de creme. Seus cabelos eram loiros bem claros e lisos, seus olhos eram castanhos acentuados pelo delineador muito bem aplicado. Sua boca era carnuda e estava com um batom vermelho para combinar com o vestido. Ela exalava ainda uma fragrância da Lime Basil and Mandarin, de Jo Malone, que era o perfume favorito de Gabe.

Esta não poderia ser a garota com quem falara ao telefone na semana passada, com certeza.

— Olá! — Ela sorriu jovialmente para Gabe e, chaves na mão, foi até a porta do seu apartamento.

Não *podia* ser.

Gabe limpou a garganta:

— Você é Sally?

Ela parou, virou-se.

— Sim! E você deve ser um amigo de Lola. Seus olhos faiscavam, ela apontou para a montanha de bagagem e disse alegremente:

— Você vai se mudar para cá?

— Eu sou Gabe Adams. — Deus, *era* ela.

— Gabe? — Sally pareceu intrigada. — Mas este é o nome daquele que se mudou para a Austrália.

— Eu não *me mudei* para a Austrália, eu *estive* na Austrália. Mas as coisas não deram certo — disse Gabe —, então agora eu estou de volta. Olhe, eu percebi que isso é inconveniente para você, mas eu te ajudo a arrumar suas coisas. E, se você puder sair no fim da semana, seria maravilhoso.

Ela o encarou.

— Como é que é?

Como podia uma garota que vivia em tal abjeta miséria parecer como ela parecia? Como isso era fisicamente possível?

— Bem, você vai morar novamente com a sua mãe. — Ah, *velha* de sorte. — Eu até alugo uma van se você quiser. — Gabe achou que estava sendo mais do que generoso; com tudo aquilo que vira no apartamento, ele precisaria de um caminhão de mudanças. — E podemos fazer isso em qualquer dia desta semana, como ficar melhor para você.

— Eu não entendo — disse Sally. — Eu não vou a lugar algum.

— Mas você tem que ir. Porque é meu apartamento e eu preciso dele de volta.

As sobrancelhas de Sally franziram:

— E eu estou dizendo que você *não pode* tê-lo porque o acordo foi que eu poderia viver aqui por *no mínimo* um ano.

— O.K., O.K. — Gabe deu um suspiro; sempre foi uma possibilidade real que ela fincasse o pé, decidisse ficar até o fim do contrato. — Eu estou dando uma notificação oficial a partir de hoje. Isso está no contrato. Você tem um mês para achar outro lugar. Sabe Deus onde eu vou ficar até lá, mas...

— Espere aí — interrompeu Sally. — Que contrato?

— Aquele que você assinou na imobiliária.

— Eu não assinei contrato nenhum — disse Sally.

Atrás de si, Gabe ouviu a porta de Lola se abrir. Ele se virou e disse calmamente:

— O que está acontecendo aqui? Por que ela não assinou o contrato?

Lola pôde sentir seu coração disparar. Ela estava escondida atrás da porta ouvindo tudo. Agora era a hora de dançar também. Lola soltou os dedos do pé apertados, respirou fundo e disse relutantemente:

— Eu cancelei a imobiliária.

— *Por quê?*

Oh, Deus, Gabe tinha levado o fora da namorada, ele chegou da Austrália e estava sofrendo com fadiga de voo no auge da diferença no fuso horário. No geral, ele não estava nos seus melhores dias.

— O.K., o negócio é o seguinte, eu estava tentando *ajudar*. — Quando ficava na defensiva, Lola sabia que gesticulava muito, e agora suas mãos pareciam um par de turbinas de vento em sobremarcha. — E você mesmo me disse que a imobiliária cobra uma fortuna, então, quando Sally apareceu, eu pensei que você poderia fazer uma economia de dinheiro, o que *achei* que você gostaria. Porque eu sabia que poderíamos confiar em Sally, ela obviamente não iria lhe dar nenhum problema com o aluguel, então fazia sentido para você, sabe, lidar com ela diretamente e eliminar os intermediários. Ela me deu o depósito e o valor do aluguel do primeiro mês em dinheiro e eu os paguei em seu nome.

— Sem problemas. Eu devolvo tudo — replicou Gabe.

— Isso não é justo. — O tom de voz de Sally estava alterado. — Você está sendo completamente irracional.

— *Eu*? — Gabe levou a mão ao seu próprio peito e gritou. — *Eu* estou sendo completamente irracional? O que você me diz do estado do meu apartamento? Você diria que o massacre ao qual você o submeteu é *racional*?

Sally olhou para ele:

— Como você sabe o que eu fiz com ele?

— Porque eu fui até lá e dei uma olhada!

Ela bafejou:

— Você não pode simplesmente entrar em qualquer lugar que deseje.

— Você não pode me impedir. — Gabe estava realmente perdendo a disputa. — É o meu apartamento!

— Apartamento o qual você alugou para mim. E eu gosto de morar aqui. — Os olhos de Sally abruptamente se encheram de lágrimas. — E tem mais, eu não vou sair.

— Oh, por favor. — Lola estava a esta altura se sentindo completamente perdida. — Eu tenho certeza de que vamos chegar a um acordo. Para quem você está telefonando? Não é para a polícia, é?

Sally pegou seu celular e cegamente apertava as teclas:

— Eu vou chamar Doug aqui. Ele vai dar um jeito nisto.

Doug? *Uhh*, a simples menção do nome era suficiente para o coração de Lola disparar. Será que Gabe e Sally a achariam muito superficial se ela rapidamente lavasse o cabelo e desse um jeito em seu rosto antes que ele aparecesse?

Capítulo 20

A resposta àquela pergunta era um grande sim, mas ela saiu e se arrumou do mesmo jeito. Quando Doug chegou ao apartamento 40 minutos mais tarde, ele observou os três e disse calmamente:

— Que bagunça!

Lola realmente esperava que ele não estivesse se referindo a ela. Se dissesse a si mesma, ela estava bem-arrumada.

— Você está me dizendo. — O tom de voz de Gabe era impaciente. — Você viu o que a sua irmã fez com o meu apartamento?

— Eu não preciso. Eu imagino. Ela não é o que você possa chamar de organizada — disse Doug com heroica boa vontade.

— *E* ela é uma mentirosa. — Gabe virou-se para Sally e disse acusatoriamente. — Quando falamos ao telefone você me disse que era totalmente digna de confiança.

— Eu sou!

— Você jurou que era superordeira.

— Oh, Deus, você é tão *exigente*. — Sally virou os olhos. — Isso é o que as pessoas dizem quando querem alugar alguma coisa. Igual a você ir a uma entrevista de emprego, você tem que parecer entusiasmado e dizer a todos que você veste a camisa. Se você disser que é um sapo preguiçoso que chegaria atrasado ao próprio enterro, eles não o contratariam, contratariam?

Gabe ergueu os braços:

— Então você mentiu.

— Não foi uma mentira. Apenas uma lorota. Não é contra a lei ser desorganizada.

Gabe se dirigiu a Doug:

— Eu só quero que ela saia.

— Eu vejo isso — disse Doug. — Certo, diga-me exatamente o que está acontecendo.

Quando eles terminaram de explicar a situação, Doug olhou para Lola e disse:

— Então, basicamente isto é tudo culpa sua.

— Oh, é claro que é. Eu faço meu melhor para ajudar as pessoas e é isso que acontece, esse é o agradecimento que recebo.

— Legalmente — Doug se virou para os outros —, vocês dois podem causar imensos problemas um ao outro. Se você quer a minha opinião, há um desperdício de tempo e dinheiro de todos vocês. Vamos dar uma olhada no apartamento agora?

— Coloquem todos o uniforme anticontaminação — disse Gabe.

Na anteriormente imaculada sala de estar de Gabe, agora lotada de revistas e roupas e comida largada e maquiagem, Doug assentiu sabiamente:

— Ah, sim, isso é familiar.

Sally disse, desafiadoramente:

— Mas ainda não é uma ofensa digna de detenção.

— O que eu não entendo — Lola estava intrigada —, é que quando eu estive na sua casa em Barnes o seu quarto estava imaculado. Completamente normal.

— Isso é porque eu tenho uma mãe que chateia em nome da Inglaterra. — Sally suspirou. — E porque ela tem duas empregadas que arrumam e organizam o meu quarto todos os dias. É por isso que eu estava desesperada para dar o fora de lá. — Sally olhou desafiadoramente para Gabe e completou: — E é também por que eu definitivamente não vou voltar.

— Quantos quartos têm no apartamento? — Doug explorava o local.

— Dois.

Houve uma pausa.

— Eu espero que você não esteja pensando o que eu acho que você está pensando — disse Gabe.

Doug encolheu os ombros:

— Você tem alguma ideia melhor?

— Eu tenho uma muito melhor — replicou Gabe. — Ela é sua irmã. Você leva ela para casa com você.

— Sem chance. Lola, ela pode ficar com você?

Sally reclamou:

— Vocês estão me tratando como um cachorro velho.

— Acredite em mim — Gabe fez um largo gesto com as mãos pela sala toda —, um cão velho não faria essa baderna toda.

— Ela pode ficar comigo. — Ávida para parecer boa aos olhos de Doug, Lola não podia se furtar de fazer o sacrifício final e reconhecidamente teve uma solução: — Mas eu tenho apenas um quarto.

— Certo. Então vocês dois — Doug se voltou para Sally e Gabe — têm duas opções. Vocês contratam advogados para resolver essa questão ou dividem o apartamento por algumas semanas.

— Eu não posso acreditar que isso está acontecendo comigo. — A barba rala no queixo de Gabe arranhava quando ele esfregou as mãos no rosto.

— Nunca se sabe — disse Lola esperançosa. — Pode funcionar melhor do que você pensa.

— Ah! Eu vou acabar estrangulando-a, então serei preso e enforcado na cadeia, daí *nenhum* de nós vai conseguir morar aqui. — Quando ele disse a palavra cadeia, Gabe se retraiu e deu um olhar de desculpas para Lola. — Desculpe.

— Certo. Hora de tomar uma decisão. — Doug apontou para Sally. — Você estaria disposta a tentar? — De modo ressentido ela disse:

— Oh, que legal, ser cortada em mil pedaços e escondida *ordenadamente* em uma sacola plástica preta. Tudo o que eu sempre quis.

— Então você prefere um advogado. É caro — disse Doug. — Custa um bocado de sapatos.

Você tinha que admitir o estilo dele. Sally parecia agora como uma estudante amuada sendo informada de que o seu trabalho de casa não correspondeu às expectativas. Lola manteve um olhar sóbrio enquanto Sally encolheu os ombros e disse:

— Eu não vejo por que eu deva, mas suponho que possa dividi-lo por algumas semanas.

Doug se virou para Gabe:

— Mas você ainda insiste em procurar os meios legais, ou...?

Que profissional. Ele era como um leiloeiro chamando os lances. Encantada pela sua habilidade, Lola observava e prendia a respiração.

Gabe hesitou, então exalou e ergueu as mãos:

— Ah, pelo amor de Deus! Tentaremos, então. Já que eu não tenho uma opção melhor.

— Boa jogada — disse Doug.

— Mas apenas por algumas semanas. Então ela tem que se mudar. E eu não vou viver deste *jeito*. — Gabe apontou para o chão em desgosto.

— Nós o ajudaremos a limpar a sala, não? — Lola olhou esperançosamente para Doug; agora ela podia impressioná-lo mostrando como ela era boa em organizar as coisas.

Mas Doug olhou para ela como se Lola tivesse ficado louca:

— Eu? Nem pensar, eu vou embora. E *você* — ele instruiu Sally —, comporte-se e não lhe dê razões para cortá-la em pedaços. Tentem se dar bem juntos, O.K.? E, uma vez na vida, arrume suas roupas.

— Não uma vez na vida! — explodiu Gabe. — Sempre.

— Oh, não comece já — protestou Sally. — Você se parece *com* uma velha rabugenta.

Doug previu a discussão:

— Meu trabalho aqui está terminado. — Seus olhos se fixaram em Lola. — Você pode me mostrar a saída.

A respiração de Lola acelerou; ela queria desesperadamente que ele parasse de se referir a ela como a mais perversa mulher do Reino Unido.

No corredor lá embaixo, Doug foi direto ao ponto:

— Que história foi aquela de cadeia?

Ele tinha percebido a deixa de Gabe.

— O quê? — Lola pensou rapidamente.

— O seu amigo Gabe mencionou cadeia. Então ele ficou embaraçado e culpado. Quem esteve na prisão?

— O meu pai.

— Mesmo? Deus, *Alex*? — Doug franziu a testa. — O que aconteceu?

Lola sentiu sua garganta trancar:

— Não Alex. Meu pai de verdade. O seu nome é Nick James. — A voz de Lola começou a vacilar. — Na verdade, tem sido tudo muito estranho. Eu o conheci pela primeira vez ontem. Bem, isso não é totalmente verdade, ele tinha ido à Kingsley outras vezes e conversado comigo, mas foi ontem à noite que ele me disse que era o meu p-pai verdadeiro. E lá estava eu, vestida como um c-coelho... Deus, me desculpe, eu não esperava que isso fosse acontecer. Deve ser algum tipo de reação retardada. — Apressadamente, ela pegou um lenço e secou as lágrimas. — Para ser honesta, eu acho que tudo isso é muito c-chocante.

— O.K., não chore. — Havia uma ponta de desespero na voz de Doug. Isso era mais do que esperava e mais do que pudera lidar. Lola percebeu que ele nunca a vira chorar. Era algo que ela raramente fazia em público, com exceção de quando estava no escurinho do cinema, em grande parte porque algumas garotas — a brigada da Branca de Neve — podiam chorar de maneira graciosa, mas ela sempre se tornava uma bagunça em cor-de-rosa. Na verdade, a única maneira que ela tinha de esconder o rosto de Doug era enterrando-o em seu peito.

Se ao menos ele não estivesse tentando se afastar...

Por fim, ela conseguiu prensá-lo contra a porta principal e esconder sua vermelhidão na camisa dele. Ah, sim, esse era o lugar dela, de volta aos braços de Doug. Ela sentira muita falta dele. Se não precisasse do dinheiro, eles ainda estariam juntos? Era, com muito sofrimento, possível.

Cuidadosamente ele bateu nos pesados ombros de Lola:

— Ei, calma, tudo dará certo.

A gentileza dele de agora fez suas lágrimas caírem mais rápido. Lola se aninhou no calor de seu peito, aproveitando cada segundo, e disse em uma voz trêmula:

— Todos estes anos a minha mãe mentiu sobre o meu p-pai.

— E só agora ele saiu da cadeia?

— Não, ele saiu anos atrás. Contrabando de cigarro, nada muito horrível. Ele foi preso um pouco antes de eu nascer. Muito irônico na verdade. Minha mãe decidiu que ele não era bom o suficiente para ser meu pai, assim ela se recusou a deixar que ele me conhecesse. E então, 17 anos depois, a *sua* mãe decidiu que eu não era boa o suficiente para ser sua namorada.

— Isso *é* uma coincidência. — Doug pausou. — Ela lhe ofereceu 12 mil libras para ficar longe também?

O.K., ainda amargo.

— Eu não contei a minha mãe ainda. Sabe Deus o que ela vai dizer quando descobrir que ele está por perto. É demais para ela. — Lola ergueu o rosto e imaginou se ele alguma vez vira filmes românticos, do tipo que ela gostava, porque este seria o momento *perfeito* para ele tomá-la em seus braços e dar um apaixonado beijo a la Hollywood.

— Você está com rímel no seu nariz. — Doug evidentemente não tinha lido as regras do herói romântico.

Assim, feche seus olhos.

Mas isso não aconteceu. Ainda menos romanticamente, o seu celular tocou no bolso da jaqueta, a menos de cinco centímetros do ouvido dela.

O encanto fora quebrado. Doug se desvencilhou e respondeu à chamada. Ele ouviu durante alguns segundos, então disse:

— Não, desculpe-me. Eu estava retido com um problema. Estou indo agora. — Ele terminou a ligação e abriu a porta principal. — Tenho que ir.

— Você não deve se atrasar. Ou chegará em casa e encontrará seu jantar no prato do cachorro. — Ela estava querendo — *desejando* — saber por quem ele estava correndo, mas tudo que Doug fez foi dar um sorrisinho enraivecido. Como se ele soubesse que ela estava buscando pistas.

— Por que você estava vestida como um coelho quando encontrou seu pai?

Ah, ele não era o único que podia dar um sorrisinho enraivecido.

— É um longa história. — Lola se justificou. — E você tem que se mandar.

Ele teve a graça de assentir em concordância.

— *Touché*. Então, como ele é?

— Legal, eu acho. Normal, pelo que pude ver. Nós temos as mesmas sobrancelhas. — Se ele fizesse algum comentário engraçado sobre os dois terem os mesmos valores morais, ela pisaria em seus pés.

— As mesmas sobrancelhas? Você quer dizer que vocês se revezam quando as usam na rua? — Doug balançou a cabeça. — Vocês deveriam ser perdulários, comprar, cada um, um par.

Capítulo 21

— Olha, eu quero me desculpar pelo incidente de ontem — disse Gabe.

Sally, recém-chegada de outra rodada de compras natalinas, largou suas sacolas e tirou o casaco. — Mesmo? Ontem você se comportou como um urso pardo com uma ferida na cabeça. — Na verdade, aquilo não o descrevia bem; ontem ele se comportou como um urso com uma ferida em *todo o corpo*.

Gabe encolheu os ombros e sorriu:

— Ontem não foi o melhor dia da minha vida. Eu consegui dormir 13 horas e estou me sentindo bem melhor.

Bem, aquilo era um alívio.

— Então eu espero que possamos nos dar bem — continuou ele, nitidamente ávido para fazer as pazes.

— Eu também. Posso perguntar uma coisa?

— Manda.

Sally olhou para ele em sua calça Levis velha, seus pés descalços e uma jurássica camiseta cheia de furos:

— Você não acha um pouco estranho *ser* tão organizado e minucioso e andar por aí *parecendo* um mendigo?

Foi uma questão pertinente — ela estava *interessada*, era isso —, mas Gabe instantaneamente subiu nas tamancas.

— Não. Você não acha estranho que você saia por aí parecendo que saiu das páginas da *Vogue*, ainda que viva em um depósito de lixo?

Ela apontou um dedo em alerta:

— Olha, estamos presos um com o outro, para o melhor e o pior. *Por favor*, não comece, novamente, a se tornar chato.

Durante vários segundos seus olhares se fixaram um no outro. Sally, podia-se dizer, estava lutando para controlar a irritação dele. Lola não tinha falado muito sobre isso, mas ela não ficaria surpresa se Gabe fosse gay enrustido. Ele era excepcionalmente bonito. Obsessivo-compulsivo quando se tratava de organização. E que heterossexual teria cílios daquele tamanho?

— Certo. Desculpe-me. — Evidentemente lembrando a si próprio de que deveria fazer as pazes, Gabe disse: — Que tal uma xícara de chá?

Oh, bem, isso também podia ser conciliador:

— Ótimo. Chá branco, sim, uma colher de açúcar.

— E eu estou cozinhando *fettuccine à* Alfredo se você estiver com fome.

Ah, absolutamente gay. Bissexual talvez. A garota australiana deve ter descoberto — deve tê-lo pego flertando com algum tipo de Crocodilo Dundee em roupa de couro o algo que o valha — e o mandado de volta no primeiro voo.

Mas, quem se importava, se ele fosse um bom cozinheiro? Sally tirou seus sapatos e os brincos prateados. — Eu adoro *fettuccine à* Alfredo. Tudo bem se eu tomar uma ducha antes?

— Está bem. — Mas o jeito que ele disse não soou legal.

— O quê? Por que você está me olhando desse jeito? — Da maneira que Gabe estava se comportando, você poderia pensar que ele arrancara a cabeça de um filhote de pássaro.

— Você vai desaparecer no banheiro e tomar uma ducha agora?

Sally olhou para ele com incredulidade:

— Eu deveria marcar *hora*?

— Não.

— Você quer que eu peça *por favor*? É isso?

Um músculo se contraiu no maxilar de Gabe:

— Não. Eu não quero que você peça por favor. Eu só não quero que você faça o que acabou de fazer.

Ele estava irritadíssimo. Será que ele preferia que ela não respirasse? Perplexa, Sally disse:

— Eu não sei do que você está falando.

— Disso! — Ele apontou para as sacolas atiradas e para seu casaco e sombrinha sobre a cadeira. — Isto. — Sua bolsa em cima da mesa de café. — Aquilo. — Seus sapatos no carpete. — E aquilo. — Seus brincos prateados na borda da janela. — E *aquilo*. — Um exército de revistas que ele tentara tirar do braço do sofá, que tinham escorregado e caído no chão. — Você chegou há um *minuto* aqui e olhe a bagunça que está!

— Oh, desculpe. — Era aquilo que o estava chateando? — Eu pegarei estas coisas mais tarde — disse Sally gentilmente, para deixá-lo de bom humor. — Eu prometo.

— Não, você não vai, você vai juntar tudo isso agora.

— Mas eu já ia...

— Agora — repetiu Gabe com firmeza.

— Mas...

— Ou eu vou jogar tudo pela janela.

Deus, que neurose. Mas, já que ele não ia ceder, ela virou os olhos e pegou tudo o que estava jogado na sala. Ainda que fosse um completo desperdício de tempo, porque ela precisaria de *todas* essas coisas quando saísse para trabalhar amanhã de manhã.

— O.K., bom trabalho — disse Gabe quando ela terminou.

Você tinha que realmente dar um desconto a ele.

Sally disse sarcasticamente:

— Obrigada, Sr. Arrumadinho.

— O prazer é meu, Sra. Porcalhona.

— Onde está Sally? Você já a estrangulou? — Lola seguiu o aroma da comida subindo as escadas e deu um abraço em Gabe.

— Preciso de mais alguns dias.

— Huumm, Alfredo. O meu favorito. — Ela abriu as panelas no fogão. — Então, tirando o fato da arrumação, como você acha que vocês dois estão se saindo?

— Sabe Deus. Se eu a encontrasse em um bar, eu a acharia legal — disse Gabe. — Mas isso porque eu não saberia como ela realmente é. — Ele fez uma pausa. — Ela não tem namorado, certo?

Lola fez uma careta:

— Não. Ela tem um passado meio desastroso com os homens. Um deles a deixou praticamente no altar.

— E nós não temos que nos esforçarmos para saber o porquê.

— Isso é uma crueldade. Você mesmo foi deixado de lado.

Gabe deu de ombros e colocou o *fettuccine* em uma panela de água fervendo.

— Eu só estou dizendo que ela poderia ter uma queda por mim. Eu não preciso desse tipo de confusão. A divisão platônica de um apartamento só funciona se uma pessoa não desejar secretamente tirar a calça da outra.

Encantada, Lola disse:

— Você acha que ela gosta de você?

— Eu não sei. Talvez. — Outra pausa. — Aconteceu antes. E, deixe-me dizer, isso é a última coisa de que eu preciso no momento.

Lola pegou uma fatia de parmesão; ela adorava provocar Gabe sobre o efeito que ele exercia nas mulheres.

— Nunca te prejudicou o fato de ser bonito. O que a Sally fez para você concluir isso?

— Oh, você sabe, aqueles olhares que as garotas dão. Ela estava dando um desses agora há pouco. — Gabe acrescentou um tablete de creme duplo ao alho que fritava na panela. — Aquele tipo de coisa implicante, bobinha. Eu só imagino, oh Deus, por favor, que não comece, eu não posso — *merda*!

A escova de cabelo passou zunindo por seu ouvido e ricocheteou na parede da cozinha. — O quê...? Gabe se virou incrédulo.

— Desculpe, mas alguém tinha que calar a sua boca. — Sally estava no vão da porta, enrolada em seu roupão de seda marrom, seu cabelo estava molhado da ducha e seu rosto era o retrato do ultraje. — Você está falando besteira, inventando coisas! Você foi deixado de lado por essa garota na Austrália, que não te achou irresistível, então agora fica fantasiando que alguém gosta de você, para satisfazer o seu ego. Mas você não pode sair por aí dizendo essas coisas. — Os seus olhos brilharam. — Porque não é *verdade*.

— O.K., desculpe-me. Eu entendi errado. Você podia ter me machucado com a escova de cabelo — disse Gabe.

— Eu queria. A minha mira é que não é boa. — Sally se voltou para Lola e disse: — E você acreditou em tudo que ele disse?

Lola balançou a cabeça meio que pedindo desculpa:

— Geralmente ele está certo. A maioria das garotas gosta dele. Ele é um tipo de especialista nesse assunto.

— Bem, desta vez ele se enganou, porque eu posso garantir, eu não *gosto* dele e *definitivamente* não vou lançar nenhum tipo de olhar implicante, bobinho. — Cheia de menosprezo, Sally disse: — De qualquer maneira, eu estava pensando que qualquer homem que faça tal escândalo sobre a arrumação em seu apartamento seja provavelmente gay.

Lola deu uma gargalhada, mas Sally estava visivelmente irritada.

— Eu não sou gay — disse Gabe.

— E eu não gosto de você. *Nem um pouco.*

— O.K. Eu acredito em você.

— Ah, você está dizendo isso agora, tentando ser educado. Mas eu aposto que secretamente você pensa que eu gosto.

— Eu prometo, não penso mais isso. Juro pela minha vida. E em troca você para de pensar que eu sou gay.

— Podemos estabelecer uma trégua e parar de falar de vocês dois um pouco?

Lola fora paciente, mas agora era demais. Melancolicamente ela disse:

— Se ninguém se importar, eu gostaria que falássemos sobre mim.

Capítulo 22

Durante o jantar, Lola colocou-os a par da situação do Pai Recém--Descoberto.

— Eu telefonei hoje para minha mãe para conversar e casualmente introduzir o nome de Nick, e ela disse "Oh, olá querida, você nos pegou, Malcolm e eu vamos para Cardiff". Ela contou que eles passariam a noite na casa do irmão de Malcolm e sua família. Então eu não poderia dizer sobre Nick James, poderia? Eu tenho que esperar até que ela volte. Para ser honesta, não percebi que a coisa entre ela e Malcolm estava ficando séria, eu pensei que eles eram apenas bons amigos, mas ela me disse que ele quer que ela conheça sua família. — Lola parou e cortou um pedaço de *focaccia*. — Eu não sei como agir em relação a isso, quer dizer, não é que eu não goste de Malcolm. Ele é... bem, não é o tipo de homem que eu tinha em mente para a minha mãe. Ele tem essa barba horrorosa que te dá vontade de segurá-lo e tosá-la com um par de tesouras. E ele usa suéteres estranhos e sandálias com os pelos dos dedos do pé à mostra...

— Com o passar dos anos eu tenho certeza de que ela desejou que você escolhesse namorados diferentes — disse Gabe —, mas não havia nada que ela pudesse fazer a respeito. Além disso, eles estão visitando o irmão dele em Cardiff, não fugindo de casa para *Gretna Green*.

Lola fez uma careta.

— Eu realmente espero que eles não estejam dormindo juntos.

Alegremente Sally disse:

— Pelo menos ela está muito velha para engravidar.

Isso era outra imagem mental que Lola podia dispensar.

Lola pegou o restinho do molho Alfredo do seu prato, ela se divertiu olhando Gabe fingir que não se importava com Sally ter derramado um pouco do vinho Frascati na mesa.

— E como você se sentiria se encontrasse seu pai pela primeira vez — prosseguiu Sally — e ele se parecesse com este Malcolm? — O seu tom de voz era encorajador. — Isso não afastaria ele de você, afastaria?

Oh, caramba, poderia afastar sim. Especialmente os dedos peludos. Lola ficou confusa com a ideia. Pelo menos Nick James não tinha feito isso a ela; ela tinha quase certeza de que ele não era o tipo que mostrava os dedos do pé em público ou usasse...

— Você derramou um pouco de vinho — deixou escapar Gabe.

Sally deu de ombros confortavelmente:

— Não tem importância. É vinho branco.

Gabe suspirou. Lola manteve um ar sério e o observou calar-se propositalmente.

— Oh, olhe só para você. — Sally sorriu e se esticou para pegar a revista que ela recebera permissão de deixar — *ordenadamente* — no revisteiro. Ela a abriu, virou de cabeça para baixo e limpou o vinho. — Melhor agora?

— Sim. Embora uma pessoa normal tivesse usado uma toalha de papel.

— Isto estava mais à mão. — Sally virou novamente a revista e, observando as páginas úmidas, disse: — Enfim, é apenas Jack Nicholson em calção de banho. Ele não vai se importar.

— Ah, olhe para ele. — Lola se inclinou para olhar a foto. — Ele está um pouco barrigudo. Eu tinha uma queda por ele da primeira vez que vi *Um Estranho no Ninho*.

— Ela tem um gosto peculiar para paixonites — Gabe pegou a garrafa de vinho. — Mais vinho?

— Sim, por favor. Tente não derramar desta vez. Vá em frente — Sally deu um sorriso insolente —, de quem mais ela gosta?

— Ricky Gervais.

— Arghhh.

— Isso deveria ser segredo. — Lola pegou a revista, virando as páginas em busca de inspiração. — Eu tenho paixonites normais também. — Ela apontou triunfante para uma foto na página seguinte. — Heath Ledger, ele é uma. E Johnny Depp, claro.

— Isso sem mencionar Alan Sugar — disse Gabe.

— E meu irmão — Sally fez coro. Ela torceu o nariz. — Para mim, isso é ainda mais estranho do que gostar de Alan Sugar.

— Eles são malvados. De uma maneira *sexy*. Ohh, lembrei de mais um, Tom Dutton. — Os olhos de Lola se acenderam e ela soprou as bochechas em apreço. — *Ele* é malvado e sexy. E ele não estava maravilhoso em *Over You*? Eu fico descontrolada toda vez que vejo. Gabe foi comigo ao cinema e ria de mim como sempre... aonde você vai? — Ela deu um giro quando Gabe deu um pulo e correu para o seu quarto. — Não aguenta a competição? Está se sentindo inadequado? Preocupado com o fato de que ninguém jamais o achará atraente?

Gabe voltou com sua câmera:

— Eu esquecia de te dizer. Eu o vi.

— Alan Sugar? — O coração de Lola deu pulos de excitação. Era uma de suas fantasias quc *Sir* Alan fosse um dia até a Kingsley de mau humor porque precisava com urgência de determinado livro e ninguém em *todas as outras* miseráveis livrarias em toda a Londres tinha sido capaz de ajudá-lo. Então ele a fulminaria com seu olhar desafiador, emputecido e gritaria o nome do livro e ela, Lola, diria: — *Sir* Alan, nós *tínhamos* uma cópia deste livro *em* estoque, mas foi vendida esta manhã. *Felizmente* — ela continuaria antes que ele pudesse explodir de frustração —, ela foi vendido para mim e está na minha bolsa, lá atrás no escritório. Se o senhor quiser, eu o pego agora mesmo. — E o olhar de alívio no rosto de *Sir* Alan — alívio e *respeito* — seria fantástico. Naturalmente, ele a conduziria até sua limusine e insistiria em levá-la para almoçar no *Oxo Tower*...

— Não ele. Tom Dutton. — Enquanto Lola alegremente curtia seu sonho favorito, Gabe estava ocupado com seu laptop.

— O quê? Onde? No aeroporto?

— A caminho dele. Espere um pouco, estou quase achando.

— Você tem muita sorte, lamentou Sally. — Eu nunca vi ninguém interessante. Topei com Dale Winton em uma banca de revistas, e foi isso. Ele estava comprando Tic Tac e — ooh!

— Deixe-me ver. — Lola uniu-se a eles na frente do laptop e se apertou com Sally a fim de ver a foto. Gabe a tinha colocado na tela. — Uau, *é* ele. Quem ele está beijando?

Uma segunda foto apareceu e Lola viu de cara quem era. Próximo a ela, Sally deu um grito agudo de reconhecimento e falou — Jessica Lee!

— Eu imaginei que você gostaria de vê-los. — Feliz consigo mesmo, Gabe clicou na terceira foto, aquela mostrando Tom voltando para seu carro. — Eles chegaram separados a esse posto de gasolina e desapareceram juntos no beco ao lado. Eu tive a sorte de ter a câmera à mão. Eu sabia que você ia achar que eu estava inventando isso se não tivesse provas. — Seus dedos pairaram sobre o *touchpad*. — Eu poderia tornar esta aqui a sua proteção de tela se você quiser. Ou as deleto?

— Com licença. Você está *louco*? — Sally pegou sua mão antes que ele pudesse pressionar qualquer tecla e perdesse as fotos para sempre. — É o Tom Dutton e a Jessica Lee!

— Eu *sei*. — Gabe pareceu irritado. — Foi por isso que pensei que Lola pudesse se interessar.

Ele não entendeu. Ele não tinha nem ideia. Lola e Sally trocaram olhares.

— Estas são duas *grandes* celebridades de Hollywood — disse Sally.

— Mas, que inferno, você pode parar de me tratar como seu eu tivesse 3 anos de idade? Eu sei disso!

Lola bateu no seu ombro:

— Eles estão aos beijos.

— Então?

— Então ninguém sabe que eles estão sequer se vendo.

— Como você sabe disso?

— Porque se isso *fosse* conhecido, estaria em todos os jornais — explicou pacientemente Sally. — Porque pessoas como nós, que não somos estrelas de Hollywood, estão interessadas em coisas desse tipo.

— Cer-rto — Gabe ainda parecia confuso. Revistas de fofoca não faziam parte do seu universo.

Era a hora de tratá-lo como se tivesse 3 anos de idade. Sally apontou para as fotos na tela:

— Você pode vendê-las, Gabe. Por muito dinheiro.

— Oh! — Ele franziu a testa. — Para quem, um jornal?

— Para uma agência de fotos — disse Sally prontamente. — Eles são especialistas. Eles vendem os direitos a jornais e revistas no mundo todo. É dinheiro fácil. Podemos ligar para uma agora mesmo. Há quanto tempo estas fotos foram tiradas? Três dias? Uau, você tem sorte que mais ninguém os viu desde então. Isto é o que se chama de furo.

— Espere um pouco, espere um pouco — protestou Gabe. — Eu não tenho tanta certeza disso. E se eles não quiserem que as pessoas saibam? Eles podem estar envolvidos com outras pessoas.

— Oh, ele não é um amor? — Sally olhou para ele como se fosse uma mascote. Então disse rapidamente: — Número um, eles não têm. Jéssica Lee acabou com Kevin Masterson há seis semanas e Tom não namora ninguém há meses. Número dois, não é seu trabalho proteger celebridades. Se eles estão pulando o muro e são pegos, não é nosso problema. Na verdade, isso serviria muito bem a eles, e suas caras-metades *deveriam* saber o que está acontecendo pelas suas costas.

Asperamente Gabe disse:

— Aí fala alguém que sentiu isso na carne.

— Bem, sim, eu senti. — Sally parecia indignada. — Não que eu tenha feito *alguma coisa* para merecer.

— Já te ocorreu que eles podem não ter sido capazes de lidar com a maneira que você vive? Quem sabe, se você fosse um pouco mais organizada — Gabe encolheu os ombros —, poderia não correr o risco de ficar pra titia.

— Oh, pelo amor de Deus — Sally explodiu. — Eu estou tentando ajudar, e você está sendo completamente ingrato. Vá, então, deleta tudo, como se eu me importasse.

— Vocês dois podem dar um tempo? — Queixou-se Lola. — Eu estou me sentindo como uma conselheira matrimonial. Aqui. — Ela jogou uma cópia das Páginas Amarelas na frente de Gabe. — Ache uma agência de fotos e ligue agora.

— Como eu vou saber qual escolher?

— Aquela. — Inclinando-se sobre o ombro de Gabe, Sally apontou para um pequeno anúncio da Carter Agency.

Gabe se virou e olhou para ela:

— Por quê?

— Eu conheço Colin Carter. Ele é casado com minha amiga Janey. É por isso que eu conheço agências de fotos — disse Sally. — Colin é um sujeito muito legal e não vai te sacanear. Eu posso ligar agora para ele se você quiser e dizer qual é o material que você tem.

— Está bem. — Gabe deu a ela seu telefone.

Mas Sally não o tinha perdoado por completo. Quando começou a teclar os números ela disse decisivamente: — Não que você mereça. Eu não consigo imaginar por que estou sendo tão boazinha quando você sempre é tão horrível comigo.

Capítulo 23

As fotografias apareceram no *Daily Mirror* dois dias mais tarde. Elas foram vendidas a jornais e revistas no mundo todo. Colin Carter havia ligado para Gabe e dito que ele tinha um bom olho para foto e que, se ele aparecesse com mais alguma, que entrasse em contato.

Era véspera de Natal e, sem ter considerado isso, Gabe se apanhou com a possibilidade de uma nova carreira como membro dos *paparazzi*.

Ele olhou por um bom tempo o jornal aberto sobre a mesa de café e franziu a testa:

— Eu não posso fazer isso. Todos odeiam os *paparazzi*.

— Pode ser divertido. Todas essas celebridades — Lola disse tentando encorajá-lo. — Todo esse ar fresco.

Gabe hesitou. Ele realmente não queria voltar a ser um agente imobiliário credenciado:

— Mas você sabe como eu sou. Não reconheceria metade das pessoas que eu devo fotografar.

— Deus, olha só o que você está dizendo. — Sally surgiu do seu quarto, seus braços carregados com presentes enrolados. — Seu caretão! Não se diz fotografar, se diz *clicar*. — Sem perder a oportunidade de mexer com ele, ela disse debochadamente: — Daqui a pouco você vai colocar *discos* em seu *gramofone*, enquanto fuma um velho cigarro *Woodbine*.

Gabe virou os olhos:

— Você não vai sair? Não se atrase por nossa causa.

— Oh, você está saindo agora? — Lola deu um salto; eram 19 h e cada um deles estava indo para passar o Natal com a família. — Você vai tomar um táxi até Barnes? Dê um abraço a todos. — Bem, Dougie. Ela não queria que Adele recebesse isso, para ser mais específico, não podia imaginar Adele *querendo* um pouco do seu afeto.

— Não. Eu vou pegar o metrô até a casa de Doug e então vamos no carro dele. Se você quiser — Sally disse a Gabe — pode pegar emprestadas minhas revistas e começar a se familiarizar com as celebridades.

— Talvez na próxima semana. Eu não vou passar o Natal fazendo o dever de casa.

Doug morava em Kensington.

— Você não vai conseguir carregar sozinha todos esses presentes no metrô — disse Lola. — Posso te ajudar? Kensington é praticamente no caminho de Streatham.

Sally franziu a testa:

— Mas você tem pilhas de coisas para carregar também.

— Menos do que você. Não seria mais fácil te ajudar?

— O.K., tive uma ideia melhor — disse Sally —, que tal eu ligar para Doug e pedir que ele venha aqui me pegar? Eu vou dizer que tenho muitas sacolas para carregar. — Ela parou, olhando para a expressão no rosto de Lola. — O que há de errado com isso?

— Eu não sei. Não me parece justo com ele...

— Mas ele não vai se importar!

Lola pareceu em dúvida:

— Ele pode *dizer* que não se importa.

— Bem, eu não entendi essa. — Sally, confusa, balançou a cabeça. — Eu pensei que você gostaria da ideia de Doug vir até aqui. Não me diga que esqueceu ele.

Gabe sorriu para ela:

— Você está falando sério? Tente ver isso pelo outro lado. A razão pela qual Lola não quer que o seu irmão venha até aqui é porque... hum, deixe-me ver, ela prefere ver onde *ele* mora e dar uma boa olhada no *apartamento* dele. Porque ela é abelhuda.

— É por isso? — Sally se virou, surpresa, para Lola, que deu de ombros evasivamente. Gabe a conhecia muito bem.

— Pode ser.

— Pelo amor de Deus! Por que você não disse então? O que eu sou, uma vidente? — Sally virou os olhos. — Vista o seu casaco e vamos embora.

Lola não precisou ser chamada outra vez. Desde que soluçara no peito de Doug na noite passada, ele ocupava seus pensamentos mais do que nunca. Ele tinha sido tão gentil com ela, e estar de volta a seus braços —ainda que brevemente — tinha feito muito bem para ela. Ela vinha sonhando com esses braços. E pela primeira vez ela começou seriamente a imaginar se seria possível reconquistar Dougie.

Doug vivia em um apartamento térreo em um grande prédio de estilo vitoriano em Onslow Gardens. Se Lola imaginou que tinha negociado bem seu apartamento, o dele estava a milhas de distância do dela. Ele prestava consultoria em gestão empresarial para uma bem-sucedida companhia que montara a partir do nada; ele tinha que ser bem remunerado.

— O.K., aqui estamos — disse Sally ofegante, subindo os degraus de mármore e tocando a campainha com o ombro.

— Eu estou me sentindo tão natalina! Não seria maravilhoso se começasse a nevar agora? — Lola agarrou as sacolas de presentes e sentiu seu estômago apertar de excitação. Durante muitos anos ela se sentiu assim com a ideia de conhecer o Papai Noel; agora ela tinha essa sensação com a perspectiva de novamente ver Doug.

E mais, ela viu *Simplesmente Amor* um número de vezes suficiente para saber que coisas mágicas *podem* acontecer na véspera do Natal. Suas bochechas estavam em brasa e seus cabelos estavam encantadoramente desalinhados. Ela estava usando a sua echarpe branca favorita. E sua boca estava delineada com um sutil, porém faiscante, batom Guerlain que parecia cor-de-rosa e tinha um sabor delicioso. Se Doug quisesse mandar tudo às favas e beijá-la, ela garantia que ele não ficaria desapontado.

— Vamos, vamos, *rápido*. — Sally instigou batendo os dentes.

Bem, ele não ficaria desapontado se simplesmente viesse e abrisse a porta. Lola olhou ao redor procurando câmeras de vigilância e suprimiu o não muito bem-vindo pensamento de que Doug pudesse tê-la visto e agora fingia que não havia ninguém em casa. Ele não faria isso, faria? Será que ele nunca tinha visto *Simplesmente Amor*? Será que ele não sabia que as vésperas do Natal poderiam ser extremamente românticas se ele relaxasse, deixasse o passado para trás e permitisse que o destino tomasse seu curso natural?

Então a porta principal se abriu e lá estava ele, descalço e usando uma camisa listrada azul e branca com calça jeans desfiada. Incapaz de se controlar, Lola respirou rapidamente e começou a tossir quando o ar frio atingiu sua garganta. *Um dia, um dia,* ela aprenderia a ser elegante e controlada.

— Mas que inferno, já estava na hora de abrir a porta — queixou-se Sally, passando por ele. — Está de congelar aqui fora.

— O.K., duas coisas. Não são ainda nem 20 h. Eu disse para você vir às 21 h.

— Você disse 20 h.

— 21 h. Definitivamente 21 h.

— Ah, e aí? Cheguei cedo!

— E, segunda, — os olhos castanhos de Doug se estreitaram —, o que Lola está fazendo aqui? Porque eu tenho certeza de que a nossa mãe não a convidou para passar o Natal conosco.

O coração de Lola afundou. Ele *nunca* tinha visto *Simplesmente Amor.*

— Não seja sarcástico. Lola está aqui porque está me fazendo um favor — disse Sally. — Eu tinha muitas coisas para trazer, e ela se ofereceu para me ajudar.

— Viu? Eu sou na verdade uma boa pessoa. — Lola sorriu esperançosamente. — E não precisa se assustar. Eu estou indo para a casa da minha mãe. Eu só vi que a Sally estava com dificuldades para carregar as sacolas, então eu me ofereci para ajudá-la.

— Certo. Eu as pego, O.K.? — Doug agarrou as sacolas com presentes e deu um passo para trás. — Aqui estão. Obrigado. Tenha um bom Natal.

Ele era homem. Ele provavelmente só assistia a filmes de ação com testosterona do tipo *Missão Impossível* e *Fugindo do Inferno*.

— Não seja tão *rude* — exclamou Sally. — Honestamente, eu às vezes *tenho vergonha* de você. Eu ia ligar mais cedo e pedir a você que me pegasse em casa, mas Lola disse que eu não deveria fazer isso, que você era muito ocupado e importante para ter tempo de nos pegar, e ela realmente não se importou em se apertar no metrô lutando contra a multidão e *arrastar-se* pela rua...

Lola limpou a garganta; Sally estava quase fora de si:

— Enfim, o mínimo que você pode fazer é convidá-la para entrar, tomar uma bebida e agradecer-lhe.

Doug deu um longo e sofrido olhar, então virou e disse:

— Lola, obrigado por ajudar minha irmã. Você não quer entrar e beber algo?

— Doug, isso é muito gentil da sua parte. — Lola olhou o relógio e deu um agradável sorriso. — Eu não deveria, mas... oh, vamos então. Você está torcendo o meu braço!

A sala de estar era alegremente quente, em formato de L e confortavelmente mobiliada. Lola, sofregamente atenta a cada detalhe, observou que Doug — graças a Deus — não era nem caoticamente desorganizado como sua irmã nem obsessivamente minucioso como Gabe. Cortinas cinza-carvão pendiam das longas janelas corrediças, contrastando com as paredes escarlates profundas. Havia três revistas sobre o sofá, DVDs próximos à TV, um suéter azul-escuro pendurado no encosto de uma cadeira, várias fotos e quadros nas paredes, duas taças de vinho sobre a mesa de café...

Oh, e uma loira no vão da porta da cozinha. Este era um acessório que ela podia tranquilamente dispensar.

— Oi — cumprimentou a loira.

— Oi. — Lola sentiu-se entrando em um elevador que não existia.

— Bem, bem, isto é uma surpresa. — Sally, indo direto ao ponto, disse: — Quem é *você*?

— Esta é Isabel. Uma amiga minha. — A maneira com que Doug foi em sua direção era estranhamente protetora, quase como se ele estivesse se preparando para defender uma inocente donzela de um par de ruidosos filhotes de leão. — Isabel, esta é minha irmã Sally. — De uma maneira indiferente acrescentou: — E sua amiga Lola.

Só para deixar bem claro a todos na sala a completa insignificância dela, e como ela era absolutamente irrelevante na vida dele.

Para completar a obra, Isabel abriu um largo sorriso e disse:

— Sally, eu ouvi muito o seu *nome*. Doug está sempre falando de você!

— Mesmo? Ele é *muito* discreto em relação a você. — Sally tirou sua echarpe verde-limão, colocou de lado sua bolsa e sentou-se no sofá. — Então há quanto tempo vocês dois se conhecem?

— Aceita uma taça de vinho tinto? — Evidentemente ávido para se livrar dela tão logo fosse possível, Doug apareceu na frente de Lola com uma garrafa aberta e uma taça limpa.

Animação. O que ela poderia fazer para prolongar as coisas ali um pouco mais?

— Na verdade, eu gostaria de um café.

— Bem, nós nos conhecemos há séculos. — Isabel andou pela sala, jogando para trás seu cabelo loiro liso, e sentou-se perto de Sally. — Nós trabalhamos juntos — confidenciou. — Mas apenas recentemente é que ficamos... você sabe, *próximos*.

Não tinha sido então amor à primeira vista. Isso era algo gratificante. Embora fosse ótimo se ela fosse um pouco menos atraente.

— Eu estava saindo com outra pessoa — Isabel prosseguiu —, mas nós nos separamos. Depois disso, Doug e eu simplesmente ficamos juntos.

Lola olhou para Doug, mandando-lhe uma mensagem telepática: *poderíamos ter feito isso, eu e você....*

— Café. — O tom de voz dele era brusco, ele não parecia ser telepático. — Sente-se e eu já preparo um café.

— Na verdade, eu acompanho você. — Lola lançou-se em sua direção sorrindo. — Assim terei certeza de que você não se livra de mim tão fácil.

Enquanto ela seguia Doug até a cozinha, Isabel falava alegremente:

— ...e eu estou indo para Brighton hoje à noite, ficar com meus pais. É para isso que serve o Natal, não? Veja só, eu vou sentir saudade de Doug!

Eu mal posso esperar para ver o que ele comprou para mim. Ele não me deixou abrir o presente agora à noite.

A cozinha era legal, branca e preta e digna de orgulho, entre outras coisas, uma grande torradeira cromada Dualit.

— Ainda gosta de torradas, hein? — disse Lola.

— O que você está *fazendo*?

— Inspecionando os armários de louça. O que aconteceu com os Cup Noodles? Você amava Cup Noodles.

Exasperado, Doug disse:

— Quando eu tinha 17 anos.

— Eu aposto que secretamente ainda gosta deles. Uma vez consumidor de Cup Noodles, sempre consumidor de Cup Noodles. — Lola continuou a abrir e fechar gavetas e armários de louça; encontrar um potinho escondido de um Cup Noodle sabor apimentado lhe traria muita alegria. — Eu aposto que você coloca um chapéu e óculos escuros e se esgueira por algum supermercado bem distante, rezando para que não seja reconhecido, e compra toneladas de uma vez só. E então você tem que contrabandeá-los para Kensington — imagine a vergonha se os vizinhos descobrirem!

— Você poderia parar de fuçar nos meus armários?

— Por que, está ficando quente?

— Aqui, pegue o seu café. — Doug colocou o coador na cafeteira em tempo recorde e passou uma pequena xícara de café nas mãos de Lola.

Lola olhou para xícara:

— Um pouco fraco.

— Sinto muito. Vamos voltar para a sala?

— O que você comprou de Natal para Isabel?

Doug parecia exasperado:

— Eu não vou contar *isso* pra você.

Sally, cujas habilidades de ouvir à espreita eram insuperáveis, disse quando eles voltaram para a sala de estar:

— Você não vai dizer a ela o quê? Eu estava imaginando o que ele comprou para você de Natal — disse Lola —, só isso.

— Qualquer coisa está bom para mim. — Sally sorriu para Doug. — Contanto que ele guarde o recibo.

— Oh, pobre Dougie! Eu nem sequer *sonharia* em devolver qualquer coisa que ele me desse — disse Isabel. — O que quer que fosse.

— Você lembra de quando nos presenteamos com o mesmo CD? *Parklife* — Lola afetuosamente lembrava enquanto falava. — Deus, costumávamos tocar este álbum sem parar. Eu ainda me lembro das letras de todas as músicas.

— Espere um pouco, você está dizendo que vocês se presentearam com o mesmo CD? — Isabel parecia confusa. — Oh, perdão, eu não percebi...

Lola encolheu os ombros e deu um sorriso que era ao mesmo tempo despreocupado e com um pouco de remorso; parecia um pouco maldoso dizer que Doug tinha sido seu primeiro amor.

— Ah, sim — Sally disse em ajuda. — Eles foram namorados.

— Isso foi há muito tempo — cortou Doug. — No tempo em que eu ainda comia Cup Noodles. Como eu estava explicando para Lola — acrescentou ele —, os nossos gostos mudam com o passar dos anos.

Isabel soltou uma risada aguda:

— Você gostava de Cup Noodles? *Deus* meu!

Lola gostava muito de *Cup Noodles* e se sentiu tão protetora quanto uma mãe de primeira viagem toda vez que faziam piadas sobre ela. Ela disse tranquilamente:

— Eu gosto de Cup Noodles. Eles são ótimos. Frango e cogumelos é o meu sabor predileto.

Capítulo 24

— Como estão indo as coisas com Gabe? — De modo a evitar que Isabel ficasse ruborizada, Doug rapidamente mudou de assunto.

— Terríveis. — Sally encolheu os ombros. — Falando sobre ser pedante. Ele é *muito* gay, ele apenas não admite isso.

— Ele não é gay. — Lola ainda não tinha conseguido convencer Sally, mas continuava tentando. — Se Gabe fosse gay, ele *seria* gay. Ele é Jack Lemmon, você é Walter Matthau, e você o deixa maluco, é só isso. Algumas pessoas deixam saquinhos de chá na pia da cozinha — ela disse a Doug, porque havia ocasiões em que você não podia deixar de sentir pena de Gabe. — Ontem a sua irmã deixou o dela sobre a mesa de café.

Sally deu de ombros:

— Não de propósito. Apenas porque eu não tinha percebido que ele estava ainda na minha caneca.

Lola vinha fazendo seu café durar o maior tempo possível. Entretanto, ele terminara o que a deixou desanimada.

— Terminou? Ótimo. — Doug pegou sua xícara, nitidamente ávido para se livrar dela.

O que — e aqui estava o seu otimismo se acendendo novamente — poderia significar que a sua presença o perturbava *de uma maneira positiva*.

— Posso usar o banheiro antes de ir? — Estava gelado lá fora; mesmo Doug não podia bani-la e a sua impaciente bexiga para os caprichos da rua, não é mesmo?

Embora sua expressão fosse de quem estava disposto a tal.

— No corredor. Segunda porta à esquerda.

Este era na verdade um esperto estratagema, andar pela sala de estar de uma maneira trivial, superconsciente do olhar de Doug sobre ela. O que ele estaria realmente pensando? Será que ele a estava comparando mentalmente com Isabel? Essa não, como ela *se* compararia a Isabel? Sua rival — a rival cuja existência ela não sabia até agora — era uma loira gelada com um cabelo difícil de se arrumar e com uma pitada de princesa do gelo em si. Ela provavelmente tinha uma beleza mais do estilo clássico, mas seria mais divertida? Tudo bem que fosse bonitinha, mas Lola sentiu que levava vantagem no quesito personalidade. Ela era o *spaniel* brincalhão enquanto Isabel era a felina mimada; Isabel era Grace Kelly enquanto ela era Doris Day; Isabel tinha o tipo de risada esganiçada que podia facilmente levar um homem à loucura após uma...

— Eu disse segunda porta à esquerda. — No fundo da sala a voz de Doug atrás de Lola a fez dar um pulo. — Esta é a segunda à direita.

Mas ele estava um segundo atrasado; ela já tinha aberto a porta e entrado no quarto dele.

Bingo!

— Desculpe. Eu sempre confundo esquerda com direita. Uau, muito bonito! — Lola deu mais um passo para dentro do quarto e contemplou com admiração as paredes de um laranja escuro, o edredom e as fronhas na cor chocolate escuro, o assoalho de carvalho encerado e a mobília em mogno. Aqui era onde Doug dormia, esta era a *sua cama*. Lola caprichou para imaginá-lo aqui, a não ser por um pequeno, mas decisivamente importante detalhe. Ela não *via* nenhum sinal de pijamas, mas... — Você ainda dorme nu?

Pronto, ela dissera.

Doug balançou sua cabeça:

— Você não desiste, não é?

Oh, bem. Ela encolheu os ombros:

— Eu gosto de saber dessas coisas.

— Mesmo que "essas coisas" não sejam da sua conta?

Mas ele não soava totalmente irritado. Encorajada, Lola disse inocentemente:

— Eu só fiquei imaginando se você tinha se tornado aquele tipo de sujeito que usa pijama de algodão listrado todo abotoado até o pescoço, como Kenneth Williams em *Carry on Nurse*.

Sua boca se contraiu:

— Oh sim, sou eu. É o que eu visto.

— Não, você não veste nada.

— Eu definitivamente visto.

— Você ainda dorme nu. — Lola exalou com alívio; *agora* ela podia imaginá-lo em sua cama de casal. Melhor ainda, a rainha do gelo Isabel não estava aqui com ele.

Humm, rainhas do gelo provavelmente têm pés gelados.

— O.K., você deu a sua bisbilhotada — disse Doug. — Agora eu mostro onde é o banheiro.

Ela não podia se aguentar; a pergunta estava saltando para fora da boca:

— Você realmente gosta dela?

— Eu realmente gosto de quem?

— Isabel.

Enquanto ele a conduzia para fora do quarto em direção ao banheiro, disse:

— Novamente, não é da sua conta. Mas, se ajudar — ele parou, enchendo o coração de Lola de esperança —, então eu suponho que tenha que dizer sim, eu gosto.

A pausa havia sido deliberada. Ele sabia exatamente por que ela perguntara e agora estava virando o jogo. Com indiferença ela disse:

— Dormir com ela é tão divertido como era dormir comigo?

Lá estava, *lá estava* de novo aquele seu vacilo. Deus, ela amava aquela hesitação por trás de seus olhos.

— Lola, você está falando de dez *anos* atrás. Eu nem sequer lembro de como era dormir com você.

O que, se ela acreditasse nele, valeria como um comentário mordaz. Por sorte, nem por um minuto, ela acreditou.

— Você sabe o que eu acho? Eu acho que deve ter um efeito sobre você ter que dizer essas coisas. — Ela sentiu um calor na boca do estômago que não tinha nada a ver com ter que ir ao banheiro. Com um sorriso divertido, Lola disse: — Porque eu sei que você está mentindo. Eu lembro de cada detalhe, de cada minuto, de cada vez que estivemos juntos. E ainda lembrarei quando tiver 90 anos. Porque aquilo foi a coisa mais importante do mundo para mim. Tudo. E eu sei que você lembra de tudo também.

Outra pausa. Ele deu um passo à frente e inclinou-se, levando Lola a prender a respiração...

— Foi *quase* a coisa mais importante do mundo para você. — Doug sussurrou as palavras em seu ouvido. — Lembra? Ficou em segundo lugar, atrás do dinheiro.

O que literalmente liquidou com um momento potencialmente promissor. Doug virou o corpo e voltou para a sala de estar e Lola foi ao banheiro, que era branco e moderno e graças a Deus sem pertences femininos. Lola tomou cuidado para não atirar o frasco da loção pós-barba de Doug contra a prateleira de vidro, ela tirou a tampa e a inalou. Ela sempre se surpreendia com quão evocativos os aromas podem ser. Árvores de Natal, o bolo de chocolate de sua mãe, fogos de artifício, bronzeador Ambre Solaire... tantos aromas, cada um evocando uma lembrança diferente. E agora ela adicionara à sua lista a característica loção pós-barba de Doug, mais um aroma único com a capacidade de transportá-la de volta à noite que o encontrara novamente, e a força de fazer suas pernas ficarem bambas.

E isso ainda aconteceria quando ela tivesse 90 anos.

O.K., era melhor colocar o frasco de volta na prateleira, antes que ela deixasse cair na pia, isso *seria* uma traição. Estava na hora de se despedir e ir embora. Olhando para seu reflexo no espelho do banheiro, Lola beliscou as bochechas e ajeitou os cabelos. Com um pouco de sorte, com todas as pessoas sendo alegres e gentis e desejando Feliz Natal, ela poderia ter a chance de abraçar festivamente Doug e sapecar um beijo na sua bochecha.

Não é muita coisa em que depositar as esperanças, contudo. Mas qualquer coisa era bem-vinda.

— Oh, venha até aqui, você está linda, onde comprou esta echarpe? — Blythe abriu a porta da casa e tomou a filha em seus braços. Quando o carro acelerou e desapareceu na rua, ela disse: — Alguém te deu uma carona? Por que você não o convidou para tomar alguma coisa?

Lola fechou os olhos e sentiu-se feliz nos braços da mãe; pelo menos não seria uma noite sem abraços. E sim, ela *estava* linda, embora isso não tivesse produzido o efeito desejado.

— Eu teria convidado — mentiu ela —, mas eles estavam com pressa. Era Doug.

— Doug? Você quer dizer Dougie Tennant? — exclamou Blythe. — Oh, ele sempre foi um menino *tão* gentil, eu adoraria vê-lo novamente. Você deveria ter insistido para ele vir!

Ah, sim, e não teria sido relaxante? Mais cedo, enquanto se preparavam para deixar o apartamento de Doug, Lola tinha brevemente levado-o para um canto e murmurado:

— A propósito, minha mãe não precisa saber da história do dinheiro, O.K.? Eu gostaria que ela não descobrisse.

Doug lhe desferira um de seus olhares fulminantes, do tipo que faz suas entranhas azedarem de vergonha:

— Eu tenho certeza de que você não quer.

Era horrível, mas não havia mais nada que ela pudesse fazer. E ela não podia arriscar-se em não lhe falar nada, porque sempre havia a possibilidade de que Blythe saísse correndo da casa dizendo *qualquer coisa* sem pensar. Para ela, Lola soubera que a mãe de Doug não aprovava a relação deles, mas era só isso. A decisão de terminar com Doug e mudar-se para Majorca tinha sido só de Lola, tipicamente impetuosa e possivelmente imprudente e com base na decisão de Lola de que uma relação de longo prazo, a distância, com Dougie nunca daria certo.

— Mas, se ele lhe deu uma carona até aqui, é um bom sinal, não é? — Agora, observando o rosto de sua filha, Blythe disse esperançosamente: — Você acha que ele está começando a perdoar você?

— Mãe, para, não leva isso adiante. — Puxa, assim como Doug tinha dirigido na velocidade da luz, Lola imaginava sua mãe lhe dizendo que existem coisas piores na vida do que orgulho ferido. Rapidamente, ela cortou pela raiz as fantasias de Blythe — já era horrível o suficiente ter liquidado as suas. — Ele está com a namorada. Eu fui ao apartamento dele com Sally. Ele apenas me deu uma carona porque ela o forçou. — Talvez ela estivesse sendo muito desconfiada, mas Lola ponderou também se Doug não fizera aquilo para se ver livre dos festivos abraços e beijos de despedida. Quando ela saiu do banco de trás da Mercedes com suas sacolas de presentes, ele tornou o contato físico impossível, permanecendo atrás do volante com Isabel no banco do carona.

Teria sido aquilo deliberado?

— Oh, tudo bem, não importa. Homens e seu ego bobo. — Blythe lhe dava apoio incondicional. — Entre, está um gelo aqui fora. Nós vamos nos divertir muito — ela prosseguiu orgulhosamente. — Eu preparei salmão defumado e camarões gigantes de Madagascar do Marks and Spencer. Os seus favoritos.

O que levara Lola a hesitar era não saber como sua mãe reagiria. Por outro lado, ela queria, mais do que qualquer coisa, falar sobre seu pai.

Não o seu padrasto, Alex. Seu pai biológico, Nick.

Mas, era manhã do dia de Natal e a última coisa que ela queria era incomodar Blythe. Os seus natais em família sempre foram especiais, mas, desde a morte de Alex, há cinco anos, ela e sua mãe faziam mais um esforço, ficando mais próximas uma da outra, ambas valorizando o momento juntas e partilhando todas as boas memórias que significavam muito para elas.

Era por isso que, apesar de estar louca para falar sobre Nick James, toda vez em que se aprontava para introduzir o assunto, Lola sentia seu estômago apertar e as palavras não saíam de sua boca. Ela tinha o número do telefone dele na memória do celular. Será que ele estava imaginando por que ela ainda não fizera contato? Era Natal e seu antigo lado meloso — que chorava copiosamente nos festivais de filmes que passavam no canal Hallmark — tinha ousado fantasiar em contar tudo para Blythe, que ficaria extremamente emocionada e admitiria que cometeu um terrível erro no passado e que nunca deixara de amar Nick. Corta para Nick, sentado sozinho em seu apartamento no dia de Natal, olhando pela janela as crianças fazendo guerra de bolas de neve na rua — porque nos filmes do canal Hallmark *sempre* nevava no Natal. Um olhar de arrependimento cruzou seu rosto; ele cometera um erro e passara os últimos 27 anos pagando o preço. Blythe é ainda a única mulher que ele amara, mas é muito tarde, ela...

O telefone toca. Nick hesita por um instante e então atende. Seus olhos se arregalam maravilhados enquanto sussurra:

— Blythe?

Corte: uma colina coberta de neve com uma vista de cima de uma Londres insanamente pitoresca. Lola, usando sua linda echarpe branca, pede a Blythe que suba a colina, e sente-se no banco e espere. Lá no topo, Nick anda nervosamente de um lado para o outro. Então ele vê Blythe, e a cena se transforma em uma difusa câmera lenta, até que em um momento eles estão um nos braços do outro, girando, girando daquela maneira que te deixa tonto ao olhar para eles...

Bem, *poderia* acontecer, não?

— Tá legal, as chirivias estão prontas. — Blythe limpou as mãos no seu avental azul listrado e conferiu as panelas e consultou sua lista. — Recheio. Confere. Creme de pão. Confere. Salsichas, bacon, cebolas assadas, confere, confere, confere. Quando estas cenouras vão ficar prontas?

— Terminei. — Era uma quantidade de trabalho ridícula para uma refeição, mas era tradição. Elas gostavam de todo aquele ritual de preparação. Na verdade, Lola descobrira, enquanto estava perdida em seu alegre devaneio do canal Hallmark, que descascara e cortara cenouras suficientes para alimentar toda a rua.

— Pronta para uma nova dose? — Blythe apanhou a garrafa de espumante Freixenet do refrigerador e encheu novamente as taças. — Esta saia fica maravilhosa em você. E o cinto combina perfeitamente. Oh, querida, eu te amo tanto, me dê um abraço.

Mãe, adivinha de quem é o número que eu tenho na memória do celular...?

Mãe, lembra quando eu nasci...?

Mãe, a senhora sabe que às vezes topamos com alguém que não vemos há *anos*...?

As palavras ainda não saíam. Enquanto Blythe a envolveu em um abraço com aroma de Fracas, Lola decidiu esperar o almoço terminar. Talvez esta tarde, quando estivessem relaxando juntas em frente à lareira comendo trufas Thornton, ela pudesse casualmente desviar a conversa para o sexo oposto em geral, então em particular antigos namorados e como eles poderiam estar mudados desde a última vez que...

— Ohh, eu atendo. — Blythe correu pela cozinha quando o telefone tocou. — Provavelmente é Malcolm, ligando de sua irmã em Cardiff.

Era Malcolm. Lola colocou um pedaço de cenoura em sua boca, deixando o restante em uma panela de água doce e salgada, e subiu as escadas até o banheiro. Quando voltou, sua mãe tinha largado o telefone.

— O que aconteceu? — disse Lola.

— Nada. — As sardas de Blythe sempre ficavam mais proeminentes quando se sentia culpada. — Era Malcolm.

— Eu sei. Ele está com a família da irmã em Cardiff. — Malcolm era divorciado e o filho servia ao Exército no exterior.

Blythe se inclinou sobre a máquina de lavar louça:

— Ele estava. Mas voltou. A sogra da sua irmã teve um ataque cardíaco ontem à tarde e a levaram para um hospital em Glasgow. Ela está na UTI, pobrezinha, e seu estado inspira cuidados. Mas coitado do Malcolm também — Blythe prosseguiu desejosamente. — Ele teve que dirigir de volta de Cardiff a noite passada e está sozinho em casa.

Lola sentiu uma sensação ruim em seu estômago, como água saindo pelo ralo.

— Você pode imaginar? — Os olhos de Blythe se arregalaram. — No dia de Natal.

Era muito óbvio o que viria a seguir. Lola queria dizer *Nãooo* — e se odiava por isso. Ela desejava ser menos egoísta, mais generosa, como aquele tipo de pessoa que não hesita um instante sequer em sugerir o que ela sabia perfeitamente bem o que Blythe estava prestes a sugerir.

— Sozinho — Blythe completou.

A garota de 10 anos frustrada dentro de Lola batia o pé e gritava. Mas não é *justo*, este é o *nosso* Natal e agora vai *estragar* tudo.

A Lola racional, adulta, de 27 anos, mexia nervosamente uma colher de chá e disse:

— Ele não tem outros amigos com quem possa passar o dia?

— Eu não creio que ele queira ser um estorvo. — Blythe inclinou a cabeça para um lado, a presilha de cabelo de imitação de diamante que Lola comprara da Butler and Wilson brilhava nos seus cabelos cor de cobre. — Todos têm a família.

E ele tinha que se meter com a nossa, berrou a mimada Lola de 10 anos. Não, mamãe, faça o homem malvado ir embora, eu não *quero* ele aqui!

Deus, ela era horrível. Como ela podia pensar aquilo? Repleta de vergonha e autorrepugnância, Lola se forçou a dizer alegremente:

— Então ele vai vir para cá?

— Não tem problema, não é, querida? Você não se importa, não é? — O que significava que o convite já fora feito e aceito. — Querido Malcolm, se a situação fosse inversa, ele nos convidaria para ficar com ele. Ele é um amor. Se alguém precisa de ajuda, ele está sempre disposto.

— É claro que eu não me importo. — O desapontamento atingiu Lola como uma tijolada. Lá se fora a oportunidade de trazer o assunto do seu pai verdadeiro.

— Obrigada, querida. — Visivelmente aliviada, Blythe colocou um novo CD de coletânea no som. — Você é um anjo. Vamos nos divertir muito juntos. — Então ela bateu as mãos, quando, em sua familiar voz rouca, Bruce Springsteen começou a cantar *Merry Christmas, Baby*. — Oh, a minha favorita. Eu nunca contei que eu costumava ter uma queda por Bruce Springsteen? Aquela calça jeans apertada, aquele lenço vermelho sexy, aqueles lindos olhos castanhos...

Yeek, e agora ela dançava pela cozinha ao estilo do início dos anos 1980. Aquela era sua mãe; há muito tempo era intensamente apaixonada por Bruce Springsteen e seus quadris sinuosos e olhos de cigano, e agora estava envolvida com Malcolm Parker, que ostentava suéteres padronizados, horrorosas sandálias e a barba mais espessa do mundo.

Isso é o que a velhice faz a você, percebeu Lola. As suas prioridades mudam e você verdadeiramente acredita que coisas como dedos do pé peludos iguais aos de um *hobbit* não eram assim tão ruins.

Deus, por favor, não deixe que isso aconteça comigo.

Capítulo 25

— Ho, ho, ho! Feliz Natal para todos. — Na celebração do dia, Malcolm usava um suéter vermelho claro, do tamanho do Papai Noel, sobre sua camiseta e calça de veludo cotelê cor verde-garrafa. Enquanto entrava na casa, ele deu um beijo na bochecha de Blythe e sorriu para Lola. — Bem, isso é uma maravilha. É muito gentil da parte de vocês me convidarem. Espero não dar muito trabalho.

— É claro que não. — Lola sentiu vergonha de si mesma; ele era um homem bom, do tipo que você podia chamar de namorado. E pelo menos não estava de sandálias, assim os dedos dos pés peludos não estavam à mostra.

— Quanto mais, melhor — Blythe alegremente insistiu. — Venha até a sala de estar. Nós vamos passar um dia maravilhoso!

Lola observou Malcolm sentar-se e percebeu que, pelo restante do dia, em vez de dividir o confortável sofá fofo com sua mãe, ela estava agora relegada à ligeiramente menos confortável poltrona com uma visão menos privilegiada da TV.

— Eu não sabia se você tinha um jogo *Banco Imobiliário*, então eu trouxe o meu. — Em triunfo Malcolm o tirou de sua mochila cáqui. — Nada como algumas partidas de *Banco Imobiliário* para passar bem o Natal! Aquelas pessoas que simplesmente ficam aplastadas como pudim vendo porcaria na TV... como elas são, hein? Elas não sabem o que estão perdendo!

Lola, que não suportava *Banco Imobiliário* e estivera aplastada como um pudim vendo TV, disse alegremente:

— O que eu posso pegar para você beber, Malcolm?

E *não era* porcaria.

Claramente sentindo o rangido de pânico na voz de Lola, ele pareceu ansioso:

— A menos que você não goste de jogar *Banco Imobiliário*...

— É claro que gostamos, Malcolm. — Blythe se apressou para confortá-lo. — Nós amamos!

O dia foi longo. Muuuito looongo. Ser inflexivelmente gentil e fingir estar se *divertindo muito* fora exaustivo. Por volta das 22 h, sem que Malcolm desse qualquer pista de que estava de partida, Lola entregou os pontos. Fingiu bocejar, pediu desculpas e deu um beijo de boa-noite em Blythe.

— Tem certeza de que não quer jogar só mais uma partida de *Banco Imobiliário*? — Os olhos de Malcolm estavam cheios de esperança e o tom de sua voz era jovial.

— Obrigada, Malcolm, mas eu não consigo mais ficar de pé. — Pobre coitado, não era culpa dele ser tão chato. — Eu vou para cama.

— Espero que não seja porque eu sou uma companhia tediosa, hahahá! — Pedaços da fatia de bolo de fruta que ele estava comendo caíram em sua barba enquanto ele sorria para Blythe. — Você me avisaria se eu fosse, não?

A verdade é que as pessoas *dizem*, mas na verdade não querem *dizer* isso, se você disser a elas como são inacreditavelmente tediosas, bem, elas ficarão chocadas e magoadas.

— Não seja bobo, Malcolm. — Blythe alegremente falou. — Que tal uma boa dose de uísque para acompanhar o bolo de frutas?

Em seu velho quarto no segundo andar da casa, Lola sentou-se na cama com um livro e tentou bravamente se sentir mais como a Madre Teresa e menos como uma mimada egoísta. As últimas palavras de Malcolm foram:

— Obrigado por ter sido tão gentil, querida. Posso te dizer sem erro que este foi um dos melhores natais de toda minha vida.

O que deixara um nó em sua garganta. Isso porque Malcolm era um homem gentil, genuinamente bom, que tinha abdicado de seus domingos durante anos para voluntariamente passear com cães e que nunca fora grosseiro com ninguém. Ele nunca magoaria Blythe.

Mas ele também não era nenhum Bruce Springsteen. Ele não era nem mesmo o tio mais velho, grisalho, judiado pela vida de Bruce Springsteen. Lola realmente, *realmente*, queria que ele não passasse a noite ali... oh Deus, como as outras pessoas com pais que estavam namorando de novo lidavam quando eles escolhiam parceiros que não eram... como dizer, *os ideais*?

O livro não prendia sua atenção. Após alguns capítulos, Lola desistiu e passou a ouvir o murmúrio das vozes de Malcolm e sua mãe lá embaixo na sala de estar. Ela não conseguia entender o que eles diziam, mas pelo menos o fato de estarem conversando significava que não estavam... ughhh, se agarrando no sofá.

Lola pegou o celular e vasculhou a agenda até achar o número de Nick James.

Quando o celular começou a chamar, ela sentiu seu peito repleto de borboletas e, em pânico, interrompeu a chamada.

Convenhamos, isso foi ridículo. Ele era seu pai. Não havia problema.

Lola respirou profundamente e ligou de novo. Teria ele passado os últimos cinco dias esperando por isso, pulando como um gato toda vez que o celular tocava e ficando desapontado quando via que não era ela?

Ou, *ou*, se para ele ela fora uma frustração e ele decidira que não precisava de uma filha como ela em sua vida? E se ele rapidamente tivesse mudado seu número? Oh Deus, e se isso tudo tivesse sido uma farsa?

Cinco chamadas. Seis chamadas. A chamada a qualquer momento ia parar na secretária eletrônica e ela teria que decidir se deixaria uma...

— Alô?

Uau, em uma fração de segundo o nervosismo de Lola desapareceu. A voz dele era tão calma e amigável quanto ela conseguia lembrar.

— Nick? — Ela não poderia chamá-lo de Pai, soaria muito estranho. — Oi, sou eu... hum, Lola.

— Lola. — Ela o ouviu exalar. Então, soando como se ele estivesse sorrindo, ele disse: — Graças a Deus. Você não sabe como estou feliz de ouvir sua voz. Já estava começando a perder as esperanças.

Ela balançou os dedos do pé de alívio:

— E eu estava pensando se você não tinha me dado um número errado.

— Você realmente pensou que eu faria isso?

— Bem, eu estava vestida como um coelho. Isso assustaria algumas pessoas.

— Eu sou feito de um material mais forte do que isso. Ei, feliz Natal.

Lola sorriu, porque o seu pai biológico estava desejando-lhe feliz Natal. O que ela poderia querer mais?

— Para você também. Onde você está?

— Cheguei há pouco em casa. Passei o dia com amigos em Hampstead. E você?

— Estou na casa da minha mãe.

Ele soou satisfeito:

— Você quer dizer que contou a ela?

— Hum, não. — Lola percebeu que ele imaginou que Blythe estava no ambiente com ela agora, e disse: — Eu queria, eu ia dizer, então o amigo dela chegou e eu não pude mais. Eles estão lá embaixo. Eu estou aqui em cima na cama. Excesso de *Banco Imobiliário* cansa.

— Jesus Cristo, eu não suporto *Banco Imobiliário.* — Nick falava com sentimento. — Desculpe. Como você acha que ela reagirá quando souber de tudo?

— Aí é que está. Eu não sei. — Ela hesitou, dobrando os joelhos sob o edredom. — Mas eu temo que ela possa se recusar a te ver. E, uma vez que a cabeça dela estiver feita sobre algo, ela pode se tornar, bem...

— Não precisa me dizer. — O tom de voz de Nick era seco. — O.K., deixa eu pensar sobre isso. O que você vai fazer amanhã?

— Trabalhar. — Lola encolheu os ombros, porque amanhã será um inferno; se ela fosse coroada Rainha do Mundo, ela não permitiria que as lojas abrissem no dia 26 de dezembro.

— Sexta?

— Trabalho.

— Sábado?

— Sábado eu estou de folga.

— E Blythe? Ela vai estar livre sábado?

— Que eu saiba, sim.

— O.K., ouça então — Nick falou lentamente —, tive uma ideia, o que você acha?

Mas, antes que ele pudesse falar, Lola ouviu uma batida na porta do quarto e a cabeça de Blythe apareceu na porta. Quando viu o celular de Lola disse:

— Que alívio, eu pensei que você estivesse falando sozinha! Quem é?

Hum...

— Gabe.

Blythe, que gostava de Gabe, disse alegremente:

— Diga olá a ele por mim.

— Mamãe está aqui. — Lola segurou firme o celular enquanto falava. — Ela disse olá.

— Eu sou Gabe? — Nick soou um pouco perplexo. — Diga olá de volta. E diga que eu estou desejando-lhe um feliz Natal.

O.K., isso já estava verdadeiramente estranho.

— Ele disse olá e feliz Natal.

— Diga a ele que eu espero que tenha tido um ótimo dia.

Blythe abriu um sorriso.

— Diga a ela que foi muito bom obrigado — disse Nick. — Melhor ainda depois de ouvir a voz dela.

— E espero que ele esteja se comportando — disse Blythe.

— Ela espera que você esteja se comportando. — O.K., chega.

Nick soou como se estivesse se divertindo:

— Oh, sim, claro. Diga a ela que eu não vou preso há anos.

Se havia algo mais frenético do que trabalhar no West End depois do Natal quando as vendas estavam a mil, era comprar no West End depois do Natal, quando as vendas estavam a mil. Cotovelos de fora, dedos do pé e pequenas crianças eram pisoteados, e todos carregavam sacolas de coisas que acabaram de comprar ou tinham ganhado de Natal e iam devolver. E valia a pena esperar 40 minutos para devolver uma penca de roupas no Marks and Spencer, porque quem, a não ser um idiota, iria querer ficar com elas, quando elas custavam agora a metade do preço nos cabides, permitindo que você comprasse — ah! — o dobro pelo mesmo preço? Blythe mal podia esperar.

— Mãe, estamos fazendo compras há três horas. Meus pés estão me matando e minhas costas começam a doer.

— Frouxa!

— E estou com sede — choramingou Lola.

— Vamos comprar uma garrafa de água. — Blythe estava com a febre das compras, seus olhos viam tudo ao seu redor, cobiçando tops brilhantes de lantejoulas, vestidos repletos de flores e babados, roupas com bolinhas e listras e franjas... O.K., algumas cores podem parecer improváveis, mas elas *estavam nos balaios*...

— E estou com fome — suplicou Lola. — *Com muuuita* fome. Mamãe, se a senhora continuar com as compras, eu só aguento mais uma hora. Mas, se pararmos, descansarmos e comermos alguma coisa decente, eu aguento até o fim do dia.

Blythe deu um suspiro impaciente:

— Você era mais fácil de levar nas compras quando estava no carrinho de bebê. Está bem, vamos comer algo. Aonde você quer ir?

— No Marcos — Lola disse prontamente. — Nós sempre vamos ao Marcos.

— Tem certeza? — É uma caminhada de dez minutos daqui. Poderíamos ir ao café no andar de baixo.

— Ah, não, *não.* — Lola balançou a cabeça. — Porque daí a senhora vai me empurrar um suco de laranja e um sanduíche de camarão. Vamos ao Marcos comer frango à *cacciatore* e uma taça de vinho tinto, como as damas de fato fazem.

O restaurante estava lotado, quente e acolhedor. Lola tirou seus sapatos embaixo da mesa e tomou um bom gole — O.K., talvez um gole ligeiramente maior — de vinho Merlot.

— Ah, aqui está melhor. Meus pés agradecem. Meu estômago agradece. Vamos comer frango?

— Por mim, tudo bem. Calma com o vinho, querida. Você está bebendo que nem água.

Eram 13 h. Lola sentiu as borboletas começarem a voar por antecipação; a qualquer momento Blythe iria descobrir.

Ela o viu vinte minutos mais tarde através do janelão frontal, passando pela rua. Blythe, de costas para a porta principal, conversava sobre feriados. Lola respirou fundo; em um mundo perfeito os cabelos de sua mãe estariam penteados e ela teria um pouco mais de maquiagem, mas, a não ser que se atirasse por sobre a mesa e aplicasse um pouco mais de batom à sua boca, não havia nada que Lola pudesse fazer. Uau, e agora a porta estava sendo aberta, aqui estava ele, realmente tudo iria acontecer.

— ....então eu disse que iria pensar no assunto, embora não tenha certeza de que seja realmente a minha praia. — Blythe franziu o nariz. — Quer dizer, caminhar nas montanhas em Snowdonia. Em grandes botas de esquiar. Dormir em uma tenda, por favor! Você diria que eu faço o tipo de quem dorme em tendas? Para Malcolm está tudo bem, mas onde eu vou ligar meu secador de cabelo? E o que acontecerá quando eu precisar ir... ir... — A voz de Blythe diminuiu e o pedaço de frango que ela estava prestes a comer caiu de seu garfo. Toda a cor do seu rosto sumiu abruptamente, deixando apenas as sardas.

Nick, em pé atrás da cadeira de Lola, disse:

— Olá, Blythe.

Capítulo 26

Blythe estava em estado de choque. Por um breve instante Lola pensou que ela sairia correndo do restaurante. Então, recompondo-se, Blythe sorriu amarelo:

— Nick, que surpresa. Como é bom te ver novamente. — Até mesmo sua voz estava diferente. — Como tem passado? Parece bem. — Seus ombros estavam rígidos, seu maxilar cerrado de pavor; mentalmente ela gritava *vá embora, por favor, vá embora.*

Eu estou bem, obrigado. E você não mudou nada. É impressionante.

Lola disse:

— Mamãe...

— Oh, desculpe querida, este é Nick. — Blythe saiu na frente antes que Lola pudesse fazer qualquer pergunta embaraçosa. — Nós nos conhecemos há muito tempo... bem, prazer em vê-lo novamente, nós não queremos que você... veja só, você viu que horas são? Teremos que correr se quisermos...

— Está tudo bem, mamãe. — Tomada de desespero, Lola tentou explicar a situação: — Eu sei quem ele é. E isto não é uma coincidência. Ele sabia que estaríamos hoje aqui porque eu avisei. Nós nos encontramos antes do Natal. Ele é meu pai e gostamos muito um do outro. — Ainda bem, porque Blythe a olhava como se Lola estivesse com um par extra de orelhas e, por fim, disse: — Que coisa boa, não?

Com a mão trêmula, Blythe tomou um gole de vinho. Então mais um:

— Você planejou isto. — Sua voz aumentou em descrença. — Vocês se encontraram antes do *Natal*?

— Eu ia contar — disse apressadamente Lola —, mas eu não sabia como você iria reagir. E então Malcolm apareceu na manhã de Natal...

— Vocês se incomodam que eu me sente? — Nick indicou uma cadeira vazia.

— Meu Deus, isto é demais para mim. — Blythe levou as mãos à cabeça dizendo: — Aparecendo assim, de repente... como aconteceu? Quem achou quem?

— Não fui eu — disse Lola. — Não poderia ter sido, não é mesmo? Já que a senhora me disse que meu pai era um americano que nunca lhe dissera o verdadeiro nome.

Blythe esfregou a testa com as duas mãos e ficou muda.

— Porque isso não me deu muitas pistas — disse Lola secamente.

— É por isso que contei esta história. E funcionou — retaliou Blythe. — Funcionou perfeitamente. — De modo incisivo, acrescentou: — Por 27 anos.

— Eu vi Lola sendo entrevistada na rede de TV local. — Nick puxou uma cadeira e se sentou. — Apenas por breves instantes, mas foi o suficiente. Eu tinha que descobrir se ela era minha filha. E ela é. — Com o olhar suave ele esticou uma das mãos através da mesa em direção a Blythe, mas retirou quando ela se esquivou. — Você fez um trabalho maravilhoso, Blythe. O crédito é todo seu.

Lola se sentiu ridiculamente orgulhosa. O seu pai pensara que ela era muito boa, possivelmente fantástica.

— E de Alex, o padrasto dela — Blythe disse rispidamente. — Foi ele quem me ajudou a criá-la.

Nick assentiu com um movimento de cabeça:

— É claro.

— Eu contei a ele sobre Alex — disse Lola.

— E ele também contou tudo? — Respirando rapidamente, Blythe voltou sua atenção para Nick. — Contou? Tudo?

As pessoas nas outras mesas começaram a prestar atenção. Talvez preparar essa reunião-surpresa em um restaurante não tivesse sido uma grande ideia. Lola, que tinha imaginado que com estranhos ao redor poderia ter a situação sob controle, disse em voz baixa:

— Mamãe, fale baixo.

O que foi inútil, visto que Nick, não baixando seu tom de voz, disse:

— Sim, Blythe, ela sabe que estive preso.

Agora foi a vez de a mulher que atentamente ouvia a conversa dizer *shhh* para o próprio marido que entabulava uma conversa monótona sobre golfe.

— Isso foi há 27 anos — prosseguiu Nick —, eu errei e paguei por isso centenas de vezes. Eu perdi você e perdi a minha filha. E, antes que você pergunte, não, eu *não tenho* tido problemas com a polícia desde então. Eu sou um honesto cidadão cumpridor da lei.

— Meus parabéns — disse Blythe secamente. — Alguns de nós sempre foram assim.

— Ei, Blythe. — Com um sorriso torto, Nick pegou a garrafa de Merlot e serviu Lola. — É realmente muito bom vê-la novamente. Nós não precisamos discutir, certo? Podemos ser simplesmente amigos?

— O quê? Eu não sei. Isto é tudo muito estranho. — Blythe suspirou ruidosamente, balançando a cabeça. — Eu nem sequer consigo pensar direito.

— Eu nunca parei de pensar em você. Em vocês duas.

Por um instante os olhos de Blythe brilharam:

— E eu nunca parei de pensar nas mentiras que você me contou.

— Mamãe, tudo isso já passou.

— Mas aconteceu — insistiu Blythe. — Eu estava com oito meses de gravidez quando recebi um telefonema me informando que meu namorado fora preso. Sem nenhum aviso, sem nenhuma explicação, assim, de cara... Foi como se... Deus, foi como se o mundo inteiro explodisse. Eu pensei que minha vida tivesse acabado. Fiquei desesperada e não sabia o que fazer. E agora você me aparece, do nada, dizendo, ei, para que se importar, já passou, vamos esquecer tudo e ser amigos? — Ela fez uma pausa, encostou-se na cadeira e passou os dedos pelo cabelo. — Porque eu não sei se quero ser sua amiga. Eu estou bem assim, obrigada.

— Eu sou o pai de Lola — disse Nick.

— Pelo que eu saiba, não. Alex foi o único que esteve lá ao lado dela. — Com raiva, Blythe disse: — E sabe do que mais? Ele nunca foi preso!

Lola fechou os olhos; não era bem o tipo de reunião do canal Hallmark que ela planejara.

— Mamãe, a senhora mentiu para mim sobre Nick, lembra? A senhora não me disse a verdade porque queria me proteger, não queria que eu me magoasse.

Blythe disse defensivamente:

— O que há de errado nisso?

— Nada! A senhora fez isso porque me amava! — Lola abriu bem os braços, por pouco não acertando a virilha do alarmado garçom que passava, e disse: — Mas é exatamente por isso que Nick mentiu para a senhora! Ele não queria lhe contar sobre a prisão porque a amava e não queria incomodá-la!

— E aquilo *funcionou* muito bem, não? — Sardas coloridas brilhantes marcavam o rosto de Blythe ao afastar a cadeira. — Não recebi nenhum aviso, não recebi nada, só um telefonema de um estranho me dizendo que você estava na cadeia. Por que eu ficaria chateada com *tão pouco*?

— O que a senhora está fazendo? — Disse Lola quando Blythe apanhou sua sacola.

— Eu vou ao banheiro e depois para casa.

— Mamãe, não faça isso.

— Está tudo bem. — Nick ergueu-se. — Eu vou embora e peço desculpas. — Ele pousou suas mãos sobre os ombros de Lola enquanto Blythe, ricocheteando as cadeiras, correu até o banheiro. — Nós começamos um pouco mal, não? Dê um tempo a ela. Talvez nos vejamos outro dia.

Lola assentiu, incapaz de falar.

Algum tempo depois Blythe, retornou à mesa.

— A senhora não precisa me dizer — afirmou Lola de cara. — Estraguei tudo de novo.

— Desculpe, minha querida, isto foi um choque muito grande. — Com as sardas coradas, Blythe vigorosamente abanou o rosto. — Talvez da próxima vez que fizer seu pai surgir do nada, você possa me dar um aviso prévio. Eu nunca fui muito boa com surpresas.

Não seria de admirar? Lola afastou seu prato e dividiu o restante do vinho entre elas. É claro que sua mãe ficara chocada, mas será que ela também, lá no fundo, ficara impressionada com o modo como Nick aparecera? Com medo, Lola disse:

— Nossas sobrancelhas reagem da mesma forma.

Blythe hesitou e por fim esboçou um pequeno sorriso:

— Eu sei.

— Ele é muito bonito.

— Ah, sim, ele sempre teve isso a seu favor. E ele sabe disso. Nick era um galã.

Lola reuniu coragem e prosseguiu:

— As roupas dele são elegantes. Ele se veste bem.

O sorriso de Blythe mudou, transformando-se em um leve escárnio.

— E isso faz toda a diferença.

O que era injusto porque não fazia *toda* a diferença. É que, quando se comparava a aparência de Malcolm, com os dedos dos pés peludos, desleixados, cobertos de pelos, com o ar metropolitano de Nick, fazia uma grande diferença.

Mas aquilo era assim tão errado? Quando, afinal de contas, era a razão pela qual havia mais pôsteres de Johhny Depp pelas paredes dos quartos no país do que de Johhny Vegas?

— Eu gosto dele — disse Lola.

— Eu sei que você gosta. — Blythe encolheu os ombros. — Olha, eu sinto muito que você tenha pensado que eu te privei do convívio com teu pai estes anos todos, mas...

— Está tudo bem, mamãe. A senhora achou que estava fazendo a coisa certa. Mas nós nos encontramos. Ele está de volta a nossa vida. E nós podemos tocar as coisas sem pressa, nos conhecendo melhor. A senhora gostou dele uma vez, pode vir a gostar de novo. — Lola ergueu sua taça com uma súbita esperança e fez um floreio. — O mesmo pode acontecer comigo e Dougie.

— Eu creio que você está se esquecendo de um detalhe. — Blythe fez um sinal para o garçom trazer a conta e completou: — Você ainda gosta de Dougie. Mas, pelo que me disse, ele não parece tão louco assim por você.

Como as mães podiam ser cruéis.

— Ele vai mudar de opinião — disse Lola. — Eu não desisti dele ainda.

Capítulo 27

Do outro lado da entrada a campainha do apartamento de Lola tocava. Sally, entretida com a patinação no gelo na TV — e uma tigela de sorvete Ben e Jerry no seu colo —, mexia os dedos do pé e se imaginava em um traje cor-de-rosa escuro brilhante patinando no gelo.

Ttrriiiimmm. Quem quer que estivesse tocando não iria desistir tão fácil. Quando a apresentação de patinação terminou, Sally largou o sorvete e saltou do sofá.

Ela abriu a janela de correr e se inclinou:

— Olá? Lola não está em casa. — Então ela quase perdeu o equilíbrio e caiu, porque o homem que a encarava era simplesmente...

Uau.

Vamos apenas dizer que ele estava acima da média dos cantores de rua de canções natalinas.

— Você sabe quando ela vai voltar? Eu tentei o celular dela, mas está desligado.

Os cabelos negros dele brilhavam com a iluminação da rua. Mesmo àquela distância seus olhos eram hipnóticos. Sally, totalmente hipnotizada, disse:

— Ela pode voltar a qualquer momento. Você quer subir e esperar?

Seus dentes brancos se mostraram em um sorriso.

— Você tem certeza?

Com um sorriso daqueles? Ele estava brincando? Sally rezou para que Lola não voltasse logo e falou:

— Espere um minuto. Eu abro para você.

— Obrigado. — O seu sorriso se abriu quando ela abriu a porta do apartamento. — Eu não quero incomodar, mas está um gelo lá fora.

Não se preocupe, entre. Eu te esquento rapidinho!

Felizmente, essas palavras ficaram só em sua cabeça. Oh, mas ele era muito bonito, com aquelas sobrancelhas expressivas e as maçãs do rosto talhadas e aqueles cabelos escuros escovados para trás encaracolando-se sobre seu casaco. Isso era definitivamente desejo à primeira vista. E aquelas sobrancelhas não lembravam alguém?

— Entre, eu vou preparar uma xícara de chá... *opa*. — Em sua excitação, Sally quase dera um chute na tigela sobre o carpete. — Cuidado com o sorvete! A propósito, meu nome é Sally.

— Eu sei, Lola me falou de você.

— Ela *falou*? — Ridiculamente encantada, Sally olhou-o enquanto enchia a chaleira na pia. — *Oooppa* — A água gelada ricocheteou no bico, molhando Sally do pescoço até o umbigo! Quando se está dominado pelo desejo, perde-se a concentração.

— Por que você não me deixa fazer o chá? — disse ele, divertindo-se. — É melhor você trocar essas roupas molhadas.

E é assim que a vida real é diferente da dos filmes, porque se isso fosse um filme ele teria se oferecido para ajudá-la.

Quando Sally voltou com roupas secas, ela tinha sacado tudo:

— Eu ouvi falar de você também — anunciou ela quando ele carregava o chá pela sala de estar. — Você é o pai de Lola.

— Nick James. — Os seus olhos escuros vincaram nas pontas. Olhos lindos e cantos lindos. E a maneira como ele se vestia... bem, isso também tinha tudo a ver com ela. Uma camisa verde-escura, calças e sapatos pretos, não se podia querer mais simples do que isso, mas eles eram de ótima qualidade e bem cortados, e ele os usava como um francês. O tipo urbano glamouroso que você vê sentado nos cafés da Champs Elysées, não aqueles tipos camponeses usando couro com anéis de cebola ao redor do pescoço.

Diferentemente do desleixado Gabe, com suas camisetas desbotadas e calça jeans esfarrapada, este era um homem com elã, com *savoir faire*... um homem que sabia como se vestir. Ele mesmo — *mais naturellement!* — exalava um aroma fantástico. E era o pai de Lola. Será que isso tornaria as coisas complicadas ou estranhas?

Sally ponderou sobre os fatos e decidiu que não havia motivo para que assim fosse. Se Lola podia ter uma paixonite por seu irmão e desejá-lo despudoradamente, parecia justo que ela pudesse dar em cima do pai de Lola. Caramba, se Lola casasse com Doug e ela casasse com Nick, ela seria a madrasta de Lola *e* sua cunhada; não seria isso uma completa loucura? Era o tipo de situação que te fazia ser convidada para programas de TV e... hum, O.K., talvez ela estivesse exagerando um pouco, colocando a carroça na frente dos bois...

— O sorvete derreteu — disse Nick. — Assim, eu tomei a liberdade de colocar a tigela na pia.

— Certo. Hum, obrigada! — Oh, meu Deus, será que ele vai se transformar em outro neurótico-obssessivo-compulsivo-organizador? Mas ele não tinha limpado mais nada além daquilo, então assim estava bem. Ele tinha mãos lindas também, dedos benfeitos e unhas limpas, bem aparadas. Oh, e se tivéssemos filhos eles seriam simultaneamente primos, tios e tias...

— Em que você está pensando? — Nick a observava com interesse, sua cabeça escura inclinada para o lado.

Novamente, é melhor não dizer a ele:

— Apenas pensando se eu podia te perguntar como foi hoje, o encontro com Lola e a mãe dela.

— Não muito bem. Não foi um encontro do tipo conto de fadas. — Ele parou, mexendo no chá. — Mas eu já esperava por isso, creio. Foi um pouco chocante para Blythe. Foi por isso que eu vim aqui para ver Lola, descobrir como as coisas estão indo. Relacionamentos são... complicados!

— Ah, nem me diga.

Nick sorriu:

— Lola me falou que você tem a sua parte de azar com homens.

Oh, a Lola falou é? Valeu, Lola. Novamente, talvez tivesse sido o destino, a maneira da natureza de forçá-la a esperar pelo Sr. Certo — não, o Sr. Absolutamente Perfeito — surgir.

E, já que ele sabia, não havia por que negar o passado.

— Esta é uma maneira bem-educada de colocar isso — disse Sally pesarosamente —, mas eu acho que você se refere a minha cota de bastardos... — Na TV um ruído de desapontamento veio da plateia e ela apontou para o par de patinadores caídos no chão. — É igual a isso, não é? Em um minuto tudo vai bem, você está rodopiando e voa pelo ar e realmente começa a pensar que vai disputar o ouro. E, no minuto seguinte, *cabum*, você está no chão. É por isso que eu adoro ver o meu velho vídeo de *Torvil and Dean* dançando bolero. Porque eu sei que nada vai dar errado, ninguém vai cair e eles continuam firmes até o fim. — Ela parou e disse com um sorriso: — Não seria maravilhoso se nossa vida fosse assim?

Oopaa, isso não foi muito sentimental? Será que a fez parecer carente e desesperada? Será que ele iria se divertir à custa dela?

Mas isso não aconteceu. Em vez disso, inclinando a cabeça em concordância, ele disse:

— É o que todos esperam, se forem honestos. Nós não podemos evitar que as coisas deem errado. Mas o homem certo está em algum lugar lá fora, eu sei que está.

Sally pareceu inocente:

— Para você?

Ele sorriu:

— Para você. É só uma questão de achá-lo.

Eles continuaram conversando por mais uma hora. Era muito fácil falar com ele. Ela ficou sabendo de sua carreira na publicidade e lhe falou sobre o seu próprio emprego — não era uma carreira propriamente dita — de recepcionista em uma concorrida clínica de cirurgia em Wimbledon.

Nick estava surpreso:

— E isto é para o sistema público de saúde? Eu não imaginava você como recepcionista de um clínica cirúrgica.

— É por que eu não sou muito organizada? — Chateada, Sally completou: — Eu sou *muito* organizada no trabalho.

— Na verdade, quis dizer que você me parece muito glamourosa.

Ela corou com o elogio e colocou os cabelos para trás com os dedos:

— Eu amo meu trabalho. O.K., não é muito importante nem muito glamouroso, mas os médicos com quem trabalho são maravilhosos. Muito amigáveis. Nunca é tedioso. E sou muito boa no que faço — acrescentou orgulhosamente. — O Dr. Willis diz que eu sou a recepcionista mais eficiente que ele já teve.

— Mas essa clínica não é um bom lugar para conhecer homens? Como são esses médicos?

— Velhos e casados. — Sally acrescentou rapidamente, porque sabia que Nick tinha 48 anos: — Quero dizer, *anciões*. Na casa dos 60 anos. Muito mais velhos que você.

Os cantos da boca de Nick recurvaram-se:

— É bom ouvir isso. E os pacientes? Não é possível que não tenha nenhum interessante.

— Bem, sim, até você passar os olhos na ficha médica deles. — Sally fez uma careta. — E ler tudo sobre seus problemas de estômago, suas disfunções eréteis, o suor excessivo, o eczema nas dobras de pele, para não falar dos problemas com flatulência e ronco em excesso... eu não sei, de algum modo o encanto se desfaz depois disso.

Ele parecia horrorizado:

— Jesus, quem vai se consultar na sua clínica? Um bando de criaturas sobrenaturais?

— Nem todos têm esses problemas. E nem todos de uma vez só. Mas, quando você coloca o nome no computador, todo o histórico médico surge na sua frente. Vamos supor um gerente de banco muito respeitável — explicou Sally. — Ele pode parecer legal. Mas uma olhadela na tela e eu sei que ele contraiu uma doença sexualmente transmissível quando tinha 19 anos, teve infecção por fungos entre os dedos do pé quando tinha 28 anos e durante os últimos três anos vem consultando um especialista num centro de mudança de sexo.

— Eu entendi o que você quer dizer. E tem mais — disse Nick —, eu nunca mais puxo conversa com a recepcionista do meu médico.

Capítulo 28

— Por pouco você não encontrava o Nick. Ele saiu há 20 minutos. — Sally acenou para Lola dentro do apartamento, ávida por lhe contar tudo. — Ele não é maravilhoso? Ele ficou esperando você voltar. Por fim, teve que sair, mas nós ficamos horas conversando e nos conhecendo. Ele é tão...

— Oh, não, ele esperou *horas*? Por que ele não me ligou? — Distraída, Lola procurou seu celular. — Merda, quando é que eu desliguei essa porcaria?

— Não foi um incômodo. Ficamos conversando sem parar. Na verdade.

— Espere um pouco, eu vou dar uma ligada rápida para ele.

Sally esperou impacientemente Lola desligar o telefone; ela estava louca para falar sobre como eles se deram bem e que homem atraente era o pai dela. Não que Lola tivesse qualquer razão para se importar, mas, por educação, ela jovialmente ia pedir permissão a Lola antes de dar, propriamente, em cima de Nick.

— Merda, agora é o telefone dele que está desligado. — Lola balançou a cabeça, então se endireitou e esboçou um sorriso. — Desculpe, estou aérea. Que dia! Então você conheceu Nick. Gostou dele?

— Ah, um pouquinho. Ele é maravilhoso — disse Sally alegremente. — Eu *realmente* gostei dele; para falar a verdade...

— Oh, Deus, eu fico contente, porque, quando se pensa nisso, o que se pode fazer quando encontrar seu pai verdadeiro se ele for um troglodita?

Não seria a pior coisa do mundo? Mas ele não é um troglodita e nós nos demos muito bem, eu não conseguia...

— Nós também. Nos demos maravilhosamente bem — exclamou Sally.

— Viu? É isso mesmo, ele é verdadeiramente uma pessoa muito legal. É por isso que sei que posso fazer isso.

— Fazer o quê?

Lola parecia cheia de si:

— Juntá-los novamente.

Fazer *o quê?*

— Mas, mas...

— Não seria perfeito? — Lola, com os olhos brilhando, tirou sua echarpe e atirou-se no sofá. — E eu já me decidi. Vou fazer com que aconteça. O.K., o início não foi dos melhores, mas foi o fator surpresa que estragou. Eu voltei para casa com minha mãe esta tarde e conversamos sobre tudo. Foi ótimo ouvir tudo isso pela primeira vez. E olha só o que ela me deu. — Lola pegou um envelope de sua sacola e cuidadosamente tirou dele uma fotografia. — São eles juntos, antes de eu nascer.

Sally, sentindo-se tonta, olhou para a foto. A mãe de Lola, com seus cabelos ruivos caindo pelos ombros, usava um vestido de verão púrpura e branco, um cardigã com listras verdes e sapatos de plataforma brancos. Nick, sentado num muro próximo a ela com um braço protetor ao redor de sua cintura, sorria para a câmera. Ele tinha 20 anos, presunçoso e bonito em uma camiseta e calça jeans, com tudo a seus pés. A mãe de Lola parecia uma jovem Jane Asher — à exceção da falta de bom gosto — e Nick era o seu Paul McCartney.

— É por causa desta foto que sei que posso fazer isso — disse Lola, tocando na velha foto. — Minha mãe a guardou todos estes anos. Isso quer dizer que ela sente algo por ele.

Sally suspirou lentamente. O desalento era esmagador. Por que essas coisas sempre aconteciam com ela? Esforçando-se para parecer normal, ela disse:

— Talvez ela tenha esquecido que tinha a foto. Eu tenho fotos em casa da minha festa de aniversário de 7 anos, mas isso não significa que eu me importo com os moleques que conhecia na época. Eu nem me lembro do nome deles.

— Isso é completamente diferente. — Lola meneou a cabeça. — Vocês tinham 7 anos. Quando se trata de namorados, você não guarda fotos daqueles com que não se importa mais. Você nem quer que essas fotos existam! Mas, se você *ainda* se importa com a outra pessoa, você guarda a foto. Assim como eu tenho todas as minhas fotos com Dougie.

— Pode ser, mas será que ele guardou aquelas que ele tinha com você? Enfim — Sally estava na defensiva —, é algo pessoal. Algumas pessoas guardam todas as suas fotos independentemente do que elas sejam. — Isso significa que *ela* guardava. Caramba, se ela fosse queimar todas as fotos de todos os ex-namorados que a chutaram, não sobraria uma sequer. Que droga, e agora ela nem poderia dar em cima do pai de Lola porque ela — completamente egoísta — tinha decidido reunir seus pais.

Bum.

A porta se abriu atrás delas e por um instante o coração tolo de Sally disparou. E se fosse Nick que voltara para dizer que não poderia viver sem ela, que para ele também tinha sido amor à primeira vista, que não tinha *nenhum* interesse em voltar com Blythe... Oh, e que secretamente tinha feito uma cópia da chave, por isso havia aberto a porta do apartamento.

— Eles fazem isso deliberadamente — anunciou Gabe colocando os pés de Lola de lado e se atirando no sofá com um ar de desespero. — Eu juro por Deus, a missão deles na vida é oficialmente se livrar de mim. Celebridades. — Ele suspirou, passando as mãos pelos cabelos loiros despenteados. — Não se pode simplesmente enrolá-los em um tapete vermelho e jogá-los de um penhasco?

— Não foi uma noite boa? — Lola foi simpática.

— Completamente inútil. Uma grande perda de tempo. Esperei por três horas para essa atriz aparecer de um salão de beleza em Primrose Hill. Eu estava cada vez com mais sede, mas me segurei porque sabia que ela logo sairia. Então eu não aguentei mais e corri até a loja do outro lado da rua. Fiquei lá por *15* segundos, não mais do que isso. E, quando eu voltei, sua limusine já estava saindo. Tive vontade de jogar pedras nela.

— Pobrezinho. — Lola apertou de leve o braço dele. — Urghh, você está congelando. O que é isso no seu bolso? — Ela procurou rapidamente, tirando embalagens de sanduíche, pacotes de salgadinhos e uma folha dobrada de papel A4.

— Trabalho de casa. Colin me deu. — Gabe balançou a cabeça cansado. — É uma lista de números de placa de carros de celebridades. Se você topar com um na rua, você sabe que elas estão por perto. Eu tenho que decorar toda a lista. Oh, que inferno, eu não consigo fazer isso. Como eu vou reconhecer todas essas pessoas quando existem tantas delas? E quando se trata de garotas de cabelos loiros a coisa fica ainda pior. Elas são todas iguais!

— Você vai pegar o jeito da coisa. — O tom de voz de Lola era consolador. — E os outros *paparazzi*, eles são amigáveis?

— Eles são legais — disse Gabe. — Mas eles estão me dando nos nervos porque eu continuo a fazer tudo errado. Eu pensei que tivesse visto Britney Spears saindo da Waterstones com uma penca de dicionários, mas não era ela. E nesta manhã eu tirei uma ótima foto de George Clooney empurrando um carrinho de bebê no Hyde Park, só que no fim era apenas um joão-ninguém de um *Big Brother* passado. Eu sou uma piada. Eles ficam apontando para sem-tetos na rua dizendo "Rápido, Gabe, é Pierce Brosnan!" e "Ei, Gabe, aquele ali não é o George Bush?".

— Mas as fotos de Tom Dutton e Jessica Lee estavam na *Heat* desta semana — disse Lola. — Olhe só quanto dinheiro você ganhou com essas fotos. Eles estão com ciúme.

— Aquilo foi um lance de sorte. Eu posso trabalhar por mais cinco anos e nunca ter uma chance como aquela.

— Ou pode acontecer novamente amanhã. — Interveio Sally. — Esse é que é o negócio, você nunca vai saber. É como procurar ouro.

— Vamos ver. Isso não é tão espetacular quanto eu pensei que fosse. E vou ter que trabalhar na noite de Ano-Novo — queixou-se Gabe. — Que maneira estúpida de passar a noite, circulando do *lado de fora* das melhores festas, congelando meus pés.

Sally pareceu presunçosa:

— Você pode tirar uma foto minha se quiser. Eu vou para uma festa fantástica na noite de Ano-Novo.

— Isso é daqui a três dias. — Gabe olhou para os pratos com migalhas, os copos sujos, as cascas de pistache e o nécessaire de maquiagem sobre a mesa de café e disse irritado: — Alguma chance de limpar essa bagunça antes de você sair?

— Viu com o que tenho de lidar? — Sally rolou os olhos e sorriu para Lola. — Totalmente neurótico.

Eram 19 h, noite de Ano-Novo.

— Você não vai acreditar no que aconteceu — disse Sally, entrando de rompante no apartamento de Lola. — O meu chefe infeliz apareceu, foi embora e me deixou plantada.

Lola, andando com um pé calçado e o outro descalço, disse:

— Para a sua festa chique? Você pode vir conosco para White Hart se quiser. Não vai ser chique e você literalmente vai ter cerveja derramada sobre você, mas será bem divertido. — Na verdade, seria uma noite barulhenta, superpovoada e cansativa, mas Tim, da livraria, tinha feito todos comprarem entradas e Lola não conseguiu dizer não. De maneira persuasiva ela acrescentou: — A entrada custa 12 euros e todos os hambúrgueres que conseguir comer.

Sally pareceu apavorada. — Meu Deus, eu não consigo imaginar qualquer coisa pior. A minha entrada para Carrick custou 150 euros.

— Caramba, por esse valor eu como um hambúrguer em um prato de ouro cravejado de diamantes.

Mas era uma festa de caridade, Lola soube depois. E eles certamente não serviam hambúrgueres em um hotel cinco-estrelas, luxuoso e com vista para o Hyde Park como o Carrick. A entrada dava direito a um jantar e um *quiz*, com equipes de dez pessoas competindo entre si. O Dr. Willis, chefe de Sally, seria seu par na noite — de uma maneira platônica, é claro, ele tem 64 anos e gosta de astronomia —, mas ele havia ligado desculpando-se por não poder ir, pois sua filha implorara para que cuidasse de seus netos.

— Então, a entrada já foi comprada — terminou Sally. — E é uma pena desperdiçá-la. Você não quer vir comigo até o Carrick em vez de ficar espremida em algum pub de chão sujo e pegajoso?

Enfraquecida, Lola fez uma careta; ela odiava desapontar as pessoas:

— Tim está me esperando lá. Eu não quero deixá-lo mal.

— Mesmo? Que pena, seria divertido. — Sally tirou seu ás da manga. — Dougie está na minha mesa.

Oh, bem, se toda a Kingsley ia ao White Hart, não seria como se o Tim ficasse sozinho.

— Vamos, então. — O coração de Lola começou a bater mais rápido, porque esta poderia ser sua chance de impressionar Dougie. — Você me convenceu.

Capítulo 29

Depois de trocar de roupa, seu velho top de lycra preto e calça jeans gastas por um vestido de corpo inteiro azul-pavão com alças finas e borda em lantejoulas, Lola entrou no salão do Carrick sentindo os joelhos tremendo. Momentos depois, os mesmos joelhos tremiam de entusiasmo quando, entre a multidão, viu Dougie mais atraente do que nunca de terno e gravata. Deus do céu, como alguma garota podia resistir a ele? Ele estava lindo. Lola, dando um tempo a si mesma para se recompor, ficou para trás, enquanto Sally se aproximava do grupo no bar.

— Ei, você chegou. — Doug girou o corpo quando ela bateu no seu ombro. — Pessoal, esta é minha irmã, Sally, especialista em moda e compras. E, melhor ainda, ela convidou o chefe, que é médico, assim, para qualquer assunto médico, ele é o nosso homem. Ele é também excelente em astronomia, que... que é... — Enquanto ele falava, seu olhar desviou-se de Sally procurando alguém que se encaixasse na descrição do idoso, generoso, observador de planetas Dr. Willis. Quando ele viu Lola sua voz travou, seu sorriso de boas-vindas sumiu e tudo o que conseguiu dizer foi: — Oh, pelo amor de Deus, eu não acredito nisso. Você *de novo*?

O que foi, francamente, ofensivo.

— Honestamente. — Sally passou os olhos pelo restante do grupo. — É assim que ele é no trabalho? Frank não pôde vir, ele teve que cuidar dos netos, então eu convidei Lola para vir no lugar dele. Senão ficaríamos com uma pessoa a menos na equipe.

Doug balançou a cabeça:

— Então Lola é a nossa especialista médica da noite. Ótimo. Tomara que ninguém precise de uma traqueostomia de emergência.

— Calma, Doug. Eu respondo às perguntas médicas — disse Sally.

O homem alto próximo a Doug disse atentamente:

— Você também é médica?

— Não, exatamente, eu sou recepcionista em uma clínica. — Quando os lábios do homem esboçaram um sorriso de escárnio, Sally disse — Você sabe o que é papiledema?

Ele olhou perplexo:

— Não.

— Eu sei. Eu sei onde fica a medula oblonga. Eu conheço medidas de pressão sistólica e diastólica. Eu posso te dizer o que são talipes. — E, cheia de si, acrescentou: — E posso te dizer exatamente o que fazer com um esfigmomanômetro.

O homem tomou um gole de sua bebida. Lola deu um sorriso. *Touché.*

— Está bem. — Doug parecia resignado. — Apenas não tente extirpar o apêndice de alguém.

— Sally, *oiii*. — Arghh. Isabel tinha se juntado ao grupo, jogando para trás os cabelos loiros sedosos e abraçando Sally como se fossem amigas de longa data. Momentos mais tarde, vendo Lola, ela disse com menos entusiasmo: — Oh, olá para você também.

— Eu sou Tony, história e política — o homem alto anunciou, gesticulando para os outros e dizendo. — Alice é biologia e mitologia grega. Jerry é egiptologia e matemática. E este é Bob, cuja especialidade é...

— Tentar nadar no Canal da Mancha com os braços e as pernas amarrados? — Lola não conseguiu se conter; quando ela ficava nervosa, sua língua se soltava.

O cigarro passava de mão em mão. Ninguém riu da piada sem graça. Tony limpou a garganta e disse:

— Não. Bob é especialista em música clássica.

— E críquete — disse Bob.

— Ótimo — disse Lola.

— E você?

Caramba, e eu?

— Hum... bem, literatura.

— E? — Tony olhou-a com atenção; parecia que todos eram especialistas em dois assuntos.

— E... luta de sumô. — Isso seria certamente permitido?

— Excelente, excelente. — Ele esfregava as mãos fazendo um som áspero de lixa. — Então, o que devemos esperar para esta noite, humm? *Kachikoshi* ou *makekoshi*?[18]

Que droga. Aquele sorriso de escárnio de novo. Ele *conhecia*.

— Está bem — disse Lola —, eu menti. Eu não sei nada de sumô. Eu só domino um assunto e sinto muito que não seja suficiente, mas eu só estou aqui como substituta de última hora. Sou eu ou uma cadeira vazia.

— Não se preocupe com Tony, ele é um babaca presunçoso.

— Ele é? Quer dizer, está na cara. — Para alívio de Lola, nem todos no grupo eram antipáticos. Faltando cinco minutos para começar o jogo, ela sorriu para a garota que retocava a maquiagem no espelho do banheiro. — Eu não percebi que as pessoas levavam isso tão a sério.

— Não se preocupe, você vai tirar de letra. Deus, esta saia está me matando. — A garota, cujo nome era Elly, se endireitou e bateu no estômago. — Eu engordei no Natal, nada entra mais em mim. Vou ter que entrar em uma academia antes que vire um hipopótamo.

— Eu odeio academias. — Lola fez uma careta.

— Pensei em experimentar a academia do Doug. Ele disse que é boa. — Elly, puxando a saia para baixo, prosseguiu: — Mas eles fazem a gente sofrer, não é? O que eu realmente preciso é de uma varinha mágica.

Lola cuidadosamente desenrolou um fio de cabelo de um dos seus brincos prateados:

---

[18] *Kachikoshi* indica o cartel de um lutador de sumô com mais vitórias do que derrotas e *makekoshi* indica mais derrotas do que vitórias. (N. da T.)

— Essa é a Holmes Place?

Yhooosh, Elly borrifou energicamente spray fixador Elnett Ultrahold ao redor de sua cabeça, igual a um vaqueiro rodeando o laço.

— Não, a Merton em Kensington — oh, droga!

Ela borrifara Elnett no seu olho.

— Aqui — Lola lhe passou um lenço; a ideia de Doug malhando suado em um aparelho de remada era suficiente para estragar a pontaria de qualquer garota.

— Obrigada. E nem dê bola ao Tony. — O sorriso de Elly era encorajador. — Nós vamos apenas nos divertir; não se preocupe em impressionar ninguém.

— Você está certa. — Lola não contou que a única pessoa que ela queria impressionar era Doug.

A mesa deles estava indo bem na primeira rodada; todos estavam tendo a chance de brilhar. A rivalidade entre as mais de 30 equipes no salão de banquete era grande. Depois de responder a uma pergunta matreira sobre a última Copa do Mundo de rúgbi, Doug (especialista em esportes e economia) estava tão eufórico que, sem se dar conta, sorria para Lola do outro lado da mesa. Mas, quando percebeu, virou-se abruptamente para o drinque em seu copo. O momento já estava impresso na mente de Lola; por uma fração de segundo tinha sido como nos velhos tempos. A esperança renovada corria por suas veias; por favor, *por favor*, tomara que ele baixe a guarda, que ele perceba que a atração ainda estava lá. Pelo que podia perceber, esse namoro com Isabel era bem superficial, dificilmente o romance do século. Isabel podia ser linda, mas sua personalidade não era exatamente marcante; na verdade, ela era uma criança irritantemente chata, batendo no braço de Doug pedindo atenção, dando risinhos e sussurrando sem parar em seu ouvido. Basicamente ela não passava de uma bobalhona...

— E agora — ecoou o mestre de cerimônias, chamando a atenção da ruidosa plateia — a penúltima pergunta da Primeira Rodada. Prestem atenção, senhoras e senhores, porque cada ponto é valioso. — Ele fez uma pausa para dar um efeito. — E esta pergunta é dividida em duas partes. A primeira parte é esta: qual é a velocidade da luz?

Lola se desanimou; ela estava desesperada para mostrar a Doug que não era um peso morto, que podia ser um membro ativo da equipe, mas como *alguém* saberia a...

— Trezentos mil quilômetros por segundo — murmurou Isabel.

O quê?

O *quê?*

— Boa garota. — Tony anotou a resposta sem hesitar.

— E agora a segunda parte — anunciou o mestre de cerimônias. — Para que um objeto se livre da força gravitacional, ele deve estar voando à mesma velocidade de escape da Terra ou acima dela. A pergunta é: qual é essa velocidade?

Todos na mesa se voltaram para Isabel. *Não*, Lola teve vontade de gritar, *você não pode saber a resposta, você não pode...*

Com um sorriso autodepreciativo, Isabel murmurou:

— Onze quilômetros por segundo.

Tony deu um sorriso e anotou a resposta no cartão da mesa deles.

— O.K., tempo esgotado, por favor ergam seus cartões.

Por toda a sala cartões foram erguidos e verificados. O mestre de cerimônias anunciou:

— As respostas são 300 mil quilômetros por segundo e 11 quilômetros por segundo.

Uma grande comemoração tomou conta da mesa. Isabel bebeu um gole de água gelada e continuou a parecer modesta.

— E a mesa 16, os Tennants Sentados, foram os únicos a acertar as duas partes da pergunta. Parabéns, Tennants Sentados!

Lola inclinou-se para Elly a sua esquerda e disse incrédula:

— Como ela sabia isso?

Elly disse:

— Quem, Isabel? Ela é louca por essas coisas. No ano passado ela assistiu às aulas noturnas só por divertimento. Tirou a nota máxima em física.

O estômago de Lola apertou enquanto observava Isabel com seu pequeno nariz bonitinho e seu sorriso perfeito. As CDFs deveriam se parecer tal qual CDFs e não se refestelar como um cisne igual a Grace Kelly em um vestido de seda verde-escuro provocante com sandálias Gucci com presilha nos pés.

— E agora, a última pergunta da primeira rodada. — Sobre um estrado o mestre de cerimônias chamou a atenção de todos no salão. — Prontos? Esta é aquela que todos vocês amantes de livros esperavam.

O coração de Lola instantaneamente disparou. Agora *ela* era o centro das atenções. A adrenalina correndo em suas veias e os joelhos tremendo. Do outro lado da mesa, *levemente* condescendente, Isabel disse:

— Vamos lá, Lola. É tudo com você!

— Certo, senhoras e senhores, a pergunta é esta. — Quando o mestre de cerimônias fez uma pausa para dar um efeito dramático, Lola concentrou-se em parecer séria, focada e superinteligente. — Qual palavra aparece 108.055 vezes na Bíblia?

Oh, *puta que pariu*.

— Lola? — exigiu Tony, quando ela balançou a cabeça e se recostou na cadeira. — Vamos lá, qual é?

— Como eu vou saber qual palavra é?

Ele olhou para ela como se ela fosse uma imbecil:

— Porque é uma pergunta de literatura, e livros são sua especialidade.

— É a Bíblia! — Atingida pela injustiça da situação, Lola exclamou: — Mesmo seu eu *tivesse* lido a Bíblia, eu te garanto que não contaria quantas vezes cada palavra aparece!

— Rápido! — gritou Jerry.

— Hum, O.K.... "e". — Lola deixou escapar a palavra em pânico, consciente que do outro lado da mesa Isabel escrevia algo no verso de um dos programas.

E Tony anotou no cartão de respostas.

— Tempo esgotado — falou o mestre de cerimônias. — Por favor, ergam seus cartões. Ah, eu vejo que muitos de vocês acertaram desta vez. Muito bem, para todos que sabiam que a resposta correta é Senhor.

— Oh, que azar, Lola. — Isabel sorriu de modo simpático.

Os outros nada disseram. Eles não precisavam. Então Jerry, olhando para o programa ao lado do cotovelo de Isabel, exclamou:

— Você escreveu! Você *sabia* que a resposta certa era Senhor.

— Sshh, não importa. Perguntas sobre livros são especialidade da Lola. Eu não queria que ela sentisse que eu estava me intrometendo na sua área.

Intrigada, Sally disse:

— Mas como você sabia que era Senhor?

— Da mesma maneira que todos sabem, eu acho. — Isabel sorriu elegantemente com covinhas — que diabos, até covinhas ela tinha. — É uma pergunta do Master. Uma vez que perguntam, você nunca esquece.

Capítulo 30

O jantar de quatro pratos, servidos entre as rodadas de perguntas, era sublime. O salão de baile brilhante, com paredes espelhadas, decoração generosa e centenas de balões dourados e brancos, era, sob todos os aspectos, lindo. Ao concentrar-se nas partes positivas e lembrando a si mesma de que nunca mais teria que conviver com aquelas pessoas ultracompetitivas, Lola conversava com Elly e Sally e começou a desfrutar da noite. Era, afinal de contas, bem melhor que a cerveja quente e os ouvidos estourados no White Hart.

No início da quinta e decisiva rodada eles estavam empatados em primeiro lugar com outra equipe, os Dunns Mortais, de outra agência de consultoria. A rivalidade estava a mil; aparentemente todos riam, mas no fundo a reputação de cada um estava em jogo.

Sally começou muito bem ao dizer em que lugar do corpo ficavam as ilhotas de Langerhans, que Lola, secretamente, achava que ficavam não no pâncreas, mas em algum lugar na costa oeste da Escócia, nas imediações de Barra, Eriskay e Skye.

O jogo prosseguiu e sua mesa acumulava pontos. Bob sabia algo ridiculamente obscuro sobre o compositor Dmitri Shostakovich e por isso foi aplaudido com entusiasmo. Jerry, o egiptólogo, respondeu corretamente a uma pergunta sobre a identidade de tekenu. Elly hesitou um pouco, mas respondeu corretamente que David Hockney estudou na escola primária de Bradford.

Lola começou a imaginar se não ela era a pessoa menos inteligente de todo o salão. Até mesmo aqueles que nem remotamente pareciam inteligentes respondiam certo, e ela continuava a esperar uma chance de mostrar seu valor.

Isabel deu um gritinho agudo de prazer e cobriu Doug de beijos quando ele respondeu que David Campese fora o jogador que marcara mais pontos em um treinamento de rúgbi.

Lola serviu-se de mais vinho. Uma questão de literatura, é só o que ela precisava, uma pergunta à qual ninguém mais soubesse a resposta. E então ela responderia corretamente, todos aplaudiriam e Dougie lhe daria um de seus olhares de derreter o coração...

Por fim chegara a penúltima pergunta do jogo. A mesa de Doug e a dos Dunns Mortais ainda estavam cabeça com cabeça. É só um jogo, Lola disse a si própria, é só um jogo. Mas ela se sentia mal; parecia mais importante do que um simples jogo.

— Certo, vamos lá — disse o mestre de cerimônias. — James Loveless, George Loveless, John Standfield, Thomas Standfield, James Brine e James Hammett são os nomes de...?

Lola, ocupada bebendo vinho, parou no meio do gole. Ela sabia quem eles eram. Mas, que inferno, ela sabia mesmo a resposta!

Todos olhavam atônitos. Sally sussurrou:

— São os Arctic Monkeys?

— Soldados que venceram os vietcongues? — chutou Bob.

História não era o forte de Tony. Ele balançava a cabeça, olhando para os outros em busca de inspiração.

— São jogadores de futebol? — arriscou Jerry, o egiptólogo.

Tony olhou para Isabel, então para Doug, antes de olhar por instantes na direção de Lola. Ela engoliu apressadamente seu gole de vinho e, com cuidado para que ninguém nas mesas próximas ouvisse, ela sussurrou a resposta para ele.

Tony franziu a testa e disse:

— O *quê?*

Superexcitada, Lola sussurrou novamente as palavras, desta vez mais lentamente:

— *Os mártires de Tolpuddle.*

Tony se virou, como se não a tivesse visto. Pegou o cartão de respostas e colocou algumas palavras, inclinou-se para Isabel, sussurrando em seu ouvido.

Lola viu de boca aberta quando ela gritou:

— Oh, Tony, você é brilhante.

— Por favor levantem seus cartões — solicitou o mestre de cerimônias. — E a resposta correta... é... os mártires de Tolpuddle!

— Bravo! — Todas as outras pessoas na mesa deram um urro de alegria. Bob e Jerry bateram nas costas de Tony, e Lola esperou que ele dissesse que, na verdade, *ela*, Lola, fora quem lhe dera a resposta correta.

Mas ele não disse nada. Ele apenas ficou ali sentado com um ar convencido e agradecendo a todos os elogios. Lola olhou em volta incrédula; ninguém *percebera* o que acontecera? Nem mesmo Doug?

— Maldição, os Dunns Mortais também acertaram — disse Doug. — Ainda estamos empatados. Vai ser disputado até o fim.

Maldito Tony, que embusteiro! Lola estava tão ocupada sendo ultrajada e olhando para ele que mal ouviu a última pergunta.

—...famosa escritora morreu em 1880. Seu pseudônimo era *George Eliot*. Qual seu nome verdadeiro?

Chegara a pergunta. Lola se endireitou na cadeira como se tivesse sido eletrocutada. Ah, *e* era uma pegadinha! Todos iriam pensar que a resposta era Mary Ann Evans. Melhor ainda, os Dunns Mortais iriam pensar isso também. Mas a pista estava na forma como a pergunta fora feita e, sete meses antes de sua morte, aos 61 anos, Mary Ann Evans tinha se casado com um gigolô de nome John Cross. Assim a pergunta era, na verdade, qual seu verdadeiro nome *quando morreu...*

— Bem? — disse Bob. — Você sabe a resposta?

— É claro que eu sei. — Lola apontou para o cartão de respostas e para a caneta. Com um floreio escreveu Mary Ann Cross. Ah, sim, seria aquilo uma ponta de respeito nos olhos de Doug? Já estava na hora! Ela iria ganhar a competição para a sua equipe!

— Senhoras e senhores, por favor, ergam seus cartões.

Lola ergueu o cartão acima da cabeça, tremendo de entusiasmo.

— Hum. — Dougie olhava para os outros cartões.

Oh, Dougie, confie em mim, alguma vez já te deixei mal?

— E a resposta... certa... é... — O mestre de cerimônias abriu os braços ao melhor estilo *Fator X* — Mary... Ann... Evans!

— Foda-se — grunhiu Bob.

— *Não.* — Lola ouviu-se bruscamente dizer a palavra, o choque doendo na base na cabeça. Balançando a cabeça em descrença, ela disse — Está errado!

O tom de voz de Jerry era amargo:

— *Você está* errada.

— YEAHHH! — Os Dunns Mortais, percebendo que haviam ganhado o jogo, festejavam ruidosamente.

— Mas eu não estou errada. Mary Ann Evans casou-se com um sujeito chamado John Cross... ela se *casou*... — As palavras morreram na garganta de Lola quando percebeu que não importava mais; o jogo acabara e ela perdera — suprema ironia — tentando ser muito esperta.

Bum, foi o barulho da rolha saltando do champanhe agitado triunfantemente pelos Dunns Mortais. Todos na sala os aplaudiam. Eles se levantaram e agradeceram antes de cantarem ruidosamente *We Are the Champions.*

Bob balançou a cabeça em desgosto.

Tony disse:

— Merda, eles nunca nos deixarão esquecer isso.

Lola correu para o banheiro. Se ela saísse da mesa agora, todos falariam de como fora inútil. Bem, quem se importava? Se não deixasse a mesa agora, certamente lhes daria algo para comentar.

O banheiro feminino era elegante, um abrigo tranquilo de mármore em marfim contrastando com a rumorosa multidão no salão. Lola retocou a maquiagem e desfrutou de cinco minutos de paz e tranquilidade e estava guardando seu batom quando a porta se abriu e Doug disse:

— Aí está você. — O seu olhar que não deixava escapar nada analisou o rosto dela. — Você está bem?

— Sim. — Quando ouviu a descarga do vaso sanitário atrás dela, Lola disse: — Você não pode entrar aqui.

— Venha aqui fora então. — Ele segurou a porta aberta e rapidamente ela saiu. No corredor ele disse: — Eu achei que você estaria chateada.

— Você quer dizer chorando? — Lola estava contente pelas córneas de seus olhos estarem claras e brancas. — Eu não daria essa satisfação aos seus amigos. E eu não estou chateada. Eu só sinto muito por ter te deixado mal.

Doug balançou a cabeça:

— Ei, não tem problema. Era só para se divertir um pouco. Eu não fazia ideia que Tony ia levar a coisa assim tão a sério. E eles não são meus amigos — acrescentou. — Tony trabalha para mim. Jerry e Bob são amigos dele. Foi Tony quem me disse que vir aqui hoje à noite seria bom para contatos. Ele é um pouco idiota. Bem, um completo idiota. Ele leva esses jogos a sério demais.

— Ele é um idiota trapaceiro — disse Lola; não era legal, ela não poderia deixar de contar a ele. — A pergunta dos mártires de Tolpuddle. Eu *dei* a resposta a ele. Eu. — insistiu ela quando Doug pareceu divertir-se. — Fui eu! Ele não teve coragem de reconhecer.

— Certo. Tudo bem, eu fico feliz de você estar certa. E eu sinto muito sobre Tony.

Comovida com sua preocupação — aquilo fora certamente um sinal encorajador —, Lola sorriu e disse:

— Obrigada. Não é culpa sua.

Doug hesitou:

— Eu ia perguntar como estão indo as coisas com seu pai?

Yeah, outro sinal encorajador!

— Muito bem. Eu estou tentando reaproximá-lo da minha mãe, mas ela não está muito receptiva. Mas eu não vou desistir. Quando você sabe que duas pessoas podem ser perfeitas juntas, se uma delas pudesse desculpar a outra por algum erro bobo cometido há anos, você tem que insistir. Senão seria um grande desperdício — disse Lola inocentemente. — Você não acha?

Doug lhe deu um olhar que ela conhecia bem:

— Talvez a sua mãe não esteja realmente interessada nele.

— Ah, mas aí é que está. Lá no fundo, eu acho que ela ainda está. — Lola olhou fixamente para ele desejando tocar seu rosto. — Você lembra daquele fim de semana em Brighton quando você tirou toneladas de fotografias minhas na praia?

Doug fez uma pausa, ele estava claramente ponderando se havia alguma razão em tentar dizer não. Ele deu de ombros:

— Vagamente.

Vagamente, certo. O que quer dizer que ele mentia descaradamente. Ele tinha 18 anos, ela, 17, e eles fizeram amor à luz da lua em um colchão de ar na praia. Como é que um homem de sangue quente poderia esquecer aquilo?

— Eu adoraria ver essas fotos novamente.

Sua boca se contorceu:

— Você não desiste, não é mesmo?

Lola sorriu de volta, percebendo que ele não ia lhe dizer se ainda tinha ou não as fotos. Esse era o problema em tentar passar a perna em alguém que é mais esperto que você. Por outro lado, lembrá-lo dessas fotos poderia instigá-lo a tirá-las do baú, e vê-la se divertindo na praia em um biquíni cor-de-rosa poderia fazê-lo relembrar quanto eles eram felizes juntos e perceber como poderiam ser felizes agora.

— Bem. — Doug limpou a garganta. — Eu acho que temos que...

— Sim, é melhor voltarmos — interveio ela, proferindo as palavras antes que ele mesmo pudesse dizer. — Não quero que as pessoas se perguntem por onde andamos. Apenas só mais uma coisinha. — Com o coração acelerado, Lola pousou a mão sobre seu braço. — Já que é véspera de Ano-Novo e provavelmente eu não terei outra oportunidade, eu gostaria de desejar um... — *vá na direção dele* — ...feliz... — *coloque seu braço livre em volta do pescoço dele...* — Ano... — *feche de leve os olhos, deixe a boca entreaberta...*

— Novo. — disse Doug, dando um beijo no rosto dela antes de dar um passo para trás.

Maldição, enganada novamente. Tão perto e tão longe. Este era um homem com *muito* autocontrole.

Que emprego! O que ele estava fazendo ali, congelando do lado de fora de uma casa noturna, ouvindo a contagem regressiva para a meia-noite que todos faziam lá dentro?

Próximo a Gabe, Jez sussurrou:

— Ei, cara, feliz Ano-Novo.

— Yeah, para você também. Gabe aconchegou-se mais no seu casaco, sua respiração fria saindo pela boca, as mãos tão frias que ele mal conseguia pegar a câmera.

— É meia-noite. Eles estão todos lá dentro se divertindo. — Tremendo de frio, Jez balançou a cabeça. — A fim de uma xícara de chá naquela cafeteria ali em cima?

Gabe assentiu; aquela era a melhor hora para tomar um chá.

Dez minutos mais tarde eles voltaram para a frente do clube.

— Que coisa de louco — gritou um dos outros *paparazzi* — vocês perderam! Aquele cara do *EastEnders* saiu correndo vestido só com suas botas de vaqueiro.

— Você está tirando sarro da nossa cara — falou Jez.

— Nu como um bebê, juro por Deus. E plantou bananeira. Não foi das melhores visões. — Rindo entre os dentes, o *paparazzo* mostrou as fotos em sua câmera. — O meu trabalho por hoje está encerrado. Escolheram a hora errada para o chá, meus amigos. Procurem por estas fotos no *News of the World*. — Ele foi embora, pulando de alegria.

Jez disse do fundo do coração:

— Eu odeio este emprego de merda.

— Eu também. — Mas o mais irritante era que ele tinha seu lado viciante. Equilibrada contra o frio e o tédio e a interminável espera, estava a certeza de que a próxima grande foto estava ali na frente. Era como pescar tubarões: um minuto você está morrendo de tédio, no outro você está com os motores ligados porque a qualquer instante *poderia* acontecer algo... como esta limusine descendo a rua na direção deles, diminuindo a velocidade. Gabe aprontou a câmera, sentindo a, agora, familiar torrente de adrenalina como uma janela escura deslizando. Ele se posicionou ao lado de Jez. Porque podia ser *qualquer um* — Jack Nicholson vestido como uma freira, Mick Jagger com Lily Allen, Simon Cowell com...

— Mas que droga! — gritou Jez, quando meia dúzia de bazucas amarelas de plástico dispararam água gelada na direção deles. Gabe afastou o cabelo que pingava nos olhos, quase deixou cair a câmera, amaldiçoou-os e viu a limusine se mandar. Os ocupantes gargalhavam, deliciados com a peça que pregaram, e ninguém sabia quem eles eram.

— Feliz Ano-Novo, trouxas — gritou um deles da janela da limusine.

Gabe estava ensopado. Quatro intermináveis horas e ele não tinha conseguido nem sequer uma mísera fotografia. Esta fora possivelmente a pior Véspera de Ano-Novo de sua vida.

Capítulo 31

— Eu não tenho certeza de que seja uma boa ideia — disse Lola. — Refresca a minha memória, por que estamos fazendo isso aqui?

Por que eu tenho uma paixão grande pelo teu pai e eu quero me exibir para ele, levá-lo a nocaute com minhas habilidades e piruetas excêntricas na patinação!

Sally, na verdade, não disse isso em voz alta. Ela se virou para Lola e explicou:

— Porque é divertido e é algo que você nunca fez antes. Quero dizer, olhe para este lugar! Você alguma vez já viu algo tão bonito?

Lola seguiu o longo alcance do braço de Sally, respeitosamente olhando para as tochas acesas e a luz arquitetural que iluminava as fachadas clássicas da pista.

— Eu vou cair e quebrar meu tornozelo.

— Você não vai. Eu mostro como se faz. Além disso, cair faz parte da diversão. — Pessoalmente Sally sentiu que sua escolha do rinque de patinação do Somerset House, na saída de Strand, fora inspiradora. — E está aqui faz pouco tempo, oh, olhe, lá está Nick!

Por sorte as temperaturas abaixo de zero significavam que as bochechas dela já estavam rosadas. Com seu chapéu branco de pele artificial e camiseta combinando, por cima de um suéter vermelho de caxemira e calça jeans preta, Sally estava pronta para impressionar ao máximo o pai de Lola. Quando idilicamente perguntara que coisas de pai e filha ela e Nick poderiam fazer para se conhecerem melhor, uma luz se acendera na mente de Sally... não demorou dois segundos para ela pensar em algo que a incluísse também.

Mesmo que isso significasse ter que sacrificar os tornozelos de Lola.

O.K., foi só uma piada; não aconteceria nada de mau. Oh, meu Deus, olhe para Nick, ele estava *tão* lindo, ela poderia...

— Aqui — gritou Lola, erguendo os braços para chamar a atenção dele.

— Olá, vocês duas. — Juntando-se a elas, Nick deu um abraço e um beijo em Lola.

Ela sorriu, visivelmente alegre por vê-lo novamente:

— Olhe só para você, tão *bronzeado.*

Nick, recém-chegado de dez dias em St. Kitts, por sua vez agradeceu a Sally com um beijo no rosto que a fez tremer igual a um *terrier* na coleira. Mesmo seus beijos respeitosos eram excitantes.

Nick sorriu:

— Então você vai nos ensinar todos os movimentos.

Será que foi uma frase de duplo sentido inocente ou ele dissera aquilo de propósito?

— Claro que sim. Vocês vão amar. — Com os olhos brilhando — caso ele a estivesse paquerando —, Sally disse: — Quando eu terminar com vocês dois, estarão patinando como profissionais.

— E no ano que vem, mais ou menos nesta época, estaremos nos preparando para o ouro olímpico. — Lola disse entusiasmada. — Podemos ir para o gelo agora?

— Lição número um. — Sally puxou Lola para trás. — É sempre melhor alugar os patins primeiro.

Lola foi uma revelação no gelo, mais espetacularmente inábil do que Sally jamais suspeitara. Ela não tinha nenhum senso de equilíbrio. Agarrava-se nas barreiras e gritava:

— Isto escorrega pra caramba! — ela se movia pela parte externa do rinque a uma velocidade de tartaruga.

Felizmente isso significava que Sally estava livre para ensinar Nick, que podia não ser grande coisa no gelo, mas era umas 50 vezes melhor que Lola. Pelo menos ele conseguia parar em pé e — mais ou menos — rodopiar, contanto que Sally segurasse suas mãos. O que era o paraíso, quase tão bom quanto o momento em que ele apoiara ambos os braços na cintura dela, ao perder o equilíbrio e ziguezaguear sem rumo no centro do rinque.

Ah, sim, aquilo fora um ponto alto, um momento inesquecível. Talvez mais tarde ela repetisse a cena, desta vez tropeçando e caindo em cima dele num emaranhado de braços e pernas. Quando Lola não estivesse olhando, claro.

Nick inclinou-se para mais perto dela e respirou em seu ouvido protestando:

— Isto não deve ser muito divertido para você.

Ele não podia estar falando sério. Aquela era a maior diversão que ela tivera em anos.

— Eu estou bem. — Sally sentiu um arrepio de excitação quando a coxa esquerda dele tocou de raspão na dela e depois outra vez quando a direita fez o mesmo movimento.

Teria sido aquilo um acidente?

— Não, não é justo. — Nick sacudiu a cabeça. — Olha, eu vou parar cinco minutos e você poderá patinar de maneira decente sem ter que me segurar o tempo todo. Eu vou ficar ali de lado assistindo a vocês profissionais patinarem.

Oh, Deus, ninguém gosta de um exibicionista. Mas os olhos de Nick brilhavam, e Sally não pôde resistir. Sally o conduziu até o muro de proteção e voltou ao centro do rinque já menos povoado, fez uma pose e improvisou um número. Deus, patinar era mágico, uma das poucas coisas que ela realmente sabia fazer. E ela agora *deslizava* pelo gelo, tão realizada e elegante quanto um cisne, com as estrelas brilhando no céu carregado e centenas de olhos admirando-a... se ela girasse maravilhosamente e fizesse um *salchow* triplo, todos vibrariam e aplaudiriam espontaneamente?

O.K., um *salchow* triplo era muita coisa, mas quem sabe um *axel* duplo? Será que Nick estava olhando? Será que ele estava impressionado com sua admirável técnica? Sim, lá estava ele, Lola tinha se arrastado até ele, e lá estavam ambos agarrados no muro de proteção, observando-a. O.K., aí vai...

— *UAU*! — gritou Sally, desabando no gelo como uma árvore cortada. — AI, AI, AI, quem fez *isto*?

Alguém tinha vindo por trás e lhe dado um forte chute na parte posterior de sua panturrilha. Sally deu um grito de dor e levou a mão a sua perna esquerda com o gelo derretido ensopando sua calça. Que tipo de psicopata se esgueiraria daquela forma e daria um *violento* pontapé em uma completa estranha? Oh, Deus, ela não conseguia respirar, nem sequer raciocinar, doía *muito*.

— Você está bem? — Nick e Lola, sabe Deus como, deslizaram por entre a multidão até ela. Pelo amor de Deus, ela parecia bem?

— Vocês viram quem me acertou? — Sally sentiu o suor escorrer de sua testa.

— Ninguém te acertou.

— Acertaram sim, eu senti!

— Não havia ninguém perto de você. — Lola fez uma expressão de desculpa. — Se você sentiu algo parecido com um coice de mula, provavelmente é o tendão de Aquiles rompido.

Merda, ela estava certa.

— Nãooo! — Sally se desesperou e afundou o rosto no gelo, porque isso era um pesadelo. — Não pode ser o tendão de Aquiles!

Lola, corajosamente, tentou ajudá-la a sentar-se, mas logo perdeu o equilíbrio e arfou — "Uff!" —, antes de cair com as pernas para cima como um besouro no gelo.

— O que está acontecendo? — Intrigado pelo movimento nas escadas, Gabe surgiu com o cabelo pingando e uma toalha azul-escura enrolada na cintura.

— O que parece? — Sentada no chão, arrastando-se um degrau de cada vez, Sally bufava irritada e parecia frágil.

— A patinação foi boa, hein? — Gabe olhou para Lola e seu pai, que a seguiam pelas escadas carregando um par de muletas.

— Não é nada engraçado — disse Sally. — Nós passamos três horas na emergência. Quando me disseram que rompi o músculo da panturrilha, eu pensei que mancaria só alguns dias. Fiquei até aliviada porque achei melhor do que estourar o tendão de Aquiles, mas não é; vai ser um completo *pesadelo*. — Por fim, com muito esforço, ela chegou ao topo da escada, ergueu ambos os braços e demandou autoritariamente: — Não fique parado aí. Ajude-me a levantar.

Gabe sentiu um desalento. Será que a sorte dele algum dia mudaria?

— Perdão, *quem* vai ser um completo pesadelo?

Nick, controlando-se para não rir disse:

— Ela tem que repousar o músculo por completo, manter sempre a perna elevada. Ela vai precisar de cuidados redobrados.

Deus meu.

Lola disse de modo útil:

— Você vai ter que carregá-la para dentro e para fora do banheiro.

Sem chance.

— Não, não vai. — Sally apressadamente interveio antes que ele pudesse dizer algo sobre muletas. — Eu tomo banho sozinha.

— Contanto que você não caia. — Lola piscou o olho e abriu a porta para Sally passar.

Gabe encolheu-se quando uma das muletas bateu na soleira da porta:

— Olhe, não seria mais fácil sair e ficar na casa da sua mãe? Ela pode cuidar de você.

Bum, fez a outra muleta no rodapé quando Sally entrou.

— Opa, estas muletas são traiçoeiras.

Gabe respirou fundo:

— O negócio é o seguinte, eu vou estar fora muito tempo a trabalho.

— Mas, se eu for para a casa da minha mãe, eu vou ficar sozinha o tempo *todo*. — Por cima do ombro, Sally disse: — Porque ela e Philip vão sair de férias amanhã. Por isso, não é uma solução muito boa, é? — Houve um estouro quando ela foi contra a mesa de café empurrando as xícaras e os pratos que não arrumara mais cedo. Com um suspiro de alívio, ela se deitou e se esticou no sofá apoiando a perna em uma pilha de almofadas. — Ah, bem melhor. Estou confortável. Ohh, eu adoraria uma xícara de chá.

Capítulo 32

Às vezes um nome simplesmente não fica na memória, mas ao que parece todos sabem de imediato de quem se trata. Esse era o caso de EJ Mack, de quem Lola nunca tinha ouvido falar. Mas, quando seus editores anunciaram que ele estaria disponível na terceira semana de janeiro para sessões de autógrafos, todos na Kingsley ficaram malucos, como se Al Pacino tivesse se oferecido para dar uma passada na loja.

— Mas como você sabe quem ele é? — Lola, perplexa, tinha estudado a nota de imprensa da editora dele. — Ele é apenas um produtor musical.

Cheryl, Tim e Darren trocaram olhares estupefatos:

— Ele é *extraordinário* — disse Darren. — Ele trabalhou com todos que são importantes.

— E ele é brilhante, todas as suas artistas femininas se apaixonam por ele — interveio Cheryl com satisfação. — Ele é muito discreto, mas aposto que dormiu com muitas delas.

— Está bem, ele pode vir então. — Ainda não totalmente convencida, Lola disse: — Mas a culpa ainda será sua se ninguém aparecer.

Era sempre embaraçoso quando isso acontecia. Ver o rosto dos coitados dos autores desanimar quando, sentados atrás de pilhas de livros, percebem por fim que ninguém vai aparecer e comprar unzinho só. O sorriso minguava; por vezes eles fingiam que não queriam vender nenhum exemplar de seus livros. Outras vezes alegavam algum mal-estar e saíam de fininho. Em uma ocasião inesquecível um autor reagira particularmente mal, com um ataque de fúria e atirando os livros de seu rival por toda a loja.

Enfim, esse era um problema que provavelmente não aconteceria à noite com EJ Mack. Muitos clientes ficaram entusiasmadíssimos ao saber que ele viria para a Kingsley. À medida que Lola descarregava caixas de seus livros e os dispunha em torres espirais na mesa de autógrafos, as pessoas já se reuniam na loja. Muito legal formar uma fila organizada, mas não é legal o suficiente formar a fila às 19h30, quando EJ estava programado para chegar.

E, segundo Cheryl, ele não era nem sequer atraente. Lola virou um dos livros de capa dura e examinou a foto em preto e branco, artística, que pouco revelava. O rosto estava desviado do foco da câmera e mais obscurecido pela aba de um estranho chapéu de feltro.

Oh, bem, ele logo estaria aqui. Com um pouco de sorte para autografar centenas de exemplares de seu livro em tempo recorde, assim todos poderiam chegar em casa às 21h30. O.K., talvez não em casa às 21h30 em uma sexta-feira à noite se você fosse um produtor musical de ponta super bem-sucedido e hiperfantástico, mas definitivamente se você fosse uma gerente de livraria cansada, de estômago vazio e com os pés doloridos.

— Ele chegou! — disse Cheryl aos gritos, 20 minutos mais tarde.

Lola observou a loja lotada, sem perceber se alguém se destacava:

— Onde?

— Ali está ele, aquele ali com uma parca azul.

Puxa vida, como alguém podia ser um produtor musical de ponta em uma parca azul-turquesa?

Então, ela ficou com o olhar paralisado e seus olhos fitaram os olhos de EJ.

— Cara, isso é demais. — falou Darren, aparecendo do nada. — Olhem para ele, é brilhante.

Tim, próximo dele, respirou com inveja:

— E ele dormiu com algumas das mulheres mais lindas do planeta.

Lola abriu a boca, mas não conseguiu dizer nenhuma palavra. Cercado por seu editor careca e pela relações-públicas loira, EJ Mack se aproximou deles.

— Olha só que coincidência. — Ele estendeu a mão, sorrindo. — Quem imaginaria que nos encontraríamos novamente? Como vai sua namorada?

Lola fez o seu melhor para responder. Tim, ávido para quebrar um silêncio potencialmente constrangedor, saiu na frente:

— Olá, eu sou Tim! Ela não tem namorada.

— Deus, perdoe. Vocês terminaram? Quem vai ficar com o bebê?

Engraçado como alguém pode parecer com um contador nerd em um minuto e no outro nem tão nerd, ainda que estivesse usando óculos e aquela parca bizarra. Embora, agora, ela soubesse quem ele era, Lola pôde ver que aqueles óculos retangulares de aro prateado eram provavelmente atuais de alguma forma irônica e pós-moderna.

— Tudo ficará bem — ela disse a EJ Mack.

— *Bebê?* — Cheryl olhou para a barriga de Lola em descrença. — Que bebê?

EJ Mack lançou a ela um olhar especulativo.

— Está bem. — Lola disse apressadamente. — Vamos começar esta sessão, O.K.? Posso pegar seu casaco? E bem-vindo a Kingsley! Você tem centenas de fãs na fila para conhecê-lo! E devo dizer que adorei seu livro e...

— Isso é muito gentil. — EJ Mack lentamente tirou sua parca e passou a ela. — De qual capítulo você gostou mais?

— Oh, hum... todos eles.

— Então, isso significa que você não o leu.

— Desculpe, não, mas eu definitivamente vou ler. — Lola piscou quando alguém bateu uma fotografia. — Posso oferecer algo para beber? Café, água, outra coisa?

— O meu editor não mandou uma lista com os itens necessários? Biscoitos de bourbon... — EJ Mack disse solenemente — ...uvas descascadas e uma garrafa de Jack Daniels.

Cheryl ainda franzia a testa:

— *Que bebê?*

A sessão de autógrafos fora um sucesso. Na indústria musical EJ era uma lenda de 31 anos de idade, e fãs do seu trabalho estavam eletrizados com a chance de conhecê-lo. EJ, por sua vez, não os desapontara, ele foi charmoso, espirituoso e interessado em falar sobre música. Trabalhara com todos que eram importantes, e muitos dos compradores de seu livro esta noite desejavam também trabalhar com ele. Quando terminou, EJ tinha uma pilha de CDs a sua frente de ingênuos aspirantes ao estrelato.

— Ossos do ofício — disse bem-humorado.

— Eu consigo uma sacola para você — ofereceu Lola.

— Eu gostaria de dar uma palavrinha em particular com você, se não for incômodo. Pode ser no seu escritório?

Bum, ele não tinha esquecido. Lola corou, olhando atrapalhadamente para seu relógio. — Hum...

— É bem rápido. — Ele se virou para seu editor e sua RP e disse:

— Estamos no horário, não?

— Claro que sim — exclamou a RP. — Demore o tempo que precisar! Tire algumas horas de folga se quiser! — Ser amável com os autores da sua editora era seu trabalho.

O brilho refletiu nos óculos de armação de aço de EJ quando ele sorriu para a entusiástica loira.

— Não se preocupe, alguns minutos serão suficientes.

Uma vez dentro do escritório, Lola disse:

— O.K., sinto muito, eu menti.

— Mais do que uma vez, diria eu. — Ele se inclinou na caótica mesa, contando os dedos. — A mulher grávida não é, nem nunca *foi*, sua namorada. Ela nem estava grávida, não?

Tomada de vergonha, Lola disse:

— Não.

— E o cheiro?

— Nós cozinhamos uma tonelada de repolhos.

— Você realmente não me queria nem perto daquele apartamento, não?

— Oh, por favor, não leve isso para o lado pessoal. Nós não sabíamos quem você era. Quem quer que aparecesse iríamos fazer o possível para desencorajá-lo. Como botar a música no último volume... — A voz de Lola sumiu, porque elas tocaram Eminem. Merda, ela não ouvira por acaso uma fã anteriormente falando do álbum que EJ fizera com Eminem?

— Hum. — EJ ergueu uma sobrancelha. — A música era bem legal, foi a dança que me apavorou. Quem mora lá agora?

— Hum, Sally. Aquela que não estava grávida. E o cara que deveria deixar o apartamento voltou inesperadamente da Austrália, assim os dois estão morando lá, enlouquecendo-se um ao outro. — Lola disse avidamente. — Na verdade, você teve até sorte porque...

— Olha, não vamos fazer tempestade em um copo d'água. — Ele deu de ombros e pegou alguns doces com licor da sacola sobre a mesa. — Eu moro em Hertfordshire e ficar em hotéis toda vez que venho para cá é tedioso. Pensei que seria mais fácil ter uma base aqui, algum lugar para ficar quando não tenho paciência de dirigir até em casa. Eu agora alugo uma casa em Hampstead.

Lola estava contente por ele não levar isso tudo tão a sério:

— Bem, desculpe se te enganamos.

— Não se preocupe com isso. — O olhar dele desviou-se para baixo, quando viu que, tendo tirado um sapato, Lola furtivamente flexionava os dedos do pé doloridos. — Dia difícil?

— Um pouco. Eu mal posso esperar para chegar em casa e tomar uma ducha. — Aliviada por ter sido perdoada, ela confidenciou: — Meus pés estão me matando e estou completamente exausta.

— É uma pena. Eu ia te convidar para tomar alguma coisa. Bem, esquece.

— Oh! — Os olhos de Lola se arregalaram.

— Não tem importância. De qualquer maneira, obrigado pela noite, me diverti muito. — EJ já estava na porta do escritório. — Vamos?

— Mas... mas... — Uau, foi um convite que ela não esperava, do nada. Acompanhando-o, Lola disse: — Bem, talvez uma bebida não seja tão...

— Não, não, você está muito cansada. — Ele virou o corpo, seu rosto pálido, fino e inteligente por baixo da fila de luzes fluorescentes em cima de sua cabeça. — Esquece isso. Vá para casa e mergulhe naquela banheira quente. — Com um pequeno sorriso, acrescentou: — Você realmente parece exausta.

Uau. Ou talvez *touché*. A vingança é um prato que se come frio.

Capítulo 33

Uma cópia do exemplar de lançamento do livro de EJ Mack, que recebera do representante de vendas da editora, estava embaixo da cama de Lola lacrado e cheio de poeira. Lola limpou o livro no carpete e correu descalça pelo corredor até o 73C. Oh, pelo amor de Deus, Gabe estava fora e não lembrara de deixar a porta destrancada; quanto tempo ela teria que esperar Sally se arrastar até ali para abri-la?

Lola batia à porta impaciente:

— Sally, rápido, sai do sofá e se arrasta até aqui e me deixe entrar agora porque você não vai *acreditar* quem eu encontrei esta noite! — Então, a porta começou a se abrir. — E a propósito, todos na loja ficaram *pasmos* quando ouviram que você era minha amante lésbica, ohh!

É claro que não fora Sally quem abrira a porta tão rapidamente. É claro que tinha que ser Doug, que Lola não via havia três semanas, desde a véspera de Ano-Novo no Carrick onde ela impressionara a todos. *Jesus Maria José.*

— Então agora você tem um caso lésbico com minha irmã. — Doug balançou a cabeça resignado — Meu Deus, você realmente quer matar a minha mãe.

— Desculpe. Olá Doug. Eu não sabia que você estava aqui. — Do contrário teria retocado rapidamente a maquiagem e não teria feito a torrada de queijo e cebola em conserva.

— Você sabe, eu gostaria de ser gay — queixou-se Sally, deitada solenemente no sofá. — Somos pessoas muito mais legais. Deve ser mais fácil gostar de mulheres do que de homens.

— Não quando elas cheiram à cebola em conserva. — disse Doug.

Arghh.

Novamente, falando em gostar de homens. Lola evitou ao máximo não respirar perto dele e disse:

— A Isabel não veio hoje? — E por uma fração de segundo se permitiu aumentar as esperanças. (— Isabel, eu sinto muito, não é você quem amo, é...)

— Sim, eu estou aqui também! — Isabel saiu da cozinha com uma bandeja e disse alegremente: — Olá, Lola, olhe para nós, comida expressa!

— Eu fiquei sem leite. — Sally posicionou-se mais confortavelmente sentada, encolhendo-se de dor quando mudou a perna de posição sobre sua pilha de almofadas. — Gabe saiu há horas e ele fica chateado comigo quando eu ligo muitas vezes, por isso chamei Doug.

Para ser justa com Gabe, Lola tinha ouvido sobre o desastre da noite passada quando, enquanto esperava na fila da farmácia pelas cápsulas de ibuprofeno de Sally, ele perdera uma briga digna de manchete entre duas celebridades do primeiro time na porta da Nobu.

— Pobre coitada, presa aqui sozinha sem leite para o chá — falou Isabel. — Então, quando dissemos que íamos levar um litro de leite, ela disse que estava faminta e assim trouxemos comida pronta.

A pobrezinha faminta teve a graça de parecer levemente envergonhada. Lola disse indignada:

— O que aconteceu com a lasanha que eu trouxe hoje de manhã? Tudo o que você tinha que fazer era aquecê-la.

— Ainda está na geladeira — admitiu Sally. — Desculpe, eu estava a fim de comida chinesa. — Rapidamente mudando de assunto, completou: — Então, quem você conheceu hoje à noite?

O estômago de Lola ainda roncava, esfomeado, apesar da torrada. Oh, bem, se Sally não queria a lasanha, uma deliciosa lasanha feita em casa que ela ignorara por completo, Lola prazerosamente a devoraria.

— Lembra do sujeito com cara de contador nerd que queria alugar este apartamento?

— Puxa vida, você quer dizer que ele foi até a livraria e te reconheceu? Foi embaraçoso?

— Um pouco, já que ele estava autografando livros. A propósito, ele perguntou sobre você e o bebê.

Sally acariciou a barriga:

— Nós vamos bem, obrigada.

Lola ainda com o livro nas mãos disse:

— Você já ouviu falar de EJ Mack?

— O cara da música? Que trabalhou com Madonna no ano passado? — Sally levou à boca um pedaço de frango *Sichuan* e deu de ombros. — Mais ou menos.

— EJ Mack é um gênio — exclamou Isabel. — Ele trabalhou com *todo mundo*.

— Bem, era ele — disse Lola.

— Sally quase se engasgou com um cogumelo. — O quê? EJ Mack é o contador nerd? Oh meu Deus, ele é megamilionário e nós nem sequer *sabíamos*...

— Parece que vocês perderam uma grande chance, garotas! — Enquanto disse isso, Isabel deslizou seu braço ao redor da cintura de Doug e deu um abraço possessivo, mostrando, oh, vocês pobres criaturas, cá estou eu com o homem perfeito e aí estão vocês duas sem nem a metade de um homem decente para dividir entre si... uau, vocês não gostariam de ser tão lindas e sortudas quanto eu?

Honestamente, quem ela pensava que era? Cinderela? Mais especificamente, quem eram as meias-irmãs feias? Furiosa por dentro, pelo amor de Deus ela *ainda* estava abraçada a Doug, Lola disse delicadamente:

— Quem disse que eu perdi minha chance? EJ e eu nos demos muito bem. Ele me convidou para sair.

Ah, sim. Aquilo fez com que se endireitassem e prestassem atenção.

— Sério? — As sobrancelhas de Isabel se ergueram.

Até mesmo Doug parecia impressionado.

Sally grunhiu:

— O nerd te convidou para sair?

— Na verdade, ele não é tão nerd quanto pensamos. — Lola saiu em defesa de EJ. — Ele usa aquelas roupas para não chamar atenção. E por trás daqueles óculos o rosto dele é bem interessante... e ele tem as maçãs do rosto maravilhosas...

— Então, basicamente, o que você está dizendo é que, quanto mais dinheiro ele tem, mais atraente ele se torna — Doug falou lentamente, revirando os olhos.

— Da última vez que o vimos ele mal abriu a boca. — Lola se esticou para pegar um punhado dos salgadinhos de camarão de Sally e disse provocativamente: — Hoje à noite eu achei que ele tem uma personalidade forte.

A boca de Doug torceu.

— É claro que você achou.

— Então você vai realmente sair com ele? — Sally estava tão excitada que deixou cair seu garfo. — Quer dizer, num *encontro*?

— Vamos torcer para que ele não esqueça de levar o seu Amex de platina — disse Doug.

— Alguém pode pegar o meu garfo, por favor?

— Ele me convidou para sair hoje à noite — disse Lola. — Mas eu estava preocupada com Sally presa aqui sozinha, então recusei o convite. — Ah, ah, viu só? *Agora* quem era a pessoa mais amável, altruísta e sincera na sala?

— Ah, isso não é maravilhoso? — sorriu Sally. — Novamente, eu aposto que os teus pés estão te matando com esses sapatos novos que comprou para trabalhar. E seria bem melhor que você fosse avisada antes de se arrumar de novo. Então, quando vocês vão sair?

Lola corou:

— Não vamos. Ele me convidou para sair e eu recusei e agradeci. Deixamos por isso mesmo.

— Você está louca? Você corre o risco de nunca mais vê-lo! Ele é EJ Mack!

— Bem, agora é tarde. — Lola ergueu as mãos no ar e disse: — Pelo menos posso dizer que o esnobei.

A expressão no rosto de Doug era impassível:

— Foi isso ou então ele, na verdade, nunca a convidou para sair.

— Oh Doug, você é *malvado*. — Isabel fingiu que lhe dava uma palmada. — Você não pode chamar a Lola de mentirosa.

— Você ficaria surpresa como eu posso chamá-la. — Ele procurou as chaves do carro na mesa de café e ergueu a mão despedindo-se. — Quando se trata de escrúpulos e honestidade, ela tem uma classe à parte. Certo? Nós vamos nessa...

— Eu não consigo imaginar por que eu estou apaixonada pelo seu irmão — disse Lola quando eles saíram —, ele é um completo idiota.

— Você não está indo muito bem, não? — disse Colin Carter, da Carter Agency.

Gabe suspirou e assentiu. Será que iriam aconselhá-lo a desistir do serviço? Ele não tivera muita sorte nas últimas semanas.

Mas Colin era uma alma bondosa:

— Não fique tão desanimado. Você está somente a uma fotografia do próximo grande furo. Olhe, nós recebemos uma dica de que Savannah Hudson está retida em uma pequena casa de campo em Gloucestershire. Ela está fora da mídia ultimamente. Aqui está o endereço. — Ele o passou a Gabe, e completou: — Ninguém mais sabe disso, então esta é a sua grande chance. Não a jogue fora.

— Certo, obrigado, eu vou aproveitar. — Gabe estava com peso na consciência porque fora grosseiro com Sally nesta manhã, ela o acordara às 5 h, chamando de seu quarto para que ele desligasse o *despertador* do celular dela — ainda que soubesse que ela era a única razão pela qual Colin, lhe dera o emprego. Ele devia isso a ela, mas ao mesmo tempo ela o estava enlouquecendo.

— Você sabe quem é Savannah Hudson? — verificou mais uma vez Colin porque na noite anterior Gabe confundira Keira Knightley com Natalie Portman.

— Não se preocupe, eu sei quem ela é. — Gabe assentiu vigorosamente para provar enquanto guardava o endereço na carteira. — Eu não vou te deixar mal.

Capítulo 34

Londres estava fria, cinzenta e com uma leve brisa. Em Costwolds, o vento era mais forte; nuvens carregadas corriam em um céu cor de canhão e havia uma ventania uivante. Gabe dirigia em Minchinhampton Common, alto e brutalmente exposto, meio que esperando ver as vacas e os carneiros serem varridos pelo vento. Mesmo os jogadores no campo de golfe lutavam para permanecer em pé.

O que não era uma boa notícia, no que dizia respeito a Gabe, porque significava que não havia grandes atrativos para Savannah Hudson sair de casa.

A casa de campo ficava na lateral de uma colina, ligeiramente atrás de uma ruela estreita que serpenteava seu caminho até a pequena cidade de Nailsworth. Havia um Peugeot verde estacionado na entrada da casa e algumas luzes acesas, indicando que provavelmente ela estava ali. Nem era preciso dizer que não havia onde estacionar perto da casa; a estrada tinha apenas uma pista com as passagens marcadas ao longo do caminho. Mal Gabe parou em uma delas, um trator avançou fazendo barulho colina acima enquanto um Fiesta amarelo aparecia atrás dele forçando-o a seguir em frente. O que significava que ele teria que deixar o seu carro quentinho lá embaixo da colina e passar a tarde toda à espreita em uma sebe úmida. Essa era provavelmente uma das razões pelas quais Savannah

Hudson tinha escolhido se esconder naquela casa de campo. Honestamente, essas celebridades avessas a câmeras eram muito egoístas.

Gabe estacionou em Nailsworth e se abasteceu na padaria com tortas e bolos para mantê-lo desperto e afastar o tédio. Ele colocou uma lata de Coca-Cola e uma garrafa de água nos bolsos da sua jaqueta Barbour. De volta ao carro, pegou a câmera, tomando cuidado para mantê-la escondida, e a pendurou no pescoço por baixo da jaqueta impermeável. Por favor, meu Deus, faça com que hoje seja o dia em que ele vai conseguir uma fotografia decente e provar a Colin que ele não era um completo imbecil.

Duas horas mais tarde, Gabe sentia cãibra nas pernas. Ele estava enlouquecendo de tédio. Logo escureceria, ele comera toda a sua comida e era óbvio que Savannah Hudson não sairia da casa. O único aspecto positivo da tarde fora que as tortas da padaria eram excelentes.

Que droga, ele não conseguiria impressionar Colin afinal de contas. A menos que batesse na porta da casa de campo, caísse de joelhos e implorasse que Savannah Hudson tivesse pena dele. Talvez ela tivesse, e assim ele poderia tirar algumas fotos pretensamente indiscretas...

Dane-se, valia a pena tentar. Ele desdobrou as longas pernas, sacudiu-se e dirigiu-se até a casa. Havia, com certeza, alguém lá dentro, ele pôde ver o contorno do corpo através das cortinas fechadas enquanto se movia pela sala de estar iluminada.

Gabe caprichou no charme — o mesmo charme que ultimamente não tinha muita serventia —, aprontou-se, pegou e bateu a maçaneta de ferro batido contra a porta.

A porta foi aberta por uma mulher de meia-idade em um abrigo cor púrpura, segurando um pano de tirar pó e uma lata de Lemon Pledge.

— Oh, olá — sorriso charmoso, sorriso charmoso. — Eu estou aqui para ver Savannah.

— Desculpe, querido, ela não está aqui. É amigo dela?

Gabe sabia que deveria dizer sim, então ele seria convidado a entrar. Suspirou internamente; era por isso que ele não prestava para esse trabalho. — Não, não exatamente um amigo...

— Vá embora então. — A expressão da mulher mudou.

— Espere, você sabe quando ela vai voltar?

— Talvez amanhã ou depois de amanhã. Tchau. — A porta fechou-se na cara dele.

Então foi isso. Se a mulher tivesse mentido e Savannah estivesse em casa, ela não poderia sair mais.

Maravilhoso. Sem fotos *e* começara a chover. Ele deveria voltar para o carro antes que a chuva apertasse.

Pelo menos era descida.

Enquanto descia pela estrada, Gabe tentou calcular a que horas chegaria em casa. Sua vida social tinha, ultimamente, tido uma queda brusca com esse trabalho, tendo que cuidar de Sally, a aleijada queixosa, e tentando superar o desagradável incidente com Jaydena. Talvez ele precisasse de uma noite de folga, algumas horas de despreocupação em clubes com velhos amigos, conversando com garotas, possivelmente tendo uma noite de sexo casual... Ah, assim que chegasse em casa, porque se ele levasse alguém para o apartamento, eles provavelmente seriam interrompidos no meio da transa por Sally batendo na parede que separava seus quartos, gritando "Gabe, eu estou com muita sede e minha perna dói demais quando saio da cama, você poderia me trazer um copo d'água, *por favooor*?".

Oh, sim, a sua perna era definitivamente um incômodo. A única coisa boa disso tudo, pelo que ele sabia, era que ter Sally fisicamente confinada ao sofá o dia inteiro significava que a bagunça que ela fazia estava limitada àquela área. O restante do apartamento, praticamente imaculado, estaria arrumado e...

Puta que pariu.

Quando dobrou a curva, Gabe viu uma figura correndo em sua direção com uma sacola de compras em uma mão e um cachorro numa coleira na outra. O cérebro dele processou tudo rapidamente na visão da jaqueta de tamanho maior, as pernas magras em uma calça jeans apertada, a cabeça loira quase que escondida debaixo do capuz da jaqueta e a espessa echarpe ao redor do pescoço... Uau, *era* ela, Savannah Hudson vinha na direção dele, esta era sua grande chance.

Ela então ergueu a cabeça e o viu, sua antena de atriz plenamente em alerta. Quando seu capuz voou para trás, ela parou repentinamente como um cervo que ouve o engatilhar da arma de um caçador e percebeu que estava prestes a ouvir "Por favor, posso tirar uma fotografia só...".

Mas o vento soprou e levou suas palavras consigo. Savannah recuava, puxando o cão junto. O cão, um *Jack Russell* preto e marrom-claro, começou a latir furiosamente, ficando em pé só com as patas traseiras no chão. Com dificuldade de controlá-lo, Savannah quase deixara cair sua sacola de compras. Então, uma forte rajada de vento a desequilibrou e a empurrou para a margem da estrada. Ela deu um grito quando a cerca que rodeia a estrada dobrou e oscilou espetando-a com seus ramos como se fossem dedos pontudos.

— Olhe, eu sinto muito — gritou Gabe acima do ruído do vento, avançando na direção dela. — Eu só queria...

As palavras sumiram em sua garganta e ele ficou petrificado, olhando incrédulo os ramos que furiosamente se prendiam no cabelo dela e o arrancavam e acenavam como um participante estático do *Supermarket Sweep*.[19] Savannah Hudson deu um grunhido de angústia e deixou cair as compras enquanto tentava se proteger — clique — de Gabe. Ela largou a coleira do cão e com a outra mão tentou pegar desesperadamente — clique, clique — a peruca loira presa nos espinhos.

Jesus Cristo, ela era careca como um ovo. Este era um grande furo, maior do que o encontro de Tom Dutton e Jéssica Lee no posto de gasolina. Horrorizado, Gabe deu um passo para o lado quando o cachorro investiu contra ele latindo furiosamente.

— Shhh, está tudo bem, não faça isso. — Gabe se abaixou e pegou a coleira do cão antes que um carro passasse e o atropelasse. Juntos foram até a cerca onde Savannah Hudson ainda se debatia para livrar a peruca. Era uma cerca de espinheiro, e os espinhos eram afiados. Lágrimas rolavam nos olhos de Savannah e ela escondeu o rosto com a aproximação de Gabe, retraindo-se quando um espinho lhe espetou o pulso.

[19] *Supermarket Sweep* é um programa de TV em que os participantes têm que correr pelo supermercado colocando mercadorias no carrinho em determinado tempo, sendo que o valor das mercadorias determina o vencedor. (N. da T.)

— Aqui, deixe-me ajudá-la. Eu sinto muito, muito mesmo. Eu faço isso — disse Gabe. — Você segura a coleira.

— Por favor — sua voz combalida —, deixe-me em paz. Bunty, *shhh*.

Bunty, que nome para o *terrier* mais irritadiço do mundo. Os latidos retumbavam nos ouvidos de Gabe. Ele ignorou os raspões em suas mãos e desemaranhou os fios do cabelo dos ramos e por fim conseguiu liberar a peruca loira, embora ela agora parecesse que havia sido sugada por uma... não, não era a hora de fazer graça.

— Obrigada. — Lágrimas rolaram pelo rosto pálido de Savannah Hudson; raivosamente ela passou a mão no rosto.

— Eu sinto muito — disse Gabe novamente quando ela recolocou a peruca na cabeça, cobrindo seu escalpo nu e puxando o capuz da jaqueta. Ele pegou a sacola de compras caída em uma vala e a devolveu a ela.

— Sente muito? Mesmo? Duvido muito. — Os lábios de Savannah se torceram com nojo. — Eu imagino que você esteja radiante, conseguiu o que queria, não? — Ela apontou para a câmera em volta do pescoço dele e acrescentou sarcasticamente: — Espero que esteja orgulhoso de si.

Gabe pegou a câmera; anteriormente, tomado pelo instinto de Pavlov, mal conseguira tirar as fotos. Mas, verificou, elas estavam lá sim, nítidas na tela como um dia ensolarado, prontas para revelar ao mundo o segredo de Savannah Hudson.

Ela se virara e subia apressada a estrada com suas compras e seu ridículo cão *yippy-yappy*.[20]

— *Espere* — gritou Gabe. Ele a alcançou em 30 segundos e levou a mão sobre o braço dela de modo a contê-la.

— Por favor, me deixe em paz. — Savannah tentou se livrar de Gabe puxando o braço e disse calmamente: — E não me toque ou o processo por assédio.

— O.K., O.K., pare só um pouquinho e veja isto. — Não acreditando no que estava prestes a fazer, Gabe esperou até obter a atenção dela. Suas

[20] *Yippy-yappy* refere-se ao desenho animado *Yippee, Yappee and Yahooey*, cujos personagens eram três cães que interpretavam os três mosqueteiros. No Brasil, o desenho se chamava *Mosquete, Mosquito e Moscardo.* (N. da T.)

mãos tremiam quando lhe mostrou as fotos na tela. — O.K., está vendo o botão delete? Vá em frente, apague tudo.

Se ele esperava que a boca em formato de cereja de Savannah Hudson se abrisse, que ela se virasse para ele surpresa e sussurrasse "Sério? Posso mesmo? Você tem certeza?", ele se enganara redondamente. Em uma fração de segundo o dedo indicador dela já fizera o serviço, pressionando o botão e apagando as imagens para sempre.

Dink, dink, já era. Num piscar de olhos. E, se Gabe esperava que ela se atirasse em seus braços em gratidão chorando — Oh, meu Deus, meu herói, obrigada, *obrigada* —, bem, ele estava redondamente enganado de novo. Ela deu as costas praguejando:

— Tampouco conte para alguém tudo isso.

Ele observou Savannah Hudson subir a estrada com Bunty, que ainda latia a seu lado. Eles então dobraram a curva e desapareceram na noite. Alguns pingos de chuva gelada atingiram o rosto de Gabe e ele tremeu ao se dar conta do que acabara de fazer.

Claro que ele não iria contar a ninguém. Se o fizesse, seria chamado de trouxa.

Capítulo 35

Em retrospectiva, Lola reconhecera que cometera um grande erro ao contar a seus colegas de trabalho — O.K., de ter se *gabado* aos seus colegas de trabalho — sobre ter sido convidada para sair — O.K., *praticamente* convidada — por EJ Mack. Agora, no mínimo uma dúzia de vezes ao dia alguém levava a mão ao peito e exclamava "Oh, meu Deus, lá está ele! Lola, EJ está aqui implorando a você que saia com ele... rápido, olhe, ele está rastejando de joelhos pela loja... dizendo 'Por favoor, Lola *por favoor*, você quer sair comigo?'... Oh, olhe só, ele está chorando, sua linda parca azul está coberta de lágrimas".

O que no início era extremamente divertido, mas agora já não tinha tanta graça assim.

Enfim, concentrar-se nos livros que precisavam ser arrumados. No escritório, afastando o cabelo do rosto, Lola voltou sua atenção à tela do computador e verificou novamente a lista de ISBN.

Do outro lado da mesa, após devorar apressadamente o último pedaço do seu sanduíche de camarão, Cheryl atendeu o telefone.

Segundos mais tarde, acenando seu braço livre na frente de Lola, ela gritou:

— É para você! Você nunca vai acreditar quem é... é *ele*!

— Quem? — Lola não se conteve; o seu sempre esperançoso coração pulou com a ideia de que poderia ser Doug.

— EJ Mack!

Deus, eles ainda não tinham cansado dessa brincadeira sem graça? Irritada consigo mesma por pensar que poderia ser Doug, Lola disse:

— Bem, peça desculpas, mas eu não quero falar com alguém que tem a cara de pau de andar na rua usando uma parca azul-turquesa. Diga a ele para ir se catar e encher o saco da Madonna em vez do meu.

Cheryl cobriu rapidamente o bocal do telefone e sussurrou:

— Sua burra, eu não estou brincando, *é* ele.

— Ela está certa — confirmou EJ quando Lola pegou o telefone. — Sou eu mesmo.

— Ops. Olá.

— E, só para você saber, a parca é Jean Paul Gaultier.

— O.K. — disse Lola. — Eu não passo de um zero à esquerda em moda.

— O problema é que você acha que eu me visto como um observador de trens porque não sei me vestir de maneira melhor. A verdade é que eu *escolho* me vestir assim porque sou o líder de um estilo pós-moderno de última geração, moda pseudo-nerd, retratado por Jean Paul em sua última coleção de Paris.

Merda.

— Certo, desculpe-me de novo.

Solenemente EJ disse:

— Está tudo bem. Você não tem culpa de ser antiquada. Como estão seus pés agora?

— O *que ele está falando*? — sussurrou freneticamente Cheryl, os olhos arregalados.

— Eles estão... bem melhores. — Lola a ignorou.

— E você não está se sentindo muito cansada?

— Não, eu estou bem, obrigada.

— Então, se eu te convidasse para sair hoje à noite, você acha que poderia aceitar?

Yeek! Com muito cuidado, porque da última vez ele lhe passara a perna, Lola balbuciou:

— Eu poderia.

— Vamos então?

Era do tipo você dança? Você está pedindo?

— Se *você* quiser — disse Lola.

— Você não parece muito entusiasmada. Você quer mesmo sair comigo?

— Desculpe, eu estou me fazendo de difícil. Lá no fundo eu gostaria muito de sair com você.

— Estamos progredindo. Você joga bilhar?

— Hum... caramba, muito mal.

— Ótimo, aumentam minhas chances de ganhar. Posso te perguntar mais uma coisa?

— Manda ver.

— Se eu me parecesse comigo e me vestisse como eu, mas meu emprego fosse pegar carrinhos em um supermercado, você ainda concordaria em sair comigo?

Lola pensou um pouco. Por fim ela disse:

— Não.

Ele riu:

— Bom para você. Um pouco da velha e ultrapassada honestidade funciona comigo. A que horas te apanho?

— Hum, por volta das 20 h? Quanto tempo demora uma partida de bilhar? Eu moro na...

— Não se preocupe — atalhou EJM, soando divertido. — Eu sei onde você mora.

Quando Lola desligou o telefone, Cheryl deu um grunhido de excitação igual ao de um papagaio:

— Ele ligou! Você tem um encontro com EJ Mack! O que ele te perguntou que você respondeu que não faria?

— Oh, nada demais. — Lola deu de ombros e voltou-se para a tela do computador. — Ele apenas queria saber se eu iria para cama com ele enquanto ele estivesse usando a parca esquisita.

— Parece que minhas pernas fizeram 50 assaltos no ringue com Mike Tyson — queixou-se Sally. — A visão delas está começando a me deixar doente.

Ela tinha razão. Nos dez dias que se passaram desde o acidente, sua perna do joelho para baixo tinha se transformado em algo grotescamente descolorido — ela estava *literalmente* azul e preta — e tão inchada que parecia prestes a explodir. Lola, sentindo-se também um pouco enjoada, terminara de abrir com cuidado o pacote de gel azul-claro para a pele superaquecida de Sally e disse, enquanto a campainha tocava:

— Está descongelada. Eu pego outra no congelador. Quem será?

— Oh — Sally olhou seu relógio —, já são 19 h? Mamãe e Philip disseram que passariam aqui. Você pode abrir para eles?

Adele, extremamente elegante em um traje de malha cinza-claro e uma névoa de perfume Arpège, reconheceu Lola com o tipo de sorriso distante que alguém dá ao neto chato de 5 anos de idade de um amigo. Dirigindo-se ao sofá, ela beijou e abraçou Sally dizendo:

— Querida, que coisa horrorosa! Você recebeu o nosso cartão?

— Olá, Lola. — Philip, bem mais amigável, assentiu para o pacote de gel descongelado na mão dela. — Ela te colocou para fazer hora extra, hein?

Lola sorriu:

— Não se preocupe, ela vai tomar um choque quando receber a conta. — Opss, talvez não fosse a coisa mais diplomática a se dizer, dadas as circunstâncias.

— Hum. — Adele, secamente dirigiu-se à filha. — Bem, não deixe que te explore no preço. De qualquer maneira, querida, agora que voltamos, você pode vir conosco.

— Obrigada, mamãe, mas eu estou bem aqui. Todos têm sido ótimos comigo, Lola e Gabe estão cuidando muito bem de mim. E Doug e Isabel têm ajudado também.

Adele abriu um sorriso e disse calmamente:

— Oh, a Isabel não é absolutamente um anjo? Eu estou muito feliz que Doug tenha enfim conhecido uma pessoa maravilhosa. Nós não poderíamos estar mais felizes por ele, não é Philip?

Por uma fração de segundo Philip e Lola trocaram olhares. Lola lutou para manter a aparência normal, porque Adele definitivamente fazia aquilo de propósito. Philip limpou a garganta:

— Qualquer coisa que o faça feliz está bem para mim, querida.

— E ela vem de uma família *muito* boa — exclamou Adele. — O pai dela é um cirurgião cardíaco.

Seria maravilhoso, imaginou Lola, se ele pudesse arrancar o velho, malvado, impiedoso coração do peito de Adele e trocá-lo por um amável, novinho em folha.

Mas, independentemente de saber que a mãe de Doug jamais mudaria de opinião sobre ela, uma pequena, sempre esperançosa, parte de Lola não podia se furtar de tentar. Lola voltou da cozinha com um pacote de gel congelado para a perna de Sally e disse:

— Eu gostei do seu colar, Sra. Nicholson. Ele é lindo.

— Obrigada. — Encantada com o elogio, Adele ergueu a mão e tocou no colar de prata e ônix. — Foi um presente de Isabel. Ela tem um gosto requintado.

O Clube Groucho, era lá que iriam jogar bilhar. Lola agora tinha lido o livro de EJ — não uma autobiografia, mas a história de suas experiências na indústria musical — e lá havia várias menções a jogar bilhar no Groucho, de quem era membro, então ela tinha quase certeza de que era lá que ele a levaria. O que era inimaginavelmente excitante, porque todos sabiam que o Groucho estava sempre lotado de celebridades. Imagine poder gabar-se no trabalho de que você passou a noite bebendo chá com Damien Hirst e Will Self e... ohh, Madonna e Guy Ritchie, Stephen Fry, os integrantes do Blur... e que fora divertida e encantadora e que todos a amaram então — ohh, a campainha.

O carro era, francamente, um desapontamento.

— É seu? — Lola hesitou quando EJ abriu a porta do carona.

— Sim. É por isso que vamos nele. De outra maneira, o nome seria roubo.

Bem, talvez o carro apenas se parecesse com um Fiesta vermelho-cereja sujo. Talvez ele fosse na verdade uma flamante Ferrari Marinello disfarçada.

— Aonde vamos? — Por favor, diga que é o Groucho, por favor diga que é o Groucho, *não diga* que é alguma birosca nos becos de Bermondsey.

EJ fazia uma careta; será que ele tinha lido a mente dela?

— Espere e veja.

— Bem? — disse EJ 40 minutos depois. — O que você achou?

— Eu achei muito legal. — A casa estava iluminada do lado de fora como o Palácio de Buckingham. Na verdade, ela se parecia com o Palácio de Buckingham. Eles estavam em Hertfordshire, nas profundezas do campo, mas a apenas alguns quilômetros de distância de Hemel Hempstead.

— Eu também a acho muito legal — disse EJ alegremente. — Sempre que a vejo. Eu cresci em um apartamento popular em Chingford. Agora moro aqui. Que mudança, hein?

Então era nisso que ele gastava seu dinheiro. — É melhor não deixar o casal Beckham ver esta casa — disse Lola. — Eles vão ficar com ciúme.

— Vamos entrar, temos uma partida de bilhar pela frente.

Luzes de segurança se acenderam quando eles passaram ruidosamente por um caminho de pedregulhos. A distância, um casal de cachorros começou a latir. A porta principal, preta e sólida, parecia pronta para impedir um ataque de um exército de saqueadores.

— A sua parca é realmente de Jean Paul Gaultier? — Lola observava o brilho do náilon.

EJ sorriu:

— Que nada, da Millet.

Como um encontro, este foi uma novidade. A casa era grande e Lola a conheceu por inteiro. EJ ganhara dela no bilhar em sua mesa púrpura forrada de baeta, e ela conseguiu dar uma tacada na bola amarela para fora da sala, por pouco não acertou a armação de uma janela. Havia nove quartos, cada um com uma suíte. Ele mostrou seus escritórios e o estúdio de gravação e os discos de ouro e platina pendurados na parede verde-garrafa. Havia também uma sala de cinema montada com assentos aveludados cor de ameixa, uma academia de ginástica totalmente equipada, uma sala de estar do tamanho de um ginásio e uma cozinha maior que o território da Bélgica.

— Você está com fome? — perguntou EJ, pegando o telefone. — Eu posso ligar para Myra e ela nos preparará alguma coisa.

Myra era a cozinheira/arrumadeira que vivia com seu marido, Ted o faz-tudo/jardineiro, em uma casa na propriedade.

— Eu estou faminta. Não, não precisa chamá-la. — Tendo inspecionado indiscretamente a geladeira, lotada de comida que lembrava o supermercado Tesco Metro, Lola o impediu de ligar. — Eu preparo para nós uma fritada.

À uma hora da manhã EJ levou Lola de volta para Notting Hill e disse:

— Obrigado, eu realmente adorei a noite.

— Eu também. — Na tênue luz laranja dos postes da rua acima de sua cabeça, Lola pôde ver as linhas e os ângulos sombreados do seu rosto fino, de ar inteligente. Ele ainda não era convencionalmente bonito, mas era definitivamente o tipo de rosto que quanto mais se olhava, mais bonito ficava.

— Gostaria de repetir a noite?

— Talvez. — Ela fez uma pausa. — Se você quiser.

As maçãs do rosto dele ficaram mais salientes:

— Apostando dos dois lados.

Eu não sabia se era uma pegadinha. Se eu dissesse ohh, sim, por favor, e você respondesse bem, então, boa sorte e ache alguém para sair.

— Ei. — EJ tomou a mão dela e disse: — Eu gosto de você. E gostaria, sim, de te ver novamente. Eu estou de saída para Nova York amanhã, mas posso te ligar na semana que vem, quando estiver de volta?

— Claro. — Lola também gostou dele; ele tinha um senso de humor ácido e era boa companhia. Além disso, ele comera toda a fritada que preparara, apesar de ela ter posto acidentalmente muito chili, deixando sua boca igual à de um dragão fumegante.

— Neste ponto, como regra geral, eu dou um beijo de boa-noite. — Pausou EJ. — Mas estamos sendo observados.

Caramba, ele era observador. Lola olhou para cima e deu razão a ele; as luzes estavam apagadas, mas havia um rosto colado na janela.

— É a minha amante lésbica grávida. — Evidentemente a perna machucada de Sally não permitia que ela fizesse uma xícara de chá, mas espionar pela janela as atividades noturnas de outras pessoas era outra coisa.

— Sendo abelhuda. — EJ abanou para Sally e disse: — Pelo lado positivo, pelo menos com uma perna assim ela não pode dançar.

Sally acenou de volta. Segundos mais tarde o celular de Lola chamou.

— Ele é legal? — perguntou Sally. — Vocês se divertiram? Aonde ele te levou? Você pode convidá-lo para um café se quiser. Vocês vão transar? E por que ele dirige esse carro horroroso?

— Eu sou *muito* legal. — EJ, que pegara o celular, disse: — E sim, nos divertimos muito juntos, obrigado. Jogamos bilhar em minha casa. Eu ganhei. E o meu carro não é horroroso, é confiável e não sofre o assédio de vândalos na cidade como uma Lamborghini.

— Desculpe — murmurou Sally. — Você vai subir para um café?

— Temo que não possa. Tenho que pegar um voo muito cedo.

— E transar?

— Obrigado. A sua oferta é generosa, mas essa perna machucada não deveria repousar?

— O.K., chega. — Lola assumiu o controle do celular.

— Eu gosto dele — disse Sally encantada. — Você deveria, definitivamente, dormir com ele.

— Ele ainda está te ouvindo. — disse Lola. — Eu vou desligar. — Antes que Sally pudesse perguntar se ela tinha alguma ideia do tamanho do pênis de EJ.

— Diga a ela para sair da janela — acrescentou EJ.

No telefone Lola repetiu:

— Saia da janela.

— Por quê?

— Porque eu quero beijar Lola e não consigo se você estiver olhando. Eu sou muito tímido.

Capítulo 36

Ir à casa de Malcolm para comemorar o aniversário dele não era bem a ideia de diversão que Lola fazia de uma tarde de sábado, mas era parte do trato. Blythe tinha finalmente, com muita relutância, concordado em encontrar-se novamente com Nick — e desta vez ser civilizada com ele —, com a condição de que Lola retribuísse primeiro o favor e conhecesse a família e os amigos de Malcolm.

— Mas por quê? — protestou Lola. — Qual é a necessidade de eu ir até lá? — Não obstante toda a trabalheira, eles provavelmente eram um bando de velhos barbudos, comedores de lentilha que gostavam do jogo de formar palavras.

— Porque todos já ouviram falar de você — disse Blythe pacientemente —, e eles adorariam te conhecer. Vamos lá, vai ser divertido.

Hmm, isso era questionável. Para Lola, na verdade soava muito como conhecer os sogros. Ela não queria que o relacionamento de sua mãe com Malcolm avançasse nessa direção. Por que mesmo Blythe levaria adiante a relação com Malcolm agora que Lola lhe proporcionara uma alternativa bem mais atraente? Como ela iria preferir o estilo urso de pelúcia atrapalhado de Malcolm ao estilo charmoso e elegante de Nick?

Mas trato era trato, e talvez Blythe precisasse de um pouco mais de tempo para sair de sua zona de conforto, acostumar-se com a ideia de que Nick

James estava de volta em sua vida. Lola decidiu ser absolutamente agradável com a família e os amigos de Malcolm, não importando quão barbudos e obtusos eles fossem, e, então, sua mãe seria forçada a fazer o mesmo quando fosse a Radley Road na semana seguinte para reencontrar Nick.

Oh, meu Deus, por favor, faça com que ninguém sugira uma adorável partida de *Banco Imobiliário*.

Depois de duas horas de absoluto charme e atenção, Lola estava começando a entregar os pontos. Ela conversara — bem, berrara — sobre livros com a anciã vizinha surda de Malcolm do outro lado da rua. Então ela conversara um pouco mais sobre livros com outro de seus vizinhos, que era muito bom em jardinagem. O problema do seu trabalho era que, quando estranhos conversavam de forma civilizada, invariavelmente começavam a falar sobre seus livros e autores favoritos. Ela agora sabia que a velha surda era fã de Daphne du Maurier, que fãs de jardinagem gostavam de livros sobre... hum, jardinagem, e que Miles, o amigo com o rosto corado de Malcolm, era capaz de citar de cabeça grandes passagens de P. G. Wodehouse — mesmo que ninguém estivesse remotamente interessado em ouvi-lo fazer isso.

Foi quase um alívio quando o filho impetuoso de Miles — "Você pode pedir a J. K. Rowling para me colocar em seu próximo livro?" — acidentalmente deixou cair uma fatia de pizza de pepperoni na blusa cor de creme de Lola. Resistindo à tentação de replicar — "Você quer dizer esmagado entre as páginas como um besouro?" —, ela se desculpou e saiu para limpar a mancha.

Na cozinha encontrou Annie, a nora roliça de Malcolm, ocupada com bandejas de quiche e pimentões recheados no forno.

Annie tagarelava enquanto Lola limpava sua blusa:

— É tão bom finalmente conhecê-la. Malcolm fala muito de você. — Seus seios se mexiam enquanto cortava as quiches e acrescentava jovialmente: — Isso quando não está falando sobre sua mãe.

— Coitadinha. — Lola fez uma cara simpática.

— Oh, bem, nós gostamos disso, é muito romântico! Eles se dão muito bem juntos, não? Igual a um casal de adolescentes.

O.K., eles definitivamente não eram um casal de adolescentes.

— Hum — Lola manteve sua voz neutra, para não perder o controle.

— É ótimo para os dois. Malcolm é uma pessoa maravilhosa — prosseguiu Annie balbuciando. — E, é claro, sua mãe também! E é perfeito que eles tenham se encontrado. Eu sou louca por um velho e bom romance, você não?

Lola disse alegremente:

— Sendo que "velho" é a palavra de ordem! — Arghh, tomara que ela esteja errada.

— Oh, querida, esta mancha não vai sair. — Annie olhou para a mancha de pizza alaranjada que Lola vinha esfregando na frente de sua blusa. — E agora você está ensopada!

— Não se preocupe, está tudo bem. E não se incomode em me oferecer para usar uma das blusas de Malcolm. — Atrevidamente Lola acrescentou: — Ou uma das suas camisas de lenhador!

— Oh, mas...

— Para ser sincera, eu prefiro ficar molhada. Eu tenho certeza de que Malcolm é adorável, mas o professor de geografia não é o meu estilo. — Lola fez uma careta de cumplicidade porque a própria Annie usava um vestido de seda azul-marinho deslumbrante e o toque final eram os sapatos Karen Millen, assim ela entenderia.

Annie parou e lançou um olhar lateral estranho:

— O Malcolm é assim, esse é o jeito dele. As roupas não são sua prioridade número um. — Ela virou uma batata rösti congelada em uma assadeira e acrescentou: — Por quê, isso te incomoda?

Droga, ela não entendera. Apressadamente Lola disse:

— Não, foi só uma piada.

— Ele pode não se vestir como o príncipe Charles — Annie disse asperamente —, mas ele ainda é uma pessoa maravilhosa.

Oh, Deus, ela ofendera Annie.

— Olhe, eu sinto muito, eu não quis...

— Como se a sua mãe fosse a rainha do estilo e bom gosto.

Agora era a vez de Lola ficar ofendida. Somente ela, e mais ninguém, podia criticar o estilo de vestir-se de Blythe.

— Viu? — Claramente lendo sua mente, Annie ergueu uma sobrancelha. — Não é muito gentil, não é?

— Eu só quero que minha mãe seja feliz. — Lola batia furiosamente em sua blusa molhada com uma grande quantidade de papel-toalha seco.

— E você não acha que Malcolm esteja qualificado para tanto? Você acha que ele não é bom o suficiente para ela, não?

Honestamente, toda essa discussão acontecia apenas porque ela disse que Malcolm se vestia como um professor de geografia.

— Não, não é nada disso. — Lola arriscou-se com cuidado. — Eu só imagino se eles são tão compatíveis quanto você acha. Eles podem gostar da companhia um do outro, mas o que eles têm realmente em comum?

— Eles não precisam ter nada em comum! As pessoas são diferentes! Você ama livros — replicou Annie. — Eu acho livros um saco! Mas é a minha opinião, e não importa. O meu marido é fanático por motos, e eu gosto de filmes sentimentais. Eu gosto de ouvir Barry Manilow, ele é louco por Meatloaf. Mas ainda somos muitos felizes juntos. Nada disso importa quando as pessoas se amam.

— Você pode querer se livrar dele se for obrigada a jogar intermináveis partidas de *Banco Imobiliário* — Lola não pôde se aguentar; as palavras saltaram da sua boca.

Mas Annie não ficou ofendida. Em vez disso, ela passou a Lola uma bandeja de minissamosas quentes e disse secamente:

— O.K., você pode ter razão quanto ao *Banco Imobiliário*. Você pode ser gentil e levar isto para a mesa?

Pelo menos numa estreia de filme se podia presumir com segurança que ninguém se importaria em ser fotografado. Gabe, que tinha boas expectativas para a noite, maravilhava-se com o fato de a temperatura estar negativa e ele estar congelado de frio em seu casaco de couro, ainda que no interminável desfile de celebridades fazendo pose no tapete vermelho elas estivessem usando vestidos do tamanho do seu pano de pó.

Talvez as camadas de bronzeado artificial as mantenha aquecidas.

— Tania, aqui! — gritaram os *paparazzi* quando a deslumbrante morena vestida com um pedaço de nada reluzente emergiu da limusine seguinte da fila. Gabe não tinha muita certeza de quem ela era — uma das garotas do *Coronation Street,* possivelmente —, mas ele bateu as fotos junto do resto deles e imaginou brevemente como seria usar sandálias com presilhas em saltos de 15 centímetros. Oh bem, com um pouco de sorte ele nunca descobriria. Pobre Tania, estava cultivando um belo par de joanetes; logo, a única coisa que ela poderia calçar seriam chinelos de dedo.

— Matt, Matt, sorria para cá — gritavam os *paparazzi* quando a próxima celebridade passava pelo tapete. O.K., este Gabe conhecia bem, ele era apresentador do Canal 4... ou talvez membro daquela *boy band* com a reputação de abrir o zíper de suas calças e mostrar seu...

Arghh, era a segunda opção. O que esses garotos não percebiam era que, com relação à vista dos seus traseiros, a familiaridade cria desprezo. Uma vez vista a bunda de um adolescente, viram-se todas.

— Que imbecil — murmurou o fotógrafo próximo a Gabe. — O último single deles mal chegou às 40 mais tocadas. Eles estão desesperados, com medo de que a gravadora lhes dê um chute no traseiro. A esta altura no mês que vem eles estarão de volta ao velho emprego no Burger King.

— Eu também. — Gabe falou com sinceridade. Vamos encarar os fatos, ele não tinha exatamente entrado para o universo dos *paparazzi* desde sua surpreendente foto em Sydney. Quando a próxima limusine estacionou, ele poliu as lentes de sua Leica Digilux, pronto para quem quer que surgisse...

— Hei, Savannah, olhe para cá! — Os *paparazzi* se acotovelavam em um frenesi, enlouquecidos pela sua presença inesperada. Com um salto, Gabe a viu emergir do carro atrás de um segurança do tamanho de um gorila em um terno preto justo com o olhar de um fiscal da Receita.

Este era o rosto público de Savannah Hudson. Hoje à noite ela fazia o estilo estrela de cinema total. O seu cabelo loiro estava cuidadosamente arrumado, a maquiagem, perfeita. Em volta de seus ombros estreitos ela usava um agasalho de veludo prateado; o resto do corpo estava envolvido por um vestido de corte diagonal em cetim branco. Ela parecia uma deusa maravilhosamente linda e perigosamente frágil. Não tinha uma sacola de compras, tampouco botas Wellington.

E não havia carecas à volta, com exceção da do segurança-gorila.

Savannah posou para os fotógrafos, mostrando as roupas e sorrindo protocolarmente enquanto fazia poses e mais poses. Gabe tirou algumas fotos, parou e colocou a câmera de lado para vê-la melhor. Talvez tivesse sua calma entre os gritos ensandecidos que atraíam sua atenção, mas momentos depois ela o viu. Seus olhos se encontraram por alguns segundos, Gabe assentiu reconhecendo-a com um breve sorriso, mas não houve o menor sinal de reconhecimento em retorno. O olhar de Savannah passou por ele, o sorriso simpático e protocolar virou-se para a nova horda de fotógrafos, e após mais algumas poses ela desfilou pelo carpete para deleite de seus fãs.

Bem, o que ele esperava? Que ela acenasse e gritasse: “Ei, vocês todos, este é o cara que bateu a foto quando minha peruca caiu!”.

Gabe prosseguiu com o trabalho de fotografar a próxima leva de celebridades tentando manter-se firme em pé enquanto os outros *paparazzi* empurravam e se moviam ao seu redor. Vários minutos depois, assim que conseguiu uma foto de um casal trocando olhares do tipo que prenunciavam o fim de uma relação, ele sentiu uma mão agarrar seu ombro.

Era uma mão forte e — que diabos — enorme. Gabe olhou ao redor e viu que ela pertencia ao segurança de terno preto justo.

— Qual é o problema? — Gabe observou a expressão impassível do rosto do sujeito, o interesse dos fotógrafos ao seu redor. Merda, será que ele iria tomar uns tapas no meio da rua?

— Você esteve incomodando a senhorita Hudson. — As palavras foram acompanhadas de um dedo ameaçador no ar. — Meu conselho para você, *garoto*: deixe-a em paz. Entendeu?

Em uma fração de segundo Gabe imaginou que estava sendo observado por um batedor de carteiras. Então ele percebeu que sua carteira não fora roubada. Algo estava sendo colocado *dentro* do seu bolso.

Ele murmurou:

— Entendi — e — fora da vista dos outros *paparazzi* — sentiu o homem grande dar uma palmada expressiva em seu bolso.

— É bom mesmo.

— Que loucura — disse um dos *paparazzi* quando o Incrível Hulk se mandou. — Eu pensei que ele ia te dar uma surra.

— Eu também. — Com um sorriso Gabe passou os dedos pelo cabelo. — Foi por pouco. Na verdade, eu vou tomar um drinque para comemorar o fato de que ainda tenho pescoço.

Capítulo 37

Na esquina, longe da multidão e do ruído, Gabe pegou de seu bolso o papel de propaganda do filme dobrado. Quase na escuridão total ele teve que virar o papel duas vezes antes de ver o número de celular escrito ali na diagonal.

Intrigado, ele ligou para o número. Quem atendeu foi o Incrível Hulk.

Isso estava cada vez mais parecido com um livro de Dan Brown.

— Sou eu. — Sentindo-se estúpido, Gabe completou: — o fotógrafo.

— Esta é uma maneira educada de dizer. — O grandalhão soou divertido. — Você pode chamar a si mesmo de escória de *paparazzi*.

— Se nós não existíssemos — devolveu Gabe —, você estaria desempregado. Por que eu estou ligando para você afinal de contas?

— A chefe quer vê-lo.

— Quem? — Por que a sua chefe queria vê-lo?

Evidentemente percebendo a confusão de Gabe, o grandalhão explicou de uma maneira cuidadosa, gentil:

— Savannah, seu imbecil. Espere na esquina da Irving Street com a Charing Cross Road. Estaremos lá em dez minutos.

Isso era muito estranho. Gabe olhou a sua volta para ver se não era uma pegadinha armada para cima dele — seria o *De Volta nos paparazzi* algum novo *Reality Show*? — Gabe guardou a câmera Leica dentro de sua jaqueta e se afastou da multidão. Perdido em seus pensamentos, ele se dirigiu até a Irving Street. Estaria ele louco indo até lá? Se o grandalhão aparecesse com uma turma de amigos maiores e mais fortes ainda, ele poderia acabar com mais do que somente sua câmera quebrada.

Treze minutos mais tarde uma limusine com o protocolar vidro fumê nas janelas diminuiu a velocidade próximo a ele. A porta se abriu e o grandalhão falou:

— Entra.

— Você deve estar brincando — rebateu Gabe. — Eu por acaso tenho cara de estúpido?

O grandalhão sorriu, mostrando um dente de ouro:

— Já que você mencionou isso...

— Oh, *pare* com isso — exclamou uma voz feminina em desespero, e Gabe ficou de boca aberta quando o rosto de Savannah Hudson surgiu. Ela fez um sinal para Gabe e disse: — Ignore-o. Entre no carro, por favor.

Era algo novo, perceber que não havia *paparazzi* à espreita em volta da entrada do Soho Hotel antes de sair da limusine até a recepção do hotel em direção ao elevador.

O grandalhão esperou lá embaixo no bar. Já em sua suíte, Savannah desapareceu no quarto para trocar o vestido de seda pelo roupão folgado do hotel. Quando voltou, Gabe estava sentado em uma cadeira perto da janela, e ela se sentou de pernas cruzadas na grande cama de casal.

— Eu queria agradecer de forma adequada — disse, enfim — pelo que você fez.

— Está tudo bem. — Gabe estava de olho em uma garrafa de tônica no frigobar.

— E por não fazer o que você poderia ter feito. — Enquanto falava, a mão de Savannah mexia nervosamente um cacho de seu cabelo loiro. — Eu deveria ter agradecido quando você apagou aquelas fotos. É que eu estava muito apavorada naquela hora, você não faz ideia. Então, quando você partiu, eu tive certeza que você fingira apagar as fotos, mas já se passou uma semana. Se você ainda as tivesse, elas estariam nas capas de todos os jornais e revistas.

— Eu as apaguei. Na verdade — Gabe ressaltou, porque na realidade tinha sido o dedo indicador dela —, você as apagou.

Savannah encolheu os ombros:

— Você também não contou a ninguém. O meu empresário estava preparado para uma chuva de telefonemas sobre a minha saúde, mas não aconteceu nada. Ninguém ligou.

— Quando eu prometo algo, eu cumpro.

— Eu não confiei em você. Eu realmente sinto muito.

— Está tudo bem. Para ser honesto, eu não acho que sirva para esse negócio de *paparazzi*. Posso te fazer duas perguntas?

Savannah respirou fundo e depois expirou como um mergulhador.

— Vá em frente, pergunte.

— Você não deveria estar sentada naquele cinema assistindo ao filme?

Por um instante Savannah pareceu confusa. Então os cantos de sua boca começaram a se contrair.

— Você é novo nisso, certo? Nós podemos aparecer em uma estreia, mas isso não significa que assistiremos ao filme. A maioria de nós desfila pelo tapete vermelho, entra no cinema e dá o fora em seguida pela porta dos fundos.

— Oh.

— Você é um amor. Se servir de consolo — disse Savannah —, eu adorei o fato de você não saber disso.

— Tem um bocado de coisas que eu não sei sobre esse negócio estúpido. Posso fazer a outra pergunta agora?

Ela assentiu e tomou um gole de água.

— Você está com câncer? — perguntou ele.

Savannah corou e sacudiu a cabeça.

— Não, eu não tenho câncer. E *agradeço muito* a Deus por isso, muito mesmo. Mas, se eu ficasse careca por causa do câncer, pelo menos as pessoas sentiriam pena de mim. — Ela colocou a garrafa de água na mesa ao lado da cama e disse: — Mas, apesar de não ter câncer, eu tenho alopecia, que é algo com o qual atrizes como eu não devem nem sonhar em ter porque não é glamouroso e não é atraente e as p-pessoas vão fazer p-piadas a meu respeito... oh, Deus, minha carreira estaria acabada... — Enquanto falava, lágrimas saíram de seus olhos, molhando suas bochechas. Ela balançou a cabeça, escondeu o rosto entre as mãos e começou a chorar, um choro convulsivo que abalava sua frágil estrutura envolta pelo roupão.

— Oh, não faça isso. — Gabe, chocado, levantou-se.

No momento seguinte, ela estava em seus braços, frágil como um filhote de passarinho, chorando compulsivamente e molhando sua camiseta cinza. Uma aranha surgiu e Gabe afugentou-a apavorado e quando ela caiu no carpete percebeu que se tratava de um punhado de cílios falsos.

— Você é muito g-gentil. — Falou Savannah entre soluços, seus olhos agora bizarramente assimétricos.

— Aqui, permita que eu... — Gentilmente, Gabe removeu os cílios do outro olho. Com um punhado de lenços ele enxugou as manchas da maquiagem no rosto dela. Era surreal, fazer algo tão íntimo em um rosto que ele vira dezenas de vezes na tela do cinema. Todos no país conheciam Savannah Hudson de seus papéis na TV e no cinema. Ela era linda, talentosa, frágil. E ele estava sentado com ela em uma cama king size, consolando-a enquanto chorava. Para aliviar o clima ele disse: — Eu estava pensando, eu não acredito que isso esteja acontecendo. Mas eu aposto que você *nunca* pensou que estaria fazendo isso com alguém como eu.

Ela sorriu de leve:

— Nem em um milhão de anos.

— Todos nos odeiam — disse Gabe. — Nós ficamos ali lado a lado com os policiais de trânsito, fiscais da Receita e aquelas pessoas que matam filhotes de focas a pauladas.

— São jornalistas cretinos — acrescentou Savannah — que sempre conseguem achar algo de horrível para dizer sobre você, como os seus joelhos têm calombos, ou como as suas calças são desajeitadas. Um deles escreveu um artigo no ano passado sobre como as minhas sobrancelhas pareciam irregulares. A manchete era "Savannah Precisa de uma Boa

Depilação". — Ela pausou e acariciou sua peruca. — Você consegue imaginar o burburinho se eles soubessem disso?

— Mas não é culpa sua.

— Eles não se importam com isso. — Mais duas lágrimas brotaram. — Tudo o que querem é uma boa gargalhada e vender mais alguns exemplares de suas revistas imundas.

— Preste atenção — Gabe disse com firmeza —, você é linda.

Savannah balançou a cabeça:

— Não, sem cabelo eu não sou. Meu agente me disse que eu pareço uma borboleta.

— Isso não é verdade. Eu a *vi* — insistiu Gabe. — E você não se parece com uma.

— Você deve ter me visto em um ângulo favorável. Eu pareço mesmo.

— Você *não se parece*.

Em resposta, Savannah com um gesto removeu sua peruca. Ela se ajoelhou a sua frente encarando-o fixamente.

Como ele não percebera antes? Sem o cabelo, suas orelhas se pronunciavam para fora. Ela se parecia exatamente com uma borboleta. Uma abatida, assustada e profundamente envergonhada borboleta.

— Viu? — sussurrou Savannah.

Gabe fez a única coisa que poderia fazer naquele momento. Inclinou-se à frente, segurou com as mãos em forma de concha seu rosto molhado de lágrimas, puxou-a para si e a beijou na boca.

Ele pretendia dar um beijo breve, reconfortante, mas Savannah agarrou-se, envolvendo os braços ao redor do pescoço dele. O tempo parou para Gabe; puxa vida, era Savannah Hudson quem ele estava beijando, e agora ela estava prolongando o momento. Tudo o que ele queria é que ela parasse de chorar. Então, novamente, não seria ele que iria se afastar...

Savannah, por fim, afastou-se, mas apenas alguns centímetros. Ela tocou a bochecha de Gabe e sussurrou:

— Você realmente gosta de mim?

— Você é linda. Por que alguém não iria gostar de você? — Gabe acariciou sua cabeça, tão quente e macia como um ovo recém-posto.

— Você não usa aliança. — Ela pegou a mão esquerda dele, verificando se havia marca de aliança. — Namorada?

— Não tenho namorada.

— Você é muito atraente.

Gabe sorriu:

— Você deveria ter me conhecido antes da cirurgia plástica.

— Oh não, você definitivamente não fez cirurgia alguma. Quando se trata de cirurgias plásticas, acredite-me, eu sou especialista. Você é realmente solteiro?

Gabe assentiu:

— Desde o Natal.

— Eu não saio com ninguém há mais de um ano. — O sorriso de Savannah era seco. — Não é patético? O meu agente diz que não é surpresa meu cabelo ter caído. Mas é muito difícil confiar nas pessoas, você nunca sabe o que elas vão fazer ou falar. E com todo esse problema... — ela apontou para sua cabeça — é ainda pior. Parece que todos te desapontam, eles não se seguram. Todos os meus ex-namorados se aproveitaram do fato de eu ser famosa. No fim, você acha que é mais fácil não se incomodar.

— Certo. — Gabe percebeu que ainda afagava o rosto dela. — Complicado. — *É* complicado. Nada nunca é simples. Você não faz ideia.

— Meu Deus, eu fico feliz em não ser uma atriz extraordinária, concorrente ao Oscar.

Savannah sorriu:

— Estou feliz que também não seja. — Então ela o beijou de novo. Ardorosamente.

E desta vez não parou.

— Olá Gabe, divertindo-se?

Gabe ficou petrificado quando saíra do hotel às 9 h do dia seguinte. Lenny, um dos outros *paparazzi*, estava encostado em uma parede fumando e com sua câmera escondida.

— O quê? — Ciente dos olhos do mensageiro do hotel sobre ele, Gabe rezou para não dar bandeira.

— Algum sinal de Savannah Hudson? Ela deveria estar aqui neste hotel. — Quando Gabe hesitou, Lenny disse: — Não é para isso que você está aqui?

— Ah, é, mas eu não sei. — Com a pulsação acelerada, Gabe gesticulou para trás de si: — Eu só pedi para usar o banheiro.

Lenny virou os olhos e riu. Lentamente o coração de Gabe desacelerou. O mensageiro do hotel, menos entretido, murmurou:

— Não te acostume muito.

De volta à Radley Road às 9h30, Gabe encontrou Sally já recostada no sofá com um pacote aberto de biscoitos, uma pilha de revistas e vendo *Friends* na TV. Era o episódio em que Rachel descobre a lista de críticas de Ross sobre ela. Rachel, descontrolada, batia o pé e gritava: "Você acha que sou MIMADA?".

— Bom dia, sua prostituta barata. — Sally cumprimentou Gabe com a boca cheia de biscoitos de caramelo com chocolate. — Isso são horas de voltar para casa?

— São horas de calar a tua boca com uma fita isolante. Não faça isso — disse Gabe ao vê-la sacudindo migalhas de biscoito de sua blusa para o tapete.

— Eu sou uma pobre coitada inválida que não pode sequer pegar uma xícara de chá. O que eu poderia fazer com as migalhas? Se eu deixá-las em mim, acabarei sentando nelas. E não posso buscar o aspirador. Enfim, não mude de assunto. — Sally bateu em seu relógio. — Eu ainda quero saber onde você esteve.

— O que é você, o oficial da minha condicional?

— Eu estou interessada. — Ávida, para ser exato.

— Eu preparo uma xícara de chá — disse Gabe.

Na cozinha, ele esfregou o rosto e exalou lentamente. É claro que ele queria contar a Sally que passara a noite com Savannah Hudson, mas não contaria. Nem para Lola; nenhuma das duas ficaria sabendo disso por ele. Quando Savannah ansiosamente perguntara se ele contara a *alguém* sobre seu traumático encontro da semana passada, ele fora capaz de responder com sinceridade que não.

De volta à sala de estar, Gabe passou a Sally a xícara de chá, colocou os biscoitos em um prato e arrumou alguns livros e revistas que estavam no chão.

— Não os coloque onde eu não possa alcançá-los. — O tom de voz de Sally era impertinente.

Na TV, Rachel protestava: "Eu não tenho *tornozelos* gordos".

A ficha finalmente caíra. Ah, era dela de quem ele se lembrara.

— Você ainda não me contou. — Sally ajustou as almofadas que apoiavam sua perna.

— Lenny e eu trabalhamos até mais tarde, em frente ao Soho Hotel. — Gabe encolheu os ombros, bocejando exageradamente. — Uma grande perda de tempo, não conseguimos nada. E estava um frio desgraçado também. No fim, acabamos voltando para o apartamento de Lenny para nos aquecermos. Eu aterrissei em uma cadeira e acordei às 8 h desta manhã.

— Sabe de uma coisa, eu quase sinto pena de você. — Sally lhe lançou um olhar piedoso. — Você poderia concorrer ao prêmio do *Paparazzi* Mais Inútil do Planeta.

— Obrigado — disse Gabe. — E pensar que eu estava prestes a preparar para você um sanduíche de bacon.

— O bacon do refrigerador? Oh, você não pode cozinhá-lo.

Gabe estava cansado e faminto:

— Mas foi para isso que o comprei.

— Eu sei, mas eu prometi a Lola que o guardaria para o seu jantar especial hoje à noite — disse Sally generosamente. — Mas, em vez disso, você pode comer os cereais Weetabix.

Capítulo 38

Lola cumprira sua parte no trato. Agora era a vez de sua mãe cumprir a dela. Nesta noite ela organizou um jantar em seu apartamento e Blythe e Nick — seus pais *verdadeiros!* — iam ser simpáticos um com o outro.

Na verdade, se tudo corresse bem, a chama seria reacendida esta noite. Mesmo que Blythe não percebesse bem o que estava acontecendo e exclamasse "Ohh, que ótimo. Posso convidar o Malcolm também?". Lola, com muito jeito, diria: "Na verdade, mamãe, ele pode se sentir um pouco deslocado. Você se importaria se ele não viesse?".

Céus, fazer um jantar apropriado era um trabalho duro. Ela vinha sendo escravizada por anos e havia ainda muita coisa para fazer, sem citar a roupa que usaria e...

Crashh, foi o barulho da porta da cozinha quando Sally bateu com a muleta para abri-la e entrou ruidosamente.

— Caramba, fez comida o suficiente? Eu pensei que éramos apenas cinco.

— Aí está. Eu odeio quando fico com fome e não há comida, então, quando cozinho para outras pessoas, eu sempre faço... bem, uma quantidade bem maior.

— Suficiente para 25, diria eu. — Movendo-se ruidosamente até a travessa de camarões gigantes com chili, Sally disse: — É melhor eu verificar se eles ficaram bons. *Humm*... — Ela se apoiou na mesa. — Então, como estou?

— Como alguém que não tem nada melhor para fazer a não ser ficar se embonecando. — Lola parou com uma caçarola de ervilhas-tortas em uma mão e uma travessa de batatas assadas na outra e disse: — Você está ótima. Eu não acredito que está usando esse vestido. E se você derramar algo nele?

— Eu mando lavar a seco. — Sally acariciou o seu vestido amarelo--claro favorito. Ela tinha arrumado o cabelo com pregador prateado com cristais e sua maquiagem estava impecável.

Lola ficara impressionada por ela ter tido tanto trabalho em se arrumar:

— E você não vai ter ninguém para namorar esta noite. Eu devia ter convidado alguém legal para ficar com você. Aqui, tome uma bebida — oh, Deus, tomara que não seja ninguém ainda.

Sally já bebericando uma taça de vinho disse alegremente:

— Nunca se sabe, talvez seja alguém encantador para ficar comigo.

Ela acertou pela metade. Era Doug.

O coração de Lola fez o seu costumeiro movimento de pular e saltar; ele parecia ainda mais irresistível quando estava com uma barba de dois dias. O que ela não daria por um pouco dessa barbinha.

— Liguei hoje para minha mãe e ela me pediu para deixar isso aqui com você. — Ele largou uma pequena mala de viagem azul-clara na mesa em frente a Sally. — Aparentemente você a pediu. O que é isso? Mais roupas?

— Melhor do que isso. — Sally esfregou as mãos e abriu o zíper da mala. — Velhas fotografias.

Lola, ocupada cortando abobrinhas, ficou arrebatada pelo olhar no rosto de Doug.

— Só você mesmo para ir pegar uma mala, perguntar o que tem dentro e nem sequer abri-la e dar uma olhada. — Esta era a razão pela qual ela o amava tanto — O.K., uma das tantas junto da barba por fazer. — Ela prosseguiu: — Se um dia eu precisar contrabandear algo pela alfândega, já sei a quem pedir.

Doug lhe deu um olhar que sugeria que ele não a amava antes de voltar-se para Sally:

— Para que você as queria?

— A mãe de Lola vai trazer toneladas de fotos esta noite para mostrar ao pai dela. Eu imaginei que seria legal ter algumas minhas também, assim eu posso entrar na conversa. Não se preocupe, eu não vou mostrar nenhuma constrangedora sua. Bem, a não ser aquela em que você está nu em uma piscina inflável com um balde de plástico na cabeça.

— Eu não vou deixá-la fazer isto — Lola prontamente o tranquilizou, antes que Doug pudesse fechar a mala e levá-la embora. Em um impulso ela disse: — Você pode ficar se quiser.

— O quê?

— Para o jantar. — A adrenalina percorreu o corpo de Lola. — Eu fiz uma quantidade absurda de comida. Você pode rever a minha mãe e encontrar o meu pai... honestamente, quanto mais, melhor. Seria ótimo se você estivesse aqui também. — Assim eu poderia me sentar ao seu lado e acidentalmente colar a minha coxa na sua, brincar com os pés embaixo da mesa, dar colheradas de pudim de chocolate na sua boca e, assim, você perceberia que juntos somos perfeitos...

— Obrigado — Doug liquidou com o sonho perfeito dela —, mas não posso.

Oh. Incapaz de esconder o seu desapontamento, Lola deixou escapar:

— Mas eu fiz pudim de chocolate com creme de verdade!

Ele sorriu bem de leve e balançou a cabeça:

— Eu sinto muito. Vou sair com Isabel hoje à noite.

Traga-a aqui, pensou Lola, assim podemos afogá-la no creme caseiro. Temos bastante, não haverá problema.

— Quer que eu atenda? — Sally viu que as mãos de Lola estavam molhadas e pegou o telefone que tocava. — Olá... não, aqui é Sally... oh, olá para você! Sim, obrigada, o bebê está bem! — Com um sorriso prosseguiu: — Onde você está, ainda em Nova York? Ah, certo. Não, ela está ocupada cozinhando, nós teremos um jantar especial esta noite... Ei, por que você não aparece? Não seja bobo, é claro que pode. Lola convidou meu irmão, mas ele está ocupado. — Sally cobriu o bocal do telefone e sussurrou: — Não tem problema, tem?

O que mais Lola poderia dizer?

— Por mim tudo bem.

Sally desligou alguns minutos mais tarde:

— Tudo certo, EJ está a caminho.

— Ótimo. — Lola deu um sorriso forçado porque ela preferiria Dougie.

— E eu estou de saída. — Doug pegou as chaves de seu carro e dirigiu-se à porta. — Divirtam-se.

— Droga — exclamou Sally, fuçando na mala azul. — Você o viu fazer isso?

Lola estava ocupada fritando *shallots*[21] na manteiga.

— Fazer o quê?

— Havia um pequeno álbum de fotos verde-escuro aqui cinco minutos atrás. E agora sumiu. Que inferno, o meu irmão astuto e trapaceiro o roubou.

Por volta das 22 h todos tinham comido tudo o que fisicamente era possível e não houvera desastres culinários. Aparentemente parecia um jantar especial bem-sucedido, barulhento e divertido, mas, para Lola, as coisas não estavam indo como planejara. Não podia deixar de pensar o que EJ imaginara de tudo. Gabe, apesar de charmoso como sempre, estava distante e mais reservado que o normal. Ele vinha olhando o seu relógio a noite toda, arisco como um gato. Sally também não se comportava de maneira normal; possivelmente em uma tentativa de compensar o ar distraído de Gabe, ela falava e ria com um pouco mais de entusiasmo que o normal, gesticulando vivamente com as mãos enquanto tagarelava, rindo mais alto que o normal e se comportando como uma adolescente excitada por uma paixão juvenil.

O que era ligeiramente estranho, visto que não havia ninguém para dar em cima. Intrigada, Lola esticou o braço e serviu-se mais uma vez de

---

[21] *Shallot* é uma espécie de cebola. (N. da T.)

pudim. A menos que Sally secretamente gostasse de EJ... caramba, seria isso? Era possível? Quando ele vestia *aquela* calça?

Droga, bem que Doug poderia estar aqui agora. Isso ajudaria a clarear sua mente para perceber que, do outro lado da mesa, o seu maravilhoso plano de reunir seus pais não estava dando nada certo.

Era profundamente frustrante tentar manter um olho neles e ouvir o que conversavam, mas fazer isso de modo sutil para que não percebessem.

E agora eles nem sequer conversavam um com o outro; sua mãe falava com EJ e Gabe, enquanto Nick e Sally trocavam histórias de férias. Honestamente, era como se nenhum dos dois estivesse nem sequer *tentando*.

Capítulo 39

— Sabe o que poderia ser útil? — disse Blythe quando Lola a apanhou na cozinha. — Se você parasse de nos *observar* o tempo todo.

— Mas eu não consigo! Eu quero observar você!

— Sentimo-nos como dois pandas-gigantes no zoológico, com todos esperando que acasalemos.

— Mãe! Que coisa!

Blythe sorriu frouxamente:

— Viu? É assim que me sinto.

— Sobre Nick? Mas ele é meu pai. Você o amava — protestou Lola. Pelo amor de Deus, eles fizeram amor pelo menos *uma vez*.

— Vinte e oito anos atrás — lembrou Blythe.

— E agora ele voltou! — Lola não conseguia entender como sua mãe tinha tanto desinteresse em Nick. Para ela mesma, encontrar Doug novamente tinha trazido de volta todos os sentimentos por ele, mais intensos que nunca. Mas para Blythe isso simplesmente não estava acontecendo, o que era muito frustrante.

— Lola, preste atenção, se seu pai e eu tivéssemos casado naquela época, nós teríamos nos divorciado antes de você completar 4 anos. Eu sei disso agora. — Blythe prosseguiu quando Lola abriu a boca para protestar. — Eu tenho idade suficiente para saber bem disso. Olhe para o seu pai e olhe para mim. — Ela fez um gesto em sua própria direção, em seus cabelos ruivos e sua blusa cor-de-rosa brilhante a saia verde-folha que lembrava uma alface. Então, apontando para a sala de estar, ela disse sem qualquer interesse: — E lá está ele em suas roupas da moda e seu cabelo cortado por Gordon Ramsay.

Petrificada, Lola disse:

— O *quê?*

— Você sabe bem o que quero dizer. — O tom de voz dela era zombeteiro. — Algum cabeleireiro de celebridades da TV. Veja, essa é a diferença entre nós, querida. Nick foi em uma direção, eu fui para outra. Nós não somos os mesmos de 28 anos atrás. E agora ele se tornou o tipo de pessoa que acha normal gastar centenas de euros em um corte de cabelo. Quero dizer, você consegue imaginar? Um tolo e seu dinheiro são rapidamente separados!

Com mil demônios, o que ela estava dizendo?

— Mamãe você não pode *dizer* essas coisas.

— Eu posso dizer qualquer coisa que quiser, minha querida,

— Sobre mim? — Nick apareceu no vão da porta, fazendo Lola bater as xícaras de café em seus pires.

— Sobre o seu cabelo — disse Blythe alegremente.

— Desculpe — disse Lola. — Minha mãe está se transformando em uma pequena delinquente.

Nick encolheu os ombros:

— Está tudo bem. Blythe tem direito a dar sua opinião sobre o meu cabelo assim como eu tenho direito de opinar sobre sua saia. Você gostaria que eu levasse o café para eles?

— Obrigada. — Lola lhe passou a bandeja.

— Talvez eu use esta saia porque saiba que ela vai te incomodar — sorriu Blythe.

Lola disse:

— E talvez você esteja prestes a ter um pote de café derramado sobre sua cabeça. Vocês podem fazer o favor de serem gentis um com o outro ou os coloco em lados opostos da mesa?

— Ei, nós estamos bem. — O tom de voz dele era encorajador. — Apenas nos divertindo.

— É claro que sim. — Blythe abraçou Lola de forma conciliadora e disse: — Não dê bola para nós. A propósito, o jantar estava delicioso. E eu gostei do EJ. *Muito.*

Lola imaginara se Sally também.

— Ele é um sujeito legal. — Assentindo em concordância, Nick disse: — Ele está usando aquela calça por causa de alguma aposta?

De volta à sala de estar, Lola serviu o café. Gabe tomou o dele em um gole só e ficou em pé:

— Certo, o dever me chama.

— Agora? — exclamou Lola. — Já é quase meia-noite.

— Colin quer que eu tire algumas fotos na entrada do Bouji. É a festa de aniversário de alguém lá.

Sally, a Rainha da Revista *O.K.!*, disse avidamente:

— Ohh, de quem?

— Hum... não me lembro o nome. — Gabe penteou os cabelos com os dedos, sacudiu sua jaqueta surrada, despediu-se de todos, deu um beijo de obrigado em Lola e dirigiu-se à porta.

— Hum... Gabe?

Ele se virou, as sobrancelhas mostrando impaciência:

— Sim?

Lola limpou a garganta:

— Você não está esquecendo de nada?

— O quê? — Seu olhar parecia inexpressivo.

Ela apontou para a mesa de café atrás dele:

— Seria bem melhor se você levasse sua câmera.

— O.K. — disse Lola uma hora mais tarde, quando só estavam ela e Sally. — Em uma escala de um a dez, e eu sei que ele é um homem mais velho, então não é fácil, mas que nota você daria ao meu pai?

Dez! Não, 12! Não, 698! Opa, é melhor não dizer isso. Mentalmente lembrando que estava várias taças de vinho acima da sobriedade, Sally levou a sério a pergunta e disse medindo as palavras:

— Bem, ele não usa peruca nem tem dentes postiços, assim eu diria... sete. E se veste bem... Está bem, sete e meio.

— Exatamente. — Lola bateu o polegar na mesa de jantar concordando. — É o que eu também acho. E para um homem mais velho sete e meio é perfeitamente respeitável, é uma boa pontuação. Mas, quando eu perguntei a minha mãe, ela disse três! Quero dizer *três*. E ela não estava sendo malvada, ela realmente pensa assim.

Beleza.

— Ele não é gordo, não é um magrelo — prosseguiu Sally. — Talvez um oito.

— O.K., você está exagerando. — Sem interesse, Lola balançou a cabeça. — Ele é apenas o meu pai. Mas o fato é que como a minha mãe pode não gostar dele? Todos aqueles sentimentos do passado, aonde eles foram *parar*?

— Não faço ideia. Talvez tenham evaporado. — Sally encolheu os ombros e deixou cair vinho no queixo. — Sumiram. Como os sentimentos de Doug por você.

Lola estremeceu:

— Não diga isso! Você tem ideia de como dói ouvir isso?

— Mas é verdade. Uma vez que sumiu, sumiu para sempre. Você não pode forçar Doug a mudar o que ele sente por você. E também não pode fazer sua mãe se apaixonar novamente pelo seu pai. — *Especialmente quando eu o quero para mim.*

— Você está sendo cruel. O.K., quanto a EJ, de zero a dez?

Havia um olhar estranho, intenso em Lola quando perguntou. Sally, enchendo o copo das duas, percebeu que isso era importante para ela. Lola deveria estar mais afim do EJ do que transparecera.

E ele era divertido... de uma maneira rica, nerd e de óculos.

De uma maneira generosa — e porque era do seu interesse que Lola fosse feliz —, Sally disse:

— Honestamente, nove.

— Nove! — Lola pareceu incrédula.

— Por que não? Ele é um amor. Oh, meu Deus, o que é isso na sua *cabeça*? — Sally folheava distraidamente os álbuns que Blythe trouxera para mostrar a Nick e desviou sua atenção para uma foto de Lola, com cerca de 7 anos, em um maiô e um boné pretos com grandes orelhas cor-de-rosa e pretas presas a ele.

— Eu fui o rato em uma peça na escola. Não ria da minha cara. Eu fui a estrela do show. Você gosta do EJ?

— Eu já te disse, é claro que sim. — Sally virou a página e caiu na gargalhada com uma foto de Lola em um passeio ao zoológico, dando um pulo para trás quando o elefante pegou o sorvete de sua mão com a tromba.

— Não, eu quis dizer *gosta*-gosta dele?

Sally olhou para cima; estava na ponta da língua dizer não, o único homem de quem gostava era Nick. Ela poderia dizer, poderia? Que botasse para fora, Lola então saberia, e ela não precisaria mais esconder seus sentimentos... Oh, Deus, mas e se Lola se chateasse? Ela ainda não desistira da ideia de reunir seus pais. Talvez esta noite não fosse a melhor ocasião...

— Quem, EJ? — Vagamente consciente de que a pausa entre a pergunta e a resposta fora muito longa e apavorada por Lola de alguma maneira tentar ler sua mente, Sally tomou outro gole de vinho e disse alegremente. — É claro que não. Oh, olhe, eu adorei esta sua foto com uma peruca! — Rapidamente ela apontou para a foto de Lola vestida como John McEnroe durante a sua fase de bandana vermelha. — Essa foi para uma festa a fantasia?

— Não era para uma festa a fantasia, esses eram meus melhores shorts. — Com uma careta, Lola apontou o garfo do pudim para a perna machucada de Sally. — E eu não estava usando peruca.

Sally atravessou a sala mancando, apoiando-se nas paredes e rindo abertamente enquanto exclamava pela quinta vez:

— Você não pode estar falando *sério*!

Lola deixou a louça para o dia seguinte e foi para a cama e levou o álbum de fotos de Sally consigo. Doug podia ter levado aquele que tinha mais fotos suas — estraga-prazeres —, mas ele ainda aparecia em outras um número de vezes suficiente para torná-lo atrativo. Depois de ter fingido ficar fascinada pelas fotos de Sally anteriormente, ela podia agora concentrar-se sem receio em Doug. Cristo, ele fora um bebê lindo... e uma criança irresistivelmente angelical... lá estava ele no concerto da escola com o cabelo todo penteado, seus joelhos nodosos e uma meia cinza caída... aqui estavam algumas dele quando adolescente, 13 ou 14 anos, com um olhar malandro e um sorriso atrevido...

Lola enxugou uma lágrima furtiva. Dougie andando de bicicleta sem as mãos, Dougie mergulhando em uma piscina, Dougie prestes a jogar um balde de água do mar em Sally, que tomava banho de sol na praia, Dougie — mais velho agora, possivelmente com 18 ou 19 — saltando em um parque com um grupo de amigos que ela não conhecia.

Mais lágrimas molharam o queixo de Lola, porque esses foram os anos da faculdade, aqueles que ela deveria ter partilhado com ele, *deveria*, mas não partilhou.

Tudo seria tão diferente e alguém podia facilmente enlouquecer imaginando como a vida poderia ter sido se tivesse feito isto ou aquilo.

E imaginar, naquele momento, era irrelevante. Na época ela não teve escolha.

Lola deu um pulo quando o telefone tocou, fazendo com que o álbum caísse da cama. Já passava da 1 h; quem poderia ser àquela hora? A menos que fosse Dougie, que estivera olhando o álbum de fotos verde-escuro que surrupiara anteriormente e ficara tomado de remorso e arrependimento...

— Alô? — Lola atendeu ofegante, suas palmas úmidas de esperança. A sua imaginação fez surgir uma cena de cinema dos dois, cada um em sua própria cama, flertando ao telefone igual a Rock Hudson e Doris Day em *Confidências à Meia-Noite*... ou Meg Ryan e Billy Cristal em *Harry & Sally — Feitos um para o Outro*...

— Olá, oos Carlo eztá? — Era a voz áspera de uma idosa italiana.

Toda a esperança dentro de Lola caiu como uma pedra em um poço. Desculpe. Você discou o número errado.

— *Arch*. — A velha italiana prendeu a língua e suspirou irritada desligando o telefone abruptamente na cara de Lola.

Lola colocou o telefone no lugar. É claro que não era Doug. O que ela esperava?

— Você confia em mim?

— Eu confio em você.

— O.K. Tira então — disse Gabe.

Savannah corou e verificou novamente se as cortinas do quarto estavam cerradas. Nem mesmo o mais persistente dos *paparazzi* poderia espreitar na casa de campo. Ela estava protegida das lentes indiscretas, protegida da descoberta. Savannah ergueu a mão, tirou a peruca e a colocou na mesa à sua frente.

— Talvez um pouco de maquiagem — sugeriu Gabe. — Apenas para rebater o brilho.

Ela fez o que ele pediu, respirou fundo e virou a cadeira de frente para Gabe.

— Um pouco mais para a esquerda. Eu não quero uma totalmente de frente. — Gabe queria evitar o efeito borboleta, minimizando o tamanho das orelhas. Uma foto 3 x 4 ficaria melhor. — E incline levemente sua cabeça... relaxe os ombros, eu não vou extrair os seus dentes. Esboce um sorriso... assim, isso mesmo...

Depois das fotos, Savannah o abraçou. Juntos viram as fotos saindo da impressora em papel fotográfico brilhante. Gabe ficou satisfeito com os resultados; à medida que as fotos se sucediam a tensão em Savannah diminuía. Perto do final ela estava completamente relaxada e se divertia. Seu sorriso se abrira e perdera aquela sensação de estar posando para a câmera sem a peruca. Nas últimas fotos ele conseguira o que almejara; uma linda mulher sem cabelo sorria para as lentes sem medo. Ela usava uma maquiagem natural, brincos prateados, uma camiseta branca e calça jeans.

— Obrigada. — Savannah não conseguia parar de olhar para ele. Ela balançava a cabeça maravilhada. — Muito obrigada. Você não imagina o que isso significa para mim.

— O prazer foi todo meu.

— Você é incrível. — Ela virou o corpo e o beijou.

Gabe sorriu:

— Você também não é tão má.

— Talvez se eu continuar a olhar para elas eu me acostume.

— Tomara que sim. — Ele a viu colocar as fotos no cofre da parede onde estariam protegidas.

— O resto é com você — disse Savannah, e Gabe começou a deletar as imagens, primeiro do cartão de memória e por fim os arquivos do laptop.

— Está feito. — Havia no mercado um software de recuperação de dados capaz de restaurar imagens deletadas do computador, mas Gabe não falou nada disso para ela.

— Obrigada. — E, se ela conhecia esse programa, também nada disse. O fato é que ela confiara em Gabe para tirar as fotos, o que era muito bom para ele. Aos poucos ele ia conquistando sua confiança.

Ela também estava encantada com ele, o que era algo bem lisonjeiro para Gabe, mesmo que isso significasse que na última semana ou mais ele tivesse dormido menos do que uma mãe de primeira viagem de gêmeos com cólica.

— Você está fazendo de novo — disse Savannah.

— Fazendo o quê?

— Olhando o relógio. Eu odeio quando você olha para ele assim.

Gabe sorriu e a beijou na ponta do nariz:

— Eu sei, eu sinto muito, chama-se fazer parte do mundo real. Nem todos podem ser estrelas de cinema do primeiro time tirando alguns meses de folga entre os filmes. Alguns de nós têm que voltar a Londres e ganhar a vida.

— Mas eu não quero que você vá. Eu vou ficar aqui sozinha. — Savannah fez um beicinho e enfiou as mãos por baixo da camiseta cor-de-rosa de Gabe.

Gabe gentilmente as removeu; graças a sua insegurança ela estava exaustivamente pegajosa.

— Só um cafezinho e aí vou mesmo, O.K.?

Ele se encostou no fogão Aga e a viu preparar o café. Suas ações eram delicadas, precisas, tão meticulosas e organizadas quanto a própria cozinha, secando sempre as alças úmidas da caneca com um pano de prato e limpando as migalhas da mesa. Ela era mais do que capaz de manter a casa de campo imaculada sem Pauline, a arrumadeira e dona de Bunty, o *terrier*.

— Você gostaria de ficar, se pudesse?

Pronto, lá estava, novamente, a insegurança no ar. Para acalmá-la, Gabe disse pacientemente:

— É claro que sim.

— O.K., neste caso fique. — Savannah inclinou a cabeça. — Eu te pago o que você ganharia. Que tal?

— Que tal? — Gabe fez eco. — Que tal, *não*?

— Por que não?

— Porque eu não sou um gigolô. Não leve isso para o lado pessoal. Ele ergueu as mãos. — Não é algo que eu possa fazer. Olha, eu preciso trabalhar hoje à noite e amanhã. Mas eu posso vir no domingo.

— Ou amanhã. — Savannah parecia esperançosa. — Eu posso reservar uma suíte no Ritz.

— Domingo é melhor. Eu te encontro aqui. — Gabe balançou a cabeça; em Londres haveria *paparazzi* por todos os lados, e ficar confinado em um hotel não era sua ideia de diversão. Pelo menos aqui, no campo, afastados da cidade, eles poderiam sair para caminhar, embora a forma preferida de exercício de Savannah estivesse mais relacionada à cama. Não que ele tivesse queixas, longe disso, tampouco era algo duradouro. No mês seguinte, ela voaria para os Estados Unidos para fazer dois filmes na sequência, e esse breve *affair* estaria acabado.

— Dois dias inteiros. Eu vou sentir saudade. — Ela jogou seus braços ao redor dele.

— Eu também vou sentir saudade — disse Gabe. Ele deveria ligar para Sally na volta, para o caso de ela estar precisando de algo. Gabe pegou sua xícara e derramou algumas gotas de café no chão da cozinha. Antes que pudesse pegar o pano de prato, Savannah já estava limpando o chão, lavara o pano e o torcera.

Gabe sorriu para si mesmo. Sally nunca faria aquilo. Na melhor das hipóteses, ela teria casualmente secado as gotas com a sola do sapato.

Capítulo 40

Blythe adorava ver Lola em ação na loja, ajudando clientes e fazendo-os sorrir. Para o resto do mundo, ela podia ser uma competente mulher de 27 anos, mas para Blythe ela seria sempre a sua garotinha.

Lola a viu, acenou e a chamou:

— Ei, mamãe, que coincidência. Papai estava aqui agora! Ele saiu há cinco minutos.

Blythe sorriu e assentiu, observando que Lola não o chamava mais de Nick. Ela estava feliz por Lola estar se dando muito bem com o pai, mas só queria que ela parasse de tentar...

— Ooh, por que você não se junta a nós hoje à noite? Vamos à abertura de uma exposição na Galeria Simm e depois jantar no Médici. — Avidamente Lola completou: — Que tal nós três sairmos juntos? Podemos te pegar em casa e te deixamos lá na volta.

Correção, Lola seria sempre a sua persistente e esperançosa garotinha:

— Obrigada, querida, mas eu não posso. Você e Nick divirtam-se. Galerias de arte não têm muito a ver comigo.

Blythe estava sendo educada; ela achava galerias de arte um saco.

Lola pareceu desapontada:

— Bem, quem sabe não deixamos a galeria para outro dia? Poderíamos apenas jantar no Médici, que tal?

Ela não entrega os pontos...

— Lola, está tudo bem, eu vou sair com o Malcolm esta noite. É a noite do *quiz* na casa dos Feathers, e nós vamos lá. Eu não desprezo o seu pai, mas nós temos nossa própria vida para viver. Confie em mim, nós somos mais felizes assim como estamos. — Blythe não contara a Lola — não tinha intenção de contar — o que acontecera na noite do jantar na casa dela, quando ela e Nick partiram à meia-noite e dividiram um táxi. Quando chegaram à casa de Blythe em Streatham e Nick se convidara para um café, ela, por educação, concordou. Eles conversaram amigavelmente por meia hora antes de Nick beijá-la.

Deveria ter sido romântico, mas Blythe não sentiu nada. *Nada mesmo.* Ele tinha feito seu melhor, mas ela não conseguiu corresponder. Era como ser beijada por um pacote de sucrilhos.

Pobre Nick, não era culpa dele; ele era indubitavelmente um beijador mais do que competente, e, com a prática adquirida com o passar dos anos, ele era realmente muito bom. Mas ele não surtia nenhum efeito sobre ela? Não, nenhum. Houve um tempo em que ele significava tudo no mundo para ela, mas agora ela era completamente imune aos seus encantos.

Zero a zero.

É um mistério como essas coisas acontecem. Mas elas acontecem.

— Nós podemos ir para o seu quarto — murmurou ele, sedutor. — Pelos velhos tempos.

— Oh, Nick, obrigada. — Blythe sorrira e batera carinhosamente em seu braço. — Mas eu não acho que seja uma boa ideia.

Ele mexera caracteristicamente com a sobrancelha, aquela combinação instantaneamente familiar de surpresa e incredulidade. Era o olhar que ela via no rosto de Lola quando com 7 anos ela abrira uma gaveta e encontrara, escondido em uma caixa de fósforos, todos os dentes que tinham sido magicamente levados pela fada dos dentes.

— Por que não?

— Eu não quero.

Mais sobrancelhas. Algo disse a Blythe que ele não era rejeitado com frequência.

— É por causa desse seu namorado? Qual o nome dele...?

— Malcolm.

— Malcolm. — Por uma fração de segundo a boca de Nick se contorceu como se ele estivesse prestes a dizer algo sobre seu rival. Claramente pensando duas vezes, ele se controlou e disse: — Minha querida, somos *nós*. Eu e você. Malcolm não precisa saber.

Blythe olhou longamente para ele:

— Oh, Nick, eu não posso fazer isso com Malcolm. E você não deveria me pedir.

Ele teve a graça de parecer envergonhado. Desta vez a sua expressão assemelhou-se de modo estranho à de Lola na manhã após sua primeira ressaca, quando, aos 15 anos, fora a uma festa de uma amiga e acabou dormindo na cama dos pais dela.

Nick balançou a cabeça:

— Blythe, eu não quis...

— Eu sei, eu sei, não importa. E eu não estou dizendo que não quero por causa do Malcolm — confessou Blythe. — É por minha causa.

Ele deu um sorriso entreaberto, aceitando sua decisão.

— Está certo. É absolutamente um direito seu. — Ele parou, então acrescentou com um brilho no olhar: — Poderia ter sido divertido.

Divertida, Blythe lhe mostrou a porta da casa:

— Eu me atrevo a dizer que não estou curiosa o suficiente para querer descobrir.

— Alô! Terra para Blythe, a senhora está bem? — A voz de Lola trouxe Blythe de volta ao presente. — Com o que você está sonhando acordada?

O.K., melhor não dizer “sexo com o seu pai”.

— Desculpe, minha querida, só pensando se Malcolm gostaria de um bom livro sobre a Segunda Guerra Mundial para o seu aniversário na semana que vem. Ele gosta do assunto.

— Eu achei que a senhora tivesse comprado um suéter para ele...

— Eu já comprei. Um lindo suéter de listras vermelhas e amarelas com uma águia na frente.

— Neste caso, é melhor vir comigo. — Lola dirigiu-se à seção de história. — Parece que o pobre do Malcolm vai precisar de um livro sobre a Segunda Guerra Mundial para alegrá-lo.

O tempo tinha dado uma virada para melhor na última semana; as temperaturas subiram e o sol apareceu, secando o chão e encorajando as primeiras prímulas a brotarem por entre a vegetação rasteira emaranhada. Gabe e Savannah, evitando os caminhos públicos onde poderiam topar com outras pessoas, andavam de braços dados pela floresta na colina abaixo de Minchinhampton Common. Savannah falava sobre suas experiências de trabalhar com outros atores e as brigas que aconteciam quando descobriam que seus parceiros de filme tinham negociado um trailer maior que o deles. Mesmo que você fosse uma estrela do primeiro time, tamanho, evidentemente, importava.

— ...ele disse que se não tivesse um tão grande quanto o do George, ele sairia das filmagens. E a diretora disse pelo que ouvira que... *oopss*.

— Cuidado. — Gabe pegou Savannah que tropeçara na raiz de uma árvore.

— Forte e dominador. Eu amo ser resgatada por você.

— Eu não preciso de mais inválidas na minha vida neste momento. Uma mulher se arrastando de muletas é o suficiente, obrigado.

Savannah olhou para ele, esticou-se puxando a cabeça dele em direção a sua. Havia uma nova urgência no beijo dela. Por fim, ela o libertou, voltou ao seu lugar, o peito palpitando e os olhos febrilmente brilhantes.

— Gabe, venha comigo.

— Para onde? — Gabe hesitou, ele não pôde evitar; será que ela queria dizer de volta à casa de campo para mais sexo selvagem? Ele era tão heterossexual quanto qualquer outro, mas estremeceu diante da perspectiva. Ele não tinha certeza se teria energia para uma outra rodada.

— Para Los Angeles. Por que não? Nós queremos ficar juntos, não? — Savannah agarrou as mangas da camisa azul-clara dele. — Bem, o que pode nos impedir?

— Espere um pouco, você quer dizer Los Angeles na Califórnia? — Era necessário perguntar. Gabe tinha aprendido sua lição da pior maneira possível anos atrás quando perguntara a uma garota se ela queria assistir a *Grease — Nos Tempos da Brilhantina* com ele, e ela alegremente presumiu que fosse um convite para passar as férias. Pelo que ele sabia, Los Angeles podia ser o nome de algum restaurante da moda em Londres.

Savannah sorriu:

— Não, Los Angeles na Islândia. É claro que é Los Angeles na Califórnia!

Desta vez o coração de Gabe não afundou um pouquinho, ele despencou como um elevador sem cabos. Ela fazia parecer que a ideia era espontânea; era algo que ela vinha esperando para dizer a ele.

— Hum...

— Não diga *hum*, diga sim! E não há motivo para parecer tão preocupado. — Savannah balançou a cabeça. O meu agente alugou uma casa para mim em Bel Air, então está tudo arranjado. E eu sei que você acharia estranho vir apenas para me fazer companhia, mas esta é a beleza do seu trabalho — você pode trabalhar lá com muito mais facilidade do que aqui!

— Savannah, ouça...

— Então basicamente é perfeito em todos os sentidos! As respostas para todas as suas orações — prosseguiu ela. — Nós podemos ficar juntos, não precisamos nos esconder mais das pessoas porque eu confio plenamente em você!

— Espere um...

— E você vai se livrar dessa sua companheira de quarto bagunçada... quero dizer, eu tenho certeza de que ela é uma ótima pessoa e tudo o mais, mas, *arghh*, ela me parece um pesadelo de convivência. Além disso, *ela* também vai adorar se livrar de *você*.

— Sav, ouça só...

— Assim, falando em decisões difíceis, você prefere continuar recolhendo saquinhos de chá da pia em um apartamento bagunçado em Notting Hill a ser servido pelos empregados em uma mansão de estilo grego de oito quartos em Bel Air, com um cinema em casa e uma piscina?

Gabe a olhou e nada disse. Ele não precisou; Savannah leu seus olhos. Por fim, hesitante, ela disse:

— Então... isso é um não?

Ele assentiu:

— Sim.

Surgiu uma pequena esperança:

— Isso significa "sim" é um não, ou "sim" não é um não, mas é um sim?

Gabe balançou rapidamente a cabeça:

— Desculpe. Significa que eu não posso ir a Los Angeles com você.

— Não pode ou não quer?

Que droga, ele odiava quando as garotas ficavam pedantes.

— Não posso, creio. — Ele coçou a nuca. — Eu sinto muito, mas não seria justo com você. Você é uma garota maravilhosa, e eu só tenho boas coisas a dizer sobre você, mas é que...falta algo.

— Como os meus cabelos?

Merda. — Não. Por favor, *não*. — Gabe balançou veementemente a cabeça. — Nem pense nisso. — Porra, será que ela estava pensando que era isso?

— Está bem, eu acredito em você. — Savannah sorriu amarelo.

— Que bom, porque os seus cabelos não têm nada a ver com isso. Na verdade, eu acho que há algo de errado comigo. Quero dizer, você é Savannah Hudson — disse Gabe. — E eu não sou ninguém. Sou o pior dos piores. Pior do que isso, eu sou um *paparazzo* das ruas.

Ela pegou um pedaço de casca solto no tronco da árvore ao seu lado:

— E agora você está me rejeitando. Isso significa que você vendeu a sua história aos jornais?

— Eu não faria isso. Eu nunca farei isso. Você pode sempre confiar em mim. — A voz dele amaciou. Ele sentiu pena dela. Não era fácil ser Savannah Hudson.

— Você sabe como eu me sinto? — Ela fez um grande esforço para afastar a leviandade. — Como a baronesa em a *Noviça Rebelde,* quando ela é rejeitada pelo Capitão Von Trapp.

Este era um filme embaraçoso de ele dizer que já tinha visto? Bem, não importa.

— A não ser pelo fato de que eu não vou fugir com uma ex-freira irritante e sete crianças barulhentas. — Quando uma chocada Lola descobrira no ano passado que Gabe nunca vira o seu filme favorito de todos os tempos ela o forçou a vê-lo. Pessoalmente, ele escolhera a baronesa; onde Julie Andrews estava com a cabeça quando deixou que cortassem o cabelo dela daquele jeito?

De volta à casa de campo que ambos sabiam que seria a última vez, Gabe pegou seus poucos pertences. No andar de cima, depois de recolher sua escova de dentes e loção pós-barba, ele olhou ao redor do banheiro branco asseado e do quarto igualmente imaculado de Savannah. Ele não sentiria saudade daqui; apesar de seu exterior tradicional, a parte interna da casa era moderna e com pouca mobília, minimalista quase estéril...

Espere um pouco. Isso não podia estar certo, podia? Assustado, Gabe olhou novamente. Ele *gostava* de coisas imaculadas, não? Linhas elegantes, imaculadas, isso era ele, *sempre* fora ele. E era isso que via aqui; quanto à forma, ele e Savannah não podiam ser mais perfeitos um para o outro. E, no entanto, todas essas linhas imaculadas repentinamente pareciam um pouco... sem vida.

O.K.., era tudo muito estranho, como um alienígena invadindo seu cérebro e tomando conta. Um alienígena com um chocante gosto e uma predileção por bibelôs extravagantes.

Desanimado para continuar procurando nas gavetas impecáveis sua camisa cinza-escura que ele sabia que estava ali, Gabe a deixou e desceu as escadas correndo.

Savannah, pálida, mas composta, esperava na cozinha de costas para o fogão a lenha.

— Então você vai embora.

— Eu já deveria estar de volta. — Graças a Deus ela não estava chorando.

— Você tem certeza de que não há nenhuma ex-freira sorridente e sete criancinhas estridentes te esperando em casa?

Gabe sorriu um pouco:

— Acredite-me, tudo o que tenho é uma inválida trapalhona pronta para me dar uma bronca porque eu esqueci de comprar uma caixinha de chá quando saí ontem à noite.

— E você não tem nenhuma outra namorada te esperando por aí?

— Não tenho mesmo.

— Eu só não sou perfeita para você, é isso?

— Ei, você seria perfeita para qualquer pessoa. Você sabe disso. — Gabe a abraçou e ela o apertou forte.

Aninhada em seu peito Savannah murmurou:

— Eu só preciso achar alguém que goste de garotas carecas. O sr. Spock, talvez.

— Não pense desse jeito. — Ele deu um beijo em sua testa. — Você é linda com ou sem cabelo. Se orgulhe disso.

Ela sorriu:

— Eu vou me esforçar. E, se eu decidir me mostrar assim, quero que você tire as fotos.

Gabe a abraçou e a beijou pela última vez:

— Minha querida, eu ficaria honrado.

Capítulo 41

— Eu não acredito — gritou Sally. — Outro ser humano vivo! Depois de meses sendo marinada aqui sozinha, eu finalmente tenho a chance de falar com alguém — isso se eu ainda lembro de *como* falar...

— Você está se saindo muito bem — Nick sorriu para ela da calçada. — Pode abrir para mim?

Se ela podia abrir para ele? Ele estava de brincadeira? Sally se arrastou rapidamente até o banheiro, aplicou um pouco de pó no rosto e batom nos lábios, voltou para a sala e apertou o interfone. Um tanto quanto embaraçoso — mas ao mesmo tempo excitante —, ela tivera um sonho com Nick a noite passada, no qual ele a levara para uma Exibição de Verão na Royal Academy, flertara com ela toda a noite e terminava lhe mostrando uma sala que continha uma incrível escultura de dois corpos entrelaçados. Então, na frente de todas as outras pessoas, ele começara a demonstrar exatamente *como* os corpos estavam entrelaçados, sussurrando em seu ouvido enquanto a agarrava "Você inclina sua perna esquerda *assim* e coloca o seu braço direito ao redor da minha cintura *assim*...".

Toc, toc, toc.

Nick batia à porta. Alvoroçada, acelerou o resto do sonho onde ele começara a beijá-la e a passar as mãos em todo o seu corpo e um segurança uniformizado chegou e os interrompeu dizendo que não poderiam fazer aquele tipo de coisa ali, ao que Nick replicara: "Mas é *arte*...".

— Sally? Você desmaiou?

— Desculpe. — Ela abriu a porta, deixando-o entrar. — Eu só estava fazendo uma arrumação rápida.

O que era uma mentira tão descarada, que não seria surpresa se um raio caísse em sua cabeça ali na hora. Mas Nick, um cavalheiro, simplesmente a cumprimentou com um beijo no rosto e disse alegremente:

— Como você está?

— De saco cheio. Eu me sinto como Robinson Crusoé. Gabe saiu ontem, sabe lá Deus para onde, porque *ele* não me diz, e Lola foi passar o dia com o EJ. Gabe deveria me comprar alguns saquinhos de chá ontem, não comprou, então eu tive que ir até a loja da esquina de muletas... e quando cheguei lá, ela estava fechada! Aí eu tive que andar o que pareciam ser 80 quilômetros pela rua até a loja mais próxima, e, quando finalmente cheguei *lá*, eles nem sequer tinham chá PG Tips, só uns saquinhos baratos horrorosos com gosto de pó. Olha, eu estou tão farta desta perna estúpida que tenho vontade de *cortá-la*.

— Oh, Sally. — Nick se esforçava ao máximo para não rir.

— E ainda estou com bolhas nas mãos por causa destas estúpidas muletas. — Ele estava usando sua camisa azul-marinho de caxemira por cima de uma outra branca e calça de sarja cor de creme. Com um choque, Sally percebeu que era a mesma camisa de seu sonho... bem, pelo menos até que ela a arrancasse pela cabeça.

— Então, este não é um dos seus melhores dias.

— Pode-se dizer que sim. — Ela sorriu para mostrar que não era uma completa rabugenta. — Não é uma das melhores semanas. Viu isso?

— O quê? — Nick acompanhou a direção dos gestos da mão dela.

— Aquele consolo de lareira vazio.

Ele franziu a testa:

— Não está vazio. Há um monte de coisas ali. Luzinhas, fotografias, velas...

— Mas não tem nenhum cartão do dia dos namorados — disse Sally. — É onde eu colocaria os cartões, se os recebesse. Mas não recebi, então não botei nada. Ninguém me mandou nenhum, nem *unzinho* sequer.

— Eu também não recebi nenhum.

— Não? — Urra. Maldosamente completou: — Nem mesmo da mãe de Lola?

Nick sorriu:

— Muito menos dela. Está tudo bem, eu creio que Lola percebeu que não vai conseguir nos juntar. É muito gentil da parte dela tentar, mas, vamos ser honestos, nós somos polos opostos. Aquele final feliz da Disney nunca vai acontecer.

Cada vez melhor. Sally começou alegremente a imaginar um final feliz alternativo estrelando... *ta daa!*... ela própria.

— Enfim, esta é a razão pela qual eu vim. — Nick pegou alguns panfletos dobrados do bolso. — Lola botou na cabeça que deveríamos jogar *badminton*, então eu dei uma passada em alguns centros esportivos. Posso deixá-los com você ou passo por baixo da porta dela?

Ele veio até aqui só para deixar alguns panfletos? Será que era verdade, ou era uma desculpa para vê-la quando sabia que Lola não estava por perto?

— Pode deixá-los comigo. Eu os entrego quando ela voltar. Onde você vai passar a tarde? Algum lugar legal, espero. Divertir-se encontrar os amigos...

— A verdade? Há um contrato no qual eu deveria estar trabalhando, mas não estou com a mínima disposição. — Nick fez uma pausa para estudá-la por um instante e completou — Que tal se eu lhe convidasse para almoçar? Isso te animaria um pouco?

— Mesmo? Você tem certeza? — Sally mal conseguia disfarçar seu contentamento.

— Por que não? Uma boa comida, alguns drinques e uma boa companhia. — Os olhos cinzentos de Nick brilharam. — O que poderia ser melhor do que isso?

Isso era tudo que ela esperava e mais. Cada extremidade nervosa do seu corpo vibrava com as possibilidades. Sally disse:

— Eu posso me aprontar em dez minutos. — Deus, o destino estava unindo duas pessoas que eram perfeitas uma para a outra. O dia prometia.

Nick ficava mais e mais atraente à medida que corria o almoço. Na hora do cafezinho, ele estava irresistível. A comida provavelmente estivera boa, mas, com toda a excitação e o ritmo da entrada e saída dos pratos, entremeado com uma conversa profunda e significativa, Sally não comeu muito. Seu estômago tinha se reduzido ao tamanho de um dedal e sua produção de adrenalina estava a pleno vapor. Não importava mais que Nick fosse o pai de Lola porque — graças a Deus — ele e Blythe não tinham nenhuma intenção de ficarem juntos novamente. A barreira tinha sido removida tão habilmente quanto Paul Daniels fazia sumir uma carta em um truque de mágica. E, junto da barreira, Sally sentiu que suas inibições também desapareceram, ajudada possivelmente pelo vinho que exercia um papel crucial nessa tarefa. Nick estava sempre enchendo seu copo, e ela meio que protestava, e ele então a lembrava que estava dirigindo e seria um pecado desperdiçar o vinho.

O que era verdade. E agora ela estava banhada em uma deliciosa, quente, animação da cabeça aos pés. Acidentalmente de propósito, encostando sua mão na dele, Sally disse:

— Então você não quis mais filhos ou nunca mais teve a oportunidade?

Nick pareceu momentaneamente perplexo com a mudança de assunto. O.K., eles *estavam* no meio de uma conversa sobre passar o tempo em aeroportos quando o seu voo está atrasado, mas ela estava interessada. Era sempre algo legal de saber.

— Bem, minha ex-esposa nunca quis. Ela sempre foi dedicada a sua carreira, nunca se interessou por filhos. Eu não poderia forçá-la a ter filhos contra a sua vontade. — Pronto, a cereja do bolo. O coração de Sally se derreteu com a ideia deste homem maravilhoso querendo filhos e sendo cruelmente privado disso por sua ex-bruxa de coração de gelo obcecada pela carreira.

O.K., ele agora era definitivamente perfeito. Por toda a sua vida ela estivera envolvida com homens que saíam em disparada à menção da palavra *bebê*. E todos sabiam que homens mais velhos davam pais melhores. Veja

Michael Douglas, ele *era completamente apaixonado* por seus lindos filhos e sua deslumbrante esposa mais nova.

— Opa, espere um pouco, eu só vou...

Sally desistiu de lutar para sair por conta própria do banco do carona do carro de Nick e deixou que ele lhe ajudasse, dando o ombro para apoio de modo que ela e suas muletas pudessem ir para a calçada. Milagrosamente, ela não caíra por cima dele. Recompondo-se, ela passou a chave da porta principal para Nick e disse:

— Quer subir?

Era uma pergunta retórica. É claro que ele queria. Nick disse alegremente:

— Eu acho que alguém tem que se assegurar que você não caia nas escadas, não é mesmo?

Sally respirou profundamente várias vezes; era isso, ela sabia. Gabe estava fora, tinham o apartamento só para eles, e a situação não podia ser mais perfeita. Bem, poderia ser um pouco melhor se ela não tivesse aquela perna chata, mas isso certamente não os impediria de seguir adiante.

Por fim, chegaram ao apartamento. Sally descobriu, de maneira desconfortável e nem um pouco romântica, que todo o vinho que tomara cobrava agora seu preço e ela teve que se desculpar e ir rapidamente ao banheiro. Na volta, encontrou Nick olhando pela janela da sala. Iluminado de costas, ele tinha o perfil de um deus grego.

Ele se virou, indicando a cozinha:

— Estou esquentando água. Achei que fosse gostar de um café.

O.K., era agora. Ele queria que ela desse o primeiro passo. E ele estava sorrindo, esperando que ela tomasse a iniciativa. Sally aproximou-se dele — *clunk* — e, tomando cuidado — *clunk* — para não bater na mesa do café, sorriu de volta, deliberadamente se livrou das muletas jogando-as contra a parede e disse, olhando em seus olhos:

— Eu não quero café.

— Não? Tudo bem. Você não precisa beber um. — Divertido, completou: — Não é obrigatório.

— Você acredita nisso? — Sem as muletas. Sally começou a se sentir dançando.

— Firme. — Ele se aproximou dela. — Você não é uma cegonha.

Quem queria ser uma cegonha?

— É a última coisa que eu esperava. — Sally olhou profundamente para ele. — É a última coisa que você esperava?

Ele pareceu surpreso, franzindo ligeiramente a testa.

— É, sim, mas os patinadores do gelo se machucam, então eu creio que há sempre uma chance de...

— Não importa. — Eles pareciam estar falando de coisas diferentes, mas não fazia diferença para ela. — Não vai fazer nenhuma diferença, eu prometo. — Sally passou seus braços em volta do pescoço dele, incapaz de esperar mais, aproximou-se e o beijou apaixonadamente.

Capítulo 42

Gabe caminhava pela Radley Road quando diminuiu o passo e olhou para a janela do seu apartamento. Intrigado pela visão do que parecia ser duas pessoas agarradas em um abraço acalorado, ele instintivamente pegou sua câmera ao redor do pescoço mexendo e ajustando as lentes até obter o foco que desejava.

Que...

O coração de Gabe disparou no peito. Cristo. Sally e o pai de Lola. Sally enrolada nele como uma echarpe. O pai de Lola... pelo amor de Deus, há quanto tempo isso está acontecendo? Por quanto tempo eles estão com isso pelas suas costas? E não apenas pelas costas dele, as de Lola também, porque ela não sabia absolutamente de nada disso.

Incapaz de olhar mais, Gabe largou a câmera e deu as costas. Suas mãos tremiam e sentiu-se atingido com um soco no estômago. Dissimulação, deslealdade, traição... Como eles se *atreviam*? Ele engoliu em seco e virou-se; sim, eles ainda estavam lá, não mais se beijando, mas bem próximo um do outro, abraçando-se, olhando nos olhos um do outro, murmurando juras de amor... Então Nick James era esse tipo de homem, nada a não ser um sedutor barato. Como ele se atrevia?

Algo verdadeiramente horrível estava acontecendo. Quando Nick se afastara, Sally disse:

— Sshh, está tudo bem, você não precisa se preocupar mais com Lola. Ela *entende*.

Mas Nick não parecia aliviado. Parecia mais apavorado. Com os olhos arregalados de incredulidade, ele disse:

— Isso não tem nada a ver com Lola.

— O q-que você quer dizer? Eu n-não estou entendendo. — Saiu quase como um sussurro. — Eu pensei que você gostasse de mim.

— Eu gosto. — Nick balançou a cabeça. — É claro que sim — insistiu ele. — Você é *amiga* de Lola.

Isso era um pesadelo. Sally sentiu-se mal e, de repente, desgraçadamente, sóbria. Em uma vida inteira de passos em falso, este foi o maior de todos. Nunca antes em sua vida ela fora tão idiota quanto agora.

— Eu sinto muito — Nick estava visivelmente petrificado. — Eu não fazia idcia.

Isso só tornou as coisas piores.

— Não, *eu* é que sinto muito. Eu pensei que você estivesse dando em cima de mim. — Pelo menos ela podia ser honesta. Não havia sentido em tentar fingir que o beijo havia sido um acidente.

Nick balançou a cabeça com veemência:

— Eu estava apenas sendo amigável. Fiquei feliz por estarmos nos dando tão bem. Eu quero que as amigas da minha filha gostem de mim.

A humilhação dominava Sally por completo; ela gostava tanto dele que mentalmente já engravidara do seu primeiro filho. Como ela pôde ter interpretado tudo tão mal? Como ela iria apagar da memória aquele beijo? Ela nunca conseguiria esquecer o momento em que se atirara em sua boca e o sentira congelar em incredulidade... oh Deus...

— Venha, sente aqui. — Nick habilmente a tirara da janela e a colocara em uma cadeira. — E não fique chateada. Eu estou incrivelmente lisonjeado.

Mas não lisonjeado o suficiente para corresponder aos sentimentos dela, claro.

— Você é uma garota linda. Qualquer homem ficaria orgulhoso de ter você como sua namorada.

Qualquer homem a não ser você, *claro*.

— Olhe, eu tenho que ir embora — Nick olhou seu relógio, mentindo descaradamente, mas louco para dar o fora. — Por que eu não faço aquele café agora, e depois vou embora?

Eu não quero esse maldito café, eu quero um litro de pesticida.

— E não se preocupe, vamos fazer de conta que isso nunca aconteceu. Lola não precisa saber de nada — disse Nick gentilmente. — Eu não vou dizer uma palavra a ninguém. Eu prometo.

Levou meio minuto para Gabe chegar até o seu carro. Ele abriu a porta e entrou ainda perplexo com o que aprendera sobre si mesmo nos últimos trinta segundos. Porque ele genuinamente não tinha ideia alguma, nem mesmo a mais remota suspeita, de que a visão de Sally com outro homem poderia lhe fazer se sentir assim.

Mas, ainda assim, o fez. Apesar do fato de que ela o enlouquecia em uma rotina diária, de que ela vivia sua vida cercada pela desorganização e pelo caos e que domesticamente eles eram tão compatíveis quanto Tom e Jerry, no instante de apenas alguns segundos ele descobrira que era capaz de ficar louco de ciúme no que dizia respeito à Sally. Porque ele não *queria* vê-la com outro homem.

Por Deus, agora ele sabia que estava enlouquecendo. De todas as pessoas, logo Sally? Gabe grunhiu em voz alta e esfregou as mãos no rosto. Isso não podia estar acontecendo; ele não *queria* desejá-la. Ela era a última pessoa na face da Terra com quem ele precisava se envolver.

A não ser que... bom isso não ia acontecer, ia? Não é como se fosse uma opção, porque ela já estava envolvida com outra pessoa.

Que inferno, o pai de Lola. Há quanto tempo aquilo *vinha* acontecendo? E eles estavam sendo muito discretos, embora isso não fosse estranho, dadas as circunstâncias. Lola no momento fazia o seu melhor para reunir seus pais. Se Nick e Sally estavam preparados para correr o risco de Lola descobrir que sua amiga a havia apunhalado pelas costas... bem o relacionamento tinha que ser sério.

Gabe sentia-se mal. Primeiro Savannah, depois um pneu furado na rodovia M4 no caminho de volta a Londres, e agora isso. Que situação ridícula em que ele se encontrava.

Gabe percebeu que não poderia voltar ao apartamento naquele momento e deu a partida no carro. O rádio ligou automaticamente com um clássico do R.E.M. Michael Stipe, que não tinha uma das almas mais alegres, cantava tristemente "Eveeeeerybody huuuuuuuurrrrrts"...

Hum, com o histórico de Sally, as probabilidades eram de que ela sairia magoada.

— "Eveeeeerybody huuuuuuuurrrrrts"...

— Ah, cala a boca. — Impacientemente Gabe deu um tapa no rádio, silenciando Michael Stipe. Quem ele estava tentando enganar? No momento, *ele* é que estava sofrendo. Ciúme era uma nova sensação e estava corroendo o peito de Gabe como ácido de bateria.

Ele não gostava nada desse sentimento.

Sally estava na cozinha quando Gabe voltou para casa à meia-noite. Sally, de camisola, mancava com um pacote de batatinhas Kettle nas mãos e o viu tirar sua jaqueta.

— Onde você esteve? Você está com uma aparência horrível.

Gabe olhou para ela:

— Você também não está tão bem assim.

— Obrigada. — Sally já sabia que estava com a aparência péssima. Sentir pena de si mesma e ficar duas horas na banheira era capaz de produzir aquele efeito. Ela tentara lavar a vergonha de ter feito papel de idiota, mas não tinha funcionado. Basicamente, no que dizia respeito aos homens, ela sempre fora e sempre seria um desastre ambulante.

O.K., um desastre que mancava.

Mas pelo menos Gabe não sabia de sua trágica tarde com Nick. Sally, tentando aparentar normalidade, disse:

— Trabalhando esse tempo todo?

Ele encolheu os ombros.

— Sim.

— Tirou fotos boas?

— Não. — Gabe estava em pé rígido ao lado da janela olhando a escuridão, seus cabelos loiros irregulares e despenteados e as mãos nos bolsos da velha calça jeans.

Incomodada pelo fato de ele não ter notado, Sally disse:

— Notou a diferença?

Seu maxilar estava aberto.

— O quê?

— Oh, pelo amor de Deus, se você é tão observador assim no trabalho, não me admira que perca as melhores fotos! Como esta sala está para você?

Desta vez ele olhou para o chão, o sofá, a mesa de café.

— Você deu uma leve arrumada na sala?

— Leve? — Incrédula, Sally exclamou: — Eu dei uma arrumada *poderosa*, isso sim. Mesmo com a perna machucada! Tirei as coisas da sala, coloquei um monte de revistas no lixo para reciclagem, passei lustra-móveis na mesa... tirei todos os meus batons e apetrechos para o cabelo do peitoril da janela...

— Qual foi a motivação?

Ela corou. Uma mistura de culpa, vergonha e terapia motivaram sua ação. Manter-se ocupada significava não ter tempo para pensar sobre aquelas coisas horrorosas que buzinavam na sua cabeça.

Em voz alta Sally disse:

— Eu só pensei que devia tentar e fazer um esforço de verdade. Eu sei que te incomodo quando sou desorganizada.

— E você repentinamente decidiu fazer isso por mim? — Havia algo na voz de Gabe. Ele ergueu uma sobrancelha em descrença. — Ou é para o benefício das pessoas em geral?

— As pessoas em geral. — Sally eriçou-se com o tom de voz dele. — Por que você está agindo assim?

Por uma fração de segundo ele abriu a boca pronto para uma retaliação. Mas, ao contrário, ele balançou a cabeça e disse:

— Esquece. Eu estou só cansado. Foi um dia daqueles.

Valia também para Sally. E ela sabia que sua provação estava longe de acabar. Uma vez que pareceria suspeito se ela de uma hora para outra começasse a evitar Nick, ela teria que reunir coragem e fingir que tudo estava bem todas as vezes que se encontrassem... oh meu Deus, seria mais fácil emigrar...

— Olha, desculpe se eu estourei. — A voz de Gabe amaciou. — Por que você não senta e eu abro uma garrafa de vinho para nós?

Mais vinho, depois de todo problema da hora do almoço? Sally apavorou-se com a lembrança e, sabendo que se Gabe ficasse gentil, ela poderia acabar dando com a língua nos dentes — e, sim, isso no momento não ajudaria em *nada* —, meneou:

— Não, obrigada, eu vou me deitar.

Capítulo 43

Lola tinha acabado de atender um cliente quando ergueu a cabeça e pensou estar vendo fantasmas.

O.K., não era um *fantasma* de verdade. Era Doug.

Era ele mesmo. Em pessoa. Inacreditável.

Melhor ainda, ela nem mesmo percebera que dissera seu nome em voz alta, mas o fizera porque Cheryl, próximo a ela, seguiu a linha do seu olhar e disse:

— *Aquele ali* é o Doug? — Ela pareceu realmente impressionada com uma boa dose de razão.

Lola assentiu.

— Belo terno. — Cheryl, que tinha um bom olho para moda, sempre observava as roupas dos outros. Ela disse com aprovação: — Feito sob medida.

Cada gota de saliva da boca de Lola desaparecera. Porque, se ele viera até a loja dela para comprar um livro, era um bom sinal, não? Escolher esta filial da Kingsley em particular significava que ele gostava dela. Puxa vida, ele parecia irresistível naquele terno escuro, todo esbelto, gostoso e...

— Oi — disse Lola com uma voz aguda quando Doug se aproximava do balcão, claramente com pressa. — Bem, que surpresa! O que eu...?

— Sally está tentando entrar em contato com você. O seu celular está desligado e há algo errado com a linha telefônica por aqui.

Lola sabia disso; uma equipe da companhia telefônica trabalhava nos fundos da loja naquele momento.

— Está sendo consertado. O que há de errado com Sally?

— Nada. Ela disse que você precisa ligar a TV. Agora. — Doug estava ligeiramente sem fôlego. — Ela ligou para o meu escritório vinte minutos atrás. Você tem uma TV aqui?

— Uma TV? Isto é uma livraria! Sally disse sobre o que se tratava?

— Não, apenas me disse para me assegurar de que você assistiria. Pelo tom de voz dela, é algo importante. Tem que ser — prosseguiu Doug —, porque eu tive de sair de uma reunião para vir até aqui.

O coração dela se acelerou e, com a boca mais seca do que nunca, Lola sussurrou:

— É algo ruim?

Cheryl assumiu o controle da situação.

— Ele já disse que não sabe. Vai — disse ela bruscamente, empurrando Lola para fora da mesa. — Só há uma maneira de descobrir.

Televisões, televisões...

Já na rua, Lola apontou para a Regent Street.

— Dover and May, quarto andar.

Doug disse:

— Eu pensei que fôssemos procurar um bar com uma TV ligada.

— A loja é mais perto. — Dover and May era uma das lojas de departamento favoritas de Lola e eles tinham dúzias de TVs, filas e filas delas, *centenas*, para ser bem exato. — Rápido, depois do ônibus, *oof*...

Doug a puxou para trás na hora e ela foi de encontro ao seu peito. O taxista fez um sinal de desaprovação com a cabeça.

— Depois do ônibus *e* do táxi — disse Doug. — Pronto, agora podemos atravessar a rua.

Eles entraram na loja, passaram rápido pela seção de perfumes e as ilhas de maquiagem, evitando as vendedoras prontas para saltarem e borrifarem um pouco de perfume em quem não conseguisse ser rápido o suficiente para desviar delas. Juntos, eles subiram as escadas rolantes. No primeiro andar eles ziguezaguearam entre os clientes no departamento de utensílios de cozinha. Novamente nas escadas rolantes, no andar seguinte se enfiaram entre as roupas e os calçados femininos — Lola viu um chamativo par de sapatos de salto escuros —, então mais escada rolante, seguida de uma corrida entre as roupas masculinas e quase derrubando alguns manequins com camisetas listradas... Deus, isso era como treinar para a maratona...

— Teríamos feito melhor se pegássemos o elevador, — argumentou Lola.

— Agora não adianta, já chegamos.

Surpresa, Lola percebera algo:

— Você ainda está aqui. Você não tinha que voltar para sua reunião?

Eles chegaram ao quarto andar. Doug saltou da escada rolante e esquivou-se pelo departamento de eletrodomésticos, passou os aparelhos de som, chaleiras e por todos os tipos de laptop.

— Você está brincando? Depois de tudo isso eu quero saber do que se trata.

As televisões de alta definição mostravam, todas, uma gravação de um programa sobre a vida selvagem. No mostruário do outro lado, nos modelos mais econômicos, o Canal 4 estava sintonizado, cavalos galopando em direção à linha de chegada em todas as telas.

Evidentemente atraído pela visão de um casal de consumidores com jeito de que iam comprar, um vendedor surgiu do nada.

— Bom dia, minha senhora, senhor. Posso ajudá-los?

— Obrigada! Certamente que sim! — Lola pegou no braço dele aliviada. — Precisamos do controle remoto.

Os sinais de cifrões desapareceram dos olhos do vendedor, mas ele fez cara de desagrado. — O controle remoto. Certamente, madame, as unidades de controle remoto estão aqui, se a senhora me acompanhar...

— Não, não, eu quero mudar *este* canal! — Lola apontou o dedo para as telas repletas de cavalos e disse agitada: — Por favor!

O vendedor franziu a testa:

— Hum... qual das televisões a senhora está interessada?

— Nenhuma — interveio Doug. — Não hoje, mas a minha amiga precisa desesperadamente ver algo em um dos outros canais, e ficaríamos incrivelmente gratos se você pudesse...

— Por favor, por favor, *por favor.* — Lola levantou o tom de voz enquanto pulava de um pé para outro. — Eu lhe imploro! Eu vou morrer se não ver o que preciso.

— O.K., calma. — Não tão polido, agora que sabia que não venderia nada, o vendedor desapareceu atrás do balcão onde havia um mostruário de controles remotos. Olhando para Lola antes de se dirigir a Doug, ele disse: — Eu vi certa vez um filme com este tipo de cena, *Rain Man* era o nome.

Os canais começaram a ser mudados. Lola prendera a respiração. Então ela o viu, em todas as telas, multiplicado várias vezes.

— Pare — ordenou antes que o vendedor seguisse trocando os canais. — É este.

Da mesma forma que a família de estranhos em *Rain Man* olhou para Dustin Hoffman quando ele parara em sua porta, o vendedor encarou Lola, desconfiado e disse:

— Eu deixo vocês aqui, não toquem em nada, O.K.?

Lola nem ouviu o que ele disse. Ela olhava fixamente para a tela onde o segmento de maquiagem de um popular programa matutino estava em andamento. A apresentadora, gesticulando alegremente diante de uma fotografia em tamanho real, disse:

— ...então sua aparência era assim quando chegou ao estúdio nesta manhã...

Lola percebeu que estava tremendo. Próximo a ela, Doug disse duvidosamente:

— É o seu pai?

Ela sacudiu negativamente a cabeça.

— Não? Então quem é ele?

— *Shhh.*

— ...e Blythe era assim antes...

Lola deu um grunhido quando a fotografia de sua mãe apareceu na tela, parecendo tipicamente descuidada e folgada e usando... urgh... o seu colete rosa-choque preferido por cima de uma blusa azul-turquesa com uma estampa colorida e calça xadrez pra lá de usada.

— Meu Deus, é a sua mãe. — Doug balançou a cabeça bestificado.

— Bem, estes eram eles há algumas horas — exclamou a alegre, voluptuosa apresentadora. — Vamos ver como eles ficaram!

— Eu *lembro* desta calça xadrez. — Doug apontou, incrédulo, para a TV.

As cortinas brilhantes se abriram e Blythe e Malcolm fizeram sua entrada triunfal.

Capítulo 44

— Meu DEUS do céu! — gritou Lola, assustando vários clientes.

— *Shhh.* — Doug lhe cutucou com o cotovelo. — Fica calma, senão eles nos botam para fora.

Ficar calma?

Lola sussurrou:

— *Meu Deus do céu* — e levou ambas as mãos à boca. Na tela da TV sua mãe, tentando timidamente fazer uma pose para a câmera, parecia uma versão dela mesma de dona de casa modelo e o efeito era positivamente assustador. O seu cabelo rebelde fora cortado, secado e implacavelmente alisado, o seu batom era um vermelho forte, brilhante, e sua pele tinha uma qualidade plástica inerente a ela. Ela estava usando também, pela primeira vez em sua vida, um delineador. Para completar a transformação, suas roupas de mãe excêntrica foram substituídas por um elegante vestido verde-folha e um casaco ajustado combinando e sapatos de salto alto verde-escuros.

— Nossa senhora — exclamou a apresentadora. — Você está fabulosa!

E estava mesmo; Lola pôde perceber que as outras pessoas olhavam para a nova versão de Blythe e notavam uma imensa melhora. Só que a nova versão em nada se parecia com sua mãe. Embasbacada, ela viu os especialistas em maquiagem se aproximarem e explicarem como eles tinham atingido aquele resultado. Blythe continuava embaraçada. Então chegara a vez de Malcolm.

Surpresa, Lola reparou nele pela primeira vez. O.K., esta tinha sido uma verdadeira transformação. Para começar, a barba cerrada desaparecera. Malcolm estava barbeado, seu cabelo fora cortado e penteado para trás, revelando seu rosto, e, no lugar do horrível suéter de malha e da calça folgada de veludo, ele usava — graças a Deus! — um terno escuro muito bem ajustado.

Na verdade, UAU. Malcolm rejuvenescera anos, parecia uma pessoa completamente diferente. Agora que se podia ver seu rosto, ele não era tão feio assim. Por que diabos ele cultivara aquela barba horrorosa?

Próximo a ela Doug disse:

— Eu não acredito que a sua mãe fez isso. De quem foi a ideia?

Lola franziu a testa, porque no choque do momento não lhe ocorrera imaginar a mesma coisa. E agora, que estava pensando sobre isso, parecia estranho. Blythe não era o tipo que escrevia para programas de TV como aquele e ela nunca tivera coragem de aparecer na TV.

— ...então Malcolm, vir aqui hoje foi ideia sua — disse calorosamente a apresentadora —, porque você sentiu que precisava melhorar sua imagem.

Um alarme soou dentro de Lola; a apresentadora estaria lendo a sua mente?

— Bem, sim — Malcolm parecia envergonhado. — Eu creio que eu queria causar uma impressão melhor nas pessoas... mais propriamente, eu queria que elas tivessem uma melhor opinião sobre mim...

— Ele é muito educado — interveio Blythe —, mas na verdade ele está se referindo à minha filha.

— *Oh!* — balbuciou Lola.

— Quem, eu imagino, tem opiniões bem definidas quando se trata de roupas. — A apresentadora trocou um olhar simpático com Blythe.

— É uma maneira de dizer. É uma combinação de Trinny e Susannah, do *Esquadrão da Moda*, com uma pitada do jurado Simon Cowell, isto é o que ela é. Sempre me dizendo que me pareço com comida de cachorro.

— Eu *não sou* — gritou Lola. — Nem sempre!

— Mas isso não me atinge. Às vezes eu ouço seus conselhos — prosseguiu Blythe —, e às vezes não. Mas isso é porque eu sou mãe dela, estou acostumada.

— Ao passo que para você não tem sido fácil, não Malcolm? — A voz da apresentadora ficou macia. — Uma crítica como esta pode ser bem dolorosa, não?

Aparvalhada, Lola disse:

— Mas eu não o critiquei! Não mesmo!

— Oh, não, não, a filha de Blythe nunca me criticou. Pelo menos não na minha frente — disse Malcolm rapidamente. — Ela é uma garota adorável, muito educada. Eu apenas achei que podia melhorar no que diz respeito ao, hum, vestuário. Andar bem-vestido e causar uma boa impressão nunca foi o meu forte. E eu quero que Lola goste de mim porque... bem, porque eu gosto muito da mãe dela.

A garganta de Lola apertou. Ela não conseguia nem falar nem engolir.

A apresentadora de olhos brilhantes virou-se para a câmera e disse:

— Então, Lola, eu sei que você não está assistindo ao programa agora porque você está trabalhando e Malcolm e Blythe não lhe disseram que iriam fazer isso hoje, mas, se você assistir à reapresentação deste programa, eu garanto que você vai concordar que a mudança no visual de Malcolm e de sua mãe é notável! Ambos parecem maravilhosos. Se você quer a minha opinião, a sua mãe é uma mulher de sorte por ter achado um homem tão carinhoso e atencioso.

— Pega aqui — murmurou Doug. Lola pegou o lenço e secou os olhos.

— E depois do intervalo — continuou a apresentadora alegremente — nós vamos receber aqui no estúdio um casal que se submeteu a uma operação de mudança de sexo juntamente com a filha deles, que até dois anos atrás era filho deles!

— Olha só isso — Doug deu um sorriso entreaberto. — As coisas poderiam ser piores.

— Eu estou tão envergonhada. — Lola inspirou profundamente, porque secar as lágrimas com um lenço emprestado é uma coisa, mas assoar o nariz é outra bem diferente.

— Então, esse é o namorado da sua mãe, aquele de que você não gosta.

— Eu não o desprezo nem desgosto dele. Eu só acho que a minha mãe poderia achar alguém melhor. — Mais choro. — Eu achei que ela estava com ele porque era uma escolha mais fácil.

Ela não queria dizer fácil *naquele* sentido — urghh, deixa pra lá.

— Ele parece ser um sujeito legal.

— Ele é. Eu só não s-suportava a barba. — Lola desistiu e assoou ruidosamente o nariz. — E agora todos sabem como eu sou superficial. Vão pensar que eu sou uma p-pessoa horrível.

Por instantes ela pensou que Doug poderia colocar seus braços em volta dela, confortando-a, dizendo que de maneira alguma ela era horrível, quem sabe até dando um beijo de consolo em sua testa. Em vez disso, o vendedor chato reapareceu e disse a Doug:

— Acabaram? Posso mudar o canal?

— Desculpe e muito obrigado. — Doug percebeu que a maioria dos clientes próximos os estava observando, então ele se recompôs e olhou seu relógio. — Vamos. — Ele deu um tapinha no ombro de Lola e disse zombeteiramente: — Vamos voltar para o hospital antes que as enfermeiras descubram que você escapou.

Blythe lavara o cabelo e trocara o terno verde-folha. Em seu top roxo florido e saia listrada e sem o cabelo alisado brilhante, ela se parecia novamente com ela.

— Foi horroroso, não? Eu me senti uma palhaça! — Blythe abraçou Lola e disse: — E o delineador? Nunca mais!

Malcolm acompanhando Blythe até o apartamento de Lola disse:

— Ela passou o dia inteiro reclamando desse bendito delineador.

— Você não tem queixas — replicou Blythe —, você não precisa usá-lo.

— Talvez, mas eu tive que ser maquiado, não tive? — *Base*, colocaram isso no meu rosto. — Malcolm balançou a cabeça, frustrado. — E pó! Nunca tinha feito isso antes, me senti como Danny La Rue!

— Malcolm, eu sinto muito. — Lola passou por Blythe, abraçou-o e beijou-o no rosto barbeado. — Eu nunca quis te fazer sentir-se mal... eu estou tão *envergonhada*...

— Ah, não precisa se desculpar. — Embaraçado, Malcolm disse de forma tímida: — Acontece que você estava certa. Eu mesmo sabia disso, só não tinha coragem de tentar mudar as coisas por conta própria. Quando você cultiva uma barba por 20 anos, se acostuma a ela. Se tiver que falar algo — disse ele a Lola —, é que sou grato a você por dizer a sua mãe que eu parecia assustador.

Uhh.

— Você está ótimo agora. — Ela deu um passo para trás e o olhou, sendo verdadeiramente honesta.

— Ele está, não está? — Blythe assentiu concordando.

— Eu me livrei de todos os meus antigos blusões — disse ele orgulhosamente. — A mulher da moda me aconselhou a me livrar de tudo que tivesse uma estampa, e foi o que fiz.

— Ela me aconselhou a fazer isso também. — Blythe fez coro —, e eu lhe mandei pentear macacos.

— Nós fomos ao Mark and Spencer esta tarde e compramos um monte de roupas novas. A mulher da moda me fez uma lista. Ela disse que eu nunca mais deveria usar sandálias.

Lola decidiu que amava a mulher da moda do fundo do seu coração.

— Bem, enfim, obrigada por ser tão gentil com tudo isso. E por que vocês ainda estão no corredor? *Entrem.*

— Desculpe, querida, estamos com pressa. — Blythe sorriu — Nós apenas demos uma passada para que você nos visse. Bem — completou —, para que Malcolm pudesse se mostrar e você pudesse ver que eu voltei ao normal. Nós temos que ir ao pub — é a noite do *quiz*, e todos estão loucos para saber como foi nossa aventura no estúdio de televisão.

Estava na ponta da língua de Lola perguntar se Blythe preferia Malcolm da maneira como ele estava agora. Mas ela já sabia a resposta. Malcolm podia estar satisfeito com sua transformação, mas não fazia a menor diferença no que Blythe sentia por ele, porque aparências externas eram simplesmente irrelevantes para ela. O que contava era o interior da pessoa.

Pior, Lola sabia que ela estava certa. Talvez ajudasse a tirar Doug da cabeça se tivesse um pouco mais de boa vontade com EJ.

Capítulo 45

— Está 13 a 3. — gritou Nick. — Pronta? Ou quer parar alguns minutos para recuperar o fôlego?

Recuperar o fôlego? *Que* fôlego? Não sobrara mais nada em seus pulmões. Lola balançou a cabeça, determinada a prosseguir. Isso era só um jogo de *badminton*, pelo amor de Deus. Se fosse tênis ou squash, ela poderia sentir-se assim, morta, mas *badminton* não estava nem próximo desse nível de exigência física, qualquer um sabia que era um daqueles jogos para crianças ou idosos em que era preciso acertar em uma peteca estúpida e fazê-la atravessar a rede. Na infância ela jogara *badminton* no jardim dos fundos e não fora nem remotamente parecido com isso.

— Uff — Lola arfou, saltando atrás da peteca enquanto lhe passara assobiando pela orelha. Raquete estúpida, *estúpida*...

— 14 a 3. — Sorrindo, Nick preparava-se para sacar novamente. — Ufa. — Vá se danar.

— Acabou. Bem jogado. — Ele passou para o lado dela da rede e lhe deu um tapinha nas costas.

— Você não pode dizer bem jogado quando não foi bem jogado. — As dores em ambos os lados do seu corpo competiam para ver qual era a mais intensa. Lola, ofegante, disse: — Eu fui um desastre.

— Não, você não foi, na verdade você se saiu bem. Mas eu fui melhor.

— Isso é injusto. Eu sou sua filha. Você deveria me deixar ganhar.

Ele se divertia:

— Não quando você tem 27 anos.

Lola inclinou-se para a frente, as mãos apoiadas nos joelhos, e percebeu que as pessoas do lado de fora da quadra podiam ver sua calcinha e prontamente endireitou-se. Fora ideia sua vir aqui esta noite porque ela descobrira que Dougie era sócio do Merton's Sports and Fitness Club em Kensington e na última quinta-feira Sally mencionara por acaso que ele iria jogar squash naquela noite, então, além da dor, havia chateação. Lola partiu do princípio de que frequentar o Merton às quintas-feiras era algo regular para Doug e ligou para o clube perguntando se ela e seu pai podiam visitá-lo e conhecer suas instalações antes de decidirem se iriam se associar ou não.

E, claro, o Merton parecia um ótimo local para socializar e gastar algumas calorias se você estivesse disposto, mas havia um pequeno contratempo.

Não havia Doug. Em nenhum lugar. Eles conheceram o clube inteiro e não havia nenhum sinal dele. Além disso, tendo recebido generosamente uma cortesia de uma hora na quadra de *badminton*, eles estavam agora na obrigação moral de continuar a usá-la.

Ainda ofegante como uma pervertida, Lola consultou o relógio na parede. Nove minutos se passaram, faltavam 51.

Ela olhou para o pai, que não estava nem remotamente cansado.

— O.K., vamos jogar mais uma partida. Mas desta vez finja que eu tenho 6 anos e me deixe ganhar.

Nunca o período de uma hora passara tão lentamente. E, ao final, Lola estava extenuada, chiando como uma máquina a vapor e titubeante nas pernas como espaguete mole. *Badminton* não era, afinal de contas, esporte de criança e idoso. As agentes do Serviço Aéreo Especial bem que poderiam manter a forma praticando esse esporte. Graças a Deus que Dougie não estava aqui para presenciar sua humilhação.

— Pronta para uma bebida? — disse Nick secando seu rosto e pescoço com uma toalha.

— Pronta para muitas delas. — Onde ela estava com a cabeça quando pensara que vir aqui esta noite era uma boa ideia? Tão logo tomassem banho e trocassem de roupa, eles dariam o fora dali.

— Você deixou cair a sua tiara — disse Nick quando Lola estava prestes a colocar a mochila no ombro.

— Eu não consigo pegá-la, dói muito.

Ela esperou Nick voltar e apanhar sua tiara cor-de-rosa, depois se virou e empurrou a porta rotativa envidraçada do clube.

Dougie estava de pé, do outro lado, observando-a.

— Oh! — Ela bem que podia agradecer ao seu anjo da guarda por ele não tê-la visto jogar.

— Lola, o que está acontecendo? — Doug balançou a cabeça. — Você está me perseguindo?

Lola engoliu em seco, percebendo repentinamente que isso era exatamente o que ela estava fazendo. Instantaneamente, defendendo-se, disse:

— Do que você está falando? É claro que não estou te perseguindo! Quem me garante que não é você que está me perseguindo?

— Eu sou sócio deste clube há três anos. Eu pensei que minha irmã tivesse dito a você.

— Ela não disse nada. — Tecnicamente isso era verdade; Elly que trabalhava para ele fora quem dissera. Mas a vergonha se apoderou de Lola e ela sentiu sua pulsação se acelerar. Por Deus, ele estava certo, ela estava se tornando uma daquelas mulheres perturbadas incapazes de aceitar a rejeição, loucas, que terminam gritando nas ruas e são detidas por assédio.

— Aqui, encontrei a tiara. — Juntando-se a eles, Nick olhou Doug friamente e disse: — Que conversa é essa de perseguição? Foi ideia minha vir a este clube. Lola não teve nada a ver com isso.

E agora seu pai lhe dava cobertura, mentindo para proteger sua filha louca perseguidora. Mortificada, Lola baixou a cabeça e sentiu uma gota de suor escorrer até o queixo.

— Desculpe, eu fiquei surpreso ao encontrá-la. Eu não sabia que Lola era o tipo de pessoa que joga *badminton*.

— Por que não? — Desafiadoramente, Lola disse: — Tivemos um jogo fantástico.

— Mesmo? — A boca de Doug se contorceu. — Quando olhei pela janela há meia hora você não parecia estar se divertindo tanto. — Ele se virou para Nick. — Olá, eu sou Doug Tennant. Você deve ser o pai de Lola. — Ele apertou a mão de Nick e completou: — Você estava acabando com ela.

Nick cedeu:

— Eu estava, não é?

Oh, fantástico.

— Eu vou tomar uma ducha e trocar de roupa — disse Lola.

— Eu também. Encontro-a no bar depois, O.K.? — Nick assentiu alegremente para Doug. — Prazer em conhecê-lo.

Dez minutos depois Lola parou na entrada do bar e deu um gritinho. Doug estava em pé de costas para ela, conversando com duas mulheres de coxas firmes e bronzeadas. Não havia sinal de Nick. Ela deu alguns passos para trás e esperou que ele saísse do vestiário masculino.

Ele pareceu surpreso quando saiu:

— O que você está fazendo aqui? Eu pensei que fôssemos nos encontrar no bar.

— Eu não estou com vontade de tomar nada. Doug está no bar. Ele vai achar que eu estou novamente perseguindo-o.

— Ei, está tudo bem, não tem nada a ver.

— Tem, tem a *ver* sim. — Lola acenou pesadamente a cabeça. — Porque ele tem razão. Eu o estou perseguindo. E está na hora de parar.

Eles foram ao Café Rouge em Lancer Square. Lola pedira vinho tinto, mas não estava mais a fim de bebê-lo e acabou contando a Nick toda a história desde o princípio.

— Então é isso. Eu basicamente me tornei a maior idiota da face da Terra, mas acabou. Doug não está interessado em mim, e finalmente eu aceitei isso. Eu dei o meu melhor e falhei. É hora de tirar o time de campo. Como todos adoram dizer, há muito mais peixes no oceano. — Lola mordeu o lábio. — Embora sempre que alguém me diz isso a vontade que tenho é de pegar um peixe grande e dar com ele na cara dela.

— Eu não direi isso, então. Oh, minha querida, eu fico triste por você. — Nick se esticou sobre a mesa e pegou a mão de Lola apertando-a. — Eu não acredito que você não tenha me contado isso antes.

— Eu não queria que você pensasse que arranjou uma filha maluca. Você poderia ter dado no pé.

— Eu não faria isso.

— Está bem, mas você poderia ter me achado patética. — Lola encolheu os ombros. — Eu queria impressionar você, fazer com que pensasse que tinha uma filha da qual pudesse se orgulhar.

— Minha querida, eu *estou* orgulhoso de você.

Lola segurou o choro; ele estava sendo tão gentil com ela e era maravilhoso ser chamada de minha querida.

— Sim, mas eu tenho me comportado de maneira realmente estúpida. Quero dizer, me atirar para um homem que me diz que não me quer não é nem de longe a coisa mais inteligente de fazer. *Enfim* — traçou rapidamente uma linha com sua mão livre —, eu não vou mais fazer isso.

— Eu gostaria de poder te ajudar. — Nick pensou nisso alguns segundos. — Você quer que eu fale com ele?

Lola sorriu, porque isso trouxera lembranças a ela. Uma vez, aos 10 anos, um garoto de sua classe era gozado por seus cabelos ruivos e suas sardas. A gozação se estendera por alguns dias e a novidade já não era mais novidade, até que numa manhã a mãe do garoto viera à escola, reunira o grupo de gozadores e lhes passara um sermão. Toda a escola presenciara, fascinada. Infelizmente, ela era ainda mais ruiva e sardenta que o filho, então, a partir desse dia, o garoto teve que aguentar gozações impiedosas durante *meses* sobre seus cabelos ruivos e suas sardas e os de sua mãe.

— Obrigada, mas não precisa. — Ela imaginou Nick passando um bom sermão em Doug, dizendo-lhe para não ser tão malvado e dar mais uma chance a sua filha. — Acabou. Ele está com a Isabel.

— E você tem o EJ. — O tom de voz de Nick era encorajador. — Você gosta dele, não?

Lola encolheu os ombros. É claro que ela gostava de EJ, mas só como amigo. Eles se beijaram — o que foi legal —, mas não tinham transado.

Ele era uma boa companhia e uma pessoa legal, mas não havia química entre eles. Não era justo com EJ, e ela ia contar tudo a ele. Estava na hora de acabar esse relacionamento também — se é que podia chamar de relacionamento, já que nem chegaram a transar.

Quando saíam do Café Rouge, Nick disse:

— Então, o que aconteceu com o dinheiro que Blythe não deve saber da existência? Em que você o gastou?

— Eu não posso dizer.

Ele riu:

— Diga!

Lola viu um táxi aproximando-se.

— Não posso mesmo. — Ela acenou para o táxi. — Eu sinto muito papai, mas eu não posso contar para ninguém. Nunca.

Capítulo 46

Sally tinha feito algo que irritara Gabe e ela tinha uma boa ideia do que fora.

O assunto da arrumação — ou a falta dela — tinha se tornado, nas últimas semanas, um ponto de discórdia entre eles.

O.K., um ponto de discórdia maior do que sempre fora. Ela sabia, porque a diferença em Gabe era visível. Ele tinha se fechado em si mesmo, como se não mais quisesse se dar ao trabalho de argumentar com ela. Ele também estava distante fisicamente, trabalhando mais e passando cada vez menos tempo no apartamento. A princípio ela tinha ficado satisfeita por ele parar de implicar com ela, mas depois de um tempo ela começou a sentir falta daquela rotina. À medida que o músculo de sua panturrilha gradualmente melhorava e ela cada vez menos dependia das muletas para se locomover, Sally se apanhara duas ou três vezes lavando a louça *mesmo quando havia pratos limpos no armário de louça.*

Não que Gabe não tivesse visto ou mostrado sinais de estar remotamente grato quando lhe chamava atenção para isso; ele andara recentemente tão distante e ausente que ela quase desistira de tentar agradar-lhe.

Quase, mas não completamente. Gabe andava rabugento, mas Sally ainda queria agradar-lhe, ter o velho Gabe tranquilo e sorridente de volta.

E hoje era o seu último dia de inválida. À meia-noite, ao melhor estilo Cinderela, seu atestado médico expirava. Amanhã ela estaria de volta ao serviço no consultório e ela mal podia esperar. A inatividade tinha se tornado um tédio. Ela assistira muita televisão, lera muitas revistas, comera muitos biscoitos. Na verdade, seria ótimo gastar alguma energia acumulada. Sally olhou ao redor do apartamento e decidiu passar o dia arrumando e... Deus, ela seria capaz de fazer isso?... *ordenando* o apartamento que ela passara tanto tempo desordenando.

Sim, ela *podia* e *faria* isso. Sentindo-se elétrica, Sally arregaçou as mangas e foi mancando até o espelho de vitral junto à janela. Ela sabia que sua paixão por luzes decorativas irritava Gabe. O.K., pronto, ela podia passar sem elas. Ela ergueu os braços e desatou aquelas que estavam presas em volta do espelho e as atirou no sofá. Então, como o espelho agora estava nu, como uma árvore natalina sem enfeites, ela também o removeu.

Inspira, expira, sem razão para pânico. E aquele abajur com franjas que brilhavam era outro culpado; Gabe sempre o odiara. Sally desligou o abajur e o jogou no sofá junto do espelho e das luzes decorativas. Ela estava quase hiperventilando, mas estava tudo bem, sem razão para pânico, eram apenas *apetrechos*. Não faziam diferença em sua vida.

Almofadas eram as próximas. Ela ficou com a sua almofada prateada em formato de estrela coberta com lantejoulas — em seu quarto —, mas o resto se foi. E todos aqueles suportes para velas que Gabe considerava inacreditavelmente inúteis. E o vaso com penas de pavão no chão próximo à TV. E quaisquer revistas com mais de dois meses de publicação. Certo, primeiro as almofadas, depois...

Sally parou quando ouviu o som da caixa de correio se abrindo lá embaixo. O carteiro havia passado havia meia hora, então quem poderia ser? Sally foi mancando até a janela e, esperando ver algum adolescente entregando propaganda, ela ficou à espreita e viu, em vez disso, as costas de uma loira esbelta desaparecendo no banco traseiro de um táxi preto. A porta fez um estrondo quando se fechou e o táxi arrancou.

Curiosa o suficiente para sair e investigar, Sally atirou as almofadas em um saco preto de lixo e desceu as escadas. Ela chegou à porta, agachou-se e retirou o envelope sobre o capacho.

Era um envelope liso, azul-claro, com o nome de Gabe escrito na frente. Apenas isso, Gabe, sem sobrenome, escrito à mão com tinta preta e com uma letra que denunciava claramente que fora escrito por uma mulher.

Era por isso que ele andara tão distante ultimamente? Estaria Gabe metido em um tempestuoso relacionamento sobre o qual, por alguma razão, ele não lhe mencionara ou à Lola? Enquanto subia lentamente as escadas, Sally se coçou para saber o que o envelope continha. Podia ela botar uma água para ferver, esperar pelo vapor e abri-lo? O.K., melhor não; ela tentara isso uma vez durante sua miserável relação com Toby, o Estúpido. Não apenas a carta não era incriminadora — era a marcação de uma consulta com o dentista —, mas o vapor tinha deixado o envelope todo enrugado, tornando claro o que acontecera. E não é que o Estúpido Toby aproveitara bem esse deslize? Ele a atazanou com isso semanas a fio.

De volta ao apartamento, Sally heroicamente colocou a carta sobre a mesa. Nada de bisbilhotar. Em vez disso, ela ia continuar o que havia começado. Vasculhou em uma das gavetas da cozinha e achou um cartão de apresentação que guardara — que estranho, hein? — de uma pequena instituição de caridade que pedia artigos para vender em sua loja. *Não Pode Entregar? Nós Pegamos!* Prometia o cartão, o que era muito gentil da parte deles. Ela ligou para o número e marcou para que eles viessem buscar tudo às 16 h. Pronto, agora ela não poderia mais recuar. O que estava feito, estava feito para sempre.

Linhas claras, nítidas, podiam ser, na verdade, bonitas. Organize o que a cerca, organize a sua vida. À medida que retirava energicamente revistas de debaixo da cadeira, Sally começou a sentir-se melhor. Ela podia se tornar um ícone de estilo, uma campeã do minimalismo e da criação de espaços.

Caramba, e ela sempre achara ícones de estilo um saco! Ela estava prestes a se tornar a própria arquiteta Anouska Hempel.

Gabe parou petrificado à porta, contemplando a cena.

Por fim, disse:

— O que está acontecendo?

— Ta-daaa! Pode me chamar de Anouska Hempel. — Para combinar com as linhas claras do apartamento, Sally tinha até colocado um vestido branco esvoaçante.

— Quem? — Enquanto estudava a sala de estar, privada de... bem, quase tudo, Gabe disse: — Então é isso, você vai embora.

— O quê? — Foi a vez de Sally ficar confusa.

— Indo embora, levando todas as suas coisas com você. Se mudando, *se mudando*...

— Não! — Ela balançou a cabeça apavorada em perceber que isso era provavelmente o que ele vinha rezando para que acontecesse. — Eu não vou a lugar algum. Eu só arrumei a casa. Achei que você ficaria satisfeito! Eu comecei tirando algumas coisas e então me empolguei. E adivinha só? Eu gostei de como ficou!

Gabe exalou ruidosamente — com alívio ou desapontamento, ela não conseguiu decifrar. Então ele pousou sua câmera e disse calmamente:

— Para onde foi tudo?

— Embora. — A boa disposição de Sally murchara; ela estivera tão orgulhosa de si. Por que Gabe não poderia também se orgulhar dela?

— Embora para onde?

— Uma loja de caridade.

— Por quê?

— Por que eu estou virando uma página na minha vida. — Se a perna ainda não estivesse doendo, ela teria batido o pé. — Gabe, por que você está *se comportando* assim?

Ele encolheu os ombros:

— Provavelmente porque eu estou imaginando a razão pela qual você está se comportando assim. Não é *você*.

— Oh, pelo amor de Deus! — A voz de Sally aumentou, frustrada. — Toda a minha vida as pessoas reclamaram que eu sou desorganizada, e quando eu resolvo mudar você fica aí todo *estranho*.

— Eu não estou sendo estranho — disse Gabe que, definitivamente, estava. — Estou só imaginando quem você está tentando impressionar. — Ele observou o vestido branco e a maquiagem e disse com uma certa tensão na voz: — Vai a algum lugar esta noite?

Como se ela fosse uma prostituta ou algo do tipo.

— Sim. — Sally o encarou. — É permitido?

— Com quem você vai sair?

Sinceramente? Que maldição. Na verdade, ela fora convidada para jantar por seu amável chefe Dr. Willis e sua esposa, Emily, para celebrar seu retorno ao serviço. Incomodada pela atitude de Gabe, Sally disse:

— O que é você, minha mãe? — E retirou-se para o seu quarto. Se ele iria se comportar como um cavalo, ela retribuiria na mesma moeda.

Quando ela saiu do quarto, dez minutos depois com uma pequena mala de viagem preta e branca, Gabe ergueu uma sobrancelha.

— Então não vai dormir em casa.

Tendo anteriormente recusado a oferta do Dr. Willis de passar a noite em sua casa e assim evitar o metrô matutino no dia seguinte, Sally agora mudara de opinião. Talvez quando ela retornasse amanhã à noite Gabe tivesse melhorado seu humor.

— Muito bem. Você deveria ter sido um detetive. Oh, a propósito, você recebeu uma car...

— O quê? — Gabe olhou por cima do seu laptop, quando ela abruptamente parara no meio da frase.

O cérebro de Sally acelerou, repassando as últimas oito horas em supervelocidade. A carta... onde ela tinha ido parar? Ela a deixara sobre a mesa de café antes de começar sua frenética arrumação e agora ela não estava mais lá. Em algum instante no meio disso tudo ela voara no turbilhão e fora parar sabe lá Deus onde.

— *Vamos.* — Gabe soou como Jeremy Paxon apenas um pouco mais impaciente. — Eu recebi o *quê*?

O.K., ela definitivamente não precisava que ele gritasse com ela, o que ele faria se ela contasse a verdade.

— Um corretor atrás do apartamento. Ele ligou mais cedo, perguntando se você ainda estava interessado em alugá-lo. — Enquanto falava, Sally foi até o revisteiro e começou agitadamente a virar as páginas das revistas que ainda não despachara para a caridade.

— Um corretor? O que você está fazendo agora?

— Procurando, hum... um pedaço de papel. Eu escrevi o nome dele no caso de você precisar retornar a ligação.

— Por que eu iria retornar a ligação? Eu não quero alugar o apartamento.

— Não? Bem, você sabe, eu pensei que seria melhor pegar o número, de qualquer modo. Eu tenho certeza de que está aqui em algum lugar. — Mas que maldição, esta era a *última* vez que ela arrumaria algo. — Deixe-me dar uma olhada na lixeira da cozinha.

— Deixa assim. — Gabe fez um sinal para que ela saísse da porta da cozinha. — Não precisa se incomodar. Se eu quiser falar com um corretor, eu procuro nas páginas amarelas.

— O.K. — Ela definitivamente tinha jogado a carta fora. E agora mentira para ele também, mas ele estava tão estúpido que de certa forma merecia. Sentindo-se culpada — mas não culpada o suficiente para confessar —, Sally pegou sua mala e dirigiu-se à porta. — Tchau.

Gabe estava inclinado sobre o seu laptop, rolando na tela as fotografias do dia. Ele murmurou um "tchau" sem tirar os olhos da tela.

Bastardo. Ele nem sequer lhe desejara boa sorte em seu primeiro dia de volta ao trabalho.

Sally se estendeu para pegar sua bengala e, mancando mais pesadamente do que precisava, saiu.

Gabe deu um grunhido e sentou-se no sofá. Ele nem sequer lhe havia desejado boa sorte para sua volta ao trabalho. Os últimos dez dias foram uma jornada de ida e volta ao inferno. Tudo em que ele conseguia pensar era em Sally e, claramente, tudo em que Sally pensava era em Nick James. Igualmente óbvio, Nick deve ter feito algum comentário sobre a bagunça em que ela vivia, levando à repentina arrumação-relâmpago dessa tarde no apartamento.

Gabe esfregou o rosto e então passou as mãos em seus cabelos desleixados, claramente acusando a derrota. E o que era aquele papo de telefonema de corretor? Seria aquela a maneira de Sally dar a pista, subliminarmente, de que em pouco tempo iria embora? Merda, e pensar que nas primeiras semanas quando ela tinha chegado ele *queria* que ela desse o fora.

O telefone tocou.

— Oi, sou eu. — Lola saindo do trabalho na Kingsley parecia agitada. — É só para avisar que estou indo para a casa do EJ, então não vou chegar cedo. Mas, se alguém cozinhar alguma coisa e guardar um pouquinho para mim, pode deixar na minha geladeira para quando eu voltar.

— Desculpe, eu estou trabalhando e Sally já saiu. — disse Gabe calmamente. — Ela não disse aonde ia.

Houve um momento de silêncio, então Lola disse:

— Oh, está bem, o chefe dela a convidou para jantar. Ela me disse ontem.

Humm, mentindo para a sua amiga, cobrindo seus passos. Gabe imaginou como Lola reagiria se soubesse com quem Sally realmente estava.

— Ela levou uma pequena mala para a noite. — Tomado de ciúme, ele estava quase contando a ela.

— Mesmo? Bem, provavelmente é mais fácil para o trabalho. Não é preciso ficar tão irritado assim — Lola soou divertida. — Eu tenho certeza de que Sally não está tendo um caso com ele. É um pouco velho para ela.

Gabe respirou fundo. Será que ele deveria dizer?

— Enfim, me deseje sorte — balbuciou Lola. — O meu estômago está dando voltas como uma máquina de sorvete. Eu vou terminar tudo com EJ esta noite. Espero que ele aceite numa boa, não gostaria que ele ficasse chateado.

Pronto, Gabe percebeu que não poderia contar nada. Se ele dissesse a Lola agora, ela é quem ficaria chateada. Ela já tinha preocupações o suficiente para uma noite. Era melhor que ela resolvesse sua situação com EJ primeiro.

Capítulo 47

Era como estar em uma dieta estritamente rigorosa e ter alguém presenteando-o com um suprimento anual das trufas Thornton. Lola nunca fizera uma dieta rigorosa devido a sua incapacidade de desistir de... bem, das trufas Thornton, mas ela sabia como era essa sensação. Toby Rowe era um músico multimilionário e um velho amigo de EJ. Fora excitante o suficiente ser convidada para sua festa de aniversário de 40 anos que rolava naquele tipo de clube privado apenas para sócios que Lola nem sequer sonhara em visitar, mas agora oferecia algo mais.

A vida *não era justa*.

— Vamos lá. — O tom de voz de Toby era persuasivo. — É apenas por uma semana. Você pode tirar uma semana de folga, não pode? EJ, jogue sua mágica sobre esta garota, faça com que ela diga sim.

Havia pessoas na sala tão famosas que faziam sua cabeça girar e havia também rumores de que Bono passaria mais tarde por lá. Se isso acontecesse, Lola sabia que sua cabeça giraria sem parar.

Toby já tinha esquematizado uma festa para dez pessoas que iriam tomar um avião na primeira semana de abril e pousar na propriedade dele na Ilha de São Cristóvão. Ela era evidentemente grande o suficiente para acomodar duas vezes mais pessoas. Pelo desenrolar da conversa, ela parecia poder abrigar mais 20. E as pessoas que se uniriam a Toby e sua namorada eram todas importantes na indústria musical. Lola seria praticamente a única civil. Só de imaginar um banho de sol na beira da piscina na companhia de cantores e seus álbuns de platina tripla era excitante demais para aguentar.

— Vamos lá — Toby piscou o olhou persuasivamente —, você sabe que quer.

Lola mordeu o lábio; é claro que ela queria, mais do que *qualquer coisa*. Imagine Robbie Williams perguntando se ela se importaria de passar bronzeador em seus ombros...

Deus, isso era uma tortura.

— Eu tenho que ver a escala do pessoal. Eu não tenho certeza se posso tirar uma folga.

— Não poderia ligar para eles na última hora — argumentou Toby — e avisar ao seu chefe que ficou gripada?

Não seria maravilhoso?

— O problema é que eu sou a chefe — Lola fez uma careta. — E eu não acreditaria em mim mesma. Eu sempre suspeito quando as pessoas me ligam com uma voz estranha e me dizem que estão gripadas.

Toby disse:

— Ou quando elas ligam com uma voz estranha para lhe dizer que torceram o tornozelo.

— O que eu realmente odeio — disse EJ — é quando estamos gravando um álbum e recebo uma ligação com uma voz estranha e me dizem que estão com problemas na voz.

O coração de Lola desanimou quando ele sorriu. Ele era uma boa companhia, o tipo de pessoa que qualquer um adoraria ter como amigo. Ele era podre de rico... por que, *por que*, ela simplesmente não olhava para ele e sentia um desejo incandescente?

Mas a vida é assim mesmo, ela não sentia, e era isso. Ela não estava sendo justa com ele. Lola olhou o relógio e viu que já era meia-noite e ela tinha que estar no trabalho na manhã seguinte, às 8 h. Estava na hora de ela fazer o que tinha que fazer. Ela tocou o braço de EJ e disse:

— Eu preciso ir para casa. Se você quiser ficar, eu posso pegar um táxi.

EJ, porém, era muito cavalheiro para permitir uma situação dessa. Ele balançou a cabeça e largou seu suco de laranja. — Está tudo bem. Para mim chega também.

Eles se despediram de Toby e seus amigos. No caminho de volta para Notting Hill ele contou mais sobre a propriedade de Toby na Ilha de São Cristóvão, da vista que tinha para a Baía de Half Moon, sobre o campo de golfe, o mergulho, as espetaculares Rochas Negras...

— Eu sinto muito — desculpou-se Lola —, mas eu não posso ir.

— Não diga isso. Você nem sequer verificou sua escala de serviço.

Lola apertou os punhos e suas unhas quase perfuraram suas palmas.

— Não é o trabalho.

— Não? — EJ parou no semáforo e olhou de lado para ela. — São as passagens de avião? Se for isso não há problema, é por minha conta.

As luzes da loja do Burger King no lado oposto refletiram nos óculos dele. Ele era uma pessoa muito querida. Imagens mentais da Baía de Half Moon se materializaram na frente de Lola — palmeiras tropicais, um oceano turquesa brilhante, ela mesma bronzeada e magicamente mais magra do que o normal em um biquíni cor-de-rosa...

— O.K., o negócio é o seguinte... — Lola se preparou e desejou que ele estivesse dirigindo o velho Fiesta; ela não queria ser responsável por ele bater o seu amado Lamborghini. — EJ, eu realmente gosto de você, mas nós vamos ter que parar de nos ver. — O semáforo abriu e eles seguiram adiante. Rezando para que ele não batesse no ônibus à frente, ela falou rapidamente: — Mas você é uma pessoa fantástica.

EJ permaneceu no controle do Lamborghini. Secamente disse:

— Mas não fantástica o suficiente.

— Oh, não diga isso! Eu sinto muito! Não é você, sou eu, é só... cuidado com o ciclista!

— Não se preocupe, eu não vou atropelá-lo.

— Mas eu não quero que você fique chateado.

— Lola, está tudo bem. Não é sua culpa. — Ele desviou com perícia de alguns bêbados que andavam na rua, depois sinalizou para a esquerda, entrou em uma rua lateral e estacionou. — Ajudaria se eu dissesse que já imaginava que isso iria acontecer?

As luzes da rua iluminaram os ângulos do seu rosto. Por trás dos óculos, Lola percebeu tristeza misturada com resignação.

Eles nunca chegaram a transar.

— Eu sinto muito — disse ela novamente. — Você é muito *legal*...

— Eu sei que sou. Eu também sei que não sou o cara mais bonito do mundo, mas eu esperava te conquistar com a minha personalidade marcante. — Lançou para ela um sorriso, como que lendo a sua mente. — É por isso que eu nunca tentei te levar para a cama, no caso de você estar imaginando por quê. É porque eu sabia que você não tinha atingido o estágio em que realmente desejasse. Eu pensei que se fosse paciente... bem, que a hora certa chegaria e tudo seria perfeito. Mas havia sempre o risco de que você acabasse tudo antes que acontecesse. — Ele fez uma careta. — E adivinha só? Eu estava certo, você acabou tudo. Talvez eu seja um vidente.

— Mas você transou com várias mulheres incríveis — protestou Lola. — Famosas! Bem mais glamourosas do que eu!

— Talvez sim. — Ele encolheu os ombros, meio que sorrindo. — Talvez elas não signifiquem tanto.

— Oh, Deus, não diga isso. — Lola sentiu-se horrível.

— Desculpe, eu não quero que você se sinta culpada de alguma coisa. Está tudo bem. Sério. Não se pode forçar uma química se ela não existe. É uma pena, mas eu sobreviverei.

— Você merece uma pessoa fantástica na sua vida. — Lola falava de coração.

— Obrigado. — EJ ligou o Lamborghini e a levou para casa.

Antes de sair do carro, Lola o abraçou forte e disse:

— Divirta-se muito em São Cristóvão.

Ele sorriu, triste por um momento, depois apertou sua cintura:

— Eu devo dizer que te admiro mais ainda por você ter me dito tudo esta noite. A maioria das garotas teria esperado até depois do feriado naquela ilha dos sonhos, de cinco estrelas.

— Eu sei. — Lola imaginou se viveria para se arrepender disso. — Eu acho que, provavelmente, estou ficando louca.

Quando ele deu um beijo de despedida no rosto de Lola, EJ disse com afeto:

— É por isso que eu gostei de você desde a primeira vez que te vi.

Capítulo 48

É uma pena que você não possa se apaixonar por um homem com a mesma facilidade com que se apaixona por um casaco.

— É este. — Lola abraçou a si própria e deu um rodopio na frente do velho espelho enferrujado apoiado na lateral da barraca. — É este. É perfeito!

— Fabuloso — Sally assentiu.

Blythe, sempre prática, disse:

— Quanto?

Mas Lola não se importou. Foi amor à primeira vista. No momento em que botara os olhos no casaco fúcsia aveludado, comprido e ondulante, ela sabia que ele deveria ser dela. E eles seriam felizes juntos; o casaco não a rejeitaria. Não iria anunciar em alto e bom som que não queria ser seu casaco. Ele nunca a deixaria mal, magoada ou a faria chorar.

Melhor ainda, ele tinha um revestimento em cetim violeta Parma iridescente; quantos homens podiam competir com isso?

Oh, sim, quando tudo o mais ao seu redor parece correr mal, há sempre o Mercado da Portobello com seu alvoroço e suas cores e intermináveis tesouros em forma de lojas e barracas para te animar.

Assim como havia sempre alguém para te encher o saco sobre o quesito dinheiro.

— Lola. A etiqueta — Blythe prontamente apontou para a manga.

Este era o contratempo de ter uma mãe que prezava pela quantidade em vez da qualidade. Blythe vivia para os saldos. A sua ideia de paraíso consistia em vasculhar os cabides em lojas de caridade onde você pode comprar um traje totalmente novo por apenas seis libras e meia.

— Hum... 45. — Lola tentou esconder a etiqueta na manga do casaco enquanto Blythe se aproximava.

Tarde demais. Blythe olhara a etiqueta e então a largara como se tivesse veneno.

— Duzentos e quarenta e cinco! — Ela olhou fixamente para Lola e Sally em descrença. — *Libras!* — Apenas para o caso de elas pensarem que ela estava se referindo a liras turcas.

— Mas mãe, é um casaco.

— De segunda mão — completou Blythe, indignada.

— É *clássico* — disse a vendedora da banca.

— Se ele estivesse em um brechó você poderia muito bem vendê-lo por 20 libras!

— Mas este casaco não está em um brechó — explicou pacientemente a vendedora.

— Isto agora. Mas eu aposto que foi onde você o encontrou e provavelmente o comprou por uma miséria e agora o está vendendo por uma fortuna! Lola, ofereça 50 libras e nada mais por ele. Pechinche com a moça.

— Mãe, fala baixo. Dá uma olhada na etiqueta. Se este casaco estivesse à venda na Harvey Nichols, ele custaria realmente uma fortuna.

— Mas veja como ele é fino. Você mal pode chamá-lo de casaco. Ele nem sequer vai te esquentar!

Lola considerou brevemente fingir desistir, seguir adiante e depois voltar secretamente à tarde. Mas como ela podia se arriscar a deixar esta maravilha por alguns minutos que fossem? E se alguém nesse intervalo viesse e o comprasse? Seria como deixar George Clooney em uma esquina e esperar que ele ainda estivesse lá esperando por você horas mais tarde.

Além disso, ela tinha 27 anos, não 7. Ela olhou diretamente para a vendedora da banca e disse:

— Duzentos.

A vendedora, que reconhecia um otário no momento em que o via, encolheu os ombros e disse:

— Sinto muito, mas o melhor que posso fazer são 230. — Subentenda-se: porque eu sei que você está desesperada por ele.

Lola abriu sua bolsa e começou a contar as notas de 20.

— Lola, você não pode comprá-lo.

— Mãe, eu amei este casaco. Ele me fará feliz. E é o meu dinheiro, eu o gasto da maneira que quiser.

— Eu não sei a quem ela puxou — exclamou Blythe em tom de censura à medida que Lola virava os olhos em direção à vendedora. — Duzentos e trinta libras pelo casaco usado de outra pessoa. É chocante.

Pelo menos a transação fora concluída e elas prosseguiram. Sally, depois de uma semana de volta ao trabalho, desfrutava do seu dia de folga e divertia-se bastante, agora com a ajuda de uma bengala. Blythe parou em uma barraca que vendia coletes de patchwork e disse:

— Esses são legais e custam apenas 15 libras!

— Eles são horríveis — disse Sally.

— Você tem certeza? — Blythe olhou para Lola meio que pedindo socorro.

— Realmente horríveis — confirmou Lola.

— Pelo menos são novos. Ohh, que tal este? — Blythe, excitada, pegou um lenço azul-pavão adornado com rabiscos prateados. — Sete libras!

Lola assentiu. Que mal um lenço poderia fazer? Quanto mais cedo Blythe comprasse algo, mais ela pararia de falar no casaco.

— Sim, compre-o.

— Não, não compre! — Sally deu uma gargalhada e agitou as mãos tentando apontar para alguma coisa no lenço.

— Honestamente, vocês duas — resmungou Blythe. — É como fazer compras com Trinny e Susannah, do *Esquadrão da Moda*. O que há de errado...

— Meu Deus! Lola!

Ao ouvirem o som da voz da garota, todos viraram a cabeça simultaneamente.Em seguida, Lola se apanhou sem fôlego, espremida em seus pulmões pelo abraço enquanto as pessoas que passavam se desviavam delas.

Por fim, Jeannie a colocou de volta no chão e Lola disse:

— Eu não acredito. Olhe só para você. Você está tão *morena*.

— Isso é porque eu moro agora em Marbella! Viemos só por alguns dias para visitar a minha mãe. — O cabelo de Jeannie estava queimado pelo sol, sua pele estava da cor de avelã, suas roupas eram desbotadas e calçava chinelos de dedo ao melhor estilo hippie. — E você não está morena — disse alegremente —, então isso significa que você está morando na cinzenta Inglaterra.

— É verdade, eu moro logo aqui em Notting Hill. E esta é a minha mãe. — Lola indicou Blythe. — E minha amiga Sally. Mãe esta é Jeannie, da escola.

— Ohh, a Jeannie com quem você foi para Majorca! Que bom finalmente te conhecer — exclamou Blythe. — E que coincidência encontrar você assim neste lugar!

Pelo visto, Lola tinha passado apenas alguns dias com Jeannie. Logo após sua chegada a Alcúdia, Jeannie se juntara com um rapaz de nome Brad que estava indo para lá trabalhar em um restaurante de uma praia de surfe em Lanzarote. Jeannie tinha ido com ele na semana seguinte, e fora a última vez que ela e Lola se viram. Lola, ciente de que sua mãe e Alex ficariam extremamente preocupados se soubessem que ela estava lá em Alcúdia sozinha, tinha omitido discretamente essa informação nos postais que mandava para casa.

— Que coincidência! Ecoou Jeannie. — Eu estava olhando para a jaqueta de Sarah, admirando-a a distância, quando eu vi com quem ela estava conversando e foi como oh, meu Deus! — Ela passou a mão na manga da jaqueta de couro caramelo de Sally e disse: — É ainda mais bonita de perto.

— Sally — disse Sally.

— Hum? Meu nome é Jeannie.

— Eu sei, você me chamou de Sarah. Eu sou Sally, Sally Tennant.

— Oops, desculpe! — Minha memória é péssima! — Jeannie começou a bater com o dedo no lado de sua cabeça, então parou e passou a mexer o seu indicador de uma maneira pensativa. — Embora nem sempre. Espere um minuto, não era Tennant o nome daquele seu namorado?

O dedo indicador apontava agora inquisitivamente para Lola.

— Doug Tennant. — Sally deu um gritinho de excitação. — É isso mesmo, ele é meu irmão.

Lola experimentou uma sensação de perigo iminente, como o ruído de um trem expresso saindo de um túnel.

— Você está brincando! — Com os olhos e a boca abertos em deleite, Jeannie olhou de Sally para Lola. — Então você e Doug voltaram? Meu Deus, eu não acredito! É tão romântico! O que aconteceu com o dinheiro? Aquela bruxa da mãe dele fez você devolvê-lo?

O primeiro instinto de Lola foi colocar as mãos sobre os ouvidos e cantar bem alto “Lalala”. O segundo foi colocar as mãos sobre os ouvidos de Blythe e “Lalala”. Mas era tarde demais; Blythe estava com a testa franzida, parecendo estupefata como se todos repentinamente começassem a falar em holandês.

— Opps, desculpe! — Jeannie deu um tapa em sua testa e virou-se para Sally — Eu chamei sua mãe de bruxa!

— Que dinheiro? — perguntou Blythe.

— Dougie e eu não voltamos — exclamou Lola. — Sally é minha vizinha de porta.

— Droga, entendi tudo errado, não? — Jeannie balançou sua cabeça vertiginosamente e caiu na gargalhada. — Bem a não ser pelo fato da tua mãe ser uma bruxa. Você tem que admitir, o que ela fez foi desagradável. Quero dizer, meter-se com a vida dos outros não é muito legal, não?

— Com licença. — O entediado vendedor indicou com a cabeça para o lenço que Blythe girava nas mãos. — Você vai comprá-lo ou não?

— Então, Doug ficou sabendo sobre o dinheiro? — Perguntou Jeannie avidamente.

Blythe continuava a girar o lenço:

— Que dinheiro?

Lola fechou os olhos e respirou fundo; quando fora para Alcúdia, ela explicara bem para Jeannie que sua mãe não podia saber do dinheiro. Como,

como, Jeannie tinha esquecido de algo tão importante como isso, ainda que lembrasse de um detalhe irrelevante como o sobrenome de Doug?

— Sim, ele descobriu.

Sally saiu rapidamente em auxílio a Lola e disse:

— Mas ficou tudo no passado, todos superaram, tocaram em frente, é...

— Oh, não tente mudar de assunto. Eu sempre quis saber em que você gastou aquele dinheiro. Cristo Jesus, eu queria que alguém me desse dez mil para me livrar de qualquer dos imprestáveis namorados que tive durante estes anos. — Desculpando-se, Jeannie tocou o braço de Sally. — Não que o seu irmão seja um imprestável. Eu os encontrei algumas vezes antes de eles acabarem e ele era um cara muito legal.

Ainda é. Desesperada para se mandar dali, embora agora fosse muito tarde, já tinha dado com a língua nos dentes, Lola agarrou o lenço azul e prata rabiscado de Blythe:

— Mãe, a senhora vai comprá-lo?

— Não, ela não *vai* — repetiu Sally, recebendo um olhar surpreso por parte do vendedor.

— Por quê? — Lola deu umas palmadas no lenço para tirar as rugas. — É bonito!

Útil também. Ela poderia estrangular a tagarela da Jeannie com ele.

— É obsceno. — Jeannie apontara para os rabiscos prateados, que Lola não tinha percebido que eram palavras rabiscadas. — É um palavrão em espanhol. Um palavrão em espanhol.

Sally, saindo em auxílio, apontou outra palavra rabiscada:

— É um palavrão muito feio.

Deus, era mesmo. Lola rapidamente devolveu o lenço.

— É nojento. — Blythe cercou o infeliz vendedor e falou: — Você devia ter vergonha de si mesmo, vendendo coisas desse tipo.

— Eu não falo espanhol. — O homem balançou sua cabeça protestando. — Eu não sabia.

Ninguém mais estava ouvindo, ninguém se importava. Blythe já tinha virado as costas e apontava um dedo acusador para Lola. Sua expressão estava carregada e sua voz estranhamente controlada.

— Mas ele não deveria estar tão envergonhado de si mesmo quanto *você*.

— Eu não acredito nisso. — A xícara de café de Blythe estava a sua frente, imaculada. Ela balançava a cabeça e olhava fixamente para Lola através da pequena mesa de café. — Eu não posso acreditar que você fez algo assim. Em nome de Deus, *por quê*?

Lola se sentiu morta de vergonha. Ela nunca imaginara que sua mãe pudesse descobrir sobre o dinheiro. Ela desejava que Sally ainda estivesse ali a seu lado.

— Bem? — exigiu Blythe.

— Eu já disse. Porque a mãe de Doug me odiava e ele estava indo morar na Escócia. Nós éramos muito jovens, quais eram as chances, na realidade, de continuarmos juntos? O café de Lola tremeu quando ela o ergueu do pires. Por toda a sua vida ela só recebera elogios por parte de sua mãe a respeito de tudo o que ela fazia. A aprovação de Blythe era tudo o que importava para ela, e até o dia de hoje Lola sabia que a tinha incondicionalmente.

Até uma hora atrás. O café estava amargo e mesmo assim ela colocara açúcar em excesso. Quais eram as chances de topar com Jeannie e de toda aquela triste história se revelar daquela maneira?

— E o dinheiro — perguntou Blythe. — As dez mil libras. O que aconteceram a elas?

Lola ajeitou sua cadeira. Ela não era completamente estúpida, ela tinha uma mentira plausível para o caso de emergências.

E agora parecia a hora de aplicá-la.

— O.K., não foram dez mil libras, foram 12,5. — Melhor contar os fatos da maneira mais verdadeira possível. — E eu usei a maior parte do dinheiro pra comprar um jipe e me locomover pela ilha.

— Um *jipe*? Meu bom Deus! Mas você nem sequer tinha carteira de motorista!

— Eu sei. É por isso que não contei nada. É por isso também que eu não podia legalizá-lo e fazer um seguro. — Com as palmas das mãos cada vez mais suadas, Lola se forçou a continuar com a mentira que tinha inventado anos atrás e guardado por tanto tempo. — É por isso que, quando eu fui roubada, uma semana depois, eu não pude fazer nada a respeito. Eu tinha gasto o dinheiro em um jipe então, *bum*, ele se fora. Voltei à estaca zero.

— Não, você não voltou. — Blythe balançava novamente a cabeça. — Na estaca zero você tinha o Dougie. Oh Lola, onde você estava com a cabeça? Eu pensei que tivéssemos te criado melhor do que isso. Relacionamentos são mais importantes que dinheiro! Olhe para Alex e eu, éramos felizes juntos tivéssemos ou não dinheiro. Se você ama alguém, o dinheiro é irrelevante. Você vendeu a sua chance de ser feliz com Doug por um... jipe! Isso é uma coisa terrível de fazer.

— Eu sei, agora eu sei. — Lola estava perigosamente perto das lágrimas, mas ela não iria chorar. Ela se forçou a olhar ao redor do café lotado de pessoas, ouvir Dexy's Midnight Runners no rádio, concentrar-se na música animada.

— É igual àquele casaco hoje. Ele era muito caro, você não se importou, você tinha que comprá-lo.

— O.K., mamãe, podemos parar agora, por favor?

Mas Blythe ainda não terminara.

— E você sabe de uma coisa? Se você foi capaz de fazer aquilo com Dougie, você não o merece. Como você pôde ser tão estúpida? Eu tenho vontade de telefonar para aquele garoto e eu mesma me desculpar.

Oh Deus. O desapontamento de sua mãe era demais para ela. Dizer a si mesma para não chorar não funcionara. Lágrimas rolavam pelo rosto de Lola enquanto ela cerrava os punhos e explodia:

— Eu tinha 17 anos, eu era estúpida e fiz algo terrível, *terrível*. Não culpo a senhora por me odiar — ela balançou a cabeça, desesperada —, porque eu sei que estava errada. E vou me arrepender d-disto pelo r-resto da minha v-vida.

Cega e soluçando copiosamente, ela procurou um lenço em sua bolsa. Não havia nada. No momento seguinte, ela sentiu os braços de sua mãe a envolverem e ela lhe oferecer um guardanapo de papel.

— Oh, meu amor, é claro que eu não te odeio. Você é impetuosa e quase sempre não pensa duas vezes, mas você é minha filha e eu te amo mais do que qualquer coisa no mundo. Aí está, *shh*, não chore. — Blythe a embalou, como sempre fazia quando Lola era criança. — Você errou e pagou seu preço. E você nunca mais fará nada desse tipo novamente, isso é que é importante. — Afastando-se, ela sorriu e ternamente limpou as manchas de rímel do rosto úmido de Lola com seu dedo. — Meu Deus, as loucuras que você fez ao longo dos anos. Espere só, um dia você vai ter filhos e então saberá como é quando eles fazem alguma coisa que te deixa chocada.

Capítulo 49

Sally, que não tinha a menor ideia do que fizera para chatear Gabe, sentia-se cada vez mais frustrada.

— A omeleteira sumiu. Você a estava usando ontem. Onde você a colocou? — Ele andava de um lado para o outro na cozinha batendo as portas dos armários, tão exasperado como se ela tivesse virado propositadamente a lixeira no chão.

O que Sally estava tentada a fazer, com toda a confusão que ele estava armando.

— Eu a lavei, sequei e guardei. — Sally mordeu a língua, abriu a última porta do armário de louças e pegou a omeleteira. — Pronto, acabou o pânico.

Gabe estava irritado:

— Aqui nunca foi o lugar dela.

Toda hora que ela se sentia mal por ter perdido a carta que ele recebera — e não ter dito nada —, Gabe dizia algo que a fazia sentir-se menos culpada. Como agora. Sally disse calmamente:

— Gabe, até uma semana atrás, eu teria deixado a omeleteira no forno ou jogado na pia e não me sentiria culpada por isso. Por que você está agindo dessa maneira?

Será que ele não percebia que externamente ela parecia estar controlada, mas por dentro considerava sua atitude profundamente inconveniente?

— Desculpe. — Gabe não parecia nem remotamente arrependido. — Você vai voltar direto para casa depois do trabalho?

— Não, não vou. Então não precisa se preocupar, eu não estarei aqui para colocar a xícara errada no pires errado.

Ele acendeu um bico do fogão, ignorando o sarcasmo.

— Aonde você vai?

— Jantar com Roger e Emily.

— Quem?

— O Dr. Willis e sua esposa.

Gabe disse sarcasticamente:

— *De novo?*

Ele nunca era sarcástico.

— Sim, *de novo*. — Sally o imitou.

— Por quê?

Por quê? Ela não fazia ideia. Mas Roger dissera que eles queriam lhe contar algo, então ela concordara.

— Eu não sei. — Incisivamente Sally disse: — Talvez eles gostem da minha companhia.

Gabe bufou pesadamente e começou a quebrar ovos em uma tigela. Ela pegou suas chaves e saiu mancando da cozinha.

Eles sempre se deram bem. Como a situação tinha chegado a esse ponto?

— Dez horas, minha querida, com o Dr. Burton.

Sally voltou sua atenção à idosa no outro lado da mesa, verificando as listas na tela do computador, e disse:

— Está certo, Betty, pode se sentar e esperar.

— Você está bem nesta manhã, minha querida? Está parecendo um pouco chateada.

Sally forçou um sorriso; era sempre bom saber que você se parecia tão mal quanto se sentia.

— Eu estou bem, Betty. Só um pouco... cansada. — Cansada de ser criticada, cansada de ouvir que parecia estar chateada, cansada de ser censurada por ter colocado a omeleteira no armário errado.

— Oh, olá, Maureen, não tinha te visto. — Betty sorriu para Maureen sentada perto das revistas tricotando.

— Como você vai, Betty? Eu não estou tão mal. Os pés ainda incomodam, mas eu estou tomando uns comprimidos novos, assim vamos torcer. E a nossa filha Lauren está grávida de novo, isso nos deixou contentes.

— Ooh, que amável. O que você acha de Sally ali, hein? Ela não te parece um pouco desanimada?

Oh, pelo amor de Deus.

— Provavelmente muitas noites maldormidas — disse Maureen olhando por cima dos óculos Sally sentada em um banquinho no outro lado da mesa da recepção. Ela piscou o olho maliciosamente. — Namorado novo, querida? Tirando o atraso? Muitos abracinhos e beijinhos é o que eu acho. Estou certa?

— Não foi isso que eu quis dizer — explicou Betty. — Eu estava pensando mais em enjoos matinais.

Oh, *pelo amor de Deus.*

Do outro lado da sala de espera as já rotineiras pacientes, Maureen e Betty, fofocavam. Meia dúzia de outros pacientes também estava à espera, aguardando que ela viesse com alguma resposta à altura.

Para seu absoluto horror, Sally percebeu que estava na verdade prestes a *fisicamente* chorar de forma compulsiva. Sua visão estava embaçada pelas lágrimas e sua garganta, apertada. Sally tentou se esconder atrás da tela do computador e quase caiu do banquinho. A sua bengala estava fora de alcance, encostada no armário do arquivo. Se não fosse pela perna, ela teria corrido para o banheiro, mas ela era muito desastrada e muito lenta. Até mesmo Maureen com seus problemas nos pés e Betty com suas dores lombares eram mais rápidas, olhando pela mesa e preocupadas.

Já que elas tinham visto as lágrimas, Sally soltou o choro.

— D-desculpe. Eu não estou grávida. Só tendo um d-dia ruim.

— Oh, minha querida, vá em frente, bota tudo para fora. Aqui, pegue um lenço, não vai borrar com rímel esta linda blusa. Pronto, pronto, não se preocupe. Então, problemas com o namorado? Ele está te enrolando?

Todos na sala de espera estavam na expectativa e olhavam fixamente. Todas as revistas foram largadas. Mortificada e inerte, Sally soluçou ruidosamente por alguns minutos antes de assoar o nariz e balançar a cabeça.

— Eu estou muito envergonhada.

— Bom — um homem de meia-idade disse rispidamente —, agora você sabe como nos sentimos, tendo que esperar aqui sabendo que você conhece todos os nossos vergonhosos segredos.

— Dúzias deles — falou o homem mais velho próximo a ele.

— Fale por si mesmo — replicou uma garota de suéter roxo. — Eu não tenho um monte de problemas. — Quando várias pessoas sorriram, ela completou: — Eu tenho um intestino irritável.

— E o meu namorado não está me enrolando. — Sally pegou outro lenço de Betty e secou os olhos. — Porque eu não tenho namorado. E o meu colega de apartamento está sendo realmente mesquinho... Eu acho que ele não me q-quer mais morando lá, mas eu não sei por que me sinto uma *fracassada*...

— Homens não são nada além de problemas. Você ficará melhor longe deles.

A garota de suéter roxo completou:

— O meu último namorado quebrou meu nariz. Ele me acertou no quarto e disse que era minha culpa porque eu escovava meu cabelo de forma irritante.

Sally balançou a cabeça:

— Eu sou inútil com homens. Eu paguei ao meu namorado um tratamento de branqueamento dos dentes e ele terminou fugindo com a dentista.

— Meu marido bebe — confessou Betty. — Tudo o que ele faz é beber. Estamos casados há 40 anos, e ele nunca conseguiu parar mais de uma semana em um emprego.

Sally sentiu a concorrência ao seu lado, assoou o nariz e disse:

— Um dos meus ex-namorados bebia também. E outro me deixou praticamente no altar!

A garota de suéter roxo não queria ficar para trás e disse:

— Eu cheguei em casa um dia vindo do trabalho e o meu ex estava no jardim pendurando a roupa.

Todos na sala olharam para ela. Maureen disse:

— Isso não é uma coisa boa?

— Ele fazia isso vestindo meu melhor sutiã e minhas calcinhas.

Deus, isso era algo que ela nunca tinha considerado. Sally disse pesarosamente:

— Eu estou melhor sozinha.

— Deixe disso, nem todos os homens são crápulas. — Maureen saiu espirituosamente em sua defesa. — O meu filho é um rapaz maravilhoso. Ele faria qualquer garota feliz. Na verdade, vocês dois formariam um lindo casal. Eu posso te apresentá-lo se quiser. — Ela balançava avidamente a cabeça em direção de Sally.

Próximo a ela, inclinando-se para trás, Betty murmurava:

— Gay.

Sally balbuciou:

— Hum... obrigada.

— O negócio é o seguinte, mesmo quando se acha que duas pessoas são felizes juntas, existe a possibilidade de elas não serem. Todos gostam de fingir. — A garota de suéter roxo, que lia uma cópia da revista *Hello!*, disse: — Esta revista já tem seis meses. Olhem para estes dois na capa, enrolados um no outro como um par de enguias. Mas será que eles ainda estão juntos? Não, não estão. E é a mesma coisa a revista toda! Todos acabaram desde então, acabaram, venderam sua história sobre como era um inferno a vida juntos, e perde-se tempo invejando-os... quero dizer, para que *tudo isso*?

— Devagar lá, minha filha, fica calma. — Um homem idoso usando uma boina falou pela primeira vez. Ele sacudiu a cabeça e disse naturalmente: — Existem vários casamentos felizes por aí, acredite em mim.

A garota de suéter roxo lançou um olhar de descrença.

— Podia ter me enganado.

— Você só teve um início ruim, minha filha. — Os olhos do homem se enrugaram nos cantos; ele soava como uma narração dos anúncios da

Hovis. — Existe sempre alguém que é certo para determinada pessoa. É só uma questão de continuar procurando até você achá-lo.

— Eu teria mais sorte procurando o monstro do Lago Ness — disse a garota de roxo.

— No fim você conseguirá o que quer. — O sorriso dele era simpático. — E deixe que eu diga uma coisa, vale a pena. Você pode não achar isso olhando para mim agora, mas eu era uma espécie de conquistador no meu tempo. Eu tive minhas namoradas. Nunca via por que me prender a uma só, eu me divertia muito. Então conheci Jessie. Ela trabalhava em uma padaria em Bradford e no instante em que entrei na loja e a vi atrás do balcão eu soube que ela era a garota certa para mim. Seus olhos eram como estrelas. Apaixonei-me antes mesmo de falar com ela, caí feito um patinho. Começamos a namorar e depois de um mês eu a pedi em casamento. Ninguém acreditava, nem sua família, nem meus amigos no trabalho, nem as garotas com quem estivera antes de conhecê-la. Mas eu sabia que era a coisa certa de fazer. Eu encontrei a garota com a qual queria passar o resto da minha vida junto.

Todos na sala de espera estavam na ponta de suas cadeiras, ouvindo-o contar sua história em sua maneira simples e afetuosa.

— E? — perguntou a garota do suéter roxo.

— Estamos casados há 49 anos, minha filha. E mais felizes juntos do que eu jamais imaginara que fosse possível. Minha Jessie significa tudo no mundo para mim.

Tudo soava demasiadamente perfeito. Sally franziu a testa:

— Vocês nunca discutem?

— Discutir? — O homem sorriu. — É claro que sim! Não houve um dia sequer em que não tivemos uma discussão sobre algo. E, deixe-me dizer uma coisa, eu não queria que fosse de outra maneira.

BRRRR, fez a campainha, fazendo com que todos dessem um pulo.

— Sr. Allerdyce, sala quatro, por favor — a voz do Dr. Willis soou pelo alto-faltante.

— Sou eu. — Tendo-se inclinado pesadamente sobre sua bengala de modo a ficar de pé, o Sr. Allerdyce fez um cumprimento a todos na sala de espera com sua boina.

Quando ele entrou no consultório e a porta se fechou atrás dele, o homem de meia-idade disse:

— A esposa dele provavelmente não pode nem vê-lo pela frente.

Todos na sala de espera viraram o rosto e o encararam.

— Desculpe — disse ele, retraindo-se perante a desaprovação geral. — Foi só uma piada.

— Você é divorciado? — perguntou a garota de roxo.

Ele pareceu surpreso:

— Sim, eu sou.

A garota assentiu;

— Está na cara.

Capítulo 50

— O senhor está deixando o consultório? — Sally não podia acreditar; ela amava trabalhar para o Dr. Willis. Todo o seu mundo estava desmoronando a sua volta. O que ela tinha feito para merecer isso?

— Não é excitante? Mal podemos esperar. — Emily sorriu para ela do outro lado da mesa. — Skipton é onde cresci, toda a minha família está lá, é um lugar maravilhoso para viver. Todos são amigáveis, não é como aqui. Você conhece os Dales?

— Na verdade, não. — Sally ainda se esforçava para digerir as novidades. Os outros médicos eram legais, simpáticos, mas Roger Willis era o seu favorito. O consultório não seria o mesmo sem ele.

— Foi ideia de Emily. — Roger as serviu de mais vinho. — Ela viu o anúncio na revista *Pulse*, organizou o passeio até Skipton, até me arrastou junto às imobiliárias antes mesmo de eu saber se conseguira o emprego. Nós sempre planejamos nos aposentar lá — prosseguiu. — Mas eu ainda tenho alguns anos de trabalho pela frente, antes de me tornar verdadeiramente parte daquela comunidade.

— É por isso que nós te convidamos para jantar esta noite. Nós queremos que você seja a primeira a saber. Aqui, dê uma olhada no lugar que estamos comprando. — Entusiasmadíssima, Emily mostrou um folheto reluzente. — Toda a minha vida eu sonhei em morar em uma casa como esta.

Eles estavam de mudança para Yorkshire e esperavam que ela ficasse feliz por eles. O coração de Sally estava aos pulos, mas ela se forçou a pegar o folheto e parecer interessada.

O local era espetacular, uma fazenda reformada em uma montanha com jardins amplos e vistas espetaculares do vale. Havia cinco quartos, três deles com suíte e uma cozinha do tamanho de uma quadra de tênis. Havia também um anexo, uma sala de bilhar e — caramba — uma quadra de tênis *de verdade*.

Sally disse:

— É fantástico. Posso ir com vocês?

Emily pausou o garfo com um pedaço de pastelão de peixe a meio caminho da boca.

— Mesmo?

Oh, não, foi igual ao divorciado de meia-idade tentando fazer uma piada no consultório hoje de manhã.

— Eu estava brincando — disse Sally.

— Oh. — Emily corou. — Que vergonha.

— Perdão?

— Não, a culpa foi minha, você aumentou suas expectativas. — Emily abanou sua mão livre. — É que a atual recepcionista é a esposa do médico que Roger está substituindo. Eles estão de mudança para a Cornualha. Assim, o consultório precisa de reposição... mas é claro que você não vai querer sair de Londres, bobagem minha pensar nisso! Embora você seja bem-vinda para nos visitar e ficar conosco sempre que quiser. Na verdade, você deve nos visitar! Você se apaixonará pelo lugar, eu sei que vai. As pessoas são amistosas e sociáveis, é um mundo completamente diferente.

Sally olhou novamente para as fotos, desta vez demoradamente. Seria um sinal?

Seria Yorkshire um mundo diferente?

Seria o destino que levara o Sr. Allerdyce para a clínica nesta manhã com sua comovente história de amor verdadeiro? Ela olhara os registros médicos após sua consulta e descobrira que a esposa que tanto amava estava com osteoporose e confinada a uma cadeira de rodas, mas com a ajuda da família o Sr. Allerdyce podia cuidar dela com devoção. Ler o folheto e imaginá-los juntos tinha levado Sally ao banheiro para uma pequena crise de choro. Honestamente, era quase um milagre ver alguma coisa por aqueles olhos marejados de tanto chorar durante o dia.

— Quando acordarmos pela manhã, olharemos pela janela do quarto e teremos esta vista maravilhosa. — Roger Willis orgulhosamente apontou para a fotografia das colinas verdes povoadas com carneiros.

Sally absorveu tudo. Carneiros. Quantas pessoas podiam olhar pela janela em Londres e ver carneiros?

Criaturas Grandes e Pequenas fora um de seus programas favoritos de televisão. E ela sempre tivera uma secreta queda pelo carteiro Pat. Havia colinas e rebanhos de carneiros em Greendale.

Seria isso tudo uma simples coincidência, ou poderia ser um sinal de que ela deveria viver em algum lugar montanhoso e cheio de carneiros? Onde os homens eram homens e o amor verdadeiro ainda existia... Onde as pessoas te chamavam de moça e te faziam sentir-se bem-vinda..

Heartbeat. Não foi rodado em Yorkshire? Foi sim.

Onde Mora o Coração? Também.

The Royal. Sim, este também. E havia uma *razão* pela qual a trama de várias séries dramáticas agradáveis de domingo à noite se passavam em Yorkshire. Era porque Yorkshire era um lugar agradável para viver.

E havia um Harvey Nichols em Leeds...

— Olá? Sally? — Roger segurava o prato de pastelão de peixe, abanando a concha para chamar a atenção dela. Tendo conseguido, ele disse jovialmente: — Em que você estava pensando? Você estava com a cabeça em outro lugar!

— Não estava. — Sally colocou o garfo de lado permitindo que ele lhe servisse mais um pouco do delicioso pastelão de peixe. — Mas nunca se sabe. Eu poderia.

— Eu tenho novidades para você — disse Sally.

— Oh? — Gabe estava parado no vão da porta, claramente surpreso de vê-la acordada até a uma da manhã.

— Grandes novidades. Novidades maravilhosas. Você vai ficar impressionado. Quem sabe até sorrir. — Sally bebia Pernod destilado e água, o que era inacreditavelmente nojento, mas ela precisava de coragem, e não havia mais nada alcoólico disponível. Ter dito algo previamente a Lola poderia ter ajudado, mas ela havia saído esta noite, em um jantar de negócios em um hotel em Berkshire.

Ela tinha que fazer isso por conta própria. Bem, com uma pequena ajuda do Pernod.

— Vá em frente — disse Gabe. — Impressione-me.

Depois de se entusiasmar tanto para dar a notícia, Sally abruptamente perdeu a paciência.

— Viu? *Viu*? Você já está fazendo isso de novo! — Os olhos e a voz de Sally alteraram-se quando Gabe tirou a jaqueta e colocou-a no encosto da cadeira. — Mesmo agora! Eu estou tentando te dizer algo que vai adorar e você fica aí, distante e sarcástico.

— Desculpe. Está bem. Sou todo ouvidos. Viu? — Gabe ficou completamente sem expressão. — Sem sarcasmo.

E agora ele a tratava como uma criança. Com o estômago embrulhado, Sally explodiu:

— Bem, não se preocupe, logo você vai poder ser tão sarcástico quanto quiser porque não estarei aqui para ver. Eu estou de mudança.

Um músculo contraiu-se no maxilar de Gabe. Por breves instantes ele ficou parado olhando fixamente para ela. Então, virou-se:

— Certo. Bom para você.

— É isso? — A adrenalina voava em suas veias. — Isso é tudo o que você vai dizer?

— O que mais você quer que eu diga? O.K., aí vai. Você já falou com Lola sobre isso?

— O quê? — Sally deu um passo para trás. — Não, porque ela não está aqui. Eu falo com ela amanhã quando ela voltar.

Gabe ergueu uma sobrancelha.

— E como você acha que ela reagirá?

— Oh, por favor, não é nada demais!

— Tem certeza?

— Nós somos adultos!

— Mas você não tinha mencionado isso antes, tinha?

— Porque eu me decidi esta noite! Meu Deus, por que você está se comportando *assim*? Eu estou indo embora. — Sally derramou o Pernod quando gesticulou abertamente. — Não é o suficiente? Eu pensei que você ficaria aliviado em se livrar de mim. E você me vem com *isso*? — Sally apontava agitadamente o dedo para a jaqueta dele e gritava. — Você passou a vida me incomodando, mas para você está tudo bem agir como um estúpido. Custa muito você pendurá-la?

Lenta e deliberadamente, Gabe pegou a jaqueta. Enquanto passava por ela, murmurou:

— Pobre coitado, ele sabe onde está se metendo?

— Você pode calar a boca? Eu trabalhei com ele pelos últimos dois anos, não? Então, eu não posso ser assim tão insuportável!

Gabe ficou mortificado:

— Trabalhou para quem?

— O Dr. Willis.

Ele a encarou incrédulo:

— Você está tendo um caso com o Dr. Willis?

— O quê? — Sally deu um grunhido. — Pelo amor de Deus, onde você *está*? Como você pode *pensar* que eu tenho um caso com o Dr. Willis?

— Mas... mas...

— Ele é *velho* — disse Sally. — E é *casado*.

— Então você vai morar com quem?

— O Dr. Willis. E sua esposa. Mas eu não vou morar *com* eles, não na mesma casa. É um anexo. — Sally fez um gesto com as mãos reproduzindo o anexo. — Quando eu acordar pela manhã verei carneiros.

Gabe olhava para uma taça quase vazia de Pernod.

— Quantas destas você já bebeu?

— Uma. E é detestável. E podemos, por favor, parar de discutir, porque eu não vou me mudar esta noite. Eu vou ficar aqui ainda por mais quatro semanas.

Ele balançou a cabeça confuso:

— Eu não entendo nada de carneiros. Nada mesmo.

— Há milhares deles, por todas as colinas.

Gabe disse calmamente:

— Onde estão esses carneiros? Onde fica essa casa?

— Próximo a Skipton. Em Yorkshire. É onde eu vou morar. — Enquanto proferia as palavras, Sally ponderava se realmente queria ir. — Viver e trabalhar. É um novo começo.

— Por quê?

— Por quê? Porque eu espero que seja melhor do que morar em Londres. O meu chefe está de mudança para Yorkshire e me ofereceu um emprego em sua nova clínica. Você não me quer aqui, está perfeitamente claro. É claro, eu vou sentir falta da Lola, mas isso não vai me impedir... Skipton é realmente um lugar amigável, eu encontrarei muitas pessoas lá, as paisagens são...

— Então o que aconteceu? Você e Nick terminaram? Ou ele vai se mudar também para lá?

Por uma fração de segundo ela não entendeu o que ele queria dizer.

— Nick quem?

Gabe a encarou.

— Por favor, eu sei de tudo.

Sally não sabia o que ele sabia, mas sentiu-se ruborizada. Enormes ondas de calor e vergonha a invadiram. Se Gabe sabia, isso significava que Nick havia contado a ele. A não ser que... oh, Deus... era mais provável que Nick tivesse contado a Lola, que por sua vez contara a Gabe, então basicamente estavam *todos* rindo dela pelas costas.

— O.K., eu entendi. — Quando o rubor de Sally aumentou, ele disse descontraidamente: — Vocês estão indo morar juntos.

— Do que você está *falando*? — Sally o encarou; como ele podia pensar nisso? — Eu não estou tendo um caso com o pai da Lola!

— Você está dizendo que acabou?

— Eu estou dizendo que nunca começou!

— Não? Olhe a si mesma no espelho. — O tom de voz de Gabe era triunfante. — Se não é verdade, me diga por que você ficou mais vermelha que um sinal de trânsito.

— Oh, me desculpe, estamos em um tribunal? — Sally perdera o controle. — Você é da promotoria? Não que seja da *sua* conta, mas, só para calar a sua boca e fazer você parar de me encher o saco, a razão pela qual corei é, está certo, eu *tive* uma queda pelo pai da Lola tempos atrás e fiz papel de idiota em uma tarde me declarando a ele. Mas ele foi extremamente gentil e me dispensou de maneira dócil, e eu não sei o que te faz pensar que fomos mais adiante do que aquilo, mas definitivamente não fomos. E, se você não se importa, eu prefiro que a Lola nunca saiba disso. — Incapaz de olhar para ele, ela disse: — Podemos parar de falar sobre isso, sim? É humilhante.

Sem resposta. Sally continuou a olhar para o chão. Por fim, ouviu Gabe dizer:

— Não há nada entre vocês?

Seus punhos cerraram em frustração.

— Pelo amor de Deus! Não foi o que eu *disse*?

— Desculpe, só verificando. Na tarde em que você fez papel de idiota...

— Um grande papel de idiota. — Na verdade, admitir isso em voz alta pareceu como uma catarse.

— O.K., mas foi uma tarde de domingo?

Sally assentiu e cerrou os dentes, puxando pela memória. O ridículo da situação era que ela nem pensava mais no pai de Lola. A paixonite morrera tão rapidamente como nascera, quase como se, subconscientemente, ela sempre soubesse que não prosperaria.

— Sim, foi um domingo à tarde. Lola estava trabalhando. Você estava fora em algum lugar.

— E você e Nick estavam ali em pé, perto da janela. — Quando ele apontou, um sorriso apareceu nos cantos dos seus lábios pela primeira vez no que pareciam ser meses.

— Eu acho que sim. — Reconhecidamente ela não era muito forte para a bebida, mas não tanto a ponto de não lembrar da maneira como a luz solar do inverno passara pela janela, iluminando as madeixas dos cabelos escuros de Nick... *oh*! A ficha caíra. — Você estava lá fora! — Sua boca abriu-se — Você estava me vendo fazer papel de idiota!

— Eu não sabia que você estava fazendo papel de idiota. Ele estava abraçando você.

— Ele estava me mantendo ereta. E não sei se já falei isso, mas eu estou com um problema na perna. — Sally não podia acreditar no que seus olhos viam. Gabe estava se transformando do velho rabugento das últimas semanas no velho Gabe *humano* que ela tanta saudade sentia desde que o gêmeo maldoso tinha tomado seu lugar.

Capítulo 51

— Eu pensei que vocês estivessem dormindo juntos. — Toda a expressão de Gabe tinha mudado, ficado mais leve. Ele dava um sorriso que agora parecia ser de alívio.

Feliz que o mal-entendido tenha sido esclarecido, mas intrigada pelo alívio, Sally disse:

— É por isso que você tem estado tão rabugento e estranho?

Ele hesitou e depois assentiu:

— Pode-se dizer que sim.

— Tudo porque você pensou que eu estava tendo um caso com Nick? Será que Lola teria odiado tanto assim?

Lá estava aquele velho sorriso familiar, como se ele soubesse de algo que ela não sabia. Gabe tirou os cabelos dos olhos e disse:

— Não faço nem ideia.

— Mas é por isso que você anda tão desconfiado.

Desta vez a pausa foi maior. Muito mais longa. Por fim, colocou os cabelos para trás com as mãos.

— Na verdade, não era por isso que eu... *desconfiado*. Eu só achei que você não deveria sair com ele.

— Você não aprova? Por causa da diferença de idade? — arriscou Sally. Caramba. Quem poderia ter pensado nisso? — Mas ele é só doze anos mais velho que eu.

Gabe sorriu, balançou a cabeça e pareceu... bem, para ser honesta, ela não tinha absoluta certeza de como ele se parecia. Se fosse qualquer outra pessoa, ela diria embaraçado.

Por fim, ele respirou profundamente:

— O.K., eu não acredito que estou aqui dizendo isso, mas a razão pela qual eu não estava feliz...

— Não estava feliz sobre isso? Ah, você está sendo bondoso!

— Não interrompa — ordenou Gabe. — Deixe-me ir até o fim antes que eu perca o controle. A razão pela qual eu estava furioso era porque eu estava... eu estava...

Encorajadoramente, Sally o estimulou:

— Diga. Diga.

— Oh, com mil demônios, era porque eu estava com ciúme. — Ele jogou ambas as mãos no ar. — Pronto. Está dito. Agora você sabe.

Sally ficou sem ação. Certamente não, *certamente não...*

Gabe encolheu os ombros:

— Desculpe.

— Oh, meu Deus, Gabe! Isso explica muita coisa — exclamou Sally. — Eu até imaginei! Eu perguntei à Lola, e ela disse que eu estava errada, mas eu *sabia*, desde o primeiro momento!

— Você sabia? — Foi a vez de Gabe ficar estupefato.

— Eu sabia antes de te conhecer.

— O quê?

— Toda aquela história de arrumação. — Ela estava triunfante. — Era óbvio. Tudo sempre organizado e sempre me incomodando para arrumar as minhas coisas. Toda aquela histeria sobre deixar os pratos no carpete. Sempre se queixando que eu havia esquecido de pendurar as toalhas no banheiro. É muito *óbvio.*

— Você pensa mesmo que eu sou gay?

Perplexa, Sally disse:

— Não é isso que você está tentando me dizer?

— *Não.* — Gabe agarrou sua cabeça como se estivesse a ponto de arrancar seus cabelos. Seus olhos arregalados incrédulos, fixados nela. No momento seguinte ele foi em sua direção e a agarrou. Antes de Sally saber o que estava acontecendo, ela estava sendo beijada. A sua boca macia cobria a dela, todo o seu corpo estava pressionado contra o de Gabe, sua pele formigando e... *corta*.

Tão abruptamente como começara, o beijo terminara. Gabe a largou e ela foi deixada lá de pé como um personagem de história em quadrinhos, tonta e ofegante, com um grande ponto de interrogação na testa.

— Eu não acredito que você pensou que eu fosse gay. — A respiração de Gabe estava também pesada.

— Mas...

— Oh, merda, está saindo tudo errado. Eu pensei que podia, mas eu não posso.

Antes que ela pudesse reagir, ele tinha saído. A porta do apartamento bateu atrás dele, e Sally ouviu seus passos descendo a escada. Ela se afundou no sofá e apertou as mãos com força para pararem de tremer. Suas palmas estavam suadas; embora estivesse desesperada por um gole do Pernod, ela sabia que a garrafa escorregaria de suas mãos e se espatifaria no chão.

O.K., foco. Gabe tinha chegado à conclusão errada. E ela também. Ele não era gay, ela tinha agora plena certeza disso. E, se ele não estava com ciúme de Nick, então era certo imaginar que ele estava com ciúme *dela* com outro homem...

Sally, novamente tremendo, repassou o incrível pensamento em sua mente. Mas como isso podia estar acontecendo, explodindo como uma bomba a sua frente sem aviso prévio?

E por que ela estava sentindo, entre toda a confusão e descrença, como se isso fosse algo que vinha desejando havia muito tempo?

Porém, de forma tão secreta que mal conseguiu admitir, porque era simplesmente a situação mais improvável da face da Terra.

Sally envolveu seus braços à volta de sua cintura, oscilando para frente e para trás, de modo a pensar com mais clareza. Estaria ela, lá no fundo, seriamente atraída por Gabe desde a primeira vez que batera os olhos nele?

Sim.

Ela tinha considerado fazer alguma coisa a respeito?

Não.

Nunca.

Porque era como gostar de George Clooney a distância. Milhares de mulheres faziam isso, era um passatempo absolutamente inofensivo. Mas elas sabiam também que, se topassem com George Clooney, provavelmente ele não arrancaria a calcinha dela e as aborreceria para um encontro.

E era bem assim que ela se sentia internamente, sabendo que Gabe era bonito, divertido e atraente — ainda que um pouco zeloso demais com a organização.

Contudo — e este era um grande contudo —, ela não esperava nem por uma fração de segundo que qualquer coisa pudesse acontecer porque sabia que, de fato, não fazia o tipo de Gabe.

Sally ergueu-se desajeitadamente e rumou até a cadeira na qual ele tinha pendurado sua jaqueta. Com o coração pulando como um peixe fora d'água, ela colocou a mão no bolso interno da jaqueta e pegou as chaves dele. A sua carteira e celular também estavam lá. Ele não iria muito longe sem eles.

Mas ela não aguentava ficar sentada esperando ele voltar. Ela tinha que encontrá-lo antes que ele tivesse tempo de mudar de ideia sobre ela. Sally foi mancando até a janela, abriu-a, esticou-se e procurou na rua lá embaixo.

Já era 1h30 da madrugada e a Radley Road estava vazia. A que distância ele estaria agora? Sally ergueu a cabeça e gritou — *Gabe* — o mais alto que pode. Então, mais alto ainda — *Ga-aaaaaabe* —, como um lobo solitário uivando na floresta. Depois de alguns segundos, ela ouviu uma janela sendo aberta e uma voz masculina gritou: — Cala essa boca, porra.

Mas não tinha problema, não importava, porque a voz não era de Gabe (Isso *estragaria* o momento). Sally procurou sua bengala e saiu do apartamento. Onde estaria Gabe? A noite era fria e ele estava apenas de calça jeans e uma velha camisa polo. Ouvia-se o som da bengala batendo nos degraus juntamente da respiração acelerada de Sally. Então, no meio da escadaria, ela viu o contorno de uma figura nas sombras, uma figura malvestida com cabelos despenteados encostada no fim da parede do escuro corredor.

Sally parou abruptamente. Agora que o tinha encontrado, ela não sabia o que dizer:

— Eu ouvi a porta da frente, pensei que você tinha saído.

Gabe balançou a cabeça:

— Eu ia. Então percebi que tinha esquecido as chaves.

— Ou sua jaqueta. Você teria sentido frio.

— Isso também. — O branco dos olhos dele brilharam na escuridão. — Você podia ter ficado lá em cima — disse Sally.

— Eu não podia. Eu estava com medo. Eu disse, eu nunca esperei que isso fosse acontecer.

— Nem eu.

Ela o viu assentir.

— É um pouco chocante?

— Bastante chocante. — Sally reuniu toda a coragem que tinha e completou: — Mas um choque muito bom.

Ele a observava cuidadosamente:

— Mesmo?

— Mesmo. Eu pensei que estava te enlouquecendo. Foi por isso que eu vinha tentando desesperadamente ser organizada.

Desta vez ela conseguiu vislumbrar um sorriso de Gabe:

— Eu pensei que você estava fazendo tudo para impressionar o pai da Lola.

Sally balançou a cabeça negativamente, imaginando se ele podia ouvir o frenético tum-tum-tum do seu coração de onde estava.

— Não, ele não. Você.

— Eu estou impressionado.

— Bem, não fique. Não vai durar muito. — Sally sentiu que era justo alertá-lo. — Eu fiz o melhor que pude, mas a novidade acabou. — Ela fez uma pausa. — Isso vai fazer alguma diferença?

— Eu não sei. Não se você estiver de mudança para Yorkshire.

Como tudo podia mudar tão drasticamente em questão de minutos?

— Eu suponho que não precise mais me mudar para Yorkshire. Visto que a principal razão era me livrar do velho rabugento com quem eu dividia o apartamento.

Gabe saiu da escuridão e postou-se no primeiro degrau da escada, levando a mão ao peito:

— Eu?

— Sim, você. — Sentindo-se mais corajosa, Sally disse: — Venha aqui.

Ele subiu os degraus que os separavam. Desta vez ela sabia que ele iria beijá-la. O que ela não esperava era que os seus joelhos cambaleantes fraquejassem no meio do beijo. Gabe, sorrindo largamente, gentilmente a abaixou na escada e continuou a beijá-la. Deus, ele era tão bom e seu pescoço tinha um aroma maravilhoso, ele era... *oops*...

A bengala que ela tinha deixado apoiada no corrimão caiu escada abaixo. Sally deu um gritinho — oh, não! — e tentou abafar o riso no ombro de Gabe.

Ele sussurrou:

— Não se preocupe, ele está dormindo.

Ele não estava. A porta do apartamento térreo abriu-se e o Sr. Kowalski, com seus cabelos brancos eriçados como uma calopsita, abaixou-se e pegou a bengala. Ele virou o corpo em seu pijama listrado de verde e branco e olhou desafiadoramente para Gabe e Sally.

— Vocês dois! O que esstão fazzendo, hã? Trransando nazz ezzcadas no meio de noite?

— Desculpe, Sr. Kowalski. Não queríamos acordá-lo. — Gabe sorriu se desculpando. — Não estávamos... hum, transando nas escadas.

— Ah. Mas quase, se você quiser saber. — Balançando a cabeça, o velho habilidosamente atirou a bengala na direção deles, ao melhor estilo Gene Kelly.

De maneira igualmente habilidosa, Gabe a pegou:

— Obrigado.

— Vão, vão embora! Façam sexo na cama de vocês e me deixem dormir na minha. — Gesticulando extravagantemente em direção ao teto, ele voltou para o seu apartamento resmungando. — Muito barulho, muito sexo, *tuh*.

Sally escondeu seu rosto no peito de Gabe.

— Parece bom para mim — murmurou Gabe, ficando em pé e ajudando Sally a se levantar.

Quando chegaram ao apartamento, Sally estava cheia de desejo, tonta de alegria e sem seus calçados. Quando Gabe a ergueu em seus braços para levá-la para o quarto, seu celular tocou.

Ele balançou a cabeça:

— Não se preocupe, deixa tocar.

Um pouco rabugenta Sally disse:

— Eu odeio não atender o telefone.

— Não é o teu celular.

Agora o telefone além de tocar também vibrava. Quando Sally o tirou da jaqueta de Gabe, ela o havia deixado, junto das chaves, sobre a mesa de café. Agora ele vibrava e mexia-se próximo da borda da mesa.

— Ele vai cair, ele vai cair, eu odeio quando isso acontece. — Sally agitou sua mão livre e Gabe, ainda carregando-a, voltou para a sala.

Ela pegou o celular e atendeu.

— Pronto?

— Oh, olá, aqui é Maurice. O Gabe está?

— Oi, Maurice. — Sally sabia que era um dos colegas *paparazzo* de Gabe. — Eu temo que ele esteja com as mãos ocupadas. Quer deixar um recado?

— Sim. O negócio é o seguinte. No momento estou em Brighton, mas ouvi de uma fonte quente que George Clooney foi visto 20 minutos atrás entrando sorrateiramente em uma casa em Notting Hill com uma ruiva cheia de estilo. Ninguém mais sabe disso, e eu devo um favor a Gabe, então eu pensei que ele gostaria da chance de obter fotos exclusivas. O endereço é Carmel Villas número 15.

— O.K., anotei. — Sally murchou. Que hora inconveniente. — Obrigada, Maurice, vou dar o recado a ele, tchau.

— George Clooney? — disse Gabe, que estivera ouvindo. — Ruiva misteriosa? Notting Hill?

— Carmel Villas número 15. — Era a dica perfeita. Carmel Villas ficava a menos de um minuto a pé. Quando ela estava chamando por ele na janela, George podia mesmo ter ouvido. Podia ter sido ele quem mandou que ela calasse a boca. Não, certamente não. George jamais seria tão grosseiro.

— Ponha-me no chão — disse Sally. — Você tem que sair.

Mas Gabe balançava a cabeça negativamente, sorrindo de forma marota, o sorriso que Sally não via havia tempos:

— Não, eu não tenho.

— Gabe, você não pode perder uma chance como esta.

— Coloque o telefone aí e pare de pensar em George Clooney. — Gabe deu um chute na porta do seu imaculado quarto, abriu-a e disse: — Somente desta vez, porque você não deixa o homem ter o seu divertimento sem ser interrompido?

Ele estava prestes a abaixá-la em sua colcha branca, impecavelmente alinhada. Sally, com os braços em volta do pescoço dele, sussurrou:

— Estou te avisando, eu vou fazer uma bagunça na sua cama.

Os olhos de Gabe ficaram mais ternos à medida que ambos se deitaram:

— Estou contando com isso.

Capítulo 52

Às vezes você se ausenta por alguns dias e parece que foram apenas alguns dias. Outras vezes você se ausenta por alguns dias e quando você volta tudo está diferente.

Lola sentiu-se como se tivesse passado um ano fora.

— O que está acontecendo? — Ela se dirigiu até o apartamento de Gabe e viu a expressão no rosto de Sally, que entregou completamente a situação.

— O quê? — Sally riu da maneira que as pessoas fazem quando tentam desesperadamente parecer inocentes.

— Ei, você voltou! — Gabe, saindo da cozinha com um pano de prato pendurado no ombro e uma cerveja gelada na mão, disse com prazer: — Venha aqui. — E lhe deu um grande beijo no rosto.

Ah, a confirmação, como se fosse preciso. Ele vinha se comportando havia semanas como um urso com dor de cabeça. E agora ele a estava beijando. Mais importante, a atmosfera na sala era positivamente leve.

— Sentimos saudade de você — Gabe prosseguiu alegremente, e ele certamente não estava alegre durante semanas. — Como foi o evento dos livros?

— Foi ótimo. — Lola apontou para a sacola que carregava com o nome da editora que patrocinara o evento estampado nela. — Eles me deram um monte de livros. Eu só perguntei a Sal o que estava acontecendo.

— Hum? De que maneira? — Agora era a vez de Gabe parecer inocente, como um garoto de 6 anos de idade quando perguntado sobre o que acontecera com a última fatia de bolo.

— Você e Sally — disse Lola. Ela olhou para eles, os olhos semicerrados. — Transando?

— Oh, meu Deus! — Sally deu um gritinho de descrença. — Como você sabe? Como *adivinhou*?

— O.K., três razões. Primeiro — Lola contou nos dedos —, Gabe parou de se comportar como um velho rabugento. Segundo, vocês dois estão reluzentes e só uma coisa pode ter causado *isso*.

— Reluzente? De verdade? — Sally correu para o espelho.

— E terceiro, eu esbarrei no Sr. Kowalski a caminho da papelaria. Ele me disse que pegou vocês dois fazzendo sexxo nas escadas.

— Oh, *bum*! — exclamou Sally. — Nós mesmos queríamos contar.

— Se vocês não tivessem acordado o coitado do Sr. Kowalski...

— O.K., mas não estávamos transando, não nas escadas. Eu acidentalmente deixei cair a minha bengala.

Ah, isso para não dizer a sua calcinha! Lola ainda tentava absorver as novidades, mas, com toda honestidade, ela não estava tão surpresa como deveria estar. Era uma daquelas situações em que tudo era tão bizarro que fazia sentido, tão errado que era quase certo. Não teria ela adivinhado, desde o princípio, que Sally e Gabe ficariam juntos se estivessem fisicamente atraídos um pelo outro, mas eram tão cabeçudos que não conseguiam admitir tal fato.

— Eu sei o que você está pensando — disse Gabe. — Mas eu sou louco por ela.

— Ela vai te levar à loucura — disse Lola.

— Provavelmente. O.K., definitivamente. — Ele deslizou um braço ao redor da cintura de Sally. — Mas ela vem fazendo isso desde que chegou. Eu já me acostumei.

— Ela nunca será organizada — alertou Lola.

— Nós vamos contratar uma arrumadeira. — Sally estava radiante de felicidade.

Gabe sorriu:

— Não é maravilhoso?

Que escolha ele tinha? Se desse certo, é claro que era ótimo. Lola sabia que deveria estar maravilhada por eles, e de certa forma estava. Mas ao mesmo tempo ela estava profundamente envergonhada de ter que admitir isso para si, porque havia uma preocupação de que o equilíbrio da relação dos três estava prestes a se romper. Antes o triângulo fora sempre mais ou menos igual. Agora ele mudava de forma, alongando-se, aproximando dois pontos e distanciando o terceiro. Ela iria sentir-se de lado ou indesejada e — oh Deus — *sozinha*...

— E você está preocupada porque não teremos mais tempo para você? — Lendo com facilidade a mente dela, Gabe soltou Sally e deu um abraço reconfortante em Lola. — Não precisa se preocupar, nós não vamos te abandonar.

— Não seja tolo, é claro que eu não estou preocupada. Somos todos adultos. — Lola ficou feliz com o abraço; como ela pôde pensar que tudo não iria ficar bem? — Ooh, isso me lembrou de uma coisa, eu vi um anúncio na parede da King's Head — aquele comediante que você adora vai se apresentar lá no sábado à noite. Johnny alguma coisa? Eu pensei que todos poderíamos ir.

Ela percebeu que Gabe hesitou. Sally exclamou:

— Oh, que pena, nós adoraríamos ir, mas... — Ela fez uma careta e olhou para Gabe pedindo ajuda, como se Lola fosse uma menina perguntando como os bebês nascem.

— O negócio é o seguinte, nós decidimos ir para Dublin — disse ele. — E realmente não podemos cancelar agora porque as passagens já foram reservadas.

— E o hotel. — Sally encolheu os ombros pedindo desculpas.

Gabe disse:

— Mas que tal se reservássemos outra passagem? Você poderia então vir conosco.

Zoouuuup, era o som do triângulo se alongando, como o nariz do Pinóquio. O.K., o barulho era imaginário, mas todos sabiam que ele estava lá.

— Obrigada. — Lola meneou a cabeça —, mas eu vou ficar bem por aqui.

É claro que não iria. Mas não importava. Ela estava feliz por eles, honestamente feliz. Naquele momento, Gabe e Sally estavam deslumbrados um pelo outro, mas esta fase de "lua de mel" passaria e então tudo voltaria ao normal.

— Você pode pelo menos ficar para jantar. — Gabe era persuasivo, ávido por agradar-lhe. — Eu vou fazer canelone.

Lola sorriu porque a última coisa que eles realmente queriam era alguém segurando a vela na mesa.

— Muito obrigada, mas eu já comi. E estou morta — tudo o que quero é uma ducha e dormir cedo.

O que, provavelmente, era também a prioridade deles.

Na noite seguinte, Nick saiu do trabalho e foi até o apartamento de Lola. Ela estava lhe contando sobre Gabe e Sally quando ouviram uma batida na porta.

— Olá, entre. — Nick atendeu porque estava mais perto, sorriu para Sally e disse: — Parabéns, acabei de ouvir a novidade.

— O-obrigada. — Sally puxou os cabelos para trás das orelhas e pareceu um pouco envergonhada. — Hum, Lola, sobre este fim de semana...

— Deu zebra? — O voo deles teria sido cancelado?

Sally balançou a cabeça:

— Não, não, é que eu pensei que você podia ficar um pouco perdida e Doug acabou de ligar. A empresa dele reservou uma mesa em outro daqueles jantares de caridade e ele quis saber se gostaríamos de ir junto. É claro que não podemos porque vamos para Dublin, mas eu pensei se você não estaria interessada. — Sally parecia feliz consigo mesma, como se estivesse dando a resposta às orações de uma garota e resolvendo o problema do abandono de Lola em uma tacada só.

Lola balançou a cabeça, curiosamente nem um pouco tentada. Sentir-se um pouco sozinha era uma coisa, mas ela não estava assim tão solitária:

— Não, obrigada.

— Oh, vá. É o Savoy! Sábado à noite! — Os olhos de Sally brilhavam, seu tom de voz era encorajador. — E desta vez não terá joguinhos de perguntas, então você não vai ter que se preocupar em impressionar ninguém.

Até algumas semanas atrás, Lola sabia, ela vibraria com a chance de passar uma noite na mesma sala que Dougie. Só respirar o mesmo ar e poder olhar para ele na mesa de jantar já seria bom o suficiente.

Mas isso era antes, quando ela ainda tinha esperanças, não agora. Além disso, Doug estaria lá com Isabel ao seu lado, deixando Lola presa na outra extremidade da mesa com os antipáticos desconhecidos que não viam razão para perder seu tempo sendo educados com uma burra e desbocada que errara a pergunta sobre George Eliot e perdera, sozinha, o jogo da véspera do Ano-Novo.

O.K., quando se põe as coisas nessas perspectivas...

— Então? — Sally ainda tentava ser persuasiva. — Não vai ser divertido?

— Eu não acho que vai ser tão divertido assim. Na verdade, eu prefiro ferver a minha própria cabeça.

No aeroporto de Stansted na sexta-feira à noite Sally passou reto pela loja da W. H. Smith.

— Você está doente? — perguntou Gabe.

— Por quê?

— Você não entrou. — Ele acenou com o braço para os mostruários iluminados e coloridos.

— Não há nada de que eu precise. — Ela segurou sua garrafa d'água enquanto deu uma palmadinha em sua mala de mão de couro lilás.

— Mas... você não comprou nenhuma revista.

— Você notou. — Sally parecia satisfeita. — Eu decidi que estava lendo muito essas coisas. Está na hora de parar. — E completou, orgulhosamente: — Estou em abstinência.

Gabe a beijou:

— O que você vai fazer no voo?

Ela sorriu e o beijou de volta:

— Eu pensei que poderíamos nos juntar ao clube daqueles que fazem sexo nas alturas.

Mas quando entraram no avião perceberam que havia uma grande quantidade de freiras a bordo, o que foi altamente brochante. Em vez disso, enquanto voavam sobre o mar da Irlanda, Gabe voltou sua atenção à revista que uma mulher de meia-idade sentada algumas poltronas à frente lia. Por uma fração de segundo, quando ela abriu a revista, ele pensou que tivera visto uma foto que... mas não, não podia ser.

De modo frustrante a mulher lia agora um artigo sobre celebridades com celulite e não ia deixá-lo dar outra olhada na foto da capa.

— O que você está olhando? — perguntou Sally batendo em Gabe com o cotovelo, quase fazendo-o cair no corredor.

Ele apontou:

— Ninguém. Só tentando ver o que aquela mulher está lendo.

— Ei, eu sou a viciada aqui. Obrigada por ser tão prestativo. — Ela se inclinou sobre ele e olhou pelo corredor. — É sobre celulite. Uma daquelas coisas que mostram fotos das pernas e da bunda das pessoas e então colocam setas apontando para o caso de você ser muito estúpido e não entender do que eles estão falando.

— O.K.

Orgulhosamente — e em voz alta — Sally suspirou:

— Eu não tenho celulite.

Deus, como ele a amava. Gabe apertou de leve o joelho dela:

— Eu sei.

Trinta minutos mais tarde, quando estavam saindo do avião, Gabe se abaixou para pegar a revista abandonada.

— Ga-abe, você está pior do que eu — protestou Sally atrás dele. — Coloque-a de volta no lugar e *afaste-se* dela. Eu não acredito que você esteja fazendo isso. Você nunca se interessou por essas coisas.

— Eu só quero saber quem tirou as fotos. — Ele virou a revista e viu satisfeito que não se enganara. Lá estava na capa, olhando para ele, Savannah.

Mais ainda, era uma das fotografias que Gabe *tirara dela*. Careca e orgulhosa, sorrindo bravamente. Sem cabelo! Sem vergonha!, anunciava a manchete, acima da citação: "Esta sou eu, aceitem-me ou me deixem em paz".

— Oh, meu Deus — Sally deu um grunhido de descrença. — É Savannah Hudson! O que aconteceu com os *cabelos* dela? — Ela pegou a revista e a folheou até chegar à página da reportagem. — Ela tinha alopecia fazia anos e sentia muita vergonha de admitir! — Folheando as páginas na velocidade da luz, ela disse sem fôlego: — Ela vem usando uma peruca faz quase dois anos e ninguém nem sequer imaginou nada. Ela se sentia feia e pensou que as pessoas ririam na cara dela... oh, por Deus!... então ela conheceu alguém que lhe deu a confiança para... *oops*, desculpe.

A fila andava. Sally estava sendo empurrada por uma freira impaciente. Gabe, com o seu coração acelerado, disse:

— Ela diz quem?

— Hum? Deixe-me ver... não, não cita o nome de ninguém, ela está sendo discreta. Provavelmente um dos atores do seu último filme. — Houve um folhear de páginas atrás dele, então Sally disse repentinamente: — Mas que inferno!

Ele se revigorou:

— O quê?

— Eu não acredito.

Eles chegaram à frente do avião; era hora de sorrir e agradecer à aeromoça antes de desembarcar na escada rolante. O agitado vento irlandês rasgava as páginas da revista e jogava os cabelos de Sally contra sua boca com um batom recém-aplicado, mas Gabe sabia que ela ainda estava ávida por partilhar sua excitante descoberta. Savannah deve ter revelado o nome. Em voz alta ele disse:

— Você não acredita em quê?

Sally desceu as escadas apoiando-se na sua bengala e balançando a cabeça incrédula:

— Os cabelos de Savannah Hudson. Não seus cabelos verdadeiros, é claro, porque ela não tem. Mas esta peruca loira dela. Deve ter custado uma fortuna!

Savannah não revelou o nome. Quando eles chegaram ao terminal das bagagens, Gabe leu o artigo.

— Por que você está tão interessado? — Sally pousou a cabeça no ombro dele.

— Eu cruzei com ela na estreia em Leicester Square. Só imaginando quem poderia ter tirado as fotos. — O seu nome não fora creditado; não tinha nenhuma assinatura. Mas ainda assim ele se sentiu orgulhoso porque eram *suas* fotografias. E elas pareciam ótimas.

— Oh, meu amor, alguém um pouco mais famoso que você. — Sally lhe deu um abraço consolador. — Deixa pra lá, um dia você fará fotos igualmente importantes.

Gabe deu um sorriso entreaberto, pois não havia por que ficar ofendido. Era a verdade; metade das pessoas que ele fotografava estava preparada para tolerá-lo por breves instantes, para dispensar alguns segundos quando saía de um restaurante ou parava no meio do tapete vermelho. A outra metade cobria o rosto ou saía em disparada na direção oposta no momento em que o via. Foi fantástico que Savannah tenha usado as fotos que ele tirara dela, mas fora desapontador que ela não lhe desse o crédito. Em especial porque ela prometera que ele tiraria as fotos da sua grande "revelação".

Gabe encolheu os ombros. Bem, a vida era assim. Ele a magoara, o que poderia esperar?

— É muito corajoso da parte dela. — Sally ainda olhava para a foto. — Quero dizer, ela é Savannah Hudson. Pobre coitada, ela parecia maravilhosa com cabelo. Deve ter sido horrível perdê-lo.

Gabe se sentiu compelido a defender Savannah:

— Ela ainda está bonita.

— Muito bonita. — Admitiu Sally, inclinando a cabeça, enquanto fazia o contorno das orelhas de Savannah. — Mas, você tem que admitir, estas orelhas estão um pouco proeminentes. Uma gotinha de cola não faria mal. Ela se parece um pouco com uma borboleta.

Capítulo 53

Nick parou junto às portas espelhadas na entrada do Salão Lancaster do Hotel Savoy. Todos desfrutaram de um excelente jantar e o barulho das vozes estava ensurdecedor. Nick procurou pelo salão e viu Doug em uma das mesas circulares próxima ao palco. Presumivelmente aquelas pessoas próximas a ele eram os colegas de trabalho que tinham envergonhado Lola na véspera de Ano-Novo.

Nick analisou a situação. Será que ele deveria fazer o que estava prestes a fazer?

Azar, por que não?

Doug estava inclinado para um lado, rindo de algo que a garota próxima dele dissera, quando viu Nick se dirigindo até a mesa. Doug o reconheceu de cara, endireitou-se e disse:

— Olá. Sozinho nesta noite?

— Sim.

Doug ergueu uma sobrancelha e sorriu de leve:

— Não me diga que a sua filha o pôs no meu encalço?

— É isso que você está pensando? Não, não se preocupe — disse Nick. — Ela nem sabe que eu estou aqui. — A loira ao seu lado deveria ser Isabel; bem isso era inevitável. Nick manteve o tom de voz calmo e prosseguiu. — De qualquer maneira, ela desistiu de tudo. Você teve sua chance e desperdiçou. A perda é sua. Eu só espero que você não venha a se arrepender disso.

— Com licença. — Uma mulher mais velha que tinha começado a prestar atenção na conversa abaixou sua taça de vinho e perguntou: — O que está acontecendo aqui? Quem *é* este homem?

— Meu nome é Nick James. — Se ela fosse uma das empregadas de Dougie, era bem velha. — Minha filha conhece Doug. Eu só dei uma passada para dizer olá e dizer a ele que, para mim, ele cometeu um grande erro. Desculpe — acrescentou Nick, dirigindo-se à garota ao lado de Doug —, mas é algo que precisava ser dito. Eu não pude evitar; eu acho que saiu perdendo.

— Doug? — A mulher mais velha estava sentada, rígida como um juiz, claramente insatisfeita com a resposta. — De quem esta pessoa está falando?

Doug disse de forma desinteressada:

— Lola.

— O quê? Oh, pelo amor de Deus! — A mulher encarou Nick incrédula. — Você é o pai?

Instantaneamente Nick percebeu seu erro:

— Sou. E você é a mãe de Doug. É muito bom poder, finalmente, conhecê-la.

Ambos sabiam que não era verdade. Adele Nicholson pareceu como se tivesse engolido uma pimenta em conserva.

— E você seriamente acha que meu filho cometeu um erro?

Nick deu seu sorriso mais charmoso e disse:

— Sim, eu acho.

— O único erro que ele cometeu foi se envolver com a sua filha — Adele sorriu de volta. — Você *sabe* o que ela fez com ele?

— Sim, eu sei exatamente o que ela fez. E ela errou também, eu não nego isso. Mas ela tinha suas razões. O que estou dizendo é que todos erramos — disse Nick —, mas existe uma coisa chamada perdão. Eu cometi um grande erro 28 anos atrás, mas Lola me perdoou. Assim como sua mãe. E estamos todos aqui esta noite pela mesma razão, para ajudar pessoas que cometeram erros. — Nick notou o olhar de incompreensão no rosto cuidadosamente maquiado de Adele e pegou um dos programas brilhantes em cima da mesa. — Este é um jantar de caridade em ajuda ao Prince's Trust. Uma parte do dinheiro arrecadado nesta noite vaia ajudar ex-detentos que estão sendo reintegrados à comunidade.

Adele nitidamente não tinha ideia da caridade do evento, ela só comparecia pela conexão com a realeza. Ela agora parecia que tinha engolido um sapo.

— Enfim, o sermão acabou. Parece que algumas pessoas são perdoadas com mais facilidade que outras. Eu vou deixar vocês em paz. — Nick olhou para Doug. — Como eu disse antes, Lola já aceitou o fato de que você não quer mais nada com ela e vai tocar a vida adiante. Pessoalmente, eu ainda acho que você está cometendo um erro. Eu posso não conhecer Lola há muito tempo, mas ela é uma garota maravilhosa, leal e generosa, única. E eu tenho orgulho de ser pai dela. — Ele fez uma pausa e acrescentou calmamente: — Mais um detalhe. Eu fico imaginando se você um dia se perguntou por que ela precisava do dinheiro...

Silêncio. No palco o apresentador se preparou para introduzir a banda.

Ele acenou com a cabeça em direção a Doug:

— Eu vou deixar vocês desfrutarem do restante da festa. Boa noite.

Ele estava sentado no bar no andar de cima quando Doug apareceu atrás dele 20 minutos mais tarde.

— Eu pensei que você tivesse ido embora — disse Doug.

— Eu só queria fugir daquela música horrível. Não é o meu tipo. — Nick fez um sinal para o barman. — Posso te oferecer uma bebida?

— Uísque e água. Obrigado. Eu fui grosseiro antes — Doug baixou a cabeça —, e peço desculpa por isso. Eu não deveria ter feito aquele comentário sobre Lola ter mandado você aqui atrás de mim. Aquilo foi uma baixaria.

— Olha — disse Nick —, eu amo a minha filha mais que qualquer coisa, mas eu posso admitir que ela te encheu muito a paciência indo atrás de você. Até algumas semanas atrás ela provavelmente tentaria esse truque. Mas acabou. — Ele parou, pagou pelas bebidas e disse: — Eu peço desculpa também. Provavelmente não foi muito sensível da minha parte dizer todas aquelas coisas na frente de todos.

Doug sorriu ligeiramente, não dando muita importância:

— Esquece essa coisa de perseguição. É a história do dinheiro que eu estou interessado.

Imaginei que você estaria.

— Você já perguntou a ela por que ela aceitou? — disse Nick.

— Claro que sim. Ela disse que não podia me contar. — Doug esperou, tomou um gole de sua bebida e prosseguiu, um pouco impaciente. — Bem? Eu presumo que a você ela contou.

— Não. Eu perguntei, mas não houve maneira de arrancar isso dela. Ela pediu desculpa, mas disse que jamais poderia contar para mim.

— Mesma coisa comigo. — Doug parecia desapontado; ele claramente achava que estava prestes a saber a verdade.

— Desculpe. Mas algo interessante aconteceu na semana passada. Você sabia que Lola nunca, *jamais* quis que a mãe dela soubesse da história do dinheiro? — Nick esperou que Doug assentisse antes de prosseguir. — Bem, Blythe *não* sabia de nada. Você pode imaginar o choque que ela teve. Ela até me ligou para falar sobre isso. Ela não podia acreditar que Lola tinha feito algo tão horrível com você.

— E? — Doug olhava fixamente para Nick.

Após uma pausa, Nick disse:

— Blythe perguntou a Lola em que ela gastara o dinheiro, e Lola lhe contou. Aparentemente, um jipe. Que foi roubado uma semana depois. Ela não tinha seguro, então assim, rapidinho, perdeu tudo.

— Mesmo? Um jipe? — Doug franziu a testa.

— Esta é a história. — Nick manteve o olhar durante um longo tempo antes de tomar seu uísque em um gole só. — Pense sobre isso — acrescentou, pronto para ir embora e imaginando se Doug Tennant era inteligente o suficiente — *certamente* — e interessado o suficiente — *com sorte sim* — para entender o que acontecera. — Então pergunte a si mesmo se você acha que a história que Lola contou para a mãe dela é verdadeira.

Capítulo 54

Permanecer em abstinência estava se provando mais difícil do que Sally imaginara. Afinal de contas, estavam falando de vício em revistas, não em cocaína.

Oh, mas era um hábito duradouro de que ela tinha que se livrar, e ela sentia muita falta de virar aquelas páginas reluzentes, novas, de aroma excitante. Ela estava se esforçando ao máximo para se entreter com um exemplar de *Orgulho e Preconceito* que Lola tinha dado a ela, mas não estava funcionando. Além de tudo, as páginas não eram reluzentes e não havia menção em nenhum lugar à Coronation Street. Mais ainda, a impressão era tão fina que ela tinha que encolher os olhos para conseguir ler, o que a fez perceber que provavelmente estava precisando de óculos o que por sua vez a fez sentir-se *velha*.

— Oh, cale a *boca* — Sally disse para a TV em que estava passando uma propaganda da última edição da revista *Heat*. Atirar *Orgulho e Preconceito* na tela só fez sentir mais necessidade das revistas.

Ela tentou mudar os canais e cruzou os braços. Oh, sim, grande ajuda. O.K., mas então, e se ela não *comprasse* uma revista nova, apenas desse uma espiada nas antigas? Aquilo aplacaria seu desejo, não? O problema é que ela teria que esperar até chegar ao seu trabalho para botar as mãos em uma revista velha, deixada na sala de espera, e ela estava de folga nesta tarde... oh, não, espere um pouco, a menos que ainda houvesse alguma escondida por aí, que tivesse sobrevivido à limpeza que submetera o apartamento.

Uma lâmpada surgiu em cima da cabeça de Sally e ela se atirou no sofá. Porque ele era a resposta! Nos velhos dias quando era forçada a arrumar tudo em frações de segundo ela socava tudo o que podia naquele espaço estreito entre o sofá e a forração. Além disso, porque fora da vista significava *fora* do pensamento, então nunca lhe ocorrera limpar aquele pequeno espaço.

E graças a Deus por isso! Ajoelhada, Sally procurou naquele espaço escuro e viu sapatos, pacotes de salgadinhos vazios, pratos, meias, uma de suas echarpes de veludo favoritas — oba! — e, sim, uma revista amassada. Ela se esticou sob o sofá para alcançá-la, estendendo seus dedos até o limite...

— O que você está fazendo?

Sally parou, de bunda para cima:

— Procurando pela minha echarpe cor-de-rosa. — Ela a pegou e disse triunfante: — Aqui está ela! Por quê, o que está fazendo?

— Admirando a vista. — Gabe sorriu e deu um tapinha em sua bunda. — Eu vou tomar uma ducha, tenho um encontro com a Garota da Página Três no Hyde Park.

— Sorte sua. Ela vai estar nua?

— Vestida. O seu agente marcou tudo; são poucas poses. O que não *é* o que parece. — Ele olhou para Sally quando ela começou a rir sarcasticamente. — Significa que você usa uma lente longa para fazer com que as fotografias pareçam que foram tiradas a distância. A garota vai ter uma briga séria com o namorado às 11 h na ponte sobre Serpentine. Se chover, tiramos as fotos em um café.

Sally sorriu e viu Gabe desaparecer no banheiro. Quando a porta se fechou atrás dele, ela se voltou rapidamente para debaixo do sofá procurando a revista... *acheeei*... oh, seria isso o equivalente a alguém que parou de fumar e procura nas sarjetas por bitucas de cigarro?

Ela pegou a revista com um gritinho de alívio. Podia estar judiada, mas era apenas de duas semanas atrás. Ainda ajoelhada no chão, Sally carinhosamente folheava as páginas. Havia uma entrevista com Nicole Kidman sobre seu último filme. Kate Moss vestia um minúsculo short roxo e botas com bolinhas cor-de-rosa — como todas nós — enquanto fazia compras em Knightsbridge. Leonardo Di Caprio fora fotografado jogando voleibol na praia, havia uma montagem de fotografias com imagens de celulite, outra com axilas precisando de uma lâmina, os artistas de novelas fazendo cara de modéstia em uma festa após uma cerimônia de premiação. O.K., não era intelectual, mas era entretenimento, e durante os seus dias difíceis ela se confortara de saber que mesmo as celebridades glamourosas podiam sofrer desastres na vida. Não que isso se aplicasse a ela agora, ela não precisava mais se cercar da tristeza alheia porque tinha Gabe, e ele era tudo o que ela sempre... oh.

O estômago de Sally estremeceu ao virar a página e ver o envelope cair da revista em seu colo. Então era isso que acontecera durante seu ataque frenético de arrumação na semana passada.

Ela largou a revista e examinou o envelope com o nome de Gabe. Era bom ter resolvido o mistério do sumiço da revista. Mas isso também a deixou em um dilema porque na verdade ela nunca mencionara a carta a Gabe.

A tentação era de rasgá-la em pedaços e colocá-la no lixo. Depois de lê-la, é claro. Ela sabia que era de mulher, mas, quando a recebera, Gabe estava num humor horroroso. Havia uma boa possibilidade de que o fato de a carta não ter chegado tivesse algo a ver com isso.

Rasgue-a.

Leia primeiro.

Não, rasgue-a e jogue fora, é melhor não saber.

O.K., chega, *chega*. Sally fechou os olhos. Ela amava Gabe e isso significava que tinha que ser honesta com ele.

O medo parecia um pássaro se debatendo em seu peito. Com o passar dos anos, ser honesta nem sempre tinha sido natural para ela. Quando ela abriu a porta do banheiro, passou pela sua cabeça que esta podia ser a última vez que ela via o corpo dele nu. E estava prestes a descobrir. Deus, será que ela tinha coragem de fazer isso?

— Gabe? — Ela abriu um pouquinho o boxe do chuveiro, sentindo uma leve excitação de desejo quando o viu, e disse: — Eu tenho algo para você.

Vapor saiu do boxe. Gabe virou-se, com xampu no rosto enquanto lavava os cabelos. Com um sorriso ele abriu bem a porta e com um movimento a puxou para dentro. No momento seguinte, ela já se livrara do seu vestido encharcado.

— É uma coincidência — ele disse alegremente. — Eu também tenho algo para você.

Honestamente, que desperdício; se tivesse levado o envelope consigo, a tinta teria borrado e a carta ficaria completamente ilegível, resolvendo seus problemas de uma só vez.

Mas ela não pensara naquilo, pensara? Em vez disso, como uma completa idiota, ela deixara a carta cair no chão do banheiro quando Gabe a puxara para o chuveiro. E ali estava ela, pacientemente esperando por eles, quando por fim saíram, 20 minutos altamente agradáveis depois.

— O.K., não brigue comigo. — Sally pegou o envelope e entregou a ele. — Ela chegou algumas semanas atrás, e eu a perdi. E a culpa foi sua porque você me fez arrumar o apartamento. — Ela o beijou na boca, com paixão. — Eu a encontrei embaixo do sofá dentro de uma revista.

Gabe, que considerava hilariante a restrição que Sally se impusera, disse afetuosamente:

— Não que nunca tenha dado uma olhada nelas.

— Eu fraquejei. Eu sou humana; enfim leia a sua carta. — Sally pegou uma toalha, cobriu-se com ela e rapidamente saiu do banheiro.

Intrigado, Gabe jogou os cabelos para trás com as mãos e abriu o envelope. A letra fora escrita com tinta de cor turquesa.

Querido Gabe,

Eu deletei o seu número da memória do meu celular para não me tornar uma pessoa insistente atrás de você, por isso escrevi a carta.

Bem, eu decidi que chegou a hora de mostrar ao mundo quem realmente sou. E quero usar as fotos que você tirou. Espero que esteja tudo bem para você. Se você quiser o crédito e uma referência, entre em contato. Se eu não souber nada de você, serei discreta e não usarei seu nome. Também vou doar o pagamento da entrevista e as suas fotos para a entidade Alopecia do Reino Unido.

Com todo o amor

Sav

xxx

Gabe sorriu e pensou em quanto dinheiro ele tinha perdido pelas fotos. Ele poderia ter usado o dinheiro para deixar a vida de *paparazzo* e montar seu próprio estúdio... Bem, não tem importância. É tarde para lamentações. A instituição de caridade não ia gostar muito se ele telefonasse e pedisse seu dinheiro de volta. E com o tempo ele iria montar seu próprio estúdio, especializado em fotografia para retratos. Pelo menos Savannah tinha feito o esforço de contatá-lo, o que foi bom para ela.

Ele estava feliz por ela ter pensado nele.

Sally estava do lado de fora do banheiro, esperando-o e visivelmente nervosa:

— Então?

Ela provavelmente tinha colado o ouvido na porta para ouvir algo.

— Está bem, não é nada de importante.

Ela o viu exalar.

— Mesmo? Oh, graças a Deus. Você não está bravo por eu não ter te contado?

Gabe balançou a cabeça:

— Não.

Sally o abraçou:

— Desculpe. Eu te amo. — Ela se inclinou para trás fitando-o nos olhos. — Você tem certeza de que está tudo bem?

— Eu te amo também. — Gabe a beijou e completou: — E tenho certeza de que está tudo bem. Era só alguém querendo que eu tirasse algumas fotos. Eu provavelmente teria negado.

— Letra de mulher.

— Isto é porque foi escrita por uma mulher.

— Bonita?

— Sim.

— Alguma ex-namorada — pescou Sally.

Teria Savannah sido sua namorada? Se ele for honesto, não. Gabe balançou a cabeça:

— Não, só uma amiga. E eu não terei mais notícias dela.

— Isso é bom. Especialmente se for bonita. — Sally olhou para a carta dobrada na mão dele. — Posso ler?

— Por quê? Não confia em mim? — Então, quando ela hesitou: — Olhe, eu sei que você passou por maus bocados com homens no passado, mas eu não sou como eles.

— Eu sei.

Gabe segurou a carta:

— Aqui, pode ler se quiser.

Sally visivelmente relaxou:

— Está tudo bem. Eu não preciso. Você pode jogá-la fora.

— Confia em mim?

— Eu confio em você.

Gabe relaxou. Lenta, mas certamente, ele a convenceria de que jamais iria desapontá-la, que ela era a pessoa mais importante na sua vida. Ele jogou a carta na privada, deu descarga e disse:

— Muito bom.

Capítulo 55

Lola estava no chão da loja remontando um display de livros de culinária acidentalmente posto abaixo pela mochila de um estudante. Enquanto equilibrava Delia em cima de Jean-Christophe Novelli — ah, o que era justo para alguns —, uma mulher com um carrinho de bebê cheio de sacolas entrou correndo na loja. Ruborizada e claramente em pânico, ela correu até Lola dizendo:

— Com licença, vocês têm toalete?

O menino relaxado no carrinho olhou para Lola, um olhar tipicamente masculino, indiferente dos problemas que causava. Lola sentiu pena da mulher — essas são as alegrias da maternidade — e disse:

— Sim, à esquerda da seção de biografias, bem nos fundos da loja.

A mulher que transpirava falou:

— Muito obrigada, pegou o pacote de suco de frutas que seu filho acabara de jogar no chão e empurrou o carrinho à esquerda. — Vamos lá, Tom.

Antes que ela pudesse levá-lo, o garotinho olhou para Lola e disse em voz alta de forma cúmplice:

— Mamãe quer fazer um *grande* cocô. — O que prontamente chamou a atenção de todos à volta. Os risinhos abafados proliferavam à medida que a pobre mulher andava. Normalmente um acontecimento como esse teria feito Lola ganhar o dia. Em vez disso, ela continuou empilhando os livros.

— Você está bem? — Cheryl chegara com outra leva de livros para colocar no display.

— Eu acho que preciso de algo para me motivar. — O estômago de Lola roncou enquanto disse a frase. Ela olhou o relógio, viu que já eram 12h15 e disse impulsivamente: — Como um delicioso almoço. Que tal almoçarmos juntas no Rossano? Por minha conta.

Mas Cheryl já tinha um olhar estranho e balançou a cabeça:

— Hoje? Desculpe, não posso. Eu tenho um encontro.

Oh. — Por que aquilo soava inacreditável... fora o fato de Cheryl ser a maior mentirosa da face da Terra?

— Desculpe, mas pode ficar para uma outra oportunidade?

Lola assentiu:

— Com quem você tem um encontro?

— Hum... um médico.

Que tal essa? Uma mentira mais deslavada ainda. Lola pareceu preocupada:

— Você está doente?

— N-não.

— Grávida?

— Não!

Isso era fascinante. No momento a sua assistente estava da cor de uma ameixa.

— Eu acho que posso adivinhar — disse Lola. — É Botox?

Os ombros de Cheryl amoleceram de alívio:

— Sim, é Botox.

— O relógio está andando e você vai começar um tratamento.

— Bem, você sabe. — Cheryl tocou a testa. — Ultimamente eu tenho me sentido um pouco... *enrugada*.

Lola assentiu:

— Eu também notei isso. Olhe, eu posso ir com você para dar uma força se quiser.

Cheryl disse rapidamente:

— Oh, não precisa se incomodar, é uma consulta preliminar, conversar um pouco sobre o procedimento. Eu ainda não me decidi se faço ou não.

Já eram 13 h e só havia uma coisa a fazer.

Lola saiu da loja desejando corajosamente "Boa Sorte" e se misturou na multidão de pedestres no outro lado da rua. Com toda a honestidade, não havia nada como brincar um pouco de detetive para animar uma garota na hora do almoço de uma cansativa terça-feira.

Quando Cheryl saiu da Kingsley, cinco minutos depois, ela virou à esquerda e tomou o caminho da Regent Street num passo apressado. Lola puxou o colarinho do seu casaco preto para proteger o pescoço, como os bons detetives fazem, e a seguiu a uma distância segura. Cheryl tinha retocado a maquiagem e soltado o rabo de cavalo. Ela usava uma jaqueta branca sobre um vestido vermelho e trocara os sapatos cinzentos baixos que usava para trabalhar por um salto alto escarlate. Ela estava adorável. Qualquer médico com uma seringa na mão ficaria impressionado. Aliviada por ela não ter ido de táxi, Lola ficou em seu encalço à medida que entrava em uma rua. Com menos pessoas ao redor ela poderia ser descoberta se Cheryl olhasse para trás, então fingiu olhar para — arghh! — uma vitrine de uma sex shop no Soho.

Mas Cheryl não olhou para trás. Ela continuou mergulhando cada vez mais para dentro do Soho. Por fim, chegou à Wardour Street, parou do lado de fora de um restaurante chiquérrimo de fachada verde-prateada. Lola escondeu-se, observando com atenção enquanto ela subia os degraus e sumia lá dentro.

Bem, isso era interessante. Cheryl estava, sem dúvida, se encontrando com um homem, e a probabilidade era de que seu interesse não fosse médico. ("Por que, doutor, isso é uma seringa de Botox em seu bolso ou o senhor só está contente em me ver?")

O grande enigma era por que ela estava sendo evasiva sobre isso?

O.K., só tinha uma maneira de descobrir.

— Boa tarde — cumprimentou a charmosa recepcionista loira. — Posso ajudá-la? O interior do restaurante era verde-claro e prata, moderno de aspecto caro e com curvas.

— Olá, eu vou encontrar uma amiga — disse Lola. — Seu nome é Cheryl Dixon.

— Eu sinto muito, madame, nós não temos reserva com esse nome.

— Eu sei, lamento, mas não consigo lembrar o nome da outra pessoa. — Lola sorriu, determinada a ganhar a recepcionista no charme e tentando espiar a lista dos nomes na tela do computador. — A minha amiga chegou há um minuto. Ela está usando um salto alto vermelho.

A recepcionista virou rapidamente a tela do computador de modo que Lola não pudesse vê-la.

— Desculpe, madame, se a senhora não fez reserva...

— Por favor, eu tenho que vê-la, é urgente... o carro dela vai ser rebocado...

O sorriso da recepcionista era passado:

— Mas isso não é verdade, é?

Caramba, o que era este lugar, Fort Knox? As mesas estavam dispostas em cabines, de modo que não se podia ver quem estava nelas. Por essa precaução toda, o local deveria estar abrigando o Papa em um encontro libidinoso com Maggie Smith.

— Está bem, eu preciso ir ao banheiro — disse Lola.

— Madame, o toalete é somente para clientes.

Por que essa garota estava criando tantos problemas?

— Desculpe, mas eu preciso ir ao banheiro agora. É uma emergência. — Lola a encarou firmemente e ergueu levemente a voz: — Eu preciso fazer um grande cocô.

Ela olhou a recepcionista ponderar se era verdade ou não. Após um segundo — por quê, e se *fosse*? —, a loira apontou o caminho. — Vá por aqui, suba as escadas e siga para a esquerda.

— Obrigada. — Lola precipitou-se restaurante adentro, procurando em cada cabine enquanto passava e via alguns olhares estranhos pelo caminho. Até agora nenhum sinal do Papa. Tampouco de Cheryl.

Então lá estavam eles. Tão enrolados um no outro que nem a notaram de pé próximo a eles. Estupefata, observou a linguagem corporal entre os dois; se aquilo não era um flerte total, então ela não sabia mais nada.

Com mil demônios, e ela ainda não fazia a mínima *ideia*...

Cheryl foi a primeira que a viu. Seu rosto mudou no mesmo instante de iluminado para *danou-se*. Ela prontamente derrubou sua taça de vinho.

— Olá, Cheryl. Se eu fosse você eu não deixaria injetar Botox em suas rugas. Eu não sei se ele é um médico qualificado para isso.

— Você me seguiu! — grunhiu Cheryl, o rubor familiar lhe subindo pelo pescoço e rosto.

— Eu tinha que fazer isso. Você não me disse com quem você estava saindo. Olá, papai. — Lola deu um abraço forte em Nick. — Eu tentei te ligar sábado à noite para te convidar para ir ao cinema, mas o teu telefone estava desligado.

— Fiquei preso a um trabalho chato. — Nick a beijou no rosto, então a olhou com um ar preocupado. — Desculpe por tudo isso. Ficou chateada?

— Sobre você e Cheryl? Deus, claro que não, é maravilhoso! Eu mal posso acreditar. Há quanto tempo vocês estão juntos?

— Algumas semanas. — Por sorte o vinho derramado era branco. Nick usou um guardanapo verde-claro para limpá-lo.

— Então é por isso que você ia à loja para comprar tantos livros. Eu pensei que você estivesse fazendo aquilo por minha causa!

— Claro que era por sua causa, minha querida. — Nick sorriu. — Você era a razão principal. — Ele fez uma pausa. — Cheryl foi um presente inesperado.

Lola puxou uma cadeira e se sentou. — Agora eu sei como a estrela do espetáculo se sente quando o coadjuvante recebe mais aplausos que ela.

— Então um dia fui até a loja, você não estava, e Cheryl e eu começamos a conversar.

— Eu disse a ele que era um prazer trabalhar com você — disse, esperançosamente, Cheryl.

— Enfim, de qualquer modo houve uma química entre nós e a convidei para sair. Divertimo-nos muito e tem sido ótimo desde então.

— E você esqueceu de contar isso para a sua única filha.

— Nós não sabíamos como você reagiria — disse Cheryl.

— Você faz parecer como se tivesse medo de mim — Lola balançou a cabeça incrédula.

Cheryl fez uma careta:

— Eu tenho.

— Madame? — Um garçom apareceu na mesa com os cardápios. — A senhora vai se juntar aos seus amigos para almoçar?

O estômago de Lola regurgitou. Ela olhou para seu pai, para Cheryl e novamente para ele.

— É o seu estômago? Você está com fome? — Nick acariciou o braço dela. — É claro que você vai ficar para almoçar.

Comovida pela oferta quando era óbvio que eles queriam almoçar sozinhos, Lola empurrou sua cadeira de volta à mesa:

— Muito obrigada, mas vou deixá-los sozinhos. E não se preocupem, eu acho ótimo que vocês dois estejam juntos.

Ela, honesta, genuína e verdadeiramente, achava isso mesmo. E não apenas porque Cheryl era amável e merecia alguém legal depois do mau-caráter do ex-marido que a abandonara três anos atrás. Lola abraçou ambos e os deixou almoçarem sozinhos. O que ela não podia admitir para ninguém foi o medo gélido que sentiu ao perceber que Cheryl não queria que ela soubesse com quem estava saindo.

É claro que agora era ridículo, mas por instantes tinha passado na sua cabeça se não poderia ser Doug.

A recepcionista loira ergueu sua sobrancelha polida, perfeitamente alinhada quando Lola passou pelo balcão de entrada.

— Melhor agora, madame?

A recepcionista, que era tão perfeita, certamente, que nunca precisara ir ao banheiro em toda sua vida.

Lola assentiu e sorriu para ela:

— Sim. Muito obrigada.

Capítulo 56

A mulher que fazia a encomenda colocou os cotovelos gastos sobre o balcão e disse:

— É um livro maravilhoso, sabe. O nome é *When Miss Denby went to Devon*, escrito por Fidelma Barlow. Você o conhece?

— Desculpe, não, este me passou. — Lola digitou o nome no computador.

— Oh, depois que a gente começa não consegue largar, é uma maravilha! Eu não consigo entender por que ele não está na lista dos mais vendidos do *Sunday Times*. Ele merecia virar um filme! — A mulher assentia entusiasmadamente. — Miss Denby seria um papel maravilhoso para a Sra. Judi Dench.

Lola verificou a tela:

— Ceeerto, sim, posso consegui-lo para sexta-feira.

— Esplêndido! — O rosto da mulher se iluminou. — Posso encomendar 50 exemplares, por favor?

— Cinquenta? Uau! — Talvez fosse para um clube de leitura. Lola hesitou por um instante e disse: — Lamento, mas a senhora terá que pagá-los adiantado.

— Oh, não, está tudo bem. — A mulher balançou a cabeça. — Eu não quero pagar por eles.

— Eu sei, é muito dinheiro. Mas alguém terá que pagar.

— Mas não eu! Eu só quero que você os coloque nas prateleiras. Faça um lindo display como você fez com os livros de Richard e Judy. Bem ali na frente da loja — disse a mulher esperançosamente —, assim as pessoas poderão comprá-lo.

Quando terminara de explicar as sutilezas de encomendar livros para compor estoque para uma desapontada Fidelma Barlow, já eram quase 20 h, hora de fechar a loja. Fidelma, de ombros caídos, foi embora. Lola, que sabia como ela se sentia, endireitou desanimadamente uma pilha de marcadores de páginas e imaginou se suportaria ir à festa nesta noite, para a qual Tim e Darren a haviam convidado... a não ser pelo fato de que sabia que não iria, o que significava que teria de bolar uma desculpa muito boa.

No momento seguinte, ela ergueu a cabeça e quase desmaiou. Lá, a um pouco mais de dois metros de distância, como uma miragem, estava Doug.

O coração de Lola, que nunca ouvira seu cérebro e ainda não tinha deixado de ter esperanças, entrou em combustão.

— Olá. — Ela se apoiou no computador. — O que é isso? É a minha mãe na televisão novamente?

Doug sorriu de leve:

— Não.

— Meu pai, quem sabe? No *Crimewatch*?

— Não o vi no *Crimewatch*. Talvez ele fosse um daqueles com máscara no rosto. — Doug inclinou sua cabeça e completou: — Mas em parte você está certa, eu vim aqui por causa do seu pai.

— Mesmo? — Ela não esperava que ele dissesse *aquilo*.

— Nós conversamos sábado à noite.

— *Conversaram*?

— Ele não te disse nada? O.K., claro que não. Bem, estávamos no Savoy.

Lola ficou pasma:

— Meu pai estava *lá*? — Então era por isso que seu telefone estava desligado. E pensar que em vez disso ele poderia ter ido ao cinema com ela.

— Bem, nós não nos comunicamos por telepatia. Ele falou comigo sobre você. Um pouco forçado, na verdade. — Doug parou, então olhou para um nervoso Darren, que os observava atrás do balcão. — Desculpe, você poderia nos dar alguns minutos a sós?

— Hum, mas eu preciso...

— Darren? — Lola murmurou do canto da boca: — Saia.

— O.K. — Derrotado, Darren se afastou.

— Eu a estava observando com a mulher agora há pouco. Aquela que queria fazer um estoque de seu livro — disse Doug. — Você foi realmente gentil com ela.

— Isso é porque eu realmente sou uma pessoa agradável. Acredite ou não. E você estava nos espionando.

— Prestando atenção. Espionando, não. Como eu ouvi seu pai na noite de sábado. — Ele fez uma pausa e olhou diretamente nos olhos de Lola. — Eu sei por que você aceitou o dinheiro quando minha mãe o ofereceu.

— O *quê*? — Lola sentiu-se como se o ar fosse dragado de seus pulmões. Como ele podia saber disso? Era impossível ele saber.

Doug encolheu os ombros:

— O.K., não sei *exatamente* o porquê. Mas sei que não teve nada a ver com um jipe.

— Como? Por que não? — A ansiedade tomava conta de Lola, mexendo-se por seu estômago como um esquilo.

— Porque você me disse que nunca poderia me dizer a razão pela qual aceitou o dinheiro. E foi isso que você também contou ao seu pai. — Doug ergueu uma sobrancelha para ela. — Mas, se a história do jipe fosse verdadeira, então não havia razão para você omiti-la. Daí a razão pela qual ela não é verdadeira.

Lola se sentiu tonta. Isso era como ser interrogada no banco das testemunhas por um promotor mil vezes mais inteligente do que ela. Na verdade, aquela poderia ser uma ótima oportunidade para desmaiar.

— Então, basicamente — prosseguiu ele —, você precisava do dinheiro para algo bem mais importante que o jipe. Era algo que você estava determinada a fazer com que sua mãe jamais descobrisse. — Pausa. — Bem, só havia uma outra pessoa no mundo que era tão importante para você naquela época. — Outra longa pausa. — E essa pessoa era o seu padrasto, Alex.

Os olhos de Lola se encheram de lágrimas. Ela piscou e percebeu que a loja estava vazia. Sem clientes, sem funcionários. Todos tinham milagrosamente desaparecido, ido embora. *Graças a Deus*.

— Eu não posso contar. — Ela balançou a cabeça, indefesa. — Eu simplesmente não posso, eu fiz uma promessa.

— Está tudo bem. Eu não estou pedindo que me conte. Deixa como está. — A voz de Doug amaciou. — Eu sei para quem você pegou o dinheiro. Eu não preciso saber por quê. Eu não entendia antes, mas agora entendo. Para mim é suficiente. Tudo passou, morreu.

Era assim que os católicos se sentiam quando se confessavam e eram absolvidos de seus pecados por Deus? Lola, que odiava chorar na frente das pessoas, mas que parecia ter ultimamente abandonado o hábito, sentia as lágrimas rolando cada vez mais rápidas no seu rosto. Ela não conseguia falar, apenas balançava a cabeça de forma desesperada, atrapalhada, de um lado para o outro.

— Sabe, no que diz respeito a pais você teve muita sorte. Primeiro Alex, agora Nick. Ele sente muito orgulho de você — disse Doug.

Pelo amor de Deus, como ela poderia parar de chorar se ele vinha com uma conversa dessas? Cegamente, Lola assentiu novamente e secou as bochechas com a manga da blusa.

— E ele certamente me fez pensar — prosseguiu Doug — quando me disse que eu tinha perdido minha oportunidade com você.

— Ele disse isso mesmo? — Lola soluçou alto. Este era um aspecto que ela esquecera sobre pais; quanto eles gostavam de embaraçar suas filhas em público.

— E o resto. Como se não tivesse sido difícil o suficiente nestes últimos meses lembrar a mim mesmo por que eu deveria ficar afastado de você. Então aparece o seu pai me contando sobre todos os tipos de culpa, *então* explicando por que eu deveria reconsiderar. Isso me derrubou pra valer, garanto.

Como se não tivesse sido difícil o suficiente nestes últimos meses? Lentamente, desesperada para não se enganar, Lola disse:

— Então, naquela noite, quando nos vimos novamente na casa da tua mãe... significa que você, afinal de contas, não me odiava?

— Ah, odiava sim. Com todas as minhas forças. Absoluta e totalmente. — Doug deu um sorriso entreaberto, fazendo com que o coração dela disparasse. — Mas ao mesmo tempo os velhos sentimentos ainda estavam lá, recusando-se a ir embora. Levou-me à loucura ter você de volta na minha vida porque eu não conseguia controlar o que sentia em relação a você. Eu queria ser indiferente, vê-la e não sentir nada, nas não conseguia. — Ele deu um tapinha em sua têmpora. — Você estava aqui dentro, quer eu gostasse quer não.

Lola tremia, tendo quase certeza, mas não toda, de que a visita dele hoje à noite era algo positivo.

— Como uma minhoca.

Ele pareceu divertir-se:

— Você sempre teve jeito com as palavras.

— Oh, Dougie, este tempo todo você me odiando e eu fazendo o melhor que podia para fazê-lo mudar de ideia. — As palavras jorravam como uma cachoeira. — No fim eu desisti, disse a mim mesma para parar antes que fizesse papel de idiota... mas eu já fizera, centenas e centenas de vezes...

— Eu até que gostava dessas suas tentativas. Eu acho que vê-la tentar jogar *badminton* foi a minha favorita. — Ele sorriu, aproximando-se do balcão. — Eu esperei no bar, mas você nunca apareceu.

— No caso de você me acusar de estar te perseguindo.

— Desculpe. Eu também não estava me comportando direito. — Pesarosamente, ele acrescentou: — Eu também menti para você.

— Sobre o quê?

— As fotos de nós dois juntos quando éramos adolescentes. É claro que eu as guardei. Elas estão na minha casa, escondidas em um armário de louça — seus olhos brilharam —, junto do meu suprimento secreto de Cup Noodles.

— Eu sabia! — Em triunfo, Lola acrescentou: — Uma vez consumidor de Cup Noodles, consumidor para a vida toda. A Isabel sabia disso?

Argh, Isabel...

— O que há de errado? — disse Doug quando ela se retraiu.

— Isabel. A sua namorada.

Ele relaxou:

— Ela não é mais minha namorada. Eu terminei com ela há semanas. Na verdade, foi na noite do seu jantar especial.

— O quê?

— Eu roubei o álbum de fotos. Quando terminei de vê-lo, percebi que Isabel não podia competir com você. Eu disse a ela que estava tudo acabado e nos despedimos.

— Pobre Isabel. — Lola fez seu melhor para soar autêntica.

— Eu lhe dei uma ótima referência. Ela está trabalhando em Hong Kong. — Doug aproximou-se mais dela. — Você não sabe como eu cheguei perto de te ligar naquela noite.

Lola lembrou da ligação errada e de sua reação quando o telefone começou a tocar.

— Eu queria você, muito. Oh, Dougie... — Não era muito bom ter um balcão entre eles numa hora desta, assim Lola o contornou e se atirou nos braços de Doug.

Oh, sim, este era o lugar dela. Foi tudo o que sempre quis. Quando ele a beijou — *enfim* —, ela sabia que tudo iria ficar bem.

Apesar do estranho potencial inconveniente.

Quando ele terminara de beijá-la, sorriu e disse:

— Em que você está pensando?

— Este é um dos momentos mais felizes da minha vida — Lola afagou os cabelos dele. — E sua mãe vai ficar furiosíssima quando souber disso.

— Não se preocupe com a minha mãe. Depois que papai morreu, ela ficou cada vez mais protetora em relação a Sally e eu. Quando ela fez aquela oferta a você, pensou que estava fazendo a coisa certa. Mas está tudo bem, eu conversei com ela, tudo o que ela quer é que eu seja feliz e aceitou nós dois juntos. Ela vai ficar bem.

Deus, ele beijava muito bem; ninguém mais chegava nem perto dele. E havia uma porção de outras coisas fantásticas para esperar. Lola verificou novamente se estavam sozinhos — as luzes da loja ainda estavam acesas, mas onde estavam ninguém que passasse na rua podia vê-los — e suas mãos começaram a trabalhar.

— O que você está fazendo?

— Algo que eu venho querendo fazer há muito, muito tempo. — Ela sorriu divertidamente para ele. — Já fez amor em uma livraria antes?

Doug a olhou com uma expressão divertida;

— Isso é um desafio? Você está tentando me chocar?

Lola olhou para seus olhos castanhos. Então, lenta e deliberadamente, ela se abaixou e abriu o cinto dele.

— Você não deveria fazer isso — murmurou Doug. — A menos que você tenha peito o suficiente para ir adiante. Do início ao fim. — Ele tocou com seu dedo indicador o peito de Lola até chegar ao primeiro botão da blusa dela, que se abriu e expôs a parte superior do seu sutiã lilás.

— Você está me chamando de covarde? — Lola retaliou, puxando sua camisa para fora da calça.

— Eu acho que você pode perder a coragem. — Desafiadoramente ele abriu o próximo botão da blusa dela.

Lola tremia um pouco e lutou para abrir a calça dele.

— Eu acho que você me conhece um pouco melhor do que isso. Se eu digo que vou fazer algo, eu vou... *aarrgh!*

— Lola? — A porta de trás da loja se abriu e Tim colocou a cabeça para fora. — Oh, desculpe! — Seus olhos saltaram quando percebeu que os interrompia.

— Eu pensei que você tivesse ido embora! — Lola corou e colocou as duas mãos sobre seu sutiã exposto.

— Todos já foram. Eu estou indo agora. Eu só queria saber se você já tinha se decidido sobre a festa.

Humm, transar com Dougie ou ir a uma festa com Tim e Darren? Essa era difícil.

— Hum... eu acho que não vou, Tim. Mas obrigada pelo convite.

— O.K. — Mal sabendo para onde olhar, Tim recuou. – Bem... divirtam-se.

Lola assentiu e de algum modo tentou se manter séria. Quando a porta se fechou atrás de Tim, ela olhou para Dougie e disse:

— O.K., agora eu perdi a coragem.

— Graças a Deus por isso. — Doug sorriu de forma maliciosa e colocou a camisa novamente para dentro da calça.

— Então, o seu apartamento ou o meu?

Ele ergueu uma sobrancelha:

— Eu tenho Cup Noodles.

Lola sentiu-se aérea de tanta alegria, mas tratou de recompor-se.

— Então está certo. Um momento maravilhoso seguido de Cup Noodles.

Doug colocou seu braço ao redor dela:

— Quem poderia querer mais do que isso?